FATES AND FURIES

L A U R E N   G R O F F

完美婚姻

蘿倫・葛洛芙——著
尤傳莉——譯

a novel

獻給克雷（當然是他）

上半場：命運

F A T E S

1

細密的雨滴從天而降，宛如一片簾幕。海鳥停止聒噪，海洋靜默下來。海濱屋宅裡的燈光映在水面，褪成灰色。

兩個人從海灘上走過來。她白皙而纖瘦，穿著綠色比基尼泳裝，即使五月的緬因州還是很冷。他高大而耀眼，身上閃出一抹光，吸引旁人目光駐足。他們是洛托和瑪蒂德。

他們看著滿是多刺生物的潮間帶水池好一會兒，池底湧起的一縷縷細沙逐漸消失。然後，他雙手捧起她的臉，吻她蒼白的嘴唇，心想他願意就這樣快樂地死去。他想像著一個畫面：海水湧起，把他們吸走，吐出他們的肉，將骨頭捲入海底深處的珊瑚臼齒中。只要她在身邊，他心想，他就會唱著歌浮出水面。

這樣說吧，他當時還年輕，二十二歲，那天早上他們剛偷偷結了婚。在當時的狀況下，其它的排場講究都顯得多餘。

她的手指沿著他後背往下滑入泳褲裡，他的肌膚感到熾熱。她推著他後退，兩人走上一座隱藏在海濱豆藤後方的沙丘，再下坡來到丘底的背風處，這裡暖和一點。脫掉比基尼上半截後，她的雞皮疙瘩泛出一抹月光藍，乳頭凍得縮起來。此時，他們膝蓋著地，雖然跪在粗礪的沙地上很刺痛，但是無所謂。他們退化到只剩嘴和手。他把她的雙腿拉向自己的臀部，將她往下壓，他拱起的背部形成小丘，用自己的熱氣籠罩她，直到她停止顫抖。她擦傷的膝蓋朝向天空。

他有著某種無法言喻而強大的渴望：什麼樣的渴望？將她像衣物裹住自己，想像永遠住在她的暖意中。他生命中的人都像骨牌般逐一離去：隨著深入她的每個動作，把她壓制得愈來愈牢，這樣她就無法拋棄他了。他想像著一輩子在海灘上做愛，直到他們像清晨健走的老夫婦，皮膚有如上了漆的核桃仁。即使衰老，他也會拉著她來到沙丘，一路攻入她性感而脆弱如鳥類的骨架、富有彈性的雙臂、健壯的膝蓋。海灘救援的無人機從天空逼近，燈光照下來，彷彿轟隆吼著**私通者！私通者！**激起他們的罪惡感。就是這樣，直到永遠——他閉上眼睛許願。她的眼睫毛貼著他的臉，她的大腿靠著他的腰……他們就這樣驚險完成了第一次圓房。對他們而言，婚姻就是此生不渝。

（他本來計畫要弄張像樣的床，營造出儀式的感覺——他偷用了室友山繆的海灘別墅，從十五歲開始，他每年夏天大部分都在那裡度過，知道他們家都把鑰匙藏在院子裡的玳瑁龜殼下。這棟房子裡充滿了格子呢、Liberty印花布、Fiesta七彩餐具，積了一層厚厚的灰塵；夜裡連閃三次的燈塔光會照進客房，房間正下方就是崎嶇不平的海灘。洛托原本想像，他要在這裡，跟他有幸娶得的美女進行他們的第一次，但瑪蒂德慫恿他露天圓房的主意更好。他很快就會發現，她向來是對的。）

一切結束得太快。她大喊時，躲在沙丘旁的海鷗像霰彈槍射出的鹿彈般，往上衝入低雲裡。稍後，她會讓他看第八節脊椎抵著一個貽貝殼所造成的擦傷，都是因為他一次又一次深入她造成的。當時他們貼得好近好近，近到當他們大笑的時候，他的笑彷彿從她的肚中升起，而她的笑則從他的喉嚨冒出。他親吻她的顴骨、鎖骨，還有蒼白手腕上樹根般的藍色血管。他以為自己極度饑渴的慾望將會充分得到滿足，但結果沒有。結束顯然是另一個開始。

「我的妻子，」他說：「我的。」或許不把她穿裹在身上，他考慮把她整個吞下肚。

「哦？」她說：「對啊，因為我是私人財產，我的王室家族拿我換了三頭騾子和一桶奶油。」

「我喜歡你的奶油桶，」他說：「現在是**我的**奶油桶了。鹹鹹的，甜甜的。」

「別說了。」她說。她平常羞怯而常駐的微笑隱去，以至於他很驚訝她不帶笑容湊近自己的樣貌。「沒有人屬於任何人。我們創造了更大的東西，這是個新開始。」

他思索地看著她，輕咬她鼻尖。這兩個星期來，他全心全意愛著她，愛她愛到把她視為透明的，像一片玻璃。她很快讓他看出她的美好，但玻璃很脆弱，他理應小心。「你說得對。」他說，但他心裡不這麼想，他想的是他們多麼深刻地屬於彼此，一切多麼確定無誤。

夾著冷颼颼的汗水，他們的皮膚緊貼，中間的空隙極小，幾乎連空氣都沒有。即使如此，有個第三者已經悄悄溜進這個空隙中了，那就是他們的婚姻。

2

他們爬過岩石往回走，走向黃昏時離開的那棟亮著燈的海灘別墅。

一個組合，婚姻，由兩個離散的部分組成——洛托總是大聲嚷嚷，音色明亮，瑪蒂德則是安靜而機警的那個，人們很容易相信他是比較好的那一半，整個婚姻由他定調。他活到現在所發生的一切，的確都逐步引導他走向瑪蒂德。要不是他的人生已準備好迎接她走進來的那一刻，就不會有**他們**。

毛毛細雨變成豆大雨點，他們匆忙跑過最後一段沙灘。

（且先把他們停格在這裡：纖瘦，年輕，從黑暗奔向溫暖，飛越冰冷的細沙和岩石……我們稍後會回到這一刻。眼前的他，是無法讓人別開目光的那一個，是閃閃發光的那一個。）

洛托喜歡說一個故事。他總說，他出生於一個平靜的颶風眼裡。

（打從一開始，就有一種捉弄人的巧合感。）

當時他母親很美，他的父親還在世。那是一九六〇年代末期的夏天，在佛羅里達州的漢姆林鎮。這座莊園大宅還很新，家具上還留著標籤。窗子上的遮光板還沒拴上螺絲，因而在颶風首波狂暴侵襲中吵得好厲害。

接著，太陽短暫露面，雨水從苦橙樹上滴落。在這段暫時平靜的期間，他們家灌木林地上佔地五英畝的礦泉水工廠又轟隆著開始運轉。屋內走廊上，廚師、兩名女僕、一名園丁，還有工廠領班，都把耳朵貼在那扇木門上。在門內的房間裡，安托奈特在白色床單間揮手掙扎，巨大的高文則扶著妻子發燙的頭。洛托的姑姑莎莉彎腰接住嬰兒。

洛托登場了：像哥布林精靈般有長長四肢，大手大腳，肺活量超大。高文抱著他迎向照進窗內的光。外頭又起了風，櫟樹揮動著生滿苔蘚的手臂招引風暴。高文掉下眼淚，這是他人生的最高峰。「高文二世。」他為兒子命名。

但畢竟，生孩子的所有辛苦都是安托奈特在承受，此刻她對丈夫的熱情已經有一半轉到兒子身上。「不。」她說。她想到有回跟高文約會，坐在電影院的紅褐色天鵝絨座位上，銀幕放映的是圓桌武士的故事《鳳宮劫美錄》。「蘭斯洛。」她說。她的男人們都要是武士[1]——她不是沒有幽默感。

醫生趕在風暴再度來臨前，幫安托奈特縫合。莎莉用橄欖油替嬰兒擦拭皮膚，她覺得手裡像是抱著自己跳動的心臟。「蘭斯洛，」她低聲說：「取這種名字，一定會害你被欺負挨揍，不過別擔心，我會要大家都喊你洛托。」莎莉總有辦法在幕後悄悄操弄一切，於是到後來大家都喊他洛托。

這個嬰兒真是鬧個沒完，安托奈特的身體累壞了，乳房被咬破，餵奶也很不成功。但一等洛托開始會笑，她看到他的酒渦和魅力完全是自己的翻版，於是就原諒他了。發現嬰兒遺傳了自己的美，讓她鬆了一口氣。她丈夫的家族並不出產俊男美女，他們的祖先涵蓋了歷代佛羅里達住民：從最初的原住民提姆瓜族，歷經西班牙人和蘇格蘭人和逃跑的奴隸和賽米諾族人，外加南北戰爭後跑來南方的白人投機客——他們大多長得像烤太焦的薄脆餅乾。莎莉的臉稜角分明，骨架突出。高文則是毛髮旺盛、塊頭巨大，而且話很少。漢姆林流傳著一個笑話，說高文其實只有一半的人類血統，說他是母親去屋外上廁所途中被熊偷襲而生下的。翻開安托奈特的情史，有抹著髮油和嘴巴甜的，有精明幹練且舞技高超的，也有愛擺闊的有錢人，但結婚一年後，她發現自己對丈夫還是心動不已，因而當他夜裡進屋時，她會像著了魔般地，全身衣著都沒脫就跟著他去淋浴。

安托奈特生於新罕布夏州海岸邊，在那裡的「鹽盒式」木屋裡長大，家裡有五個妹妹。冬天時屋子漏風太嚴重，害她老覺得起床後還來不及穿上衣服就會凍死。家裡的抽屜裡收著鈕釦和用盡的電池，一連六餐都吃烤馬鈴薯。她拿到了史密斯學院全額獎學金的那一天，搭上火車到站時卻沒法下車。她隔壁座位上有本翻開的雜誌，上頭是佛羅里達州，綠樹上垂掛著金黃色水果、陽光、奢華。熱。幾個魚尾女人在蕩漾的綠波中起伏——這是天意。她一路坐到終站，坐到錢花光了，然後搭便車到佛羅里達州以美人魚表演著稱的維基瓦治。她走進經理辦公室時，對方看到她及腰的金色長髮、曼妙的身體曲線，便咕噥說，**好的**。

當美人魚的一個矛盾是：看起來愈懶洋洋，表演的難度就愈高。安托奈特慵懶的笑令人傾倒。海牛們挨著她游過，藍鰓太陽魚咬她的頭髮。但海水是冰涼的二十三度，水流很強，肺裡的空氣量必須拿捏得宜，以控制好身體的浮沉。美人魚們抵達水下劇場前，要先游過又黑又長的隧道，有時頭髮會在隧道裡纏住而動彈不得。她看不到觀眾，但隔著玻璃可以感覺他們的眼神。她對著看不見的觀者散

1 高文（Gawain）和蘭斯洛（Lancelot）都是神話傳說中圓桌武士的名字。其中蘭斯洛是《鳳宮劫美錄》片中的要角。

發熱力，讓他們相信有美人魚。但有時，當她咧嘴而笑時，心裡會想到海妖，彷彿自己認識牠們。不是她假扮的這條活潑小美人魚，而是放棄了語言能力和歌聲和尾巴和家、成為凡人的那個；是會唱歌唱得一船男人撞上岩礁、殘酷地看著他們紛紛跌入深海的那個。

當然，她也會應邀去到他們的房裡。她見過電視演員和喜劇藝人和棒球員，甚至還有那個很會扭腰擺臀的歌手，那幾年他也成了電影明星。他們都跟她承諾過，但是沒有一個兌現。沒人派噴射機來接她，沒有導演跟她私下密談，也沒能住進比佛利山莊的豪宅。過了三十歲、三十二、三十五……她知道不可能成為明星了，她吹熄了蠟燭。她眼前唯一有的，就是冰涼的海水，緩慢的芭蕾泳姿。

然後莎莉走進這座海面下的劇場。當時她十七歲，曬得好黑。她蹺了家，因為想體驗人生！她不要生活裡只有那位沉默的哥哥，每天十八個小時守在他的瓶裝水工廠裡，回家就睡覺。然而，美人魚的經理只是嘲笑她；這麼瘦，一點也不像水妖，倒比較像條鰻魚。為了打發她，那經理同意她租借熱狗攤位。然後她走進黑暗的圓形劇場，目瞪口呆看著那片發亮的玻璃，安托奈特正穿著紅色比基尼、裝了魚尾，表演到一半，搶盡了所有的光。

莎莉的滿腔熱誠投射到玻璃後方那女人身上，停留在那裡，一動也不動。

她讓自己成為不可或缺的一份子。她幫假魚尾縫亮片，學會戴潛水面鏡下水刮除玻璃上的水藻。一年後的某天，安托奈特表演完，跌坐在隧道出來的休息室，正拆掉溼漉漉的魚尾，莎莉靠近她。她遞給安托奈特迪士尼在奧蘭多新開樂園的傳單。「你是灰姑娘仙度瑞拉。」她低聲說。

安托奈特覺得這輩子從來沒有人這麼了解她。「沒錯。」她說。

的確，她當上了。她身穿撐有圓箍的絲緞禮服，頭上戴著鋯石頭冠。她住進一戶位於柳橙林裡的公寓，有了新室友，莎莉。有一天，當高文搬著家裡的搖椅爬上樓時，安托奈特正穿著黑色比基尼，塗了紅唇膏，躺在陽台上曬太陽。

他整個人擋住了門口：二〇三公分，滿臉濃密的大鬍子連著頭髮，看起來孤零零的，經過時女人都能聞到他留下的寂寞餘味。他腦袋向來轉得慢，但二十歲那年父母車禍去世，留給他一個七歲的妹妹時，他是唯一明白家中那塊土地價值的人。他用父母的存款當頭期款蓋了工廠，把源自家中土地裡乾淨、清涼的泉水裝瓶出售。把佛羅里達原本擁有的天然權利賣回給它的主人們，或許有點不道德，但這就是美國人的賺錢之道。他累積財富，卻沒花到一毛錢。等到他想討老婆的慾望太過強烈，他便蓋了一棟莊園大宅，屋外環繞著巨大白色科林斯式圓柱。他聽說老婆們都喜歡大圓柱。他等著，但就是沒有老婆送上門來。

接著，他妹妹打電話要他把家裡的一些零碎物品搬來她的新公寓，於是他來了，當他看到白皙而曲線畢露的安托奈特時，簡直忘了該怎麼呼吸。也難怪她並沒意識到這個人有多麼重要：可憐的高文頭髮纏結，身上穿著骯髒的工作服。她露出微笑，又躺回去享受陽光。

莎莉看著她的朋友，她的哥哥，感覺到拼圖的碎片一下子湊了起來。她說：「高文，這位是安托奈特。安托奈特，這位是我哥哥，銀行裡有好幾百萬。」安托奈特起身，太陽眼鏡推到頭頂，搖曳生姿地走過來。高文近得能看見她的瞳孔放大，吞沒虹膜，然後他自己從那黑色色塊中倒映出來。

他們的婚禮辦得很匆忙。安托奈特的美人魚老友們穿上亮片魚尾，坐在教堂前的石階上，朝新人撒著一把把魚飼料。來自安托奈特故鄉的北方白人滿頭大汗，忍受著熱氣。莎莉用杏仁膏做了結婚蛋糕上的雕像，是她哥哥單手舉起仰臥的安托奈特，美人魚表演的慢動作華麗收尾。一個星期內，訂購好的家具已送來安置好，挖土機也挖出了一座池塘。安托奈特的舒適有了保障，她再也不去想像錢要怎麼花了，即便其他一切都是郵購商品的品質，對她來說就已足夠。

安托奈特把這份舒適視為自己應得的，而且她從不曾期盼愛。高文的思路清晰和彬彬有禮讓她驚訝。她用心打點他的外貌。當她把他滿臉鬍子剃掉後，發現他有銳利的臉、秀氣的嘴。戴上她買給他的角框眼鏡，穿上訂製西裝，他看起來就算說不上英俊，也顯得尊貴十足。他站在房間另一頭朝她微笑，改頭換面。那一刻，她心中的火花忽然亮起。

十個月後，颶風來了，那嬰兒於焉誕生。

這三個大人都理所當然認為洛托是很特別的黃金男孩。

高文滿肚子隱忍許久的愛，一口氣全都傾注到這孩子身上。這個嬰兒是以希望打造出來的。高文一輩子都被人說笨，但他抱著兒子，感覺到懷裡有天才的重量。

莎莉的角色，則是穩定這個家。她起先雇用保姆，卻又嫌他們不如自己而一一開除。嬰兒開始吃固體食物時，她就嚼爛香蕉和酪梨，塞進他嘴巴，像養小雞似的。

而安托奈特一發現洛托會回應她的笑，便把所有心力轉向他身上。她用音響放貝多芬，轉到最大聲，喊出她學過的音樂用語。她報名參加「早期美國家具」製作、希臘神話、語言學的函授課程，還把自己寫的報告從頭到尾唸給他聽。她心想，或許這個臉上沾著豆泥、坐在嬰兒椅上的孩子只懂得她講的十二分之一，但沒有人曉得小孩的腦子能記住多少。如果他日後要成為大人物，那麼她很確定，她現在就得開始培養他的非凡氣質。

洛托驚人的記憶力從兩歲時開始展現，安托奈特非常慶幸。（這是不好的天賦，日後會讓他做什麼都得心應手，但懶惰。）有天晚上，莎莉在洛托睡前讀了一首童詩給他聽，次日早上，他來到餐室吃早餐時，就站在椅子上把整首詩大聲背出來。高文驚訝得大聲鼓掌，而莎莉則用窗簾拭淚。「好極了。」安托奈特冷淡地說，舉起杯子要僕人幫她添咖啡，以掩飾她手上的顫抖。到了晚上，莎莉唸更長的詩，男孩次日就能完整背誦。隨著每次成功，他變得愈加自信，沿著一道看不見的樓梯往上攀爬。當瓶裝水工廠的員工們帶著妻子來莊園度週末時，洛托會偷偷溜下樓，爬到客人餐桌底下的黑暗中。在那裡頭，他看到男人們的軟皮莫卡辛鞋尖破了洞，露出腳趾，還看到女人們內褲裡潮溼的粉彩貝殼圖案。他跑出來大聲背誦吉普林的詩〈如果——〉，博得轟然的喝采聲。這些陌生人鼓掌的歡樂被安托奈特的乾笑戳得洩氣了，她沒讚美，而是輕聲說，「去睡覺，蘭斯洛。」她早已注意到，只要讚美，他就不再努力了。清教徒懂得「延遲滿足感」的價值。

在佛羅里達中部的潮溼臭氣中，長腳野鳥來去，人們採摘樹上的水果，洛托成長著。從他會走路以來，早上就跟安托奈特在一起，下午則是在灌木沙地裡閒晃，一座座冷泉從地裡汩汩湧出，沼澤裡的短吻鱷躲在蘆葦叢中打量他。此時洛托是個小大人了，口齒清晰，外表陽光。他母親讓他晚一年才就學，而在上學以前，他並不認識其他小孩，因為安托奈特太美好了，這個小鎮配不上她。工廠領班們的女兒好吵又好野蠻，她知道這樣廝混下去會有什麼後果，所以謝了，不要。大宅裡有其他人默默伺候他。如果他把毛巾丟在地上，就會有人撿起來；如果他凌晨兩點想吃東西，就會有人像變魔術似地送食物過來。每個人都努力討他開心，而洛托沒有其他榜樣的壓力，也就跟著開心起來。他幫安托奈特梳頭，個頭很大了還讓莎莉抱著他，兩人沉默來到辦公室，在高文旁邊坐一下午。父親的冷靜與善良總是令洛托安心，而且父親偶爾如陽光破雲而出般的幽默感，也往往令其他人看得吃驚、眨著眼。父親只要想到洛托的存在，就會很快樂。

洛托四歲那年，有天晚上，安托奈特把他從床上叫醒，帶他去廚房。她把可可粉放進杯子裡，但是忘了倒入液體。他用叉子吃著可可粉，又舔又沾。他們坐在黑暗裡。這一整年來，安托奈特都丟開函授課程不管，把焦點轉向電視上的傳道人，他看起來像是用保麗龍切割而成的小孩胸像，然後再塗上水彩。傳道人的太太紋了眼線，精心攏高的髮型有如大教堂，安托奈特也依樣照抄。安托奈特寫信索取傳教錄音帶，在泳池邊用大耳機和錄放音機聽。聽完之後，她會寫鉅額支票給他們，然後莎莉偷偷在水槽裡燒掉。「親愛的，」安托奈特那天晚上對著洛托低聲說：「我們要拯救你的靈魂。等到最後審判日來到時，你知道像你父親和你姑姑那樣不信神的人會怎麼樣嗎？」她沒等洛托回答。啊，她一直試著為高文和莎莉指引光明。她拚命要跟他們一起分享天堂，但他們只是羞怯地笑著閃避。她和她兒子將會坐在雲間，憂傷地看著其他兩個人在下頭永遠深受焚燒之苦——洛托是她**必須**拯救的。她劃了一根火柴，開始以一種顫抖而壓低的聲音唸聖經裡的《啟示錄》。等到那根火柴燒光了，她就再點一根，繼續唸。洛托看著火逐漸吞食細長的枝條。當火焰逐漸逼近他母親的指尖時，他感覺到自己手指的熱度，彷彿被焚燒的人是他。（黑暗，號角，海中生物，惡龍，天使，騎士，多眼怪獸……這些東西日後將糾纏他的夢境數十年。）他看著母親美麗的嘴唇顫動，雙眼迷失在眼眶裡。次日早晨醒來，他堅信自己一直被監視、批判。彷彿成天都待在教堂裡。有時想到不好的事情時，他就會裝出純真表情。即使他獨自一人時，也還是在表演。

如果洛托的生活如此持續下去，他可以這麼開朗、平凡下去。只不過這個得天獨厚的孩子，多了點尋常少年的強說愁。

那一天，高文循例在下午三點半休息，走上通往大宅那條又綠又長的草坪。他的妻子正在泳池比較深的那一頭睡覺，她嘴巴張開，雙掌朝天。他拿了一條床單輕輕為她蓋上，免得她曬傷，又吻了她手腕上的脈搏。在廚房裡，莎莉正從烤箱裡拿出餅乾。高文繞到屋子旁邊，摘了一顆枇杷放進嘴裡，品嚐著酸酸的果實，然後坐在那叢野生洛神花旁的抽水機上，沿著泥土路往下看，直到看見兒子終於出現，騎著腳踏車，好小，像隻小蚊子，小蒼蠅，或是螳螂。那是七年級的最後一天。整個夏天像一條緩慢的寬闊大河在洛托面前展開。他將會狂看重播的影集《飆風天王》、《歡樂時光》，之前第一次播的時候，他因為上學而錯過了。他還會半夜去湖邊叉青蛙。這男孩滿懷著開心讓整條小路都亮了起來。想到自己有個兒子，讓高文很感動。兒子整個人的實體更是個奇蹟，高大幽默又俊美，比父母都高強。

可是忽然間，整個世界環繞著他兒子收縮。好驚人。高文覺得好像一切都清晰無比，清晰得可以看到每個原子。

看到父親坐在那台老抽水機上，顯然在打盹，洛托下了腳踏車。怪了。高文白天從來不睡覺的。洛托站著沒動。一棵木蘭樹上有隻啄木鳥喋喋不休地敲著木頭。一隻變色樹蜥衝過他父親腳邊。洛托丟下腳踏車跑過去，扶起高文的臉，大喊父親的名字，大聲到他抬頭時，看到他從來不跑的母親正跑過來，那尖叫飛撲過來的白影，宛如一隻俯衝的鳥。

整個世界看似一如往常，底下卻潛藏著黑暗的威脅。

洛托有回看到地上忽然裂開的一個沉洞[2]，把家裡那個老舊外屋整個吞沒。佛羅里達到處都是這種沉洞。

他常常匆忙走過山核桃樹之間的沙地小徑，很害怕腳下的地面會突然裂開而讓他跌進黑暗裡，又同時擔心不再發生這樣的事。昔日的樂事都失去色彩。附近沼澤裡有隻五公尺長的短吻鱷，以前他會從冷凍櫃裡偷一整隻雞去餵，但現在那隻鱷魚只不過像是一條蜥蜴罷了。還有他們家的裝瓶工廠，曾令他驚歎，但現在只不過是個尋常的大機器而已。

整個小鎮看著這位寡婦朝杜鵑叢裡乾嘔，她兒子在旁邊拍著她的背。兩人有同樣的高顴骨，同樣的紅金色頭髮。美貌為悲慟增色，正中紅心——漢姆林鎮為這對孤兒寡母而哭，而不是為他們土生土長的大塊頭高文掉淚。

但是她嘔吐不全是因為悲慟。安托奈特又懷孕了，醫師囑咐她要躺在床上休息。有好幾個月，整個小鎮就看著一個個求婚的男子開著時髦汽車，身穿黑西裝，手提公事包，來到大宅拜訪，人人都在猜測她會挑哪一個。誰不想娶一個如此多金又可人的寡婦呢？

洛托則是一路墮落。他試著讓自己被退學，但老師們早已認定他很優秀，所以沒配合。他試著跟母親坐在一起，聽她的宗教課程，握著她發腫的手，但他早就對上帝失望了。他只記得基本的：聖經故事，嚴格的道德，追求純潔的狂熱。

安托奈特吻了他的手掌，放他離開，躺在床上像隻平靜的海牛。她的情感早已潛入內心深處。她彷彿從很遙遠的距離外看著一切。她愈來愈胖，愈來愈胖。最後，就像一顆大果子，她裂開了。裡頭一顆種子落下來，是嬰兒瑞秋。

瑞秋夜裡醒來時，洛托會第一個趕過去，坐在椅子上，泡了嬰兒奶粉餵她，搖晃著。她幫他順利度過第一年的考驗，因為他的妹妹老是肚子餓，他可以餵飽她。

他的臉爆出青春痘，在皮膚底下熱辣地搏動；他不再是美少年了。但是無所謂。現在很多女孩搶著要吻他，因為憐憫或因為他家有錢。在女孩們柔軟而黏滑的嘴裡，葡萄口香糖和炙熱的舌頭交會，讓他專心起來，得以驅散長久停住心頭的恐懼。他在朋友家派對的娛樂室、在夜裡的公園親熱。他在佛羅里達的黑暗中騎腳踏車回家，兩腳拚命採，好像要跑贏他的憂傷，但那憂傷總是比較快，輕易就又超前。

高文死後的一年零一天，十四歲的洛托凌晨來到早餐室，準備拿幾個白煮蛋在路上吃。他打算騎車到鎮上，崔西．迪恩正等著他，她爸媽去外地度週末了。他口袋裡裝了一罐 WD-40 多功能防鏽潤滑劑。因為學校裡的男生們跟他說過，潤滑液是很重要的。

在黑暗中，他母親的聲音傳來：「親愛的，我有事要說。」他嚇了一跳，打開燈，看到她穿得一身黑，坐在餐桌另一頭，頭髮往上攏，像火焰般堆在頭上。

可憐的姆媽，他心想。這麼一蹶不振，這麼胖。自從生了瑞秋之後，她就一直在吃止痛藥，以為

2 沉洞（sinkhole）是佛羅里達州很常見的地表自然現象，源於表土之下的岩層長期腐蝕而逐漸中空，致使地表可能隨時塌陷，便形成沉洞。

這是她的祕密，但其實並不是。

幾個小時後，洛托站在沙灘上瞇眼看著。那些提著公事包上門的男人不是來提親的，而是律師。一切都沒了。僕人們消失了，誰來幹活兒呢？莊園大宅、他的童年、瓶裝水工廠、游泳池、祖先世代居住的漢姆林，沒了。他父親的鬼魂，沒了。換來了一大筆。搬來的這個區域很不錯，新月灘，但眼前這棟房子好小，粉紅色的，用支柱在沙丘上撐起來，像個水泥的樂高盒子架在地樁上。房子底下是密密麻麻的矮棕櫚，還有鶺鴒在鹹鹹的熱風中啼叫。這片海灘還可以開車上來。幾輛小卡車播放著響亮的重金屬音樂，躲在沙丘後頭看不到，但從屋裡可以聽得很清楚。

「這個？」他說：「你大可以買下幾哩沙灘，姆媽。我們為什麼要住在這個小盒子裡？為什麼挑**這裡**？」

「因為便宜。法拍屋。那些錢不是要留給我，親愛的，」他母親說：「是要給你和你妹妹的。我只是暫時代管，以後全都會給你的。」她露出殉道者的笑容。

但他幹嘛在乎錢？他恨錢。（終其一生，他將會避免去想錢，把錢的問題留給其他人去操心，他總是假設自己夠用。）錢不是他父親，不是他父親的土地。

「背叛。」洛托說，氣得哭了。

他母親捧起他的臉，設法不要碰到他的青春痘。「不，親愛的，」她說，一臉燦爛的笑：「自由。」

洛托生悶氣。他獨自坐在沙子上，拿棍子戳死掉的水母。他在靠近A1A公路上的便利商店外喝思樂冰。

然後他去學校裡很酷的小孩都來吃中餐的攤子買塔可餅。他穿著馬球衫和格子布短褲和帆船鞋，像個小雅痞，但這一帶的女生都是上身只穿著比基尼去店裡買東西，而男生則打赤膊好把一身肌肉曬黑。他已經一八三公分高，到七月底就滿十五歲了。（獅子座，完全解釋了他這個人。）他的手肘和膝蓋都磨破了，稍嫌太長的頭髮在後頭紮成一撮。青春痘肆虐的爛臉。困惑，眨著眼睛，沒了父親，讓人很想緊緊抱住他安慰一下。曾有幾個女孩被他吸引，問過他名字，但他實在太不知所措了，因而顯得很無趣，結果他們就沒再理會他了。

他在一個野餐桌前獨自吃午餐。一小片芫荽葉沾在他嘴唇上沒擦掉，惹得一個帥氣的亞洲男孩大笑起來。那亞洲男孩旁邊坐著一個滿頭亂髮、塗了眼線的女孩，眉毛上方穿著一根安全別針，鼻子上有一顆假綠寶石閃著光。她盯著洛托看的眼神好熱切，讓他覺得自己的腳都開始刺痛起來。她在床上很厲害，他不曉得為什麼就是明白。女孩旁邊有一個戴眼鏡、表情詭祕的胖男孩，是她的雙胞胎弟弟。亞洲男孩是麥可，眼神熱切的女孩是關妮，胖男孩將會是最重要的，他名叫查理。

那天在塔可餅攤子旁還有另一個蘭斯洛，大家喊他蘭斯。這也未免太巧了。蘭斯瘦巴巴的，因為缺乏攝取蔬菜而顯得蒼白，走路裝得一跛一跛，帽子歪戴，上身的T恤長得都垂到膝蓋以下了。他一路耍著 Beatbox 口技去廁所，回來時身上有股臭味。他後頭那男孩朝他襯衫踢了一腳，掉下來一小塊大便。

有個人大喊：「蘭斯拉屎在自己襯衫上！」於是大家議論笑鬧了一陣子，直到某個人想起還有另一個蘭斯洛，就是這個新來的，既脆弱打扮又怪異的，於是有人問洛托：「新來的，我們是不是把你嚇得拉不出屎來了？」還有，「你的全名是什麼？拉不出屎來爵士？」他卑微地低頭垮坐著，然後放下食物，腳步沉重地離開了。雙胞胎和麥可在一棵海棗下追上他。「這件是真的Polo嗎？」查理問，摸著他的袖子。「一件要賣八十塊錢呢，查理，」關妮說：「別那麼消費主義了。」然後洛托聳聳肩說：「應該是仿冒的吧。」不過顯然不是。他們打量他好久。「有趣。」查理說。「他很可愛。」麥可說。他們兩人看著關妮，她瞇起眼睛看著洛托，雙眼只剩上了睫毛膏的兩條細縫。「啊，好吧，」她嘆氣，「我們就留下他吧。」她微笑時，臉頰上有個酒渦。

他們年紀稍長，要上十一年級了，他們知道一些他不懂的事。他展開以沙灘、啤酒、藥物為重心的生活。他還偷母親的止痛藥來分給大家吃。他失去父親的憂傷在白天變模糊了，不過到了夜裡，還是常常會哭著醒來。生日到了，他打開母親給他的卡片，發現裡面是一星期的零用錢，送這種禮物給十五歲的小孩是很愚蠢的。從夏天一路混到開學，九年級的課以他的記憶力根本易如反掌。每天放學後，他們就在海灘上混到夜裡。

「吸這個，」朋友們說：「抽這個。」他吸了，也抽了，暫時忘記一切。

關妮是三個新朋友裡最讓他感興趣的。她心裡有個什麼破了，但是沒有人告訴他是什麼。她會穿越交通繁忙的四線道，會在超市裡偷拿整罐的鮮奶油。他覺得她好像野人似的，但這對雙胞胎住在一棟平房住宅裡，有爸爸媽媽，而且關妮修了三門大學先修課。關妮渴望麥可，麥可會趁其他人沒注意的時候摸洛托的膝蓋，而洛托則在夜裡夢到自己脫掉關妮的衣服，讓她咯咯直笑。有回深夜，他握住她的手，她沒反抗，他就這樣握了好一會兒，捏了一下才放開。洛托有時想像自己用飛鳥的角度俯瞰著他們四人：一個追一個，不斷打轉，只有查理在圈外，悶悶不樂地看著另三人不斷地繞圈圈，很少試著融入。

「你知道，」查理有回跟洛托說：「認識你之前，我從沒有過真正的朋友。」當時他們在拱廊商店街，打電動玩具並談論哲學，查理的說法是源自他從救世軍那邊拿到的一堆錄音帶，洛托則是引用一本九年級課本裡的句子，雖然那些內容他其實並不懂。洛托仔細看著螢幕，看到小精靈映在查理油亮的前額和下巴上。查理把鼻子上的眼鏡推高，別開臉。洛托心軟起來。「我也喜歡你。」他說，而直到說出口，他才意識到這是真的：查理的粗野、孤單，還有對金錢純真的渴望，都讓洛托想到自己的父親。

洛托放縱的生活只撐到十月。不過短短四、五個月，卻改變了這麼多。

這個星期六傍晚，將會是最重要的轉捩點。那天從上午起，他們就一直待在沙灘上。查理和關妮和麥可躺在紅毛毯上睡著了。曬傷，海洋鹹味，喝了啤酒而嘴裡發酸。濱鷸，鵪鶉，海灘前方有個釣客拉起一隻三十公分長的金色魚。洛托看了好久，直到他在一本書裡看到的一個畫面緩緩成形：一條閃亮的石頭小徑伸進紅色的海中，像蜂鳥捲曲的舌頭。他抓起某個小孩留在沙灘上的鏟子，開始挖掘。他皮膚緊繃，像是裹了一層膠水：曬傷很嚴重，不過皮膚底下的肌肉愛死了這結果。健壯的身軀是榮耀。大海發出嘶嘶聲和咕嚕聲。其他三人緩緩地醒了。關妮站起來，穿著比基尼的身體發出輕微**爆響**。老天，他真想把她從頭頂舔到腳趾。她看著他在做的事，明白了。她很強悍，身上有穿洞，還自己用針和筆在身上刺青，但她的眼線容納不下雙眼。她跪下來，用前臂推平沙子。查理和麥可從海灘警察的小卡車上偷來鏟子。麥可拿著一罐從他母親那邊偷來的安非他命，倒了些在手掌上，讓大家舔起來吃掉。他們輪流挖掘，顎骨發出輕微的聲響。四個感到煩惱的孩子在十月初，從黃昏挖到天黑。紅紅的月亮升起來了，在水面灑下銀白的光。麥可收集了漂流木，在沙灘上升起一堆火。上一頓的三明治已經是好久以前的事了。他們的手磨出水泡且流血，但他們不在乎。在最中間的位置，整個螺旋的起點，他們翻倒一張救生員的高椅子橫放著，用沙子埋起來，然後用力把沙子拍實。一個接一個，他們大聲猜著洛托的這個雕塑到底是什麼：鸚鵡螺，小提琴頭，銀河。或是從紡錘上拉出來的線。大自然的力量，全然美麗，卻生命短暫，他們猜想。他害羞得不敢說出是**時間**。他醒來時嘴巴好乾，而且急著想把這個抽象的概念具體化，把他新的領悟建造起來：時間就是這個樣子，一個螺旋。他好愛這一切徒勞，好愛這件作品的生命短暫。海洋進逼沙灘。輕拍著他們的腳，推動著那螺旋的外牆，往裡摸索。當海水帶走那張救生員椅子上的沙子，露出底下宛如骨頭的白色部分時，有個東西破了，碎片旋轉著進入了未來。（這一天日後將會回頭，讓自己照亮一切。）

就在次日夜晚，一切告終。查理嗑了藥而失去現實感，在黑暗中從同樣那把豎起來的救生員高椅上跳下來。剎那間，後方的滿月照出他的輪廓，但接下來他的小腿著地，發出一個令人害怕的脆響。麥可趕緊把他送到醫院，留下關妮和洛托在黑暗的沙灘上，吹著秋天的冷風。關妮握住他的手，洛托感覺得到自己皮膚的興奮聲響——這是他的時刻——就要破處了。他騎著腳踏車，她坐在龍頭上，兩人到沼澤區一棟廢棄房屋裡參加派對。他們喝啤酒，看著那些比較年長的小孩圍著一個好大的火堆親熱，最後，關妮拉著洛托進了屋子。窗台上點著祈福蠟燭，一張張床墊上發亮的腿、臀部、手。（慾望！古老的故事以年輕的肉體重現。）關妮打開一扇窗，他們爬出去，坐在門廊的屋頂上。她在哭嗎？她的眼影在顴骨上形成了可怕的暗色鋸齒印子。她的嘴湊上，而他，自從搬到海灘後就沒有吻過女生，感覺到那種熟悉的白燙液體在骨頭內流動。這派對好吵。她把他往後推，讓他躺在沙沙的防水焦油紙上，他往上看著她發紅的臉，此時她拉起裙子，把內褲拉到一邊，而洛托，他向來隨時準備好，以前碰到有關女孩最抽象的聯想——濱鷸的足跡像胯下，大桶牛奶讓他想起乳房——總是令他興奮，但此刻，他卻沒準備好迎接這個太過突然的開始。但也無所謂，關妮還沒溼就硬是讓他進去。他閉上眼睛，想著芒果，裂開的木瓜，水果塔和甜點滴著汁液，然後幻想結束，他呻吟，全身變得好舒暢。關妮低頭看著他，咬著嘴唇露出一抹笑容，然後閉上眼睛離開他。她離得愈遠，洛托就愈想追上她，彷彿在灌木林地裡追著仙女。他想起自己偷藏的黃色雜誌，於是把她翻過身來，讓她雙手和膝蓋著地。她回頭朝他笑，他閉上眼睛不斷衝刺，手指埋入她的頭髮中，感覺到她像貓一般弓起背。這時他看到火焰從窗裡燒出來，但他沒停，停不下來。他只希望房子能撐到他完事。太美妙了，他非得做完不可。周圍有火焰燃燒的劈啪聲，還有像太陽一般的高熱，關妮在他身子底下顫抖，接著一——二——三，他在她體內爆發。

然後他在她耳邊大吼，說他們得走，快快快。他沒把衣服塞好，就趕緊來到屋頂邊緣，跳進底下的蘇鐵樹叢。緊接著關妮朝他跳下來，上翻的裙子像一朵鬱金香。他們爬出樹叢，他的小弟弟還垂在拉鍊外頭，幾個救火員諷刺地鼓起掌來。「幹得好，羅密歐。」其中一個說。

「我叫蘭斯洛。」他低聲道。

「我還情聖唐璜呢。」一個警察說，拿出手銬先銬住了洛托的雙腕，再銬住關妮。那段車程很短，她一路上不肯看他。他將再也見不到她。

然後是那間牢房，角落的馬桶旁有個髒兮兮的紙捲架，洛托倉促地拿起碎木片充當小刀防身，黎明時，那個閃個不停的燈泡終於破掉，化為一陣雨點般的碎玻璃。

家。莎莉冷酷的臉，瑞秋靠著洛托的胸膛吸大拇指。她才一歲大，就已經焦慮得全身緊繃。他們已決定了：必須讓他遠離那些不良少年。安托奈特進房後帶上門，大拇指關節扳得發出脆響，拿起電話。只要拿出夠多的錢，就能打通任何管道。到了下午，手續就辦好了。傍晚時，他拖著腳步登上飛機。他回頭看。莎莉抱著瑞秋，兩個人都在大哭。安托奈特站著，雙手叉腰。她臉上有一種扭曲的表情。是憤怒吧，他心想。（他想錯了。）

飛機的艙門關上，洛托因為他的罪而被放逐。

日後他將永遠不會記得這段往北的旅程，只記得整個人很震驚。那天早晨醒來時，他還在陽光燦爛的佛羅里達，但晚上要睡覺時，卻已置身寒冷陰沉的新罕布夏。宿舍裡一股男生臭腳丫的味道。他的肚子因為飢餓而發痛。

那天在宿舍餐廳吃晚餐時，有人拿一塊南瓜派砸上他的額頭。他抬頭看到其他男孩都在嘲笑他。有人大喊，**嗅，蠢南瓜派**。另一個人喊，**蠢佛羅里達派**，還有個人喊，**草包派**，得到最多笑聲，於是「草包派」就成了他的綽號。在此之前，他這輩子去過的都是悶熱的地方，走起路來都像是自己擁有那塊土地似的（他確實擁有那些土地）；但現在，他卻只能縮著頭跑過寒冷、堅硬的土地。草包派，對這些來自波士頓和紐約的男孩來說，他只是個鄉巴佬。一臉青春痘，童年的可愛消失了，太高，太瘦。一個南方佬，就是比不上別人。他的財富曾經讓他高人一等，但在這些有錢小孩面前，就變得沒什麼了不起了。

他老是在天亮前就醒了，坐在床邊發抖，看著窗子亮起來。心臟**砰—咚，砰—咚**，跳著。然後去自助餐廳吃冷掉的煎餅和半熟蛋，再走過冰凍的土地到學校的小禮拜堂。

他每個星期天傍晚六點打電話回家，但莎莉不太擅長閒聊，而安托奈特這陣子老是不出門，除了她看的電視節目也沒什麼好講的，瑞秋又太小了，根本說不出完整的句子。他的電話都講不到五分鐘就結束。接著又要在一片黑暗的大海中泅泳，直到下次打電話。新罕布夏沒有一樣是溫暖的，就連天空都有一種兩棲類的寒氣。體育館每天五點半開門，洛托就盡早趕到游泳池邊的熱水池泡著，想驅走骨頭裡那股冰冷。他漂浮著，想像他的朋友在陽光下抽大麻。如果他離關妮很近，他們早就玩過各式各樣他所曉得的性愛姿勢，甚至連傳說中的虛構招式都試過。只有查理寄信給他，但除了寫在春宮圖明信片上的笑話之外，他也沒多說什麼。

洛托幻想著體育館上方的橫樑，至少有十五公尺高。只要爬到上頭，朝泳池的淺水區跳水，一切就會結束。不，他會爬到瞭望台頂，在脖子上綁根繩子，再往下跳。不，他要偷偷進入學校的實驗室，偷一些浴室清潔劑粉末，當成冰淇淋吃下去，直到內臟都冒泡為止。他的想像中已經有了戲劇元素。家裡不准他回去過感恩節或聖誕節。「還要繼續懲罰我嗎？」他問。莎莉說：「這不是懲罰。你媽媽希望你有更好的生活。」更好的生活？他在這裡是草包派。他從來不講粗話，所以他也沒抱怨這個綽號。他的孤單哭號得更大聲。所有學生都參加運動，使他不得不去加入新手八人賽艇隊，雙手磨出了水泡、長成繭，成為自己的甲殼。

學務長找他去。他聽說蘭斯洛很心煩。他的成績很完美，他不笨。他不快樂嗎？學務長的眉毛像在蘋果樹上吃了一夜的兩條毛毛蟲。是的，洛托說他不快樂。嗯，學務長說。洛托個子高、聰明、富有。（還是白人。）像他這樣的男孩，日後就是要當領袖的。或許，學務長大膽說，如果他買點治療青春痘的洗面皂，就可以改善自己的處境。他有個朋友可以幫他開個處方：他要找便條紙，好把電話號碼寫下來。打開抽屜時，洛托瞥見了一把手槍熟悉的油亮閃光（高文的床頭桌，皮革槍套）。接下來好幾天，洛托滿腦子只想著那畫面，手槍的短暫一瞥，他手裡可以感覺到重量。

到了二月，英語課教室的門打開，一個穿著紅斗篷的討厭鬼走進來。那張臉像蠕蟲，麵糊色澤的稀疏頭髮。大家紛紛竊笑。那個小男人將斗篷甩著圈脫下，在黑板上寫了**丹騰．史瑞夏**。他閉上眼睛，重新張開時，他的臉充滿痛苦，雙臂伸出，像是抱著一個非常重的東西。他低語道：

哀號吧，哀號吧，哀號吧！啊，你們這些鐵石心腸的人：
我要是有你們的舌頭和眼睛，我會善加利用，
好讓穹蒼裂開。她永遠離去了！
一個人是死是活，我看得出來；
她已經死了，有如泥土一般。借我一面鏡子；
如果她的氣息能在鏡上呵出薄霧，
啊，那麼她就還活著。

沉默。沒有嘲笑。學生們靜坐不動。

洛托心中一個未知的空間亮了起來。這就是一切的答案。你可以拋開自己，化成另一個人。你可以打敗全世界最可怕的東西——滿屋子的男孩——讓他們安靜無聲。自從父親死後，洛托一直處於茫然狀態。但在這一刻，他的銳利猛然回來了。

那男人長嘆一聲，又變回他自己了。「你們的老師生病了。肋膜炎。水腫？由我幫他代課。我是丹騰．史瑞夏。接下來，」他說：「告訴我，年輕人，你們現在讀哪本書？」

「《梅岡城故事》。」阿諾．科伯低聲說。

「天主救救我們吧。」丹騰．史瑞夏說，拿了垃圾桶在座位間來回穿梭，把學生桌上的那本平裝本小說扔進去。「一個鎧甲幾乎完美無損的人，絕對無法對凡夫俗子感興趣。只要我教你們一天，你們就得讀莎士比亞。這才是良好的教育。更何況，我們都會在二十年內被日本人統治了。」他坐在書桌邊緣，兩手撐在鼠蹊前方。「首先呢，」他說：「我問你們，悲劇和喜劇有什麼不同？」

法蘭西斯科．羅德里蓋茲說：「嚴肅對比幽默，沉重對比輕盈。」

「錯，」丹騰．史瑞夏說：「這是陷阱題。兩者沒有不同，只是觀看角度的問題。說故事就像一片風景，悲劇就是喜劇，只是看你怎麼取景而已。看我這邊——」他雙手圈出一個方框，在教室裡面轉來轉去，停在一個綽號「瑞士捲」的胖男孩身上。丹騰吞下了他本來要說的話，又把雙手的方框挪到山繆．哈里斯——一個反應快、很受歡迎的深色皮膚男孩，是洛托賽艇隊上的舵手——身上，然後說：「悲劇。」大家笑了起來，山繆笑得最大聲：他的自信強大得像一堵牆似的。丹騰．史瑞夏又移動方框，停留在洛托臉上。「喜劇。」他說。洛托跟著其他人一起笑，不是因為他是笑話最後的關鍵，是因為他很感激丹騰．史瑞夏向他展示的戲劇效果，而且洛托總算找到一個可以活在這世界的方式。

春季戲劇公演時，他飾演法斯塔夫爵士；但下了台之後，他又回到那個悲慘的自己。「演得好！」丹騰．史瑞夏在課堂上聽洛托唸出《奧賽羅》中的獨白後這麼說，但洛托只是勉強擠出微笑，就回到座位上。在划船方面，他們的八人賽艇隊在練習中擊敗了校隊，他被擢升為艇尾的領槳手，掌控全船的節奏。然而，一切都還是好悲慘，即使到了樹葉發芽、鳥兒歸來的春天。

到了四月，莎莉哭著打電話來，洛托暑假不能回家了。「會有……危險。」她說，他知道她的意思是他的朋友們還在那附近閒晃。他想像莎莉看到他們走上高速公路，雙手就不自覺地轉動方向盤去壓爛他們。啊，他好想抱抱妹妹，她正在成長，她不會記得他了。他好想吃莎莉做的菜。好想聞到母親的香水味，讓她用夢幻的嗓音告訴他摩西或約伯的故事，彷彿他們是她認識的人。拜託，拜託，他甚至可以不離開房子，他低聲說，而莎莉只是安慰他，說他們三人暑假會來，大家一起去波士頓過暑假。在他心目中，佛羅里達變得陽光眩目，如果直視可能就會瞎了。他的童年在強光中變得模糊，無法看清楚。

他掛斷電話，絕望。沒有朋友。被遺棄。他強烈地自憐自艾起來。

晚餐時，在大家用薄荷布朗尼蛋糕打過一場食物大戰後，他擬出了計畫。

天黑了，當樹上的花朵像一隻隻蒼白的蛾之時，洛托出門。

行政大樓內有學務長辦公室，那辦公室裡有裝著槍的抽屜。他想像著學務長隔天早上開門時，發現裡面翻得一片凌亂，驚訝得顫抖後退。

莎莉和他母親會悲慟得大哭。很好！他希望他們哭一輩子，希望他們為對他做的事哭到死。只有想到妹妹的時候，讓他有點動搖。啊，她還那麼小，不會懂自己失去什麼。

那棟大樓一片黑暗。他摸索著找大門——沒鎖——一推就開了。命運幫了他一把（其實是某個人幫了他一把）。他不敢冒險開燈。於是沿著牆摸索前進：布告欄，衣帽架，布告欄，門，牆壁，門，角落……一片巨大黑暗空間的邊緣是大廳。他腦海中想像著，宛如白天：另一頭有兩道弧形樓梯。二樓的狹窄樓座上掛著一排肥胖白人的油畫，大樑上懸吊著一艘古董船。白天時，高高的天窗會有天光照進來，但今夜，那些窗子只是一個個黑洞。

他閉上眼睛，想勇敢地走到大廳盡頭。他走了一步，又一步。他好愛踩在地毯上那種柔軟的感覺，還有眼前令人眩暈的黑暗，他開心地往前跑了三步。

然後臉上被甩了一巴掌。

他跪倒，在地毯上扒找。鼻子又被撞了一下。他伸手，但什麼都沒有：不，又來了，他往後倒，輕擦過上方掠過的那個東西。他雙手亂揮，碰到布。布包著木頭，不是木頭，是海綿包著鋼心，不，不是海綿，是表皮硬掉的布丁？他往下摸，摸到皮革。鞋帶？鞋子？他嚇到了。

他趕忙往後爬，發出一個高音調的哀號，然後拚命在牆上亂摸，感覺好像過了好久，才終於找到電燈開關，在那可怕的光亮中，他發現眼前是那艘船，從天花板懸垂下來，一端歪倒，上頭吊著有史以來最可怕的聖誕節裝飾：一個男孩，死掉的男孩，臉色發青，舌頭伸出，眼鏡歪斜。那一刻他認出來了：啊，可憐的瑞士捲，吊在一艘八人單槳賽艇的艇首安全球上。他一定是爬上去，綁好繩圈，往下跳。他襯衫上到處都是晚餐的薄荷布朗尼。洛托發不出聲音了，轉身就跑。

首先趕來的是警察和救護車，接著學務長也來了。他帶了甜甜圈和一杯熱可可給洛托。他的眉毛在臉上不斷飛舞，唸叨著官司、模仿式自殺、消息外洩給報社。他載洛托回宿舍，但當車尾燈閃爍著遠去時，洛托又跑出來了。他沒法靠近其他男孩——此時他們正作著純真而焦慮的夢，夢到女生的咪咪和暑假的實習。

當教堂凌晨三點的鐘聲傳來，他發現自己來到禮堂，坐在舞台邊緣。

一排排空座位沒有人。他掏出口袋裡的大麻捲菸，本來是打算在吞子彈自殺前抽的。

一切都沒有道理。舞台右方傳來口哨聲。丹騰・史瑞夏，沒戴眼鏡且身穿磨舊的格紋睡衣褲，正一手拿著盥洗包穿過舞台。

「丹騰？」洛托說。

丹騰望著陰影，盥洗包緊抓在胸前。「誰在那裡？」

「不，你回答我：站住，雙手打開。」洛托說。

丹騰走到舞台後方。「喔，蘭斯洛。我差點被你嚇死了。」他咳了一聲說：「我是不是聞到了大麻？」

洛托把大麻捲菸放進他伸出的手指間，丹騰接過來吸了一口。

「你穿著睡衣做什麼？」洛托問。

「親愛的，我才要問，你跑來這裡做什麼？」他坐在洛托旁邊，然後歪著嘴笑了，「或者你是來找我的？」

「不是。」洛托說。

「喔。」丹騰說。

「但你在這裡。」洛托說。

他們抽完了捲菸，丹騰說：「為了省錢，我晚上都睡在戲服間裡。我也只能接受自己貧困到老的命。這裡還不算最糟糕的，沒有臭蟲，而且我很喜歡一直有教堂的鐘聲。」

說到這裡，碰巧三點三十分的鐘聲響起，他們大笑起來。

洛托說：「今天晚上我親眼看見一個學生上吊了。上吊了。上吊了。」

丹騰愣住了。「啊，孩子。」他說。

「我其實不算認識他，大家喊他瑞士捲。」

「哈羅德，」丹騰說：「那個孩子。我曾經要他跟我談，但他好悲傷。你們這些孩子好可怕。殘忍。啊，不是你，洛托。我絕對不是指你。我很遺憾竟然是你發現他。」

洛托覺得喉頭哽咽，想像自己從那艘船上垂下來搖晃著，直到門打開，電燈閃爍著亮起來。他忽然覺得，即使真的爬上樓梯，發現學務長室的門沒鎖，然後打開抽屜，手裡感覺到那把槍的重量，但他心裡仍會有個東西抗拒。他的人生絕對不可以這樣結束。（沒錯。他的時候還沒到。）

丹騰．史瑞夏雙臂抱住洛托，拉起睡衣一角擦他的臉，露出毛茸茸的肚子。洛托就坐在舞台邊緣，聞著清涼軟膏和李施德林漱口水和睡衣太久沒洗的氣味。

這蘭斯洛少年靠在丹騰膝上。好年輕，已經哭了好久，一時的悲從中來，轉成更深層的東西。這讓丹騰害怕。四點了。甜美的蘭斯洛，很有才華，但這樣也有點太誇張了，即使丹騰從他身上看到難得的火花。他看起來很有前途，但同時又像某種基本的成功要素已經飛走了，只留下殘骸，這就怪了，這男孩頂多才十五歲。唔，美貌會回來的，或許吧。他可能會在十年內變得迷人，變得高大又有魅力：他身上已經具備真正的演員站上舞台的架式。唉，丹騰知道，這世界充滿真正的演員。基督啊，四點半的鐘聲響起，他就要抓狂了。丹騰無法承受這種悲傷，他太軟弱了（悲傷只適合強者，他們利用悲慟當成燃料）。他心想，我恐怕會跟這男孩永遠困在這裡。他只知道有個辦法可以止住他的淚水，恐慌之下，他把那男孩推坐起來，摸索著他的大腿，把那出奇蒼白的小弟弟拉出他的牛仔褲，它在他嘴裡變得好大。感謝老天，光是這樣就足以止住他的啜泣。青春的棒子！同時具有青春的速度。啊，這塊堅實的肉體正在融化、解凍，決心要成為活力十足的朝露。丹騰．史瑞夏擦擦嘴，坐起身子。他做了什麼？那男孩的雙眼在陰影中消失：「去睡吧。」他低聲說。然後男孩沿著座位間的走道跑，衝出門，到外頭。可惜啊，丹騰心想，這麼戲劇化地被迫逃進黑夜裡。他會懷念這地方的，他會很遺憾沒有看著蘭斯洛成長，他站在那裡鞠了個躬，「祝福你。」他對著空蕩的戲院說，然後離開舞台去戲服間打包。

山繆．哈里斯為了賽艇隊而早起，望出窗外時看到可憐的草包派跑過黑暗的方院，他在哭。自從在秋季學期的中途轉學過來，他就一直很沮喪，整個人簡直散發出憂傷的顏色。山繆是跟草包派同艘賽艇的舵手，幾乎每天都坐在他膝蓋前，而儘管洛托算是同學中的賤民，但山繆擔心他，一九〇公分卻只有六十八公斤，面無表情，臉頰像兩塊槌薄的里脊肉片。他顯然是打算傷害自己。山繆聽到洛托衝上樓梯，便打開房門硬把他拉進來，拿母親從家裡寄來的手工燕麥餅乾給他吃，就這樣，山繆得知了整件事。啊老天，瑞士捲！洛托說警察來過之後，他坐在劇院裡好幾個小時，好讓自己冷靜下來。他好像還想再說些什麼，考慮著，又決定不說了。山繆很好奇。他想著他當參議員的父親會怎麼做，然後露出男人嚴肅的臉，伸手輕拍洛托的肩膀，直到他冷靜下來。感覺上他們像是跨過了一座橋，下一秒那橋就垮掉了。

有一整個月，山繆都眼看洛托拖著腳步在校園裡晃。學期結束過暑假時，山繆帶洛托去他們家在緬因州的夏季別墅。他在那裡，認識了山繆的參議員父親和細瘦靈巧的母親（她曾是亞特蘭大最上流黑人社交圈的名媛），體驗了駕駛帆船和烤蛤野宴、穿著Lilly Pulitzer和Brooks Brothers等名牌針織衫的朋友、香檳、放在窗台上冷卻的派、拉布拉多獵犬。山繆的母親買給他洗面皂和高級衣物，要他好好吃飯、站直身子。他漸漸找回自信。山繆四十歲的表姊在船屋硬是黏上他，他在她身上找到成就感；洛托很開心地發現，褐色皮膚的滋味跟粉白色一樣。回到學校升上二年級時，洛托曬得一身金黃，因而很容易讓人忽略他臉頰上的痘疤。他的頭髮更加金亮，整個人也比較放鬆。他開始有了笑容，會開玩笑，學會在舞台上和舞台下展現自己。他從不說粗話，展現出自己的冷靜。快到聖誕節時，自信有如塵捲風、褐色大眼炯炯有神的山繆發現，洛托的人緣已經比他更好，但他來不及介意了。每回山繆看著這位好友，想到多年來兩人的友誼，他就會明白自己創造了奇蹟，明白自己讓洛托起死回生。

然後，就在高二那年感恩節前的某一天，洛托溫習數學後回到房間，看到了查理，他臉色蒼白，身上臭呼呼的，癱坐在房門外的走廊上。「關妮……」查理說，呻吟著彎下腰。洛托把他拉進房間。他講得含糊不清，關妮嗑藥過量了。她不可能死啊，危險的關妮，充滿生命的活力，但她真的死了。發現的是查理。他逃家了，無處可去，只好來找洛托。米色的亞麻地板變成一片海洋，一再撲打著洛托的小腿。他坐下。事情竟然變化得這麼快。兩分鐘前，他還是個小孩，想著他的任天堂遊戲，擔心漸進線和正弦。但現在他變成沉重的大人了。稍後，他們兩個冷靜下來，到小鎮上去吃披薩，洛托跟查理說了他從火災那一夜之後就一直想跟關妮說的話：「我會照顧你的。」他覺得自己好勇敢。那個學期剩下來的日子，洛托把床讓給查理，自己睡地板也無所謂。（一直到洛托高中畢業、上大學，查理都會拿洛托自願給他的錢，到外頭的世界闖蕩，最後又回來。他盡可能去上每一堂課。他沒有學位，但他學了很多。如果沒人打洛托的小報告，那是因為他們愛洛托，而不是因為他們對查理有一絲在乎，他人緣太差了，只有洛托受得了他。）

洛托學到的教訓是，這個世界危險難測，人可能忽然就沒了。既然隨時可能會死，那就一定要享受人生！

於是與女人廝混的時期來臨。大老遠到紐約市去，在夜店裡玩到汗水溼透馬球衫，世紀中期現代主義的茶几上一排排古柯鹼粉，爸媽去外地過夜了……**沒事的，老兄，別怕，女管家才不在乎呢。**在某人的浴室裡跟兩個女孩玩三人行。「或許你今年暑假可以回來。」安托奈特說。「喔，你**現在**要我回家了。」洛托諷刺地說，拒絕了。他跟小學校長的女兒在袋棍球的球場。吻痕。他又去了緬因州，跟四十一歲的老表姊去髒兮兮的汽車旅館，跟鄰居女孩在吊床上，跟觀光客女孩夜裡游泳到帆船上……山繆羨慕地翻白眼。洛托用豐厚的零錢買了一輛Volvo旅行車。到九月又長高了八公分，一九八公分。他在戲劇公演裡飾演男主角奧賽羅。演女主角苔絲狄蒙娜的是住在鎮上的女孩，十七歲，那裡除毛後乾乾淨淨，讓洛托感覺像是青春期前的小女生。春天過去，夏天去緬因州。秋天，代表校隊參加查爾斯河划船賽，得到第二名。感恩節去山繆位於紐約的房子裡度過。聖誕節，莎莉帶他和瑞秋去蒙特利爾。「姆媽沒來？」他說，設法不要表現自己的傷心。莎莉臉紅了。「她對自己的樣子覺得難為情，」她柔聲說：「她現在很胖，親愛的。她幾乎不出門了。」他很早就被瓦薩學院錄取，也是唯一申請的學校，非常自負。他去那裡參加了很棒的派對，完全打掛其他派對，他沒理由去讀別的學校。那個週末他和山繆十五歲的妹妹一起慶祝，在一間殘障廁所裡。千萬不能告訴山繆。被狠狠瞪了一眼。我又不是白癡。驚喜！山繆也要去讀瓦薩學院了，雖然申請的學校全都錄取，但是跟洛托在一起太有趣了，去別的學校他會想念死他。他的畢業典禮只有瘦巴巴的莎莉和四歲的瑞秋來參加，瑞秋一見面就要他抱，不肯放開。姆媽沒來。為了彌補自己不要失望，洛托把母親想像成她扮演過的美人魚，而不是那個活像吞掉美人魚的肥胖婦人。在緬因州，山繆四十三歲的老表姊去了瑞士，可惜啊。山繆的妹妹穿著橘色比基尼泳裝，一個拖把頭男友老是黏著她不放，感謝老天。那個夏天他只有一個女孩，是個外型有如瓶爾小草的芭蕾舞者：她那兩條腿能做的事真厲害！玩槌球。看煙火。沙灘上的桶裝啤酒。賽艇會。

然後是暑假的最後一星期。山繆的父母淚眼朦朧，把拴在桌邊那隻新買的拉布拉多幼犬解開拴繩。「我們的男孩們，」她母親在龍蝦餐廳說：「他們長得好大了。」兩個男孩早就認為自己是成人嘍！但他們很給她面子，板著臉沒有笑出來。

從男子私立預校的沉悶校園來到宛如仙境的大學。女生浴室：塗滿肥皂的胸部。自助餐廳：女孩們舔著雙淇淋。才兩個月，洛托就被封為「冠軍種豬」。其實他不是不挑，只不過每個女人都有令他驚歎之處。像核果的耳垂、太陽穴旁柔軟的金色軟毛，這些特徵蓋過其他缺點。洛托想像自己過著反教士的人生，把靈魂獻給性愛。他死時會像希臘神話中的森林牧神薩提爾那般，一屋子輕靈的寧芙仙女圍繞著嬉戲，歡送他進墳墓。還是因為他最厲害的天賦真的是他的床上招數嗎？（錯覺！高個子男人四肢較長，所以心臟得費力輸送血液到血管末端。他的魅力讓其他人相信他其實更厲害。）

他的室友們不敢相信他跟這些女孩上床。主修傳染病的同學乳環令他著迷；穿水洗牛仔褲的鎮上姑娘是因為她高潮時很帶勁；主修神經科學的那位戴著厚厚的眼鏡、一本正經，則是專攻女上男下的逆騎乘體位。室友們會在交誼廳看著洛托帶女孩出現，等到兩人進了他的房間，室友們就拿出記錄著生物分類學的筆記本——

澳洲猿（*Australianopithecus*）：頭髮散亂的澳洲妞，後來成為知名爵士小提琴手。

刺耳潑婦（*Virago stridentica*）：性別不明的龐克女，洛托在城裡釣上的。

有蹄海妖（*Sirena ungulatica*）：畢業致詞代表，一百三十六公斤的身體上有張毛茸茸的臉。

那些女孩不會知道，那些室友也不認為自己殘忍。但兩個月後，他們拿本子給洛托看，他氣壞了。他大吼，罵他們有仇女病。他們只是聳聳肩。亂性交的女人活該被奚落，而男人只是本性如此，規則又不是他們訂的。

洛托從來沒能搞懂那些男人，因為他們沒機會登上任何書本。這些睡在床上的饑渴鬼魂，始終沒人注意他們。

那是洛托大學戲劇演出的最後一夜，《哈姆雷特》。籠罩了整座山谷一整個白天的烏雲在黃昏開始雷聲大作，化作雨水降下，晚到的觀眾都被淋得渾身溼透。歐菲利亞裸著身子，碩大的乳房遍佈藍色血管，像斯提耳頓藍紋乳酪般。哈姆雷特是洛托，洛托就是哈姆雷特。他每次表演，都贏得觀眾起立喝采。

在黑暗的舞台兩側，他轉了轉脖子，吸了一大口氣。有人在哭，有人點了根香菸。微光中傳來沙沙的腳步聲，還有低語聲。**是啊，我在金融界找到了工作……她站在陽台上，故意模仿他打嗝的樣子，同時還友善地歡迎他進來……祝你表演成功。大大成功！**

觀眾席裡的嘈雜回音逐漸安靜下來。布幕打開。一開場，衛兵踩著沉重的腳步走出來。「那邊是誰？」洛托內心裡的開關打開，他的人生逐漸淡去。整個人放鬆下來。

洛托的軀殼站在舞台兩側，看著自己變身成為哈姆雷特，從容上場。

當緊身上衣被汗水溼透、鞠躬謝幕時，他才又成為自己，觀眾席的喧譁聲響起，繼而是他最後一次的起立喝采。墨葛綽伊教授坐在第一排，左右的愛人以及愛人的愛人扶著他起身，用他維多利亞時代才女的聲音喊道：「很好！太精彩了！」他收下滿懷的花束。他睡過的女孩一個接一個來擁抱他，油亮的唇蜜沾到他舌上。這是誰？乖乖，是臉蛋神似可卡犬的布里姬，緊緊攫住他。他們上床過，才兩次吧？（八次。）他聽過她自稱是他女朋友，可憐。「派對見了，布里姬。」他柔聲說，趕緊脫身。觀眾逐漸散去。歐菲利亞捏捏他的手臂，晚點見？排演期間，他們在殘障廁所裡頭搞過兩次，他很享受。沒錯，他**會**再跟她約會的，他喃喃說，然後她離開了。

他把自己關在廁所隔間裡。整棟大樓空了，前門鎖上了。他從廁所裡出來時，戲服間空蕩無人，一片黑暗。他緩緩卸掉臉上的油彩，在黯淡的燈光中打量鏡中的自己。他重新塗上粉底，抹平臉上的痘疤凹痕，留著眼線，他喜歡眼線襯托出他鮮明的憂鬱氣質。成為這聖地最後一個離開的人感覺很好，換作其他地方，他會痛恨被獨自留下。但今夜，在他青春的最後一抹光輝中，他腦中充滿了活到今天所經歷過的一切：他憤怒迷失的佛羅里達、父親離去所留下的傷痛、母親對他的強烈信心、照看著他的上帝、性交中那些令他一時忘我的迷人肉體。種種往事一波波湧入他的腦海。懷著這股強烈迸發的情感，他走過暗夜的雨中，前往大老遠就聽得到聲音的慶功派對。進去時，眾人鼓掌喝采歡迎他，有個人拿了一瓶啤酒放在他手裡。幾分鐘後，也或許是十億年後，他站在窗台上，背對著窗外雷電交加的大雨。

樹木變成了一連串發亮神經元的剪影。校園很快就燒成餘燼，緩緩化成灰。

在他腳下，熱鬧的派對裡是種種九〇年代早期最流行的元素，中空裝和穿孔和掩蓋後退髮際線的棒球帽，牙齒被紫外線燈染成紫色，褐色唇膏和褐色眼線和夾式耳環和機車靴和外露的四角內褲和扭腰擺臀的香豔辣舞，還有Salt-N-Pepa樂團和發著綠光的頭皮屑和衣服上除臭劑留下的斑痕和打亮發光的顴骨。

不曉得怎麼回事，反正有人用彈性繃帶把一瓶水固定在他頭上。然後大家大喊：「瓶裝水王子萬歲。」糟糕，這可不妙。他的朋友發現他的錢是哪裡來的了。他一直隱瞞著，老天在上，他平常都開破舊的Volvo車呢。他發現自己的襯衫不知何時脫掉了，更利於炫耀肌肉。他意識到從房間各個角度看過來自己會是什麼樣子，意識到那瓶水害他很不體面，於是擺出軍人的威風姿態，挺起胸膛。現在他手裡拿著一瓶琴酒，朋友們大喊著：「洛托！洛托！洛托！」這時，他把瓶子湊到唇上，仰天喝了一大口，這些酒會害他腦子糊塗到明天早上，讓他的思緒一團混亂。

「世界末日就要到了，」他吼道：「何不上床找樂子？」

他腳下跳舞的男女們一陣喝采。

他舉起雙臂。（決定性的抬頭。）

在門口，忽然間，她。

那個剪影很高，門廳的燈光在她溼溼的頭髮上形成光環，她身後的樓梯上是川流不息的人影。她正看著他，可是他看不到她的臉。

她轉動頭部，於是他看到了半張臉，堅強而鮮明。高高的顴骨，豐潤的嘴唇，小巧的耳朵。她因為走過雨中而全身滴著水。隔著嘈雜而熱舞的人群，她依然令人驚歎，他第一眼就愛上她。

他見過她，知道她是誰。叫瑪蒂德什麼的。美得彷彿走過校園時都照得牆壁亮晶晶，她所碰觸之物都發出磷光。到目前為止，對洛托來說，她都高不可攀——到目前為止，對全校的每個人來說都高不可攀——已經變成神話人物。沒有朋友。冰冷如霜。她週末都去紐約市。她是模特兒，所以有那些時髦的衣服。她從不參加派對，像希臘神話中的諸神，優雅地棲息在奧林匹亞山。是了，她叫瑪蒂德·約得爾。但今夜的勝利感促使他準備好迎向她，而她註定要在這裡和他相遇。

在他身後的喧鬧暴雨中，也或許在他心中的轟然烈焰中，他朝那些扭腰擺臀的身體往下跳，膝蓋撞到山繆的眼睛，把幾個可憐的小個子女孩撞得倒地。

洛托努力游出人群，划向瑪蒂德。她身高一八三公分，腳上穿著翻邊的及踝短襪和高跟鞋，雙眼到他嘴唇的高度。她抬頭冷靜看著他。他已經愛上了她暗自忍住的笑容，沒有其他人看得到。

他感覺到這一幕的戲劇性。同時也感受得到有不少人正看著他們，認定他和瑪蒂德在一起會是多麼美好的一對璧人。

剎那間，他重生了。過去的一切都不算數。他雙膝跪下，握住瑪蒂德雙手，按在自己的心口。他往上朝她大喊：「嫁給我！」

她頭往後一仰，露出白色的蛇頸，大笑著說了什麼，但聲音被淹沒了。洛托看著她漂亮的嘴唇似乎在說「好」。日後，這個故事他會講上幾十次，提到紫外線燈，還有一見鍾情。多年來所有聽到的朋友們都身體前傾，充滿興趣聽他講述這段祕密情史，咧嘴笑著。瑪蒂德坐在餐桌對面看著他，表情莫測高深。每回他說這個故事，都會說她當時說：「當然。」

當然。好。一扇門在他身後關上，另一扇更好的門打開了。

3

觀點的問題。畢竟，從太陽的位置，人類是個抽象概念。地球只不過是個旋轉的光點。湊近了看，紐約市只是其他光團中的一團亮光；更湊近些，才逐漸看出一棟棟發亮的建築物。曙光透進窗子，照到的身體全都一樣。只有把焦點更湊近，才能看到鼻孔旁的痣，睡眠中貼著乾燥下唇的牙齒，還有腋下如羊皮紙般的皮膚。

洛托把鮮奶油倒進咖啡裡，叫醒他的妻子。錄放音機裡播著音樂，蛋煎好了，碗盤洗過了，地板也掃了。啤酒和冰塊買來了，點心準備好了。下午過了一半，一切都閃亮就緒了。

「現在還沒有人來，我們可以——」洛托在瑪蒂德耳邊說。他把她頸背的長髮撥開，吻她那裡突出的關節。這脖子是他的，屬於他的妻子，在他手底下發亮。

一開始源自身體那強烈的愛，早已綿密地擴散到所有的一切。他們在一起五星期了。第一個星期沒上床，瑪蒂德真是吊人胃口。直到週末去露營，才發生癡迷的第一次，次日早晨起床小便時，他發現陰莖從頭到尾都沾了血，才知道原來她是處女，這就是為什麼她之前不肯跟他睡覺。他在清新的晨光中轉向她，她正湊在冰冷的溪水中洗臉，抬頭時臉頰紅紅的，沾了水而發著光，他覺得她是自己這輩子所認識最純潔的人了，而他一直在為純潔做準備。當下他就知道，他們將會私奔，畢業後他們會去紐約市定居，從此一起過著快樂的生活。結果他們的確很快樂，不過還是對彼此陌生。昨天他才發現她對壽司過敏。今天早上，他跟姑姑講電話的時候，看到瑪蒂德淋浴出來用毛巾擦乾身體，他於是想到她完全沒有家人，忽然覺得好難過。她少數提到過的童年，籠罩在受虐的陰影中。他想像著那個情景，歷歷在目：貧窮，住在破爛的拖車屋，壞心的——她暗示還有更差勁的——舅舅。她對童年最深刻的記憶，就是從來沒關掉的電視。學校的救濟，獎學金，兼差模特兒賺零用錢。他們兩人開始拼湊彼此的種種故事。比方她小時候孤單住在鄉下，寂寞到讓一隻水蛭在她大腿內側待了一星期。比方她在火車上被一個長相怪異的男人相中，開始當模特兒……瑪蒂德的過去好悲慘、好黑暗又好空虛，她一定是花了極大的意志力，才有辦法把那一切拋在腦後。現在她只有他了。知道自己就是她的一切，讓他很感動。他不會要求她更多了。

屋外是紐約市六月的炎熱白晝。很快地，派對就要開始，幾十個大學時代的朋友們會走下樓梯，參加他們所謂「暖屋」的新居派對，不過這屋子已經熱得冒煙了。眼前他們待在屋內，很安全。

「已經六點了，我們邀他們五點半來。不行啦！」瑪蒂德說。但他不聽，雙手撩起她的孔雀裙，伸進她的棉內褲裡，一路摸到胯下。他們結婚了，他名正言順。她臀部往後靠著他，雙手放在那面廉價長鏡子的兩端，他們臥房裡僅有的東西，就是這面鏡子和床墊和幾個堆疊起來裝著衣服的行李箱。一道斑斕如虎的陽光從氣窗躍進來，在乾淨的松木地板上徘徊。

他把她的內褲褪到膝蓋，然後說：「很快就好。」這一點有爭議。他看著鏡中的她閉上眼睛，潮紅逐漸蔓延到她的臉頰、嘴唇，以及頸部凹陷處。她貼著他膝蓋的雙腿後側潮溼而顫抖。

洛托覺得擁有好多。擁有什麼？一切。這戶西格林威治村的公寓有個完美的私有花園，由樓上那壞脾氣的英國阿婆照顧，即使現在，仍可看到她肥胖的大腿在窗外的虎斑百合間移動。這戶公寓只有一個臥室，但是很大；在地下室，但是有房租管制，所以價格合理。從廚房或臥室，可以看到行人的腳，看到拇囊炎或腳踝的刺青。埋藏在下頭很安全，以備災難發生，颶風和炸彈都被地面和層層街道隔絕在外。流浪了這麼久，他終於得以扎根在這裡，扎根在這個妻子身上，她有精緻的五官，貓一般的憂鬱雙眼，還有雀斑和頎長的身軀，同時懷著一股強烈的禁忌氣息。之前他打電話給母親說他結婚了，她說了些好可怕的事情。太恐怖了，光想到他就要淚眼朦朧。但今天，就連紐約市也呈現出最誘人的一面。就像誘人的經典嚐鮮菜單般，此時剛進入華麗的九〇年代，女孩們顴骨上打了發亮的化妝品，衣服上雜著銀線，一切都充滿了性愛與富裕的跡象。洛托會把這些全都囫圇吞下，樣樣都完美而豐饒。他是蘭斯洛·賽特懷，心中有熾烈的太陽。這個無與倫比的**一切**，就是他正在性交的對象。

面對著鏡子，他自己的臉在瑪蒂德潮紅而張著嘴的臉後頭回瞪著他。他的妻子，像隻受困的兔子，震顫而激動。她雙臂彎曲，臉變得蒼白，然後她跌向鏡子，發出一個脆響，裂痕把他們的臉劃成扭曲的兩半。

門鈴發出悠長而緩慢的顫音。

「馬上來！」洛托喊道。

在走廊裡，查理手裡拿著一個巨大的黃銅佛像，是在途中的一個大型垃圾箱裡找到的，他把那佛像在手裡轉了一下，說：「他們在打炮，跟你賭一百塊。」

「豬頭。」丹妮卡說。畢業後她瘦了好多，瘦得像一捆纏著紗布的木棍。她本來打算等洛托和瑪蒂德一開門——如果他們真會開門的話——就要馬上說出查理和她不是一起來的，他們只是在外頭人行道上巧遇而已，說她根本不會跟查理這小矮子共處一室。他眼鏡的鼻樑架用膠布黏了起來。他的嘴巴像個烏鴉嘴，不斷唱著痛苦哀傷的歌。她從一開始就好討厭他，看著他去學校找洛托，一待好幾個月，待到大家都以為他是瓦薩的學生；但他其實不是，連高中都沒畢業，只不過是洛托從小認識的老友而已。眼前她更討厭他了，胖呼呼的冒牌貨。「你聞起來就跟垃圾沒兩樣。」她說。

「因為跳進垃圾箱了啊。」他說，勝利地舉起那個佛像。「如果我是他們，一定成天都只想上床。瑪蒂德長相很怪，不過我很樂意跟她搞。洛托打炮經驗夠豐富了，現在一定成了專家。」

「對吧？他最風流了，」丹妮卡說：「大家都不怪他，因為他看人的眼神。如果他真的很帥，倒不會那麼致命，可是跟他在同一個房間裡面待五分鐘，你滿腦子只想脫掉衣服。而且他是男人。要是女生像洛托那樣到處跟人上床，那她就會被講得很難聽，被大家排擠。可是男人可以跟一百萬個人睡覺，因為每個人都覺得男人本來就這樣。」丹妮卡一遍又一遍猛按電鈴。「總之呢，我給這段婚姻一年。拜託，誰會二十二歲就結婚啊？礦工會，農夫會，但**我們**不會。搞不好不到八個月，洛托就會跟樓上那可怕的阿婆搞，外加找他當男主角的更年期女導演，還有任何他看對眼的。然後兩個人很快離婚，瑪蒂德會嫁給某個歐洲小國的王子之類的。」

他們大笑。丹妮卡用摩斯密碼ＳＯＳ的節奏按著電鈴。「我跟你賭，」查理說：「洛托不會偷吃，我從他十四歲就認識他。他很狂妄沒錯，但是他很忠實。」

「賭一百萬元。」丹妮卡說。查理放下佛像，兩人握了手。

門打開，一身亮麗的洛托出現了，太陽穴上冒出汗珠。隔著空蕩的客廳，他們瞥見瑪蒂德衝進浴室，像一隻藍色閃蝶闔起翅膀。丹妮卡吻洛托時，還得努力克制著不要舔他的臉頰。鹹鹹的，老天，好美味，像剛出爐的蝴蝶脆餅。每回一靠近他，她總是變得有點軟弱。

「十萬個歡迎。我想哭又想笑，我輕鬆又沉重。」洛托說著莎劇中知名的台詞。歡迎。可憐。他們東西好少。煤渣磚和夾板做成的書架，大學交誼廳裡丟掉不要的沙發，搖晃不穩的餐桌和椅子是戶外用的。不過整個地方感覺好幸福，丹妮卡忽然羨慕起來。

「很簡樸。」查理說，邊把那個大佛像舉起來，放在壁爐台上，讓佛像微笑俯瞰著白色的客廳。查理擦了擦佛像的腹部，然後走進廚房找洗碗精，用雙手捧著水潑在身上，好洗掉垃圾的臭味。從廚房裡，他看著人潮湧進門，一個個假仙、冒牌貨，還有那些開心的預校文青。自從當年洛托被送去讀寄宿學校，然後是大學，查理就得跟這些文青競爭。那可怕的山繆，老是自以為是洛托的摯友。無論查理怎麼侮辱他，山繆都不為所動：查理知道自己地位太低了，不過是條鼻涕蟲，所以山繆根本沒在理他。洛托比所有人都高，對著大家逐一展現喜悅和溫暖，每個人進門時都眨著眼，被他的笑容搞得目眩。他們遞出禮物：裝在赤陶花盆裡的吊蘭、半打啤酒、書、葡萄酒。這些人打娘胎裡就是雅痞，模仿父母的規矩。再過二十年，他們就會有鄉間住宅和取了做作名字的子女，他們會有網球課和醜汽車，跟實習的年輕辣妹搞外遇。特權階級的颶風打轉著喧鬧又有毀滅性，但中心卻空無一物。

查理心中默默立誓，再過二十年，我會報復你們所有人。他哼了一聲，滿肚子火。

瑪蒂德站在冰箱旁，皺眉看著查理腳邊的積水，還有他卡其短褲上的水漬。她下巴有一塊莓紅色的擦傷，擦了化妝品也蓋不住。

「嘿，臭臉婆。」他說。

「嗨，臭雞巴。」她說。

「你用你那髒嘴親我朋友嗎？」他說，但她只是打開冰箱，拿出一缽鷹嘴豆泥和兩瓶啤酒，給了他一瓶。他聞得到她的氣味，絲綢般金髮上的迷迭香，象牙肥皂，明確無誤的性愛氣味。啊，沒錯。他猜對了。

「去跟大家混吧，」她說著往外走：「可別逼任何人揍你啊，查理。」

「需要冒險毀掉這完美？」他說，指著自己的臉：「絕對不會。」

一具具身軀在暖熱的空間裡移動，就像水族箱裡的魚。在臥室裡，一群年輕女生圍在一起。他們正看著上方氣窗外的那叢鳶尾花。

「他們怎麼住得起這裡？」納塔麗低聲說。她對於赴這個邀約好緊張——洛托和瑪蒂德太迷人了——因而還得灌下兩杯烈酒才敢出門。她現在已經醉得很厲害了。

「有房租管制啊！」一個穿著皮革迷你裙的女孩說，四下張望著期盼有人來救她。納塔麗一加入後，其他人都悄悄溜掉了。如果是在大學時代的派對上，你喝得有點醉，就會覺得納塔麗這種人還不錯。但現在他們已經進入現實世界了，而她就只是一直在唸叨錢的事情。聽得快煩死了。他們都很窮。剛畢業本來就很窮，別再抱怨了。迷你裙女郎抓住一個經過的雀斑姑娘。他們三個曾在同一個時期跟洛托上床，每個人都暗自相信他最喜歡自己。

「對，」納塔麗說：「但是瑪蒂德連個工作也沒有。天曉得如果她還在當模特兒，那我就相信他們負擔得起，但是她已經找到了老公，哪裡肯工作了。換作是我，只要有人肯雇用，我就會繼續當模特兒。而且洛托是**演員**，儘管我們都認為他很會演，但他又不是要去演湯姆．克魯斯的下一部電影。我的意思是，他皮膚太糟了。沒有冒犯的意思！我的意思是，他非常**出色**沒錯，但是就算演員工會的人，要維持生計也很困難，更何況他根本連加入演員工會的資格都還沒有。」

其他兩個人彷彿隔著很遠的距離看著納塔麗，看著她外凸的眼睛，嘴唇上方沒清除的汗毛，歎了口氣。「你不曉得？」迷你裙女郎說：「洛托是有錢人家的公子。瓶裝水，你知道漢姆林礦泉水嗎？就是他們家的。他母親是佛羅里達女王，身家十億。他們只要花點零頭，就能買到上東城一戶豪宅公寓，樓下有門房的那種。」

「他們這樣過日子，真的很簡樸，」雀斑姑娘說：「他最棒了。」

「她就正好相反了。」納塔麗說，壓低了嗓子。另外兩人湊近一步，低頭傾聽。八卦消息的交流。「瑪蒂德是個層層包裹的謎中謎，她在大學裡一個朋友都沒有。我的意思是，**每個人**在大學裡都會有朋友。她是哪裡來的？沒人曉得。」

「是啊，」迷你裙女郎說：「她好冷靜又好沉默，冰霜女王。可是洛托好吵，溫暖，性感。剛好相反。」

「老實說，我不明白。」雀斑姑娘說。

「哎呀，第一次結婚嘛。」迷你裙女郎說。

「猜猜看最後他們分手時，會是誰甩了誰！」雀斑姑娘說。他們大笑起來。

這個嘛，納塔麗心想，那就難怪了。這戶公寓，代表洛托和瑪蒂德不隨波逐流的作風，選擇創作類行業的勇氣，還有自戀。納塔麗以前想當雕塑家，而且的確非常厲害。她曾焊接出一個二．七五公尺高的不鏽鋼ＤＮＡ雙螺旋結構，陳列在高中的科學大樓裡。她一直夢想著要做出巨大的移動式結構，比方陀螺儀和玩具風車，只靠風力旋轉。但她父母要她找個正經工作，這點也沒說錯。於是她在瓦薩主修經濟學和西班牙文，非常務實，可是現在她在實習期間，只能分租皇后區一個充滿樟腦丸的小隔間。她的一隻高跟鞋上頭有個洞，每天晚上都要用瞬間膠黏好。這樣的生活好辛苦，完全不是校方當初保證的美好前途。當初她申請大學時，在郊區老家的床上看著那本宣傳小冊子，簡直就像看黃色書刊般著迷，上頭寫得非常清楚：進入瓦薩，保證就會像那些歡笑的美好年輕人一樣，過著鍍金般的人生。但沒想到，這個黯淡的公寓和爛啤酒，恐怕就會是她這陣子最像樣的人生了。

走出房門，來到客廳，她看到洛托低著頭看山繆．哈里斯，因為他的笑話而大笑。山繆的老爸是華府名聲最差的參議員，他就是那種為了娶到讓大家跌破眼鏡的老婆，就把所有同理心耗光的人，他希望確保其他人都沒有能力為自己做決定。他反移民，反女權，反同性戀，這還只是小菜而已。山繆或許值得稱許的一點是，他創立了學校的自由派社團。但洛托和山繆都有一種貴族天生的傲慢，那是從山繆很跩的老媽身上學來的。她曾讓納塔麗覺得自己卑賤得一文不值，只因為納塔麗短暫跟山繆交往期間，有回在餐桌上用餐巾擤鼻涕。洛托的魅力是會讓你覺得自己很有趣，但山繆只是讓你自慚形穢。納塔麗忽然很想抬起她穿著馬汀大夫鞋的腳，朝這兩個愚蠢的富家公子臉上踹過去。她歎了口氣。「瓶裝水非常不環保啊。」她說，但另外兩個人已經離開，去角落裡安慰正在哭的布里姬——她還深愛著洛托。看她站在高瘦的金髮瑪蒂德旁邊，完全被比下去了。納塔麗對著那面破裂的鏡子皺起眉頭，她只看到一個有裂痕的女孩，撇著一張忿忿不平的嘴。

洛托在人群裡移動。有人放了女子樂團En Vogue的ＣＤ專輯，當然，很諷刺，不過他喜歡她們的嗓音。公寓熱得要命，傍晚的太陽像個窺淫狂般照進來。但是全都無所謂，他大學的朋友又在此重聚了。他拿著啤酒站在門口，暫時靜下來旁觀著。

納塔麗正在玩倒立灌啤酒的遊戲，幾個從街角咖啡店來的男子幫她抓著腳踝，她的襯衫半遮掩著肉呼呼的肚子。山繆眼睛底下有兩個明顯的黑眼袋，大聲說著他上星期在投資銀行上班九十個小時。美麗的蘇珊娜正把臉湊進冷凍庫好消暑，她因為拍了洗髮精廣告而容光煥發。洛托按捺住自己的羨慕。她根本不會演戲，但是她外型清純柔美。他們大三時上過床，她嚐起來像鮮奶油。當年跟他在划船隊一起擔任隊長的阿尼去上了調酒學校，這會兒正起勁地忙著混合出一杯「紅粉松鼠」雞尾酒，臉上有一道道杏黃色的助曬霜痕跡。

在他身後，一個洛托不認得的聲音說：「西洋棋的謎語裡，哪個字是禁忌？」

另外一個人停了一下，然後說：「西洋棋？」

第一個人又說：「你還記得我們大一的波赫士研討班！」洛托大笑起來，他真喜歡這些自命不凡的臭小子們。

他下定決心，以後每年都要辦這樣的同學會派對。這會是他們每年六月的節日，老友們聚在一起，來的人愈來愈多，到最後還得租飛機棚才能容納那麼多人，讓大家一起喝酒、喧鬧、跳舞到深夜。紙燈籠、煮蝦、某人小孩組的藍草音樂樂團。當你的家人不理你，你就會創造自己的家庭，像洛托這樣。他一生最渴望的，就是這種擁擠、汗溼、暈陶陶的感覺。眼前就是最高峰了。老天，他覺得好幸福。

這是什麼？一片水花自面對著花園的氣窗裡灑進來，那個老太婆往下朝著他們大吼，手裡的水管對著派對噴灑，在吵鬧的音樂和喊叫聲中，幾乎聽不見她的聲音。女生們尖叫，他們的夏季洋裝黏在美麗的皮膚上。柔軟。溼潤。他可以全部吃光光。他想像自己置身於一堆手腳和乳房中，一張紅色的嘴張開，湊向他的——但是，啊，他不能這樣。他結婚了。他咧嘴笑了起來，看著自己的妻子，她正匆忙朝門口走，要去樓上交涉。而那個肥老太婆還隔著窗子尖叫：「野蠻人！克制一下！小聲一點！野蠻人！」

瑪蒂德柔聲勸慰她，面對著花園的窗子關上了，朝向街道的窗子則打開，反正那邊背對著陽光，也比較涼快。儘管陽光還是照了進來，但大家繼續擁吻、貼身熱舞起來。音樂聲音調高一格，大家的嗓門也更大了。

「……革命的前端。東德和西德統一了，接下來會有一波對資本主義的大反彈。」

「愛蓮・西蘇很性感。西蒙・波娃。蘇珊・桑塔格。」

「既然是激進女權主義者，就不可能性感。」

「……孤單是人類的基本處境。」

「真諷刺！只有你會在狂歡場合說這種話。」

洛托的心臟在胸口猛跳，瑪蒂德身穿那件艷藍色的裙子朝他走來。他像藍色獅子般一躍而起。她的髮辮垂在左胸前，她是世間一切美好的中心。他正走向她，她就拉著他回頭往前門走。門開著。一個很小的人影站在那兒。驚喜！他的妹妹瑞秋梳著兩條辮子、身穿吊帶工作褲，注視著眼前喝酒和熱舞和抽菸的場景，驚恐得有如接受洗禮的嬰兒，緊張得抖個不停。她才八歲，脖子上掛著一面無陪伴兒童的吊牌。一對中年夫婦穿著同款登山靴，站在她身後皺眉看著屋內。

「瑞秋！」他喊道，把她整個人抱起來，帶進門裡。他的朋友們讓開一條路。熱吻停止了，至少在客廳裡是如此，但是臥室裡面發生了什麼事就不曉得了。瑪蒂德放開瑞秋，他們只見過一次，就是幾星期前洛托的姑姑帶著瑞秋來參加畢業典禮時。當天晚餐席上，瑪蒂德一時衝動把自己的祖母綠項鍊送給瑞秋，而瑞秋正摸著那條項鍊。「你怎麼會跑來？」洛托和瑪蒂德在吵鬧中大聲喊著。

瑞秋稍微避開瑪蒂德，覺得她身上有股臭味。瑪蒂德說過，止汗劑會害你得阿茲海默症，香水會讓你得蕁麻疹。瑞秋含淚說，「洛托？你不是邀請我來嗎？」

她完全沒提自己在機場等了三個小時，也沒提到那對好心但表情嚴厲的夫婦看到她在哭，就主動提議開車送她過來。洛托最後終於想起她要來的事，但是記憶很模糊，因為他早就忘了他妹妹要來過週末。當初他在電話裡答應莎莉姑姑，但還沒走到另一個房間告訴瑪蒂德，他就忘得一乾二淨。他胸中湧起一股羞愧，想像他妹妹獨自站在機場出關口的恐懼和痛苦。天哪，如果有壞人抓走她怎麼辦？如果她碰到的是可怕的人，而不是這兩位站在啤酒桶旁、身上有印花大手帕和安全扣環、正因為想起自己年輕時的狂野派對而大笑的親切夫婦呢？如果她碰到變態呢？他腦中閃過人口買賣的畫面，瑞秋跪在廚房裡洗地板，被關進某個人床底下的箱子裡。她看起來似乎之前一直在哭，小眼睛紅紅的。搭陌生人的便車一路從機場過來，一定把她嚇壞了。他希望她不會告訴姆媽，但反正母親對他早就失望透頂了。他剛私奔結婚時，母親跟他說過的事還深深烙印腦海裡。他真是個大渾球。

但瑞秋還是用力抱著他的腰，瑪蒂德臉上的怒容也不見了。他配不上周圍這些把事情辦妥當的女人（或許的確如此）。他跟瑪蒂德低聲商量了一下並拍板：派對繼續進行，但他們要帶瑞秋到街角的餐館吃晚餐。他們會在九點前把瑞秋送上床，鎖上臥房門，把音樂關小聲。這個週末他們會盡力彌補她。早午餐，看電影加爆玉米花，再去著名的 FAO Schwarz 玩具店，在鋼琴地板上跳舞。

瑞秋把自己的東西擺進放露營用具和雨衣的櫃子裡。才轉身，立刻有個矮個子深色皮膚的男人——山繆？——跟她搭訕，他看起來非常疲倦，說著他在銀行或哪裡的工作重要得**不得了**。拜託，幫顧客兌換支票或找零能有多困難啊。這種工作瑞秋就會做了，而她才三年級而已。

她偷偷溜開，把一個裝了禮物的信封塞進她哥哥的後口袋裡。她開心想像著他打開信封時的表情：她存了六個月的零用錢，將近兩千元。八歲的小孩有這麼多零用錢真是太瘋狂了。她會有什麼必要的花費呢？姆媽知道了會氣死，但瑞秋一直很替可憐的洛托和瑪蒂德**氣憤**，她無法**相信**他們結婚後，姆媽就斷絕金援。拜託，錢根本阻擋不了他們：瑪蒂德和洛托註定是要在一起的，就像湯匙就該放在抽屜裡。而且他們需要這些現金。看看這個小小的黑洞，根本沒有什麼家具。她從沒見過這麼空蕩的地方。他們連電視機都沒有，也沒有燒水壺或地毯。他們**窮死了**。她又偷偷回到瑪蒂德和哥哥之間，她鼻子貼著洛托，因為他聞起來像溫暖的乳液，而瑪蒂德聞起來，唔，就像她當童軍時去過的那些高中角力隊場地，簡直沒法呼吸。終於，機場裡壓垮瑞秋的那種恐懼逐漸消退，被一股濃濃的愛蓋過。這裡的人好性感，喝得好醉。她很驚訝那些人滿口說著**幹**和**狗屎**。安托奈特從小就一再告誡他們，說只有口語表達低能的人才會說粗話。洛托就從不說粗話，他和瑪蒂德是正派的大人。她長大後要像他們一樣，活得循規蹈矩，乾乾淨淨，活在愛裡。她看著暈眩的人體，在傍晚的太陽中，在公寓內六月的暑熱裡，還有那些酒和音樂。她對人生的所有想望就是這樣：美麗，友誼，快樂。

太陽斜照著，晚上八點了。

冷靜。溫和。秋天的尾聲。空氣中的寒意像是一種預兆。

蘇珊娜從通往花園的門走進來。新鋪了黃麻地毯的這戶公寓一片安靜。她發現瑪蒂德獨自待在那小小的廚房裡，正把油醋醬汁拌進比布萵苣裡。

「你聽說了嗎？」蘇珊娜低聲說，但看到瑪蒂德轉過臉來時，她整個人愣住了。稍早蘇珊娜想到，走進這戶剛漆了鮮黃色油漆的公寓，就像走進太陽裡，令人眩目。但這會兒那顏色映在瑪蒂德的淡棕色雀斑上。她一頭金髮剪了個左右不對稱的髮型，右邊到下巴，左邊到衣領，襯托出她的高顴骨。蘇珊娜感覺到一股強烈的吸引力。怪了。這麼久以來，瑪蒂德似乎一直都很平凡，被她丈夫的光芒蓋過，但現在清楚看得出他們是絕配。瑪蒂德其實非常迷人。

「我聽說了什麼？」瑪蒂德問。

「喔，瑪蒂德。你的頭髮，」蘇珊娜說：「好漂亮。」

瑪蒂德一手摸摸頭髮說：「謝謝。我聽說了什麼？」

「就是……」蘇珊娜說，拿起瑪蒂德用下巴示意她的那兩瓶葡萄酒。她跟著瑪蒂德走出去，爬上後門外的樓梯，然後說：「你知道我們那一屆的克里斯提娜？參加無伴奏合唱團的那個？黑頭髮，而且，唔，很豐腴。我想洛托和她——」蘇珊娜扮了個鬼臉，覺得自己好白癡。瑪蒂德在樓梯上暫停一下，然後擺了一下手，好像是在說：啊沒錯，洛托像矮黑猩猩似的，跟每個人都上過床；而蘇珊娜不得不承認這一點是事實。然後他們來到花園，兩人停下腳步，感受著秋天。洛托和瑪蒂德已在草地上攤開一條二手商店買來的床單，大家把各自帶來的菜放在中間，每個人都懶洋洋地坐著，在夕陽的最後一絲寒意中閉上眼睛，喝著冰涼的白葡萄酒和比利時啤酒，等著有人率先伸手去拿食物。

瑪蒂德放下那缽生菜沙拉，然後說：「吃吧，孩子們。」洛托抬頭朝她微笑，然後從一堆熱食中拿了一塊迷你希臘菠菜派。其他十來個人也圍過去紛紛吃起來，並開始聊天。

蘇珊娜踮起腳來跟瑪蒂德咬耳朵：「克里斯提娜自殺了，在浴室裡上吊。昨天剛發生的，完全沒想到。大家都不曉得她這麼痛苦。她有男朋友，什麼都不缺，在山岳協會找到了工作，住在哈林區精華地段的一戶公寓裡。完全沒道理。」

瑪蒂德站著完全不動，臉上恆常的淡淡微笑消失了。蘇珊娜跪下來，拿了一片西瓜，把那一大片切成小片：她不敢吃任何高熱量食物了，因為剛接下一個電視劇的角色，但是不好意思在洛托面前提。首先，那不是《哈姆雷特》——

他們大學最後一學期的公演就是演這齣戲，洛托在戲裡表現得太出色了。她接的工作只是在一齣肥皂劇裡演一名少女，她知道這是放棄原則，但要比洛托畢業後接過的任何工作都強。他曾在幾齣外外百老匯裡當替補，在路易斯維爾的演員劇場演過小角色……一年半來就這些。她又回想起《哈姆雷特》劇終時的洛托，鞠躬，戲服被汗水溼透，她在觀眾席裡敬畏得大喊：「演得好！」之前她想演奧菲利亞，但輸給一個大胸部的女生，後來那女生在池畔那場戲裸身演出。放蕩的騷貨。蘇珊娜咬著西瓜，嚥下一股勝利感。因為憐憫，她更愛洛托了。

站在圍坐的人群旁，瑪蒂德顫抖著，拉緊自己的開襟毛衣。園裡的那棵日本楓掉下一片紫紅色樹葉，垂直插進一盤菠菜洋薊沾醬裡。樹蔭底下好冷。很快地，就會是漫長的冬天，寒冷而一片雪白。把這個夜晚、這個花園完全抹去。他們之前把聖誕燈電線纏繞在上方的樹枝間，這會兒她把電插上，亮出了一樹的閃爍晶瑩。她坐在丈夫身後，因為她想躲起來，而且他的背部好美，又寬肌肉又結實，她把臉貼在上頭，覺得好舒服。她聽著他悶在胸膛裡的聲音，他柔順的南方腔調。

「……兩個老人坐在門廊，吹著海風，」洛托說，所以他在講笑話了：「有一隻老獵犬跑出來，在泥土地裡打轉，然後坐下來開始舔自己的那話兒。牠舔得嘖嘖有聲，非常起勁，愛死了牠那粉紅色的小弟弟。像一管完全轉出來的口紅。然後陽台上的一個老頭朝朋友擠擠眼睛說，**老哥啊，我真希望我也能那樣做。**另一個老頭說，**瞎說！那隻狗會咬你！**」

大家都笑了，主要不是因為那個笑話，而是洛托說的方式，講得津津有味。瑪蒂德知道這是他父親最喜歡的笑話，每回洛托說的時候，總是能引得高文掩嘴狂笑，笑得臉都紅了。丈夫身上的暖意隔著翠綠色馬球衫傳來，開始打破瑪蒂德心中冰冷的憂慮。克里斯提娜大一那年跟她住在同一層宿舍。瑪蒂德有回走進浴室，剛好碰到她在哭，瑪蒂德認出她美妙的女低音，於是又走出去，選擇給她隱私，而不是給她安慰。事後回顧，才覺得自己應該去安慰她的。瑪蒂德感覺到一股對克里斯提娜的怒意緩緩從腹中湧上來，於是嗅著洛托身上的氣味，好平息那怒火。

洛托伸手到後頭抓著瑪蒂德，把她拉到膝上。他的肚子咕咕叫，但是吃了一兩口就吃不下了——這一個星期來，他一直在等選角複試的通知電話，深怕出了門會沒接到，於是不肯離開公寓。瑪蒂德為了轉移他的注意力，提議邀朋友各自帶菜來聚餐。那個角色是《一報還一報》裡的克勞迪奧，要在明年夏天中央公園的露天莎士比亞戲劇節中演出。他可以想像自己穿著古裝緊身短上衣在幾千人面前表演。蝙蝠飛來飛去，粉紅色光線照在傍晚的天空。打從畢業以來，他一直有工作，只不過都是小角色。他進了演員工會。這莎劇角色可以再讓他往上爬一步。

他看著窗內的公寓，放在壁爐台上的電話還是沒響。電話後頭的那幅油畫是瑪蒂德幾個月前從畫廊帶回家的，過去一年她都在那間畫廊工作。畫了這幅油畫的藝術家那天在畫廊大發脾氣，把畫用力扔到牆上後，就氣呼呼離開了，然後畫廊老闆叫瑪蒂德把摔斷內框的畫扔到外頭的垃圾拖車裡。但瑪蒂德沒丟，只是換了個內框，又裱上外框，帶回家掛在黃銅佛像後頭。那是一幅藍色的抽象畫，讓洛托想起每天早晨破曉前的一刻，介於不同世界間朦朧而幽暗的地帶。那個字眼是什麼？**詭祕**，就像瑪蒂德本人。有時他去選角甄試後回家，發現她坐在黑暗裡，雙手捧著一杯紅葡萄酒，往上凝視著那幅畫，臉上有一種難以捉摸的表情。

「我需要擔心嗎？」有回他說，根本就不想演那天去甄選的戲，回到家發現她坐在昏暗的客廳裡。他在她耳後吻了一記。

「不用，我只是好幸福。」她說。

他沒說那天很漫長，他在戶外街道上的毛毛雨中等了兩小時，最後終於進去唸完台詞，走出門時聽到導演說：「很精彩，可惜他個子太高了。」他也沒說經紀人沒回他電話。沒說他真想好好吃頓像樣的晚餐。因為，老實說，他不在乎。如果她是幸福的，就不會離開他；結婚至今的短短一年，情況明顯得讓人痛苦，他根本不值得她的努力付出。這個女人是聖人。他沒拿錢回家，但她努力省錢，想方設法，總能付掉各種開銷。那天他在她旁邊坐下，直到天完全黑了，然後她身上的絲綢衣服發出窸窣聲，她忽然轉身吻他，接著他帶她上床，沒吃東西。

這時瑪蒂德叉起一小塊鮭魚漢堡，湊到洛托嘴邊，雖然他不想吃，但她看著他，雙眼中的金色細點閃爍著，於是他張嘴吃掉了。他吻了她有雀斑的鼻樑。

「好噁。」遠遠坐在床單邊緣的阿尼喊道。他一手攬著刺青女郎，是在他的酒吧裡認識的。「你們結婚一年了，甜蜜期結束了。」

「永遠不會。」瑪蒂德和洛托異口同聲說，兩人小指互勾，又接吻了。

「那是什麼感覺？」納塔麗低聲說：「我指的是婚姻。」

洛托說：「一場永不結束的盛宴，你一直吃一直吃，永遠填不飽。」

瑪蒂德說：「吉卜齡說婚姻是一場非常長的對話。」

洛托看著妻子，撫摸她的臉頰，「沒錯。」他說。

查理湊向丹妮卡，丹妮卡避開了一些。他低聲說：「你欠我一百萬。」

「什麼？」她兇巴巴說。她好想吃雞腿，但是得先吃掉一堆沙拉，才能吃那些會發胖的食物。

「去年，在他們的新居派對，」查理說：「我們賭一百萬，看他們一年內會不會離婚，你輸了。」

他們看著洛托和瑪蒂德，如此俊美，在這個花園，在整個急速旋轉的世界裡，他們依然是中心。

「不曉得。演戲的成分有多大？」丹妮卡說：「裡頭有點不對勁。大概是他假裝很忠誠，而她假裝不在乎吧。」

「你好壞，」查理讚賞地說：「你對洛托有什麼不滿？你也是他征服過的幾百萬個女人之一嗎？他們都還愛著他。我碰到過那個布里姬，她念大學的時候自稱是他女朋友，到現在每回她問起他都還是會哭。他是她這輩子的最愛。」

丹妮卡的雙眼和嘴巴緊繃。查理大笑，露出一嘴爛糊糊的千層麵。「不，正好相反，」他說：「他從來沒看上過你。」

「如果你再不閉嘴，就會有沙拉砸到你臉上了。」她說。

他們坐在那裡許久，吃東西，或是假裝吃東西。然後丹妮卡說：「好吧。我們賭注加倍，我贏了就一筆勾消。不過我要賭久一點：六年，到一九九八年。他們在那之前會離婚，你就得付我兩百萬，然後我會去巴黎買一戶公寓。劇終。」

查理眨眨眼，睜大眼睛：「你以為我付得起兩百萬。」

「當然了。你就是那種討人厭的小氣矮子，三十歲之前就能賺到一億元。」

查理說：「這是我這輩子聽過最大的恭維了。」

等到天色暗到恰巧足以掩飾一些動作時，蘇珊娜偷偷捏了納塔麗屁股一把，然後各自低頭對著杯子偷笑。這是他們心照不宣的默契：他們今天晚上要去蘇珊娜的住處過夜。只有納塔麗知道蘇珊娜剛拿到的新角色，要在肥皂劇裡演壞蛋的刁蠻女兒；只有納塔麗知道他們之間剛湧現的龐大情感。「要是大家知道我根本是個超級女同志，我的事業還沒開始就會完蛋了。」蘇珊娜老是這麼說。納塔麗覺得不太對勁，但是沒說出來，只是讓蘇珊娜在她心裡燃燒一整天，同時她站在她悲慘的灰色辦公桌旁交易期貨，她的銀行戶頭也隨著每一秒過去而愈來愈充實。

納塔麗變漂亮了，洛托心想，盯著她的手去拿最後一塊薄荷糖。她把唇上的汗毛漂白了，體重減掉了一些，現在穿得很有品味。他一直知道她身上有一種美，而她終於發現了。他朝她微笑，她臉紅了，也回了他一個笑。

他們吃東西的速度放慢下來，紛紛陷入沉默。焦糖布朗尼四處傳送著。有的人看著漸暗天空裡一道飛機的凝結尾逐漸散開消失，當中有種感傷，讓大部分人想到了那個死去的黑髮女孩，想到他們再也無法感受到她擁抱時雙臂繞著自己的脖子，聞到她身上的柳橙味。

「我在預校時，有回看到一個男孩上吊，」洛托忽然說：「上吊自殺。」他們充滿興趣看著他。他臉色蒼白，他們等著他講故事，因為洛托總有故事，但他什麼都沒再說了。瑪蒂德握住他的手。

「你從來沒說過。」她低聲說。

「晚一點再告訴你。」他說。剎那間可憐的窩囊廢瑞士捲出現了，陰魂不散地懸吊在花園裡。洛托一手撫過臉，那鬼影消失了。

有個人說：「看！月亮！」果然，月亮在夜空升起，像一條船行過海軍藍的天邊，讓所有人都滿心渴望。

瑞秋在哥哥旁邊坐下來，靠在他溫暖的身子上。她來紐約過秋季學期開始前的假期，雙耳沿著邊緣穿了兩道耳洞，頭髮前面留很長，後面剃很短。對一個十歲的小孩來說太極端了，但她得做點事，否則她看起來像個微不足道的六歲小鬼，有雙緊張不安的手。而且她研究過同齡的那些小孩，了解寧可怪異也不要太過花俏。（聰明的孩子，沒錯。）她剛剛進屋去把裝著她去年零用錢的信封放進瑪蒂德的內褲抽屜裡，雙手撫摸過那些絲質的衣料：瑞秋注意到她哥哥的衣櫥空蕩蕩的，注意到瑪蒂德上個月打電話給莎莉，也注意到莎莉寄了現金給他們。現在她看著一樓窗戶，看到了窗簾飄動的一角、半個拳頭、一隻眼睛。瑞秋想像裡頭有貼了壁紙的天花板。病弱的貓，獨眼貓，還有斷尾、痛風、爪子腫脹的貓。按摩油的臭味。一碗義大利蔬菜湯在微波爐裡加熱。可悲的老女人在屋裡。姆媽也會很快走向同樣的未來，那個小小的粉紅色海灘屋像個墳墓，裡面滿是小雕像和印花棉布。姆媽喜歡海的聲音，她告訴瑞秋，但瑞秋從沒見過她出門到沙灘上。她只是待在她的粉紅色小屋裡，像水族箱的垃圾魚，拚命吸著玻璃。可憐的姆媽。

我永遠不要變老，瑞秋向自己保證。我永遠不要那麼慘。我會先吞下氰化鉀膠囊自殺，像洛托那個朋友一樣，大家都在為她哭。人生不值得活，除非你年輕，周圍環繞著其他的年輕人，置身在一個金色花園裡，空氣中飄著泥土和鮮花和落葉的氣味，被聖誕燈串照得發亮，在這一年的最後一個美好夜晚，傾聽著這座安靜的城市。

在那棵即將枯死的木本曼陀羅樹下方，老女人的虎斑貓觀察著，很困惑。這些人懶洋洋圍繞著食物而坐，像是大貓吃獵物吃得太飽了。牠好想輕手輕腳走過去探查，但他們人太多了，而且他們好恣意行動、好難以預測。眼前就是這樣：忽然間大家站起來尖叫，收拾東西抱在懷裡，奔跑著。那貓被他們的驚嚇反應嚇一跳，因為牠聽到雨聲之前許久，就聞到了雨的氣味。一缽坦布勒沙拉裡掉出一根湯匙，跌進泥土地裡沒人撿，被第一波雨水濺上了泥巴。人們離開了。一隻手伸出地面的窗子，關掉了樹上的聖誕燈。四下突然一片黑，黃色的電線扭動著收進窗子裡，像一條蛇，那隻貓想去追，但電線消失了，窗子關上了。那貓伸出腳爪，輕拍一片落葉邊緣的一大滴雨水，然後飛奔過院子，進屋去了。

這戶公寓的前門打開，哥布林妖精跳進去。晚上九點，冷得不像這個季節。跟著妖精進來的是豬小妹，一具骷髏，一個鬼。愛因斯坦，月球漫步。山繆戴著一個燈罩帽，身上穿的紙箱畫成了一張床頭桌，桌上黏著一本雜誌和兩個保險套包裝紙。

洛托穿著古羅馬的托加袍，頭上戴著金色月桂葉編成的桂冠，他把手上的啤酒放在山繆身上的床頭桌上說，「哈囉！你是床頭桌（a nightstand）一夜情（a one-night stand）。哈哈。」

一個被謀殺的畢業舞會皇后盛裝走過，低聲說：「想得美喔。」山繆說：「我想那是我的前女友。」然後咧嘴一笑，走向冰箱去拿啤酒。

「鬼節竟然會下雪？還全球暖化呢。」露安說，靴子在門口的藤編擦鞋墊上跺了幾下。她是瑪蒂德畫廊的同事，很巧妙地把自己畫成了畢卡索的朵拉．瑪爾，一邊臉頰像顆咬了一口的蘋果。她吻了洛托老半天，說：「萬歲，凱撒。」他往後抽回身子，笑得太大聲了。露安是個麻煩精。瑪蒂德下班回家後常會講起她如何試圖色誘他們的老闆——一個凸眼濃眉的醜男，名叫艾瑞爾。「為什麼？」洛托問過。「她年輕又漂亮，可以找到更好的對象。」瑪蒂德瞪了他一眼說：「寶貝，他很**有錢**。」當然，這樣就足以解釋了。洛托和露安一起走向瑪蒂德，她打扮成埃及豔后克麗奧佩脫拉，正吃著杯子蛋糕，她旁邊壁爐台上的那尊黃銅佛像被戴上了花環和墨鏡。洛托低頭親了妻子一記，舔掉她嘴唇上的蛋糕屑，她大笑起來。

「好噁，」露安說：「你們他媽的不會是認真的吧。」她走到廚房，從冰箱裡拿了一瓶Zima氣泡水果酒，悶悶不樂地喝了一口，皺起臉。她會從洛托的肚子大小和公寓裡面塞了多少舊書，判斷洛托的心情有多低落。他低潮的時候，唯一做的事就是閱讀。好笑，因為他看起來像個傻大個兒，然後他一開口，就引用大段的維根斯坦或什麼的。這種表面和內心的巨大差距，搞得她發慌。

有人換了張「超脫樂團」的音樂ＣＤ，幾個女生坐在洛托從路邊撿回來的皮革沙發上，紛紛站起來。他們想跳舞，但是放棄了，又把音樂換回了《顫慄》。

打扮成綠色哥布林妖精的查理悄悄走向洛托和瑪蒂德，醉得口齒不清。「我以前都沒注意到你兩眼距離這麼近，瑪蒂德。還有你的兩眼距離這麼遠，洛托。」他伸出兩根指頭朝瑪蒂德戳：「掠食者，」然後又戳了洛托說：「獵物。」

「我是獵物，而瑪蒂德是掠食者？」洛托說：「拜託，我才是**她的**掠食者。她**性感的**掠食者。」

他說，大家都哀叫起來。

露安盯著客廳另一頭的阿尼，伸手比了個不耐的手勢。「別吵啦，你們，」她說：「我正在拋媚眼呢。」

瑪蒂德歎了口氣，往後退。

「等一下，誰？喔，阿尼。」查理恨恨地說。失望？「拜託，他笨得要命。」

「笨得像壞掉的燈泡，」露安說：「我就是這個意思。」

「阿尼嗎？」洛托說：「他在學校裡主修神經科學，才不笨呢。雖然他不像你是哈佛畢業的，但並不表示他就是笨蛋。」

「不曉得耶，或許他喝太多酒，把腦袋喝壞了。」露安說：「上回你開派對時，我聽到他說史汀是他的精神導師。」

洛托朝客廳對面吹了聲口哨，綠巨人阿尼正在一群女生包圍下幫他們調巧克力馬丁尼。他聽到口哨聲抬起頭，走向洛托，拍拍他的肩膀。查理和阿尼都全身塗成綠色並肩站著，阿尼是充氣版，查理則是洩氣版。

洛托告訴阿尼：「露安說如果你能說出『詮釋學』的正確定義，她就跟你上床。」然後他把兩個人推進臥室，關上門。

「老天，」查理說：「殺了我算了。」

「他們還沒出來啊，」洛托說：「有人是被愛神用箭射中，有人是踏入愛神的羅網。」

「又是莎士比亞？」查理說。

「永遠都是。」洛托說。

查理大步走開，留下洛托一個人。他抬頭，看到自己映在夜黑的窗玻璃上。經過今年憂鬱的夏天，他的肚子變大了，太陽穴因為頭髮變得稀疏而發亮。大學畢業三年半了，還是瑪蒂德在養家。洛托難過地摸摸佛像的頭，走過一群女巫旁邊。那些女巫正圍著一張剛拍的拍立得照片，看著一張張臉逐漸現形。

瑪蒂德背對著他，正在跟蘇珊娜低聲交談。洛托悄悄走過去，知道她在談他。「——好多了。九月拍了咖啡廣告。父親跟剛會走路的兒子清晨在船上釣魚。那小孩掉進水裡，洛托用船槳把他救起來。我們的英雄！」

兩人一起大笑，蘇珊娜說：「我知道！佛傑爾斯咖啡，我看過。黎明的森林裡的小屋，那個小孩在一艘船上醒來。洛托好顯眼，尤其是留了大鬍子。」

「去跟你認識的導演說，幫他爭取個角色，」瑪蒂德說，然後蘇珊娜問：「什麼角色？」瑪蒂德說：「什麼都行。」蘇珊露出半個微笑說：「我會想辦法的。」

洛托覺得很受傷，趕忙匆匆走開，沒讓他們看到。

瑪蒂德從來不刻薄，但她的被動攻擊型特質就像第二層皮膚。如果她在餐廳裡發現點的餐有問題，她就只是不碰，垂著眼睛什麼都不說，逼得洛托只好跟侍者說那份餐太鹹或沒熟，麻煩他們拿去換，謝謝。有回聽說一位百老匯知名女演員要在瑪莎葡萄園舉行婚禮，瑪蒂德為了受邀，就在準新娘旁邊站了一整晚，只是溫柔地微笑，一個字都沒說，最後那位準新娘一時衝動就開口邀請他們去。他們去了，跳舞。他吸引了一位製作人，參加了重新上演的音樂劇《窈窕淑女》的選角複試，但他的歌喉不行，所以沒選上。他們送了那女演員很漂亮的古董銀製葡萄柚挖匙，是在二手商店買的，但是擦得很亮，看起來很昂貴。

洛托眼前浮現出一幕幻景，裡頭自己的手指、眼皮、腳趾、嘴部肌肉等都接著一條條發亮的細線。這些線全都連到瑪蒂德的食指，她微微抽動，就能讓他起舞。

扮成哥布林妖精的查理停在瑪蒂德旁邊，兩人一起看著房間另一頭的洛托站在一群男生裡。他兩根手指夾著一瓶波本威士忌，金色桂冠從後腦勺滑下去。

「怎麼了？」查理說：「你看起來心不在焉。」

瑪蒂德嘆氣說：「他不太對勁。」

「我想他沒事，」查理說：「如果他太興奮或太低落，我們才要擔心。他已經從夏天的低潮走出來了。」他暫停一下，看著洛托。「至少他肚子消了一點。」

「謝天謝地，」她說：「我一整個夏天都以為他就要跳下地鐵軌道自殺了。他得想辦法找個演出機會。有時候他根本都窩在家裡不出門。」她堅定地搖搖頭。「你的二手車生意怎麼樣了？」

「辭掉了，」查理說：「我現在做房地產。再過十五年，我會擁有半個曼哈頓。」

「是喔，」瑪蒂德應和著，然後忽然說：「我要辭掉畫廊的工作了。」他們兩個都一臉驚訝。

「好吧，」查理說：「那誰來養這位天才？」

「我還是會上班。我找到網路公司的工作，約會網站。一個星期後就開始。我還沒告訴任何人，露安或艾瑞爾或洛托都不知道。我只是得改變一下。我原先以為自己的未來在藝術圈，結果不是。」

「所以你的未來在網路？」

「我們所有人的未來，」她說：「都是在網際網路。」他們同時低頭笑了。

「你幹嘛告訴我？」過了一會兒查理問：「我的意思是，你找我講祕密很奇怪，你知道吧？」

「不曉得，」瑪蒂德說：「我無法判斷你是善良還是邪惡。但是我覺得我可以告訴你所有的祕密，你都不會說出去，你會等到最好的時機加以利用。」

查理站著不動，全神戒備。「告訴我你所有的祕密。」他說。

「想得美。」她說。她離開查理，走向丈夫，在他耳邊低語。洛托睜大眼睛，咬著嘴唇笑了，沒看瑪蒂德；而瑪蒂德只是轉身走出公寓的門，途中調暗了屋裡的燈光，客廳裡唯一的亮光只剩下南瓜燈的閃爍。

不到一分鐘，洛托也走出門，擺出一副蠻不在乎的模樣。

他爬上一層階梯，發現瑪蒂德站在老太太家的門外。他的派對正在樓下進行，之前他人在屋內，都不曉得有這麼吵。他很好奇老太太怎麼還沒報警，像她平常那樣。或許是因為還沒到十點吧。公寓大門打開了，一股冷風竄進來，一群活寶嘩啦啦走下樓梯去他們家，洛托光著的屁股冒出雞皮疙瘩。但大門又關上。通往他們那戶的門打開，那些活寶進門。他把瑪蒂德的左邊乳房從緊身內衣中掏出來，同時吻著她頸部的曲線。

他把她轉過去，以臉頰抵著門，但她掙扎著又轉回去，眼睛發亮，於是他讓步而採取直立傳教士體位。或許沒那麼刺激，但這猶如對於愛之神的祈禱式。

公寓二樓裡面，貝蒂正獨自在黑暗中吃溏心蛋三明治，被樓下的歡鬧聲搞得沒法睡覺。此時樓梯間忽然傳來一個咿呀聲，貝蒂想到可能是小偷，想到她放在蕨類盆栽裡的小手槍，緊張起來。她放下三明治，耳朵貼在門上。但又有一聲咿呀，一聲低語。某種前戲的砰砰聲。沒錯！這種事情發生了。她的丈夫修已經過世好久了，但他們之間的事情依然如新，像咬一口水蜜桃。感覺就像昨天，那種肉體的歡愉。從他們還很年輕的時候就開始，兩人根本不曉得自己在做什麼，但是他們一直沒放棄，所以等到他們年紀夠大，就結婚了。這樣建立婚姻也不算太糟糕，而且活力十足。前幾年是極度狂喜，後些年就只是快樂了。

樓梯平台的那個年輕女人悶聲呻吟著。年輕男人在低語，但聲音不清楚，貝蒂沒能聽懂他在說什麼，接著女人的呻吟變大了，然後又悶住，好像她咬著什麼——他的肩膀？門的撞擊聲好劇烈。貝蒂身體抵著那抖動的門。（好久沒有人碰她了：她去雜貨店總是把零錢放在手掌上攤開，好讓店員的手指輕觸過她的手。）這兩人真是運動健將。讓貝蒂想到有個星期天她去動物園的猴子區裡，那些長尾猿開開心心地四處交配。

外頭兩個人齊聲半吼叫出來，貝蒂朝那隻黏著她腳踝不放的虎斑貓說，「老丫頭，不給糖就搗蛋。名副其實。」

在外頭的樓梯平台上，兩個傻孩子發出嘶啞的呼吸聲和窸窣聲。啊，她知道是誰，樓下那個長相怪異的巨人和他個子高、長相平凡的老婆，不過她會假裝不知道是他們，省得在門廳碰到時尷尬。接著是下樓的腳步聲，逐漸遠去，樓下開門時音樂變大聲，關上時又變小聲，然後貝蒂又獨自一人了。現在該去喝杯蘇格蘭威士忌，然後慢慢走到臥室上床，當個乖孩子。

十點了，瑪蒂德跪在地板上撿起玻璃碎片，這是他們搬到這戶陰暗公寓五年以來，第一百萬個摔破的葡萄酒杯了。五年來，他們還是在用二手店買來的爛東西。有一天，等到洛托接到固定演出機會時，他們就能買更好的。啊，她好累，今天晚上甚至懶得戴隱形眼鏡，而她的玻璃鏡片上沾了一大堆指紋；她好希望每個人都趕緊回家。

她聽到洛托在沙發上說：「這是個改變現狀的嘗試，至少不再像吃了滿嘴檸檬糖球那麼歡樂。」

瑞秋撫摸著新漆過的牆壁，喃喃說：「這是什麼顏色？在暮色中自殺？冬天下午的教堂？這是我這輩子看過最深的藍色了。」她似乎比平常更緊張。剛剛街上有輛汽車逆火發出了爆炸聲，她手裡的玻璃杯嚇得掉地。「拜託讓我來吧，」她難為情地對瑪蒂德說：「我真是笨手笨腳。」

「我快收好了。另外你說那油漆的話我聽得到的，你知道。我喜歡那個顏色。」瑪蒂德朝外喊，把碎玻璃丟進垃圾桶裡。但一滴血也落在碎玻璃上頭——她割破了手指，卻沒有感覺。「幹。」她低聲說。

「我也很喜歡。」露安說。過去一年她發胖了好多，像發起來的麵糰。「我的意思是，至少襯著那幅偷來的畫當背景，看起來不錯。」

「不要再這樣說了，」瑪蒂德說：「皮特尼把畫摔爛，艾瑞爾叫我拿出去丟，我就照辦了。要是稍後我從垃圾拖車裡面拿出來，那就是我撿到的。」

露安聳聳肩，但她的笑容很勉強。

「恕我直說，」查理說：「這是有史以來最爛的派對了。我們在討論**牆壁**。蘇珊娜和納塔麗在親熱，丹妮卡在地毯上睡著了。你們是發了什麼失心瘋，要辦一個葡萄酒品酒派對？二十幾歲的人懂什麼葡萄酒？我們高中時代的派對都還比較好玩呢。」

洛托微笑，這番話點醒了大家。其他人都來勁了。「我們以前真的很瘋。」洛托說。他轉向大家開了口，「我只在新月灘住了幾個月，然後因為查理帶壞我，我媽就把我送去讀寄宿學校了。但是那段時光太棒了，我們幾乎每天晚上都整夜不睡。我簡直不曉得我們嗑了多少藥。查理，還記得在沼澤邊那棟廢棄老房子裡的那個派對嗎？我發現屋子著火時，正在屋頂搞一個妞，於是我加快速度趕緊結束，之後就掉到兩層樓下方的樹叢裡，我爬出來的時候，我的那話兒在拉鍊外頭。那些救火員給了我一輪掌聲。」其他人大笑，洛托說：「那就是我在佛羅里達的最後一夜。第二天我媽就把我送走了。她答應捐一大筆錢給學校，所以入學資格立刻搞定。我從此沒再回家過。」

查理發出一個哽住的聲音，他們看著他。「那是我的雙胞胎姊姊，」他說：「你在搞的那個人……」

「要命，」洛托說：「對不起，查理。我真是混蛋。」

查理吸了一口氣，又吐出來。「那天晚上派對前，我們在海灘上，我摔斷了一條腿，螺旋形骨折，所以其他事情發生時，我正在動手術。」

大家沉默好久。

「我真是太丟臉了。」洛托說。

「別擔心，」查理說：「她當時已經操過整個足球隊了。」查理的女伴歐嘉是個反應遲鈍的模特兒，來自前蘇聯的某個國家，洛托不得不承認，她的美貌就連瑪蒂德都相形失色。（在當時並不少見。）洛托看著他的妻子站在廚房，她看起來好邋遢。頭髮沒洗，戴著眼鏡，身穿長袖運動衫。他不該堅持辦這個聚會的，但他這陣子很擔心她：這幾個星期她好安靜，好冷漠。有什麼事不對勁。他說什麼都不對，講笑話也都沒用。是她的工作嗎？最後他終於問。如果她這麼不快樂，那她就該辭職，他們該生小孩。或許他給安托奈特一個孫子，彼此關係就一定能復原了。那他們就會有很多很多錢，耶穌啊，這足以讓瑪蒂德輕鬆一點，想清楚她這輩子到底想做什麼。他覺得她是藝術家，一直沒找到適合自己的媒材，她不斷試試這個又試試那個，還是找不出方式清晰表達心中的迫切。或許她會在小孩身上找到。但是**啊老天，洛托，別說了，拜託，別再說了，別再一直說個不停，別再說生小孩的事情了**，她啞著嗓子；也的確，他們還年輕，他們的朋友很少有小孩的，至少都不是有意的，於是他擱置了這個討論，用錄影帶和酒讓她轉移心情。他原先以為品酒派對會讓她開心，但顯然她唯一想做的就是去臥室，裡面有新買的床墊、有刺繡的窗簾、幾幅鳥巢的古董蝕刻版畫，把自己埋在裡面。他今天晚上太勉強她了。

他愈來愈恐慌。要是她準備離開他呢？要是她的壞心情不是因為自己，而是來自**他**呢？他知道自己一直讓她失望，要是她發現更好的歸宿呢？他朝她張開雙臂，主要是想安慰自己，但她只是拿了一張廚房紙巾過來，要他包住她流血的手指。

「不曉得。我覺得這派對很好玩啊。」瑞秋說。忠誠的瑞秋，生著一張尖尖的小臉和饑渴的雙眼，正在北邊讀大學預校，這個週末南下來紐約。她才剛滿十四歲，但看起來好疲倦。洛托注意到，她的指甲咬得禿禿的。他得問問莎莉，看瑞秋是不是有什麼狀況該讓他知道一下。「我開了眼界，絕對打敗星期五晚上宿舍睡蟲大集合派對。」

「我可以想像：一瓶薄荷烈酒，看《早餐俱樂部》錄影帶，有人在浴室裡面哭一整夜，半夜在宿舍外頭的院子裡裸奔，女生們玩轉酒瓶遊戲。我的瑞秋穿著她的龍蝦睡衣褲在角落讀書，像個小小女王似地批判他們所有人，」洛托說：「你在日記裡的評論會很有殺傷力。」

瑞秋說：「失望，老套，乏味……遜斃了。」他們低聲笑了，緊繃的絕望氣氛稍微放鬆了些。這種緩和的招式是瑞秋的功勞，不是什麼華麗的禮物，但是很好。

接下來一陣沉默，然後露安說：「當然了，以職業道德來說，你還是不能拿那張油畫，瑪蒂德。」

「他媽的你夠了沒，」瑪蒂德說：「要是其他人去垃圾拖車裡撿出來，那就可以？你去撿嗎？就是這樣嗎，露安？你嫉妒嗎？」

露安扮了個鬼臉。她當然嫉妒，洛托心想。瑪蒂德還在畫廊工作時，露安肯定很不好受。瑪蒂德向來就是老闆屬意的第一人選。博學，聰明，體貼。艾瑞爾當然偏愛瑪蒂德，每個人都偏愛瑪蒂德。

「哈，」露安說：「這真是太好笑了。嫉妒**你**？」

「拜託別再說了，」查理說：「如果那幅畫是畢卡索，每個人都會讚美瑪蒂德的先見之明。你只不過是個臭雞巴。」

「你罵我臭雞巴？我根本不曉得你哪根蔥啊。」

「我們見過一百萬次了，你每次都這麼說。」查理說。

丹妮卡看著他們吵架，好像那是一場乒乓球賽。她更瘦了，雙臂和下巴覆蓋著奇怪的絨毛。她正在大笑。

「拜託別再吵了。」瑞秋低聲說。

「我真不明白自己幹嘛來參加這個蠢派對。」露安說著站起來。她氣哭了。「你完全是個假貨，瑪蒂德，你們都知道我在說什麼。」她轉向洛托，惡毒地說：「除了你，洛托，你只是個該死的小鹿斑比。到了現在，只有你還不明白你演戲的才華不夠。但是沒有人敢說出來，就怕傷了你的心，尤其是你老婆，她只想把你當個嬰兒哄。」

洛托從椅子上猛地站起來，快得血液來不及輸送到頭部。「閉上你的豬嘴巴，露安。我老婆是全世界最了不起的人，你心裡明白。」

瑞秋說：「洛托！」同時瑪蒂德低聲說：「洛托，別說了，」而納塔麗和蘇珊娜也開口：「嘿！」只有查理爆笑出來。他們完全忘在一邊的歐嘉忽然轉身，用力捶查理的肩膀，站起來，高跟鞋噠噠走過地板，猛地打開公寓門，大喊：「你們是惡魔！」然後衝上樓到街上。冰冷的風從大門吹下來，夾帶著片片雪花。

有好一會兒，大家都沒反應。然後瑪蒂德說：「去追她，查理。」

「不了，」他說：「她沒穿夾克，走不了多遠的。」

「現在零下十度耶，你王八蛋。」丹妮卡說，把歐嘉的合成皮草扔到查理臉上。他抱怨著站起來走出去，兩道門都用力摔上。瑪蒂德站起來，把油畫往上抬離牆面，越過發亮的黃銅佛像頭部，遞給露安。

露安看著手上的那幅畫。她說：「我不能拿。」客廳裡其他人都感覺到一場激烈的戰役正在無聲地進行中。

瑪蒂德坐下來，雙臂交抱，閉上眼睛。露安把畫靠在瑪蒂德的膝蓋上，她走出公寓，那道門永遠對她關上了。沒了她之後，客廳裡似乎明亮了些，就連天花板的燈光都變柔和了。

朋友們一個接一個離去。瑞秋把自己關在浴室裡，他們聽得到裡頭的水龍頭開著。

等到只剩他們夫妻兩個人時，瑪蒂德跪在洛托面前，摘下眼鏡，把頭埋在他的胸口。他無助地抱著她，輕聲安慰著。衝突令他厭煩，他承受不了。他妻子瘦削的肩膀顫抖著。但當她終於抬起頭，他嚇了一跳；她的臉激動而腫脹，但她在大笑。大笑？洛托吻著她雙眼底下紫紅色的印痕，她蒼白皮膚上的雀斑，感覺到一股眩暈的敬畏。

「你罵露安是豬嘴巴，」她說：「你！好好先生。跳出來挽救了這一天。哈！」

了不起的女人。他心底暖暖的，明白她會度過這段痛苦難熬而無法跟他分享的時期。她會復原。她會再度愛他。她不會離開了。從此以後，無論他們住在哪裡，那幅藍色的畫都會跟著他們，成為一個證物。他們的婚姻自己從地上站起來，伸展四肢，手扶後腰看著他們。瑪蒂德回到洛托身邊了。哈利路亞。

「哈利路亞。」查理說，一口喝光杯裡的蛋酒，裡頭大部分是白蘭地。十一點了。「基督誕生了。」他和洛托無言地比賽著看誰能喝得更醉。洛托隱藏得比較好，看起來似乎很正常，但他覺得整個房間都在旋轉，還得眨眨眼才能回神。

外頭的夜色已深。路燈像是鮮亮白雪中的棒棒糖。

莎莉姑姑一直在講話，已經講了好幾個小時沒停了，這會兒她正在說：「當然了……我什麼都不懂，不像你們這些讀過大學的藝術家有經驗，而且我確實沒資格告訴你們怎麼做，不過洛托啊，如果是我，當然我不是，我知道，但如果是我的話，我會說我已經盡力付出過了，也為過去幾年我演過的

三、四齣戲覺得很榮耀，然後說，唔，不是每個人都能成為理查．波頓，或許我這輩子還能有其他的貢獻。比方說，或許，啊，接管信託財產或什麼的。重新贏回安托奈特的歡心，重新獲得繼承權。你知道她現在的身體狀況很差，心臟有毛病。等到她過世了，希望不要太快，到時候瑞秋和你都可以繼承一大筆遺產。」她有如金絲雀的尖嘴停下來，老謀深算地看著洛托。

那尊佛像在壁爐台上沉默笑著，周圍放著茂密的聖誕紅。在佛像下方，洛托大膽地用公園裡撿來的樹枝生了一堆火。稍後，煙囪的內壁會起火，風聲有如疾馳的貨運火車，卡車在夜間來臨。

「或許我是在辛苦中掙扎，」洛托說：「但是拜託，我生來有錢，是白人，又是男性。如果沒有一點掙扎，那我就沒事可以做了。這是我熱愛的工作，並不是毫無價值。」就連他自己聽起來，都覺得這些話好沒感情。演得真差，洛托。（不過他的演技已經有點退步了，不是嗎？）他再也無心爭辯了。

「可是什麼是成功呢？」瑞秋說：「我認為就是能夠盡情做自己想做的事情。洛托這幾年一直在工作啊。」

「我愛你。」洛托對他妹妹說。她上了高中，跟莎莉一樣瘦。她遺傳了父親那邊的外貌，黝黑而毛髮旺盛，也比較不討人喜歡。她的朋友都不敢相信洛托和她有血緣關係，只有洛托認為她令人讚歎。她的瘦臉令他想起賈克梅第的雕像。她現在都不笑了。他把她拉近，吻了她一下，感覺到她整個人有多麼緊繃。

「成功就是賺大錢，」查理說：「就這樣。」

「成功，」莎莉說：「就是找出自己偉大的地方，親愛的。洛托，你生來就有成為大人物的預兆。從你大哭著離開安托奈特肚子的那一刻，我就看得出來。當時是在颶風眼裡。你只是不仔細傾聽自己哪裡偉大。高文告訴過我，他一直以為你會當上總統，或是成為太空人。總之是很偉大的，那是你命中註定好的。」

「很抱歉讓你失望了，」洛托說：「也讓我註定的命運失望了。」

「唔，你也害我們死去的父親失望了。」瑞秋說著笑了起來。

「敬我們死去的失望父親。」洛托說，朝妹妹舉起酒杯，吞下那些苦澀。不是她的錯。她從來沒見過高文，不曉得她感受到什麼樣的痛苦。

瑪蒂德進門來，拿著托盤。她看起來燦爛耀眼，身穿銀色洋裝，一頭白金色的頭髮盤成希區考克電影裡女主角慣見的髮髻：她六個月前獲得晉升後，就開始比較注重打扮。洛托想把她帶到臥室裡，狠狠發洩自己的挫折感。

救救我，他用嘴型朝她示意，但瑪蒂德沒注意。

「我很擔心，」瑪蒂德把托盤放在廚房的料理台上，轉向他們：「我今天早上把這個放在樓上門口要給貝蒂，現在十一點了，她都沒碰過。這兩天有誰看到她嗎？」

沉默，只有莎莉用行李袋隨身帶來的祖傳時鐘發出滴答聲。他們全都看著天花板，好像可以透視層層水泥和樓板和地毯，看到那戶冰冷而黑暗的公寓。（除了冰箱的嗡響，屋內一片寂靜，床上有一大塊冰冷的隆起，唯一呼吸的就是那隻靠著窗戶摩擦的飢餓虎斑貓。）

「小瑪，」洛托說：「現在是聖誕節。她大概昨天就去哪個親戚家，忘了告訴我們。沒有人會獨自過聖誕節的。」

「姆媽就會，」瑞秋說：「姆媽一個人待在她潮溼的海灘小屋裡，用望遠鏡看鯨魚。」

「胡說。你母親有她的選擇，她選擇屈服於廣場恐懼症，而不是跟兒女一起共度聖誕節。相信我，那是一種心理疾病。我每天都跟這種疾病相處。我真不懂我幹嘛還每年都幫她買機票。今年她甚至打包好了，穿上外套，擦了香水。然後她只是坐在沙發上不動，說她寧可在那個多出來的浴室裡整理相簿。她做出了選擇，而且她是成年人了。我們沒必要難過。」莎莉姑姑說，但她噘緊的嘴唇卻顯示她很難過。洛托忽然鬆了口氣。姑姑今天晚上對他的攻擊、挑剔和責難，其實是源於她自己的罪惡感。

「我不覺得難過。」瑞秋說，但她的臉也垮下來了。

「我會，」洛托輕聲說：「我很久沒看到媽媽了，我好難過。」

查理諷刺地歎了口氣，莎莉瞪了他一眼。「唔，你們可以去看她啊，」莎莉說：「我知道她斷了你們的經濟援助，但是你們唯一要做的，就是花五分鐘跟她在一起，她一定會喜歡你們的。我保證一定是這樣，我可以促成。」

洛托張開嘴，但實在沒太多可以說的，因為那些話全是針對母親的抱怨，太不合乎聖誕節精神了，於是他閉上嘴巴，把話吞回去。

瑪蒂德用力放下一瓶紅葡萄酒。「聽我說，安托奈特從來沒進過這戶公寓，她從來沒見過我。她選擇生氣，而且一直生氣下去。我們不能為她的選擇而憐憫。」洛托看到她的雙手在顫抖，知道她氣壞了。他喜歡她少數情緒激動的時刻，表現出她冷靜的表面有多麼薄；而在表面之下，她又有多麼沸騰。沒錯，洛托邪惡的那部分想把瑪蒂德和他母親關在一個房間，讓他們打個你死我活。但他不會這樣對待瑪蒂德，她太好心了，只要跟她母親相處哪怕是一分鐘，都會搞得遍體鱗傷。她關掉了客廳的樹枝狀吊燈，於是房間裡只剩聖誕樹上的小燈和玻璃垂冰，他把她拉到膝上坐著。

「呼吸……」洛托朝妻子的頭髮裡輕聲說。瑞秋眨眼看著聖誕樹發出的光亮。

莎莉說的那些是殘酷的事實，他知道。過去一年來，他顯然再也無法仰仗自己逐漸消退的魅力了；他一次又一次在咖啡店的咖啡師、選角甄試的每個關口、地下鐵的閱讀人們身上測試，但他再也沒有任何特殊待遇了，頂多就是對一般有魅力的年輕人的禮遇而已。現在人們會把目光從他身上別開。好久以來，他以為那種魅力是他隨時可以開關的。但結果他失去了，他的魔力，他的幸運，他的輻射力量。就這樣沒了。他想不起來哪一夜自己不是喝醉入睡的。

於是他張嘴開始唱：「叮叮噹。」他好恨這首歌，而且他的歌喉向來不高明。但面對挫敗，想到他肥胖的母親獨自坐在掛了彩色燈泡的國王椰子盆栽旁，他還能怎麼樣？其他人現在也神奇地加入，只有瑪蒂德還氣得不肯開口，不過她也有點軟化，露出了微笑。最後，就連她也跟著唱了。

莎莉看著洛托，心如刀割。她的孩子，她最疼的心頭肉。她腦子很清楚，知道瑞秋比較乖，比較善良，比較謙遜，比洛托更值得她疼愛，但莎莉醒來時卻是為洛托祈禱。這些年的距離讓她很難熬。（……**雪花隨風飄**……）她忽然想起那年聖誕節，在他大學畢業之前，認識瑪蒂德之前，當時他去波士頓跟莎莉和瑞秋會合，他們住在一間令人敬畏的老牌旅館，積雪厚達八公分，簡直像困在一個夢境裡。晚餐時洛托設法勾搭上鄰桌的女孩，他的八面玲瓏真像他母親年輕可愛時，讓莎莉為之屏息。安托奈特，在海水中起伏蕩漾，一時間疊印在她兒子身上。稍後，莎莉埋伏著等到午夜十二點，站在他們房間外走廊盡頭的菱形窗前，雪花不斷落在她背後的波士頓公園。（……**花鹿在奔跑**……）走廊的另一頭有小小的人影，是三個推著手推車的清潔女工在大笑，又互相噓聲提醒著。最後，洛托的房門打開了，他走出來，只穿了件運動短褲。他頎長的背部真美，遺傳了他母親，至少是她還很瘦的時候。他脖子上掛了一條毛巾：正要去游泳池。他打算犯的罪行簡直太明顯了，莎莉的雙頰燙紅起來，想像著隔天早上那女孩的臀部印著瓷磚的四方形格痕，洛托的膝蓋髒兮兮的。他這種自信是從哪裡學來的，莎莉心想，看著他的身影愈來愈遠，走向那些清潔女工。他說了些話，那三個女工大笑，其中一個用抹布輕輕抽了他一下，另一個拿著一塊包裝閃亮的巧克力朝他胸口送。（……**聖誕老公公，駕著美麗雪橇……**）他抓住他們。低沉的大笑聲往後傳到莎莉耳邊。他怎麼變得這麼平凡，她心想。他變得平庸了。莎莉可以預見，如果他不小心點，就會有個甜美的女孩黏上他不放。洛托將會結婚，當個拿人高薪的上班族，有了兒女，寄聖誕卡，買了海灘別墅，中年發福，有了孫子和孫女，錢太多，生活無聊，死掉。他老來會變得忠實而保守，對自己的得天獨厚渾然不覺。莎莉一直哭，等到她停下來，發現四下只有自己一個人，窗戶透進來的冷風吹著她脖子，走廊兩邊的一扇扇門延伸下去，逐漸縮小，到盡頭消失了。（……**帶著和平歡喜歌聲，翩然地來到，啊！……**）但是謝天謝地！瑪蒂德出現了；儘管她看起來完全就像莎莉原先擔心的那種甜美女孩，但其實她不是。莎莉看出了她堅強的內心。瑪蒂德可以挽救洛托，免得他陷入自己的怠惰中，莎莉一直這麼想，但看看他們現在，幾年之後，他還是很平凡。她唱到一半哽咽起來。

一個陌生人盡快加緊腳步走過結冰的人行道，此時他往窗裡看。他看到一圈人沐浴在一棵樹發出的純白光線中歌唱，心中猛地一震，忘不了那個畫面；即使他回到家，發現他子女已經在床上睡著，而他太太則在組合三輪腳踏車，很氣他出門沒借到螺絲起子。那畫面一直深印在他腦海裡，直到他的子女拆開禮物、把玩具扔在包裝紙堆裡，直到他們搬離這個家和父母和童年，於是他和他太太不知所措地面面相覷，不明白時間怎麼會過得這麼快。這麼多年來，那群人在地下室公寓的柔和燈光下唱歌的景象，在他心中依然清晰如昨日，成為幸福的代表性畫面。

快到午夜十二點了，瑞秋還是無法接受天花板，瑪蒂德居然敢漆成金色！他們的身體也發出迴響，閃亮的天花板結著一滴滴水珠。這的確改變了整個房間，襯著深色的牆壁顯得格外高雅。在這寒冷的除夕，感覺上方彷彿有一隻手揭開屋頂，像是打開沙丁魚罐頭一樣，於是他們就站在八月的豔陽之下。

很難相信，這是七年多前她在新居派對上踏入的那個白色空蕩空間，當時裡頭充滿了狂野攪動的身體和啤酒臭味、汗流浹背的暑熱，窗外的花園洋溢著初夏的陽光。而現在，街燈照耀著閃亮的冰柱。佛像周圍環繞著蘭花，角落裡放著蔓生的黃金葛盆栽，路易十四風格的椅子上是以法國麵粉袋做成的椅墊。這個客廳很優雅、塞了不少東西，太美了。鍍金的牢籠，瑞秋心想。瑪蒂德一整個傍晚都對洛托很不客氣。她看他的時候再也不笑了。唔，她其實幾乎不看他。瑞秋好怕自己最深愛的瑪蒂德就要拍拍翅膀衝出去。可憐的洛托，如果瑪蒂德離開他，他們所有人都會很慘。

瑞秋帶著新交的女朋友伊麗莎白，她的頭髮和皮膚都好蒼白，簡直像是紙做的。伊麗莎白感覺到瑞秋愈來愈緊張，於是捏捏她的肩膀。瑞秋的緊繃消失了。她顫動著吸了口氣，然後害羞地吻了伊麗莎白的脖子。

外頭，一隻貓迅速掠過人行道。不可能是樓上那位老太太的虎斑貓。當初洛托和瑪蒂德剛搬進來時，那隻貓就已經很老了；去年聖誕節牠餓了三天，直到洛托和瑪蒂德聯繫上在英屬維京群島度假的房東，找了人去查看。可憐的貝蒂，屍體都腐爛了。洛托還得把歇斯底里的瑪蒂德送到山繆的公寓住一個星期，好讓她冷靜下來，同時請人來消毒。目睹向來鎮定的瑪蒂德失控，感覺好陌生。這讓瑞秋用新的眼光看她，想成她小時候印象中必然的那副模樣：瘦削的、大眼睛的女孩。瑞秋因此更愛她了。現在樓上住著一對剛生小孩的夫婦，所以今天的除夕派對才會邀這麼少人。新生兒當然不喜歡噪音。

「飼養人。」瑪蒂德忽然沒頭沒腦地說，好像有讀心術似的。她朝瑞秋驚愕的臉大笑，然後回到廚房，把香檳倒進銀托盤上的玻璃杯。洛托想著樓上的嬰兒，然後想著瑪蒂德懷孕會是什麼模樣，從背後看還是苗條得有如少女，但是側面就像是吞了一個大葫蘆似的。想到這裡，他笑了起來。想到她脫掉胸罩，胸部下垂，就連他貪婪的嘴巴都嫌胖。日子圍繞著乾淨、溫暖的皮膚和牛奶展開，這恰恰就是他期望的生活。

查理和丹妮卡和蘇珊娜和山繆靜靜坐著，蒼白，嚴肅。他們都沒攜伴參加，今年大家都鬧分手。山繆很瘦，嘴巴周圍出現了皺紋。這是他睪丸癌手術後第一次出門。他似乎縮小了，這是有史以來第一次。「說到飼養人，洛托，上星期我看到你大學時代交往過的那個女生。她叫什麼來著？布里姬，」蘇珊娜說：「小兒科腫瘤學研究醫師。懷孕了，肚子好大，腫得像個吸了血的蝨子。她看起來很幸福。」

「我大學時代沒跟誰交往過，」洛托說：「除了瑪蒂德。交往了兩個星期，然後我們就私奔了。」

「沒跟誰交往過，只是上過哈德遜河谷的每個女孩。」山繆大笑。化療讓他忽然禿了頭。沒了滿頭捲髮，他現在看起來像隻寵物貂。「對不起，瑞秋，不過你老哥當時到處跟人睡覺。」

「是啦，是啦，我聽說了，」瑞秋說：「我記得你們剛搬進來的時候，那個布里姬都會來參加你們的派對，她好無趣。當時這客廳總是擠滿了人，我想念那些日子。」

眼前浮現出那些派對的鬼魂，還有他們自己，當時他們比較年輕，蠢得不明白自己有多麼開心。那些朋友現在怎麼樣了？洛托很想知道。以往似乎不可或缺的成員，如今卻逐漸淡出了。昔日的書呆子們現在把雙胞胎放在嬰兒推車裡，公園斜坡和精釀啤酒。阿尼擁有一個酒吧帝國，還是跟穿了一堆耳洞、自製刺青的女郎廝混。納塔麗現在是舊金山一家網路新興公司的財務長。還有其他上百個人都失聯了，朋友少了好多。還留下的都是核心，是骨髓。

「不曉得，」蘇珊娜輕聲說：「我想我喜歡一個人過日子吧。」她還在那齣肥皂劇裡演少女。她會一直演少女，直到戲裡安排她死掉，然後她就會演媽媽和妻子。在故事中，女人的角色總是以他們親緣關係而定義。

「一個人睡覺讓我好難受，」丹妮卡說：「我想買個性愛娃娃，只為了早上醒來時旁邊有個人。」

「去跟模特兒約會嘛，一樣的。」查理說。

「我討厭你那張臉，查理。」丹妮卡說，忍著不要笑出來。

「是啦是啦，」查理說：「你再繼續講那些老台詞吧。我們都曉得事實是什麼。」

「再過不到一分鐘，時報廣場的報時球就要掉下來了。」瑪蒂德提醒著，端著裝了香檳的托盤進來。

每個人都看著山繆，他聳聳肩。就連癌症也無法打擊他的信心。

「可憐的一壞球山繆。」洛托說。他晚餐後就開始悶頭喝波本威士忌，一直沒停過。

「單黃蛋？」查理建議這個綽號，難得沒有刻薄的意思。

「半邊山繆。」瑪蒂德說，然後輕輕踢了躺在沙發上的洛托。他坐直身子，打了個呵欠，把長褲鈕釦解開。三十歲了，青春的盡頭。他感覺到黑暗又籠罩著他，然後說：「就這樣了，各位。人類的最後一年。下一個新年，就會有千禧蟲危機，所有飛機都會從天上掉下來，電腦會爆炸，核電廠會停止運轉，我們會看到一道閃光，然後是一片巨大的空白籠罩我們所有人。完了，人類實驗結束了。所以好好活吧！只剩下最後一年了！」

他在搞笑，但他相信自己所說的。他想到這世界沒有人類會更精彩、更多綠意，充滿奇怪的生命，老鼠擁有對稱的大拇指，猴子戴眼鏡，突變的魚類在海底建造起巨大的宮殿……全盤考量之下，沒有人類反正就是會比較好。他想著母親年輕的臉在末日的燭光中忽隱忽現。「我又看見那女人喝醉了聖徒們的血，和那些為耶穌作證而殉道的人的血。我看到他的時候，大大驚奇。」洛托低語著聖經《啟示錄》的句子，他的朋友們看著他，看出了可怕的跡象，於是又別開目光。

他傷透了瑞秋的心，他們全家人都傷透了她的心。姆媽把自己孤立起來，很不快樂。忠實的莎莉成天忙著伺候她。洛托，她無法明白他的自尊怎麼這麼強，只有小孩才會生氣這麼久，只有小孩才不肯寬恕以導正一切。瑪蒂德看到瑞秋的雙眼充滿同情，於是輕輕搖了搖頭：不要。他會看到的。

「三十秒。」瑪蒂德說。電腦裡播放著王子的歌，當然了。

查理靠向丹妮卡，擺出午夜接吻的姿勢。噁心的小矮子。今年夏天從漢普頓一起搭計程車回家的那個夜晚，讓他對自己毛手毛腳真是大錯特錯。她當時在想什麼？她暫時沒有男朋友，但也不能這麼不挑啊。「媽的你別想。」她說，但是他正在講話。

「你……欠我兩百萬元。」他說。

「什麼？」她說。

他咧嘴笑了，說：「再過二十幾秒就是一九九九年了。你跟我打過賭，說他們一九九八年前會離婚。」

「操你的。」她說。

「操你的，賴帳鬼。」他說。

「還要等到這一年過完啊。」她說。

「二十秒，」瑪蒂德說：「再見，一九九八，慢吞吞又爛糊糊的一年。」

「沒有什麼絕對的好或壞，一切都在於你怎麼想。」洛托醉醺醺地說。

「你一直在講廢話講個沒完。」瑪蒂德說。洛托瑟縮了一下，張開嘴巴，又閉上了。

「看到沒？」丹妮卡低聲說：「他們在吵架了。如果其中一個生氣衝出去，那我就算贏。」

瑪蒂德從托盤上拿起一杯，然後說：「十。」她舔掉濺到手上的香檳。

「如果你跟我約會，這筆債就一筆勾消。」查理說，他熱熱的氣息吹在丹妮卡耳邊。

「什麼？」丹妮卡說。

「我很有錢，你很刻薄。」查理說：「幹嘛不跟我約會呢？」

「八。」瑪蒂德說。

「因為我討厭你。」丹妮卡說。

「六、五、四。」其他人跟著說，查理揚起一邊眉毛。

「好吧，就答應你。」丹妮卡歎了口氣。

「一！新年快樂！」大家喊，樓上有人重重跺腳三下，嬰兒大哭起來，他們可以聽到外頭有模糊的喊叫聲，一路從時報廣場傳過來，然後是煙火爆開的聲音。

「一九九九年快樂，親愛的。」洛托對瑪蒂德說；他們好久沒這樣親吻了。至少一個月。他都忘了她漂亮鼻子上的雀斑了。他怎麼會忘掉這種事？再沒有比老婆拚命工作得要死而無心談愛更令人難受的了。他心想，再沒有比夢想逐漸死亡更令人難受的了，還有失望。

瑪蒂德的頭往後退，雙眼的虹膜變小了。「這會是你突破的一年，」她說：「你會成為百老匯的哈姆雷特，充分發揮你的才華。」

「我喜歡你的樂觀。」他說，但是好厭惡。伊麗莎白和瑞秋都在吻蘇珊娜的臉頰，因為她看起來好孤單。山繆也吻了她，臉紅了，但她一笑置之。

「我毀了。」丹妮卡跟查理接吻過後說，她看起來很震驚。

他們成雙成對地離開，瑪蒂德關掉燈，打了哈欠，把食物和杯子放在料理台上，準備明天早上再洗。洛托看著她在臥室脫掉洋裝，只穿丁字褲爬進羽絨被裡。

「你還記得我們以前元旦時，老是還沒走到臥室就開始做愛？那是新一年的肉體頌讚。」他在客廳裡大聲朝她說。他還想再多說些話。說這一年，或許，他們可以生個孩子。洛托可以在家照顧小孩。如果男人可以懷孕生小孩，那麼此刻一定就會有個小洛托在他肚子裡拳打腳踢了。真是不公平，女人可以有這樣原始的愉悅，男人卻不行。

「寶貝，我們以前倒垃圾日或採買雜貨日也都會做愛。」她說。
「是什麼改變了？」他說。
「我們老了，」她說：「我們做的還是比大部分已婚的朋友多，一星期兩次不算差。」
「不夠。」他咕噥著。
「我聽到了，」她說：「我從來也沒有拒絕過你啊。」
他歎了口氣，準備站起來。
「好啦，」她說：「如果你現在來床上，我就讓你做。不過如果我做到一半睡著了，你可別生氣。」
「好極了，真誘惑人呢。」洛托說，又拿著酒瓶往後靠坐在黑暗中。
他聽著妻子平穩的呼吸轉為鼾聲，不明白自己怎麼會走到今天這個地步。酒醉，寂寞，飽受失敗的煎熬。他本來以為一定能成功的，不知怎地，他揮霍掉自己的潛力。真是罪過。三十歲了，還一事無成。失敗會慢慢殺死你。就像莎莉會說的，他受夠不斷失血了。
（或許我們更喜歡他這樣，很謙卑。）
今夜，他明白他的母親，把自己活埋在那棟海灘屋內。再也不要冒著受傷的危險，去跟其他人接觸。他傾聽著自己思緒底層的陰暗念頭，自從父親過世後，那種念頭就一直存在。解脫。天上的飛機有可能掉下一片機身，把他壓爛。腦袋裡面的一個開關輕輕一撥，就會讓他立刻掛掉。那會是幸福的解脫。他們家族有動脈瘤的遺傳，他父親就是這樣，走得很突然，四十六歲，太年輕了。洛托唯一希望的，就是閉上眼睛，發現父親在身邊，可以把腦袋靠在他胸膛，聞他的氣味，聽到他溫暖的心跳。這樣的要求太多了嗎？如果父親還在，雙親中就還會有一個是愛他的。瑪蒂德已經給了他夠多了，而他只是折磨她。她對他熱切的信心已經冷卻。她別過臉去了。她對他失望。啊，老天，他要失去她了，而如果失去了她，如果她離開他——手裡提著皮革旅行包轉身，只看到她瘦瘦的背影——他還不如死掉算了。

洛托在哭，從臉上的冰冷感覺，他知道在哭。他設法不要出聲。瑪蒂德需要睡眠。她每週工作六天，每天十六個小時，以維持這個家的開銷。他對兩人的婚姻生活毫無貢獻，只有失望和髒衣服。他拿出沙發底下的筆電，那是今天派對開始前瑪蒂德要他趕緊打掃時，他收在那邊的。他只想上網，尋找這世界其他淒慘的人，但結果他打開一個空白的文件檔案，閉上眼睛，想著自己所失去的。家鄉，母親，他一度在陌生人、在他妻子心中點亮了光芒。他父親，每個人都低估了高文，因為他安靜又沒受過什麼教育，但只有他明白祖傳那塊荒地底下泉水的價值。洛托想到他母親年輕時扮演美人魚的照片，搖晃的魚尾像長襪般包裹著雙腿，在冷水中起伏。他想到自己的小手泡在泉水中，徹骨的冰冷令人麻痺，他好愛那種痛。

痛！清晨的光線刺入他雙眼。瑪蒂德背對著窗戶的垂冰，輪廓發出令人眩目的光。她穿著邋遢的睡袍，腳趾關節被凍得發紅。而她的臉——怎麼回事？不太對勁。雙眼紅腫。洛托做了什麼？一定是很糟糕的事情。或許他筆電裡的A片忘了刪掉，她醒來後看到了。或許是很可怕的A片，最差勁的那種，或許他太好奇了，在網路上到處亂搜尋一些更邪惡的東西，最後找到了那種不可原諒的。她會離開他。他完了，又胖又孤單的窩囊廢，根本不配活著。「別離開我，」他說：「我會更努力的。」

她抬頭，然後站起來，走過地板來到沙發，把電腦放在茶几上，冰冷的雙手捧住他的臉。她的睡袍敞開，露出大腿，像甜美的粉紅色嬰兒天使，幾乎還有翅膀。

「啊，洛托，」瑪蒂德說，她帶著咖啡的氣息混合著他嘴裡死麝鼠的氣味，他感覺她的睫毛在他的太陽穴撲動。「寶貝，你做到了。」她說。

「什麼？」他說。

「寫得太好了。我不懂我幹嘛這麼驚訝，你本來就很厲害，只不過這段掙扎過程太久了。」

「謝謝，」他說：「對不起，發生了什麼事？」

「我不知道！我想是一個劇本吧。叫做《源泉》。你在昨天夜裡一點四十七分開始寫。我真不敢相信你五個小時就寫完了。還需要第三幕，再加上一些編輯。我已經開始了。你拼字好差，不過我們早就知道了。」

他這才恍然大悟，他昨天夜裡寫的東西。一些深埋在心底的情感，有關他父親的。啊。

「一直以來，」她說：「隱藏在最顯眼的地方，你真正的才華。」

她跨坐在他身上，把他的牛仔褲往下拉。

「我真正的才華，」他緩緩說：「隱藏的。」

「你這天才，你的新生命。」她說：「你註定要成為劇作家，親愛的。感謝老天，我們終於搞懂了。」

「我們終於搞懂了。」他說。好像走出迷霧：一個小男孩，一個成年男子。那些角色就是他，但也同時不是，洛托以全知觀點予以轉換。他在早晨重新看這些角色，感覺有如被電擊一般。這些人物都是活生生的。他忽然渴望再回到那世界，在裡頭待久一點。

但他妻子正在說：「哈囉，蘭斯洛爵士，勇敢的夥伴。拿出你的長槍，上場比武吧。」以這種方式完全清醒真是太完美了，他的妻子跨騎，對著他剛封爵的小弟弟低語，用她的氣息溫暖他，告訴他說他是什麼來著？天才！洛托從骨子裡早就知道這點了。從他還只是個小不點開始，站在椅子上大聲朗誦，讓一堆大男人激動淚流。但得到這樣的認可太美好了，而且是以這樣的安排。在金色的天花板之下，在金色的妻子之下。那麼，好吧，他可以成為劇作家。

他看著過往的那個洛托站起來，身穿古典緊身短外套，臉上化著舞台妝，外套裡的緊身短上衣溼透了，整個人喘著氣，看著觀眾起立鼓掌時，他心中的澎湃終於對外釋放。他像鬼魂一般脫離自己的肉體，認真地一鞠躬，走出了緊閉的公寓門，再也不曾回頭。

過往應該一掃而空。然而，某種洛托依然殘留著。那是另一個他，新的他，在他妻子下頭，她正抬起頭來，把丁字褲拉到一邊，包覆他。他雙手撩開她的睡袍，露出她有如雛鳥的雙乳，她的下巴往上仰，朝向模糊映出他們身影的天花板。她說著：「啊老天，」她雙手握拳用力捶著他的胸部，說：「現在你是蘭斯洛了。不再是洛托了。洛托是小孩的名字，但你不再是小孩了。你是天才劇作家蘭斯洛．賽特懷。我們一定做得到。」

如果這意味著他的妻子會隔著金色睫毛再度對他微笑，會像個頂尖女騎手般騎在他身上，那麼他願意改變。他可以成為她想要的那樣。再也不是失敗的演員，而是潛力無窮的劇作家。他心中湧起一種情感，彷彿在一個上鎖的黑暗房間中發現了一扇窗。然而他還是有一種傷痛，一種失落。他閉上眼睛反抗那失落，然後在黑暗中摸索，朝向此刻只有瑪蒂德清楚看見的未來。

4

《源泉》，一九九九年——

他的酒還沒醒。「我這輩子最棒的一夜，」他說：「一百萬次謝幕。我的朋友全來了。而且看看你，美人兒。鼓掌歡呼。外百老匯。酒吧！走路回家，星星在天空閃爍！」

「你都不曉得該說些什麼了，親愛的。」瑪蒂德說。

（錯了。今夜，有人很曉得該說些什麼。劇評人聚集在戲院中沒人看到的角落裡。他們觀看著、思索著，發現這齣戲很不錯。）

「現在由身體接管。」他說，而她就是他心目中的獵物，但當她從浴室出來時，他睡著了，赤裸躺在羽絨被上，於是她幫他蓋好被子，吻了他的眼皮，嚐到了榮耀的滋味。她品味著。也睡了。

《獨眼國王》，二〇〇〇年——

「寶貝，這齣戲是有關伊拉斯謨斯的，你不能把戲名取為《奧涅伊洛》（*The Oneiroi*）。」

「為什麼？」洛托說：「這個戲名很好啊。」

「沒有人會記得的。沒有人曉得那是什麼意思。我就不曉得。」

「奧涅伊洛是黑夜女神倪克斯的兒子。他們是夢。睡神希普諾斯、死神塔納托斯、衰老之神格拉斯的兄弟。這齣戲是有關伊拉斯謨斯的夢，寶貝。人文主義學界的王子！他是一位天主教神父的私生子，一四八三年的黑死病使得他父母雙亡而成為孤兒。他瘋狂愛上了另一個男人——」

「我看過這個劇本，這些我已經知道了——」

「而且奧涅伊洛這個字讓我發笑。伊拉斯謨斯曾說，**在盲人的國度裡，獨眼者就是國王**。獨眼國王，法文是*Roi d'un oeil*，唸起來正巧很像奧涅伊洛（Oneiroi）。」

「噢。」她說。他一講法文，她就會皺眉；她大學時是法文、藝術史、古典文化三主修。面對著花園的窗子看得到深紫色大理花，在秋光中發亮。她走向他，下巴靠在他肩頭，雙手伸進他褲子裡。

「唔，這齣戲很性感。」她說。

「沒錯，」他說：「老婆，你的手非常柔軟。」

「我正在跟你的獨眼國王握手。」

「啊，親愛的，」他說：「你太厲害了，這個劇名更好。」

「我知道，」她說：「你可以拿去用。」

「真大方。」他說。

「只不過我不喜歡你那位國王看著我的樣子，他那顆眼睛好邪惡。」

「那就把他的頭給砍了。」他說，然後帶著她進臥室。

《群島》，二〇〇一年——

「我不是不**喜歡**他們，」她說：「但是這齣戲是講波士頓的一場暴風雪中，三個來自加勒比海地區的飯店清潔女工。你寫這樣的戲，膽子真的很大。」

他的頭還是埋在肘彎裡，沒有抬起來。在他們新買的這戶二樓公寓裡，滿客廳散落著報紙。這棟房子其實超過了他們的能力，所以他們連塊小地毯都買不起。發亮的橡木地板很簡樸，讓他想到她。

「菲比．達瑪，我懂了，」他說：「她痛恨我寫的每齣戲，以後還會繼續罵下去。說我文化挪用什麼的，刺耳，尖銳。但是這位《紐約時報》劇評人幹嘛要提起我媽很有錢？她有錢關我什麼事？我根本是窮光蛋，連暖氣都用不起，他們在乎什麼？而且為什麼我生在有錢家庭，就不能寫窮人？他們不曉得什麼叫**虛構**嗎？」

「我們用得起暖氣的，」她說：「或許有線電視是看不起，不過除此之外，這篇劇評寫得不錯。」

「裡頭好壞摻雜，」他呻吟道：「我覺得我快要死掉了。」

（兩個星期後，一公里之外有兩架飛機撞毀，正在上班的瑪蒂德手上的杯子掉地，摔碎了；在家裡的洛托穿上運動鞋，往北跑了四十三個街區趕去她公司，進入大樓的旋轉門時，看到她也在旋轉門的另一個玻璃隔間裡，正要離開。然後他們隔著玻璃，臉色蒼白地注視彼此，她在外面，他在裡面，他感覺到恐慌中還有一絲困惑的羞愧，但那羞愧的源頭──這一刻他心中極度絕望──卻早就忘記了。）

「你也太愛演了，」她說：「要是你死了，菲比．達瑪就贏了，再寫一齣新戲就是了。」

「寫什麼？」他說：「我江郎才盡了。三十三歲就完了。」

「回到你了解的題材。」她說。

「我什麼都不了解。」他說。

「你了解我啊。」她說。

他看著她，他的臉上印著報紙油墨，然後露出微笑。「沒錯。」他說。

《果園中的大宅》，二〇〇三年——

第二幕，第一場

（莊園大宅門廊上，奧麗薇亞穿著白色網球裝，等著喬瑟夫出來。喬瑟夫的母親坐在一張搖椅上，手裡拿著一杯白葡萄酒加氣泡水。）

瓢蟲：趕快過來坐下吧。很高興我們有點時間聊一聊。喬瑟夫很少帶女朋友回家，你知道。大部分的感恩節，就只有我們。家人。不過我們來談談**你**吧，親愛的。告訴我，你是哪裡人？父母是做哪一行的？

奧麗薇亞：沒沒無聞的小地方，什麼都沒做。我沒有父母，達頓夫人。

瓢蟲：瞎說。人人都有父母。難不成你是從哪個人的頭上跳出來的？對不起，但你可不是米涅娃[3]。好吧，你可能不喜歡你的父母，天主知道我也不喜歡我的父母，但你當然是有父母的。

奧麗薇亞：我是孤兒。

瓢蟲：孤兒，沒人願意收養你？像你這麼美？我不相信。當然了，你小時候一定很不快樂。**啊**，沒錯。我可以想像你是不開心的小女孩。很頑劣。太聰明對自己沒有好處。

---

3 Minerva，羅馬神話中的智慧女神、戰神，沒有母親，出生時帶著武器從天神父親朱比特的額頭裡跳出來。

奧麗薇亞（停頓許久）：喬瑟夫怎麼拖這麼久還不出來。

瓢蟲：這孩子可虛榮呢！對著鏡子照來照去，看他漂亮的髮型。（兩人大笑）無論如何，你顯然不想談你自己，我也不怪你。我相信那是你的痛處，親愛的。全世界最重要的就是家人。最重要的。為什麼呢，家人決定了你是個什麼樣的人。沒有家人，你就無足輕重了。

（奧麗薇亞大驚，抬起眼睛，瓢蟲正笑咪咪看著她。）

奧麗薇亞：我不是無足輕重。

瓢蟲：親愛的，我不是要惹你不高興，但是我非常懷疑這一點。你很漂亮，沒錯，但是像我們喬瑟夫這樣的男孩，你沒有什麼能給他的。沒錯，他現在愛上你了，但他向來多情。我從來不用擔心他會心碎。過幾分鐘他就能找到新的女孩了。你不如現在就趕緊離開，我們雙方都不必浪費時間，讓他找到一個更適合的對象。

奧麗薇亞：更適合的，你的意思是家裡有錢的？這就好笑了，因為呢，達頓夫人，我有家人。他們有錢得像國王。

瓢蟲：你撒謊吧？你要不是現在撒謊，就是你剛才自稱孤兒是在撒謊。無論是什麼，從你踏進我們家之後，你講的話我一個字都不信。

喬瑟夫（笑容燦爛走出來，吹著口哨）：哈囉，美女們。

奧麗薇亞：我從不撒謊，達頓夫人。我得了一種非得說實話的毛病。現在，請容我告退，我要去跟我這位親愛的老公去打網球了（咧嘴笑）。

喬瑟夫：奧麗薇亞！

瓢蟲（站起來）：你的。你的什麼？你的老公？丈夫？喬瑟夫！

「這有點傷人了。」瑪蒂德說，抬起頭來。她的嘴角哀傷地下垂。

「有一天你會見到我母親的，」洛托說：「我只是希望你做好準備。她到現在都還在問我什麼時候要找個好女孩安定下來。」

「哎喲。」瑪蒂德說。她看著對面的他，兩人之間的餐桌上放著享用一半的咖啡、貝果。「非得說實話的毛病？」

他看著她，等待著。

「好吧。」她讓步了。

《蓋西》，二〇〇三年——

「到目前為止，年輕劇作家蘭斯洛．賽特懷唯一真正的才華，就是將南方經驗做某種大幅度的改編。然而，是什麼讓他著了魔，竟然寫出這麼一齣戲，把那位有戀童癖的連續殺人凶手約翰．韋恩．蓋西予以美化？好像死板的對話、蓋西清唱那些可怕的歌、謀殺和肢解屍體的場景還不夠糟糕，觀眾看完三個小時的戲之後，離去時最想問的就是：為什麼？這齣戲不僅糟到極點，而且品味也壞到極點。或許這是賽特懷對其他更有才華的編劇同業致意，或是對《瘋狂理髮師》的某種致敬，但是，很不幸，蘭斯洛．賽特懷並不是《瘋狂理髮師》的劇作家史蒂芬．桑坦，也永遠不會是。」瑪蒂德唸道。

她把報紙扔到一旁。

「你猜到了，他媽的菲比．達瑪。」

「其他劇評家都很喜歡，」他說：「通常呢，碰到有人給我惡評，我都會有點羞愧。但這個女人太離譜了，我根本不在乎。」

「我覺得這齣戲很好笑。」瑪蒂德說。

「本來就是，」洛托說：「所有觀眾都笑翻了。」

「菲比．達瑪，五齣戲，五篇苛刻的惡評。她根本什麼都不懂。」瑪蒂德說。

他們看著彼此，開始微笑。

「再寫一齣，」他說：「我知道。」

《魔法書》，二〇〇五年——

「你是天才。」她說，放下他的劇本原稿。

「那就上我吧。」他說。

「樂意從命。」她說。

《漢姆林的冬天》，二〇〇六年——

莎莉、瑞秋、瑞秋的新婚丈夫一起來紐約，參加新戲的首演之夜。丈夫？男人？伊麗莎白人呢？要去吃早午餐的計程車上，瑪蒂德和洛托手牽手無言溝通著。

那個丈夫很愛講話，像隻松鼠似的嘴巴動個不停。「親切的傻瓜」是瑪蒂達稍後的評價。「沒知識的蛇」則是洛托的評價。「她在搞什麼？我還以為她是女同志。我很喜歡伊麗莎白，伊麗莎白的胸部很漂亮。她去哪裡找來這個安公子的？」

「只因為他脖子上有刺青，並不表示他就會吸安非他命。」瑪蒂德說著，想了一會兒：「我是這麼想的啦。」

他們吃著班乃迪克蛋，聽到了整個故事。瑞秋大學畢業後這一年很不順。她精力過剩，雙手像蜂鳥似地滿場飛，一下摸盤子，一下摸餐具，然後又去拿玻璃杯，接著摸頭髮，接著放在膝上，一刻都沒停。

「你不能因為這一年過得不順，就在二十三歲結婚。」

「那為什麼你們在二十三歲結婚，洛托？」瑞秋說：「麻煩你解釋一下。」

「一槍斃命。」瑪蒂德低聲說。洛托看著她。「其實呢，我們是二十二歲結婚的。」她說。

總之，就像她剛剛說的，瑞秋這一年過得很不順。伊麗莎白因為瑞秋做了某件事而跟她分手。無論是什麼事，總之都糟得讓瑞秋臉更紅，她丈夫在桌子底下捏她的膝蓋。於是瑞秋回到海邊的老家，莎莉照顧她。彼得就在當地的海洋公園工作。

「你是科學家嗎，彼得？」瑪蒂德說。

「不是，我負責餵海豚。」他說。

彼得是完全正確的人選，出現在完全正確的時機，瑞秋說。啊，她要去讀法學院，另外如果洛托不介意，等她讀完法學院，她就要爭取接管家裡的信託財產。

「姆媽也切斷了你的金援嗎？」洛托說：「可憐的女人。拒絕了她一直渴望的盛大、華麗婚禮。反正她不曉得要邀請誰，自己也不會參加，但她很樂於策劃。讓你穿羊腿袖禮服，瑞秋。訂個大得像馬雅古城奇虔伊察金字塔的蛋糕。穿蓬蓬裙的花童。她在新英格蘭的所有家人都會被曬傷，心裡羨慕得半死。如果她把信託財產的受益人，改成某個協助精神分裂比特犬的救援協會之類的，我也不會驚訝。」

一段短暫沉默。莎莉皺起臉，忙著整理她的餐巾。「她沒切斷我的金援。」瑞秋低聲說。

接下來是一段漫長的沉默。洛托眨眨眼，逼走刺痛的淚意。

「不過我得簽一份婚前協議書，只能拿到兩百萬。」彼得說，扮出搞笑的苦臉，他們都低頭看著自己的那杯血腥瑪麗，他臉紅地說：「我的意思是，如果有什麼不好的事發生。但是根本不會有什麼事發生的，寶貝。」然後瑞秋輕輕點了個頭。

他會證明自己只是個暫時性的難堪人物。六個月後，胸部豐滿而柔軟、戴著貓眼眼鏡、有蒼白頭髮和皮膚的伊麗莎白將會回來，從此不再離開。

在戲院裡，洛托觀察著他的姑姑和妹妹。開演後十分鐘，當他們的睫毛膏開始跟著淚水往下滑，他鬆了口大氣，一手撫過自己的臉。

謝幕、道賀、擁抱之後，他跟全體演員講了一番話，那些演員都愛死他了，光是從他們看他的樣子就曉得。最後瑪蒂德偷偷拉著洛托從後門溜掉，到一家酒吧跟家人會合——她已經請助理先帶莎莉和瑞秋夫婦過去了。

莎莉喜極而泣，跳起來抱著他的脖子不放。瑞秋緊緊抱著他的腰。彼得晃來晃去，輕拍洛托的手臂。莎莉在他耳邊說：「我都不曉得，親愛的甜心，我都不曉得你有這麼想要小孩。」

他驚訝地看著她。「你從這齣戲裡面看到的是**這個**？是我想要小孩？」

「唔，沒錯。」瑞秋說：「這齣戲完全是關於家庭的，談如何把事物傳給下一代，談你出生時，你就屬於某一塊家族土地。太明顯了。而且戲裡的桃樂希懷孕了，茱莉有個寶寶在樓上。就連胡維都把他的小孩抱在胸前走來走去。這不就是你的用意嗎？」

「不是。」瑪蒂德大笑說。

洛托聳聳肩，「或許吧。」他說。

《亞吉丹的埃莉諾》，二〇〇六年——

一個小個子男人衝進貴賓招待會的黑色房間裡。他一頭稀疏的白髮，穿著褪色的綠色披風，披風往上翻飄，讓他看起來像隻長尾水青蛾。「啊，親愛的孩子，啊，親愛的、親愛的洛托，你辦到了，我一直知道你會辦到的。你果然流著戲劇的血液。今夜，繆思女神塔麗亞親吻了你的臉頰。」

蘭斯洛朝這個模仿塔麗亞的小個子男人微笑，吻了他臉頰。他從經過的托盤上拿了一杯香檳。「非常謝謝你。我很愛亞吉丹的埃莉諾，她是天才，是現代詩之母。唔，請原諒我，我知道我們認識，但是到底是怎麼認識的？」

洛托微笑，雙眼始終注視著那小個子男人。那男子頭往後迅速一抬，眨眨眼。「啊，親愛的孩子。我道歉。我一直密切關注你的創作生涯，我樂在其中，而且透過你的戲，我對你太熟悉了，因而覺得你當然也對我很熟悉。老派的作者謬見。真是太羞愧了。我是你以前預校的老師。丹騰·史瑞夏。你有印——」他吸了口氣，戲劇化地吐出來：「你有印象嗎？」

「對不起，史瑞夏先生。」蘭斯洛說：「我不記得了，我記性很差。不過真的很謝謝你來這裡鼓勵我。」

他低頭朝著那小個子男人微笑。

「你不記得了。」那男人說，聲音顫抖，然後他的臉漲紅起來，似乎就要當場消失了。

從頭到尾站在丈夫身邊的瑪蒂德很納悶。他的記性像鑽石刀般鋒利，他從來不會忘記別人的臉。一齣戲他只要看過兩次，就可以一字不漏地從頭演到尾。她看著他轉身，迎接一位著名音樂劇明星，握著她的手親吻；看著他散發魅力和輕鬆的笑容，那股能量似乎隱隱帶著刺。丹騰．史瑞夏離開了。她一手放在丈夫的手臂上。那個音樂劇明星轉身去跟其他人打招呼，洛托轉向她，無言地把頭靠在她肩上好一會兒。充電後，他才又轉身去面對其他人。

《牆壁，天花板，地板》，二〇〇八年——

「《牆壁，天花板，地板》？」製作人說。他是個溫和男子，臉上長了一雙睡眼，胸中藏著一顆殘酷卻積極的心。

「這是三部曲的第一部，談的主題是失去一切的人，」洛托說：「同個家庭，不同主角。他們失去了一家人居住的房子。他們把一切儲藏在那裡。歷史，家具，鬼魂。一場悲劇。這三部曲，希望能夠在台上同時演出。」

「同時演出。耶穌啊，野心真大。」製作人說：「這是三部曲的哪一部分？」

「談精神疾病的那一部。」洛托說。

《最後一口》，二〇〇八年——

「《最後一口》，我來猜猜看，」製作人說：「談酗酒的？」

「法拍屋的，」洛托說：「最後一部分，《恩典》是講一名阿富汗戰爭退役軍人返鄉的故事。」

《恩典》，二〇〇八年——

「把戰爭的故事取名叫《恩典》？」製作人說。

「我去阿富汗跟著海軍陸戰隊隨軍參訪過，」洛托說：「兩個星期，我每一刻都覺得自己要死掉了。但我都沒死，我覺得受到了庇佑。即使我小時候就不信教了。但是信不信由你，這個劇名很適合。」

「我要被你搞死了。」那製作人閉上眼睛好一會兒。等到張開後，他說：「好。如果我看了劇本很喜歡，那我們就來做這齣戲。我幫你做過《源泉》和《魔法書》，我想你腦袋裡有些東西很有趣。」

「成交。」瑪蒂德在廚房說，她正忙著把剛烤好的斯派庫魯斯餅乾放在盤子上。

「但是只能在外外百老匯演出，」製作人說：「或許在紐澤西州吧。」

「第一輪。」瑪蒂德說，把裝著餅乾和茶的托盤放在茶几上。

「你是認真的。」

「回去看完劇本吧，」瑪蒂德說：「你會明白的。」

一個星期後，那製作人打電話來，是瑪蒂德接的。

「我明白了。」製作人說。

「我就是這麼想的，」瑪蒂德說：「大部分人最後都會明白的。」

「是嗎？」製作人說：「他表面上這麼不正經，老在講笑話，耍花招。你怎麼有辦法看得出他的才華？」

「我就是有辦法。從我認識他的那一刻起，」她說：「我就知道他是一顆超級新星，從此沒有改變過這想法。」她想著**幾乎吧**，但是沒有說出來。

此時他們在新買的鄉間住宅裡（屋側牆板和屋內的石膏牆還是一塌糊塗，但是她知道這房子在一團亂糟糟之下，有一些美麗的細節，比方粗石砌的外牆，古老的橫樑），跟製作人講完電話後，她來到屋外的遊廊上找洛托。屋前有一片櫻桃園，屋後有一塊完美的平地可以挖個池塘。她幾個月前已經辭掉工作，接手打理他工作的事務。他們留著市區那戶只有一個臥室的公寓當備用住處，她會讓這裡成為他們完美的家。或許很快地，她就不必擔心付不出電話費、用這張信用卡設法付掉下一張的帳款。製作人的消息讓她很振奮。

冷冷的陽光下，三葉天南星紛紛從依然冰凍的泥土裡冒出新芽。洛托躺在那裡看著世界逐漸甦醒。結婚十七年了；她已常駐在他的內心深處。有時候他想到她，會先想到**妻子**，而不是**瑪蒂德**——

先想到她是自己的老婆，而不是她這個人。他就是會先想到抽象概念的她，而非活生生的實體。但現在並非如此。她穿過遊廊時，他忽然**看到**瑪蒂德。她心中那黑暗的鞭子。她會輕揉揮動鞭子，好催他繼續拉著石磨轉動。

她冰冷的手放在他的腹部，他正裸著上身做日光浴，好消除冬天的蒼白。

「虛榮。」她說。

「披著劇作家外皮的演員，」他悶悶不樂地說：「我永遠都會虛榮下去的。」

「啊，好吧。你就是這樣，」她說：「渴望陌生人的愛，渴望被看見。」

「你看見了我。」他說，然後發現這正好是他片刻之前在想的，不禁笑了。

「沒錯。」她說。

她長長的手臂往上舉，露出腋下冬天沒修的兩窩毛，都可以在裡頭孵知更鳥蛋了。她看著他，享受著自己的知情，他的不知情。然後她歎口氣，放下手說：「你想聽嗎？」他說：「啊老天，小瑪，我要被你急死了。」然後她說：「過關，三部全都過關了。」他大笑握住她的手，上頭有整修房子磨出來的厚繭，他吻著她的手，輕咬她的指甲，她的手指，往上到手臂，到脖子。他舉起她扛在肩上旋轉，直到他暈眩得站不住，然後，因為空氣新鮮，因為有鳥兒觀看，他一路吻到她的肚子，當場脫掉她的衣服。

5

體驗過語言不通和生魚片的滋味後，他搭著長途飛機，再轉搭短程飛機，最後終於到家。他坐在座位上，望著機窗外陽光照耀下的柏油路面，登機梯移近飛機。降落時曾有一陣春雨掃過，但來得快，去得也快。他想把臉湊在瑪蒂德的脖子上，嗅著她的頭髮以平撫自己的情緒。去日本大阪當了兩星期的駐市劇作家，他從來沒跟妻子分開這麼久過。太久了。他在沒有瑪蒂德的床上醒來時，發現應該有她的地方一片冰冷，心裡好悲傷。

移動式階梯笨拙地靠近，試了三次都沒對準機門，然後才終於接上。他心急得有如處女。能夠伸展這具長長的身軀，站在階梯頂端呼吸一會兒，真是太美好了，他嗅著紐約州首府阿爾巴尼這個小機場的汽油和糞肥和臭氧的氣味，陽光照在他的臉頰上，他的妻子在航廈裡，等著帶他回到鄉間的那棟漂亮房子，提早吃晚餐。他要享用冰涼的義大利普羅賽柯氣泡酒，接著是熱水澡，接著是瑪蒂德的光滑皮膚，然後好好睡一覺，把自己徹骨的疲勞給趕走。

他的幸福感張開雙翼，拍了幾下。

他沒想到其他乘客的不耐。直到他飛到半空中，才感覺到背部被狠狠推了一把。

太過分了，他心想。居然推人。

柏油路面朝他鼓起，像是展開的桌布。遠處一個朝東飄動的風向袋，航廈的鋸齒狀屋頂，陽光照得砂紙般的階梯表面發亮，飛機的鼻錐不知怎地出現在他的視野裡，窗內的機長伸展雙臂。蘭斯洛的右肩撞到階梯側邊，整個人翻了一圈，然後他看著那個貌似推他的人從黑暗的機艙冒出來，站在階梯頂端，他的頭髮是番茄色的，前額浮凸著一道道皺紋，穿著格紋短褲，一身醜陋。蘭斯洛的腦袋撞到梯面時，下方的臀部和雙腿也同時撞上，眼前一陣模糊。站在那男子身後的是那位空服員，在機上時，蘭斯洛花了幾分鐘跟她施展昔日的演員魅力後，她偷偷給了他兩瓶迷你波本威士忌——他還短暫幻想過兩人在機上的塑膠廁所裡，她掀起裙子，雙腿繞著他的腰部，然後他趕緊驅走那個畫面：他結婚了！而且很忠誠！——然後她緩緩舉起雙手要摀住嘴巴的過程中，他的身體往下滑，同時發出一連串結實的**噹喀噠—噹喀噠**的節奏：他直覺地朝欄杆踢，想阻止自己往下墜落，但感覺到一個奇怪的利器刺入小腿，接著半邊身體麻痺了。在美妙的緩慢中，他躺在一灘水窪裡，一邊肩膀和耳朵吸著陽光曬暖的積水，雙腿仍然停留在階梯上，不過他一隻腳，看起來是往外彎成一個很不體面的角度。

這會兒那個番茄髮色男開始走下階梯，像個會移動的停車交通標誌。他的每一步都讓階梯搖晃，蘭斯洛身上也隨之痛起來。等到那男子走近，蘭斯洛舉起沒麻痺的那隻手，但那男子跨過他。蘭斯洛往上看到他短褲內一眼，毛茸茸的白色大腿，深色的陰部，他往前走進航廈的一扇門後消失。推人？還溜掉？誰會做這種事情？為什麼？為什麼要對**他**？他做了什麼？（沒有答案，那人走掉了。）

那空服員的臉進入視野，柔軟的雙頰和咻咻吐著氣的鼻孔，當她碰觸他的脖子時，他閉上眼睛，然後不知道哪裡來的人開始大喊起來。

從燈箱看X光片，他的骨折就像地質學的構造性斷裂，兩個板塊重疊了。他有兩處上了石膏，吊著一條吊腕帶，頭頂纏了紗布，然後又吃了止痛藥，讓他覺得自己的身體好像包在三吋厚的橡皮裡。彷彿要是他墜落前就吃了這些藥，他摔在柏油路面上就能開心地彈得老高，嚇得鴿子們飛起來，飛到航廈的屋頂上。

回紐約市區的路上，他一路用假音唱著「地球風與火樂團」的歌。瑪蒂德讓他吃了兩個甜甜圈，他感動得雙眼滿是淚水，因為這是糖霜甜甜圈創始以來最神奇的甜甜圈，這是諸神的食物，他充滿歡喜。

他們得待在鄉下度過這個夏天了。可惜啊！他的《牆壁，天花板，地板》要排演，他應該在場的，但他行動不方便。他沒辦法爬樓梯到排演室，若是要他的劇場指導背他上去，那又太濫用權力。他連爬樓梯到他的小公寓都沒辦法。他坐在公寓大樓前的階梯上，看著漂亮的黑白瓷磚。瑪蒂德來回張羅，把食物、衣服、他們所需要的一切，從二樓公寓裡搬出來，放進正並排停在馬路上的汽車裡。

公寓管理員的小孩害羞地從門內探出她褐色的腦袋，盯著他瞧。

「什麼，呵，小不點！」他對那小孩說。

她一根手指伸進嘴裡，又溼淋淋地拿出來。「那個瘋子波波在樓梯上做什麼啊？」她說，顯然是在學某個大人講話。

蘭斯洛大笑，公寓管理員出現了，臉比平常紅了一點，然後看了一眼他身上的石膏、吊腕帶、頭頂纏的紗布。他朝蘭斯洛點了個頭，把小孩拉進去，迅速關上門。

在車上，蘭斯洛對瑪蒂德驚歎不已：她的臉好光滑，像個香草甜筒可以舔。要不是他左半邊身體忽然像是埋在水泥裡，他就會跨過手煞車舔她，像乳牛碰到鹽塊似地舔個不停。

「小孩都是混蛋，」他說：「上帝保佑他們的心。我們該生幾個小孩，小瑪。接下來的夏天，你都要當我的護士了，你可以對我的身體為所欲為，在那些肉慾和狂熱中，或許我們可以孕育出一個甜美的小傢伙。」他們沒避孕，兩個人也都沒有不孕的毛病，所以顯然只是運氣和時機而已。他沒吃止痛藥物時，就會比較小心，保持安靜，盡量不去提起他隱忍著對她的渴望。

「你吃的那些藥很厲害？」她說：「看起來是非常厲害。」

「時候到了，」他說：「早就到了。我們現在有存款，有一棟房子，你的身體狀況仍然適合。你的卵子可能有點皺紋了，不曉得。四十歲，生出來的小孩會有智能不足的危險。不過有個笨小孩可能也不壞。聰明的小孩一等到可以離家，就會跑掉了。笨小孩會留在我們身邊更久。但是反過來說，如果我們等太久，以後就得幫他切披薩切到我們九十三歲了。不，我們得**盡快**辦這件事。等一下到家，我就要讓你懷孕。」

「這還真是你跟我說過最浪漫的話。」她說。

車子進入泥土路，開上碎石車道。櫻桃樹的樹枝優雅地滴著水，啊，老天，他們住在**櫻桃園**裡，正是契訶夫的經典名劇。他站在後門邊，看著瑪蒂德打開通往遊廊的落地門，走下青草地，來到新挖的那片閃亮泳池邊。有兩個曬黑的肌肉男在斜陽中發亮，正把一捲草皮攤開，要鋪在地上。瑪蒂德身穿白色洋裝，剪短的白金色頭髮，苗條的身材，太陽破雲而出的天空，發光的肌肉男。真是不可思議，像一幅停格的真人畫作品。

他忽然坐下來。一股溼熱淹沒雙眼：這一切太美了，他不禁驚歎自己的幸運。但同時，他心中深埋的痛苦才剛浮現，有如海底的核子動力潛艇往上升起了。

他在尋常的時間醒來，五點二十六分，他剛剛作了一個夢，夢見自己在一個跟身體差不多大的浴缸裡，裡頭裝滿了西米布丁。他努力掙扎，但就是沒法起身。他身上好痛，痛得想吐，不禁發出呻吟，驚醒了瑪蒂德。她撐起身子察看他，嘴裡的氣息好難聞，頭髮搔著他的臉頰。

她端著托盤回來，放有炒蛋、一個塗了奶油乳酪加青蔥的貝果、黑咖啡，另外有一朵插在花瓶裡的玫瑰，上頭還沾著露珠，他看到她臉上的興奮。

「你寧可我當個病人。」他說。

「我們在一起生活後，」她說：「這是你第一次沒有陷入可怕的沮喪，也沒有精力過剩的瘋狂狀態。這樣真好。現在你擺脫不了我，或許我們甚至可以一起看完整部電影。或許吧。」她講得上氣不接下氣，臉紅了（可憐的瑪蒂德！）。「說不定我們可以合作寫出一本小說或什麼的。」

他想擠出微笑，但一夜之間，那個世界又回來了，她半透明的皮膚今天看來不像含糖的甜食和液體奶油，而是貧血。那些炒蛋好油膩，咖啡也太濃，就連花園裡摘來的那朵玫瑰，都散發出一種甜膩的氣味，讓他倒胃。

「或許不必了，」她說：「那只是個想法而已。」

「抱歉，親愛的，」他說：「我好像失去胃口了。」

她吻了他的額頭，接著把冷冷的臉頰貼靠在上面。「你有點發燒。我去幫你拿你的魔法藥丸。」她說，然後他還得按捺住自己的不耐，看著她手忙腳亂拿水，打開藥瓶瓶蓋，拿出裡頭塞的棉花，最後，藥片終於美妙地在他舌頭上溶解。

她走出屋子，來到他的吊床邊。他正躺在上面鬱悶地思索著，儘管陽光在上方的樹葉間閃爍舞動，引水道的水咕嚕嚕流入池塘。波本威士忌他已經喝掉三杯。但現在四點多了，誰在乎？他無處可去，無事可做。他深陷在抑鬱狀態中，抑鬱得要命，徹底垮掉了。他之前在屋裡播放裴高雷西的《聖母悼歌》，現在那音樂從餐室裡他特別買的喇叭中播送出來，一路傳到躺在吊床上的他。

他想打電話給母親，讓她甜美的嗓音包覆他，但結果，他只是在筆電上看了一部有關印尼喀拉喀托火山的紀錄片。他想像埋在火山灰之下的世界會是什麼樣子。就像某個瘋小孩跑出來，在這片風景上胡亂塗上黑色和灰色：溪流變得黏膩，樹木化為滾滾煙塵，草坪成了一片光滑發亮的黑油。冥府景象。刑罰曠野，黑夜中的嘶喊，水仙平原。死者的骨頭撞得喀啦響。

他正耽溺在恐怖中，耽溺在被擊潰的不幸中。其中也不無某種放縱的歡愉。

「親愛的，」他的妻子柔聲說：「我拿了冰茶來給你。」

「我不要冰茶，」他說，很驚訝自己的舌頭不像平常那麼靈活，變得好笨拙。他擠出鬥雞眼，然後唸起了英文的繞口令，「無論天氣冷熱，我們攜手度過任何惡劣天候，無論樂不樂意。」

「一點也沒錯。」瑪蒂德說。現在他看到她穿著她那件藍色的舊裙子，那是她幾百萬年前的嬉皮風格服裝，當時他們才新婚，他每天要上她四次。她太誘人了，現在依然如此，他的老婆。她小心翼翼爬上吊床，但這個動作還是像有一百萬根尖牙深深刺入他的斷骨，他忍住沒大喊，只是呻吟著，同時勉強可以看見她把裙子撩到腰部，脫掉背心上衣。他總是好奇的小弟弟開始好奇起來，但又被疼痛抑制下去了。她的勾引徒勞無功。

她放棄了。「你一定連小弟弟的骨頭也斷了。」她開玩笑說。

他唯一能做的，就是忍著不要把她推下吊床。

公共電視台播出談黑洞的特別節目，非常引人入勝：黑洞的引力很強，甚至可以吞沒光。光！他喝酒喝得好兇，看著電視，不透露自己的想法。排演出了一些狀況：他們**需要**他，他們說；《源泉》在波士頓的演出碰到了麻煩，而且據說《牆壁，天花板，地板》在聖路易的排練也有一連串問題。通常只要有人邀請，他就會去看排演，然而現在他根本無法離開這棟環繞著玉米田和乳牛牧場的鄉村小屋。現在他們**需要**蘭斯洛．賽特懷。而蘭斯洛．賽特懷卻不在場。他以前從來**不曾**不在場。他還不如死掉算了。

書房傳來一個馬蹄喀噠的聲音。屋子裡有馬？不是，那是瑪蒂德穿著自行車鞋進屋裡，還穿著有襯墊的蠢褲子。她一身汗水閃著健康的光芒，同時散發著狐臭和大蒜氣味。

「寶貝，」瑪蒂德說，拿走他的玻璃杯，關掉電視。「到現在兩個星期，你已經喝掉了四瓶Blanton's波本威士忌。別再看災難紀錄片了，你得做點事情打發時間。」

他嘆氣，用沒受傷的那隻手撫著臉。

「寫點東西吧。」她建議道。

「沒靈感。」他說。

「那就寫篇文章吧。」她說。

「文章是笨蛋寫的。」

「那就寫個劇本，寫你有多恨這個世界。」她說。
「我不恨這個世界，是這個世界恨我。」他說。
「嗚、嗚——」她笑著模仿哭聲。
她不可能明白的，他心想。不要亂找她出氣。劇本不是憑空而生，必須心中充滿熱切的焦慮，才能寫得好。他給了她一個痛苦的微笑，然後又拿起酒瓶喝了一口。
「你喝酒是因為你很難過，還是因為要讓我看你有多難過？」她問。
正中紅心，他大笑。「毒蛇。」他說。
「法斯塔夫[4]，」她說：「你甚至還變胖了，以前那些跑步都白費了。我還以為你再也不會變胖了呢。來吧，親愛的，振作起來，別再喝酒了，把心態調整過來。」
「你說得倒容易，」他說：「你健康得很，每天運動兩小時！我光是要離開這張吊床都會喘氣。所以在我骨頭癒合之前，我要行使我喝醉和怨歎和浪費時間的權利。」
「七月四日國慶日，我們辦個派對吧。」她說。
「不要。」他說。
「這不是問句。」她說。
於是，就像變魔術似的，三天後，屋外寬廣的草地上有一堆小孩跑來跑去，他們胖嘟嘟的手裡拿

4 曾出現在莎士比亞《亨利四世上篇》、《亨利四世下篇》、《溫莎的風流娘兒們》中的騎士角色，肥胖又好色，熱愛宴飲歡鬧。前述洛托曾在高中戲劇公演時飾演這角色。

著烤羊肉串和點燃的七彩仙女棒，瑪蒂德還親自操作著怒吼的割草機割出了這片草地。沒有什麼是這個奇蹟女人辦不到的，他心想，然後想到這種新割過的青草氣味，正是植物的嗅覺尖叫。

派對上有一桶啤酒和整根的玉米和素食臘腸和西瓜，瑪蒂德穿了一件灰白色低胸洋裝，看起來美麗絕倫，她的頭靠在他的下巴底，吻了他的脖子一記，於是一整晚，他的喉部就印著一個紅色唇印，像傷口。

他的朋友們在暮色中走來走去，持續到夜晚。查理跟丹妮卡在一起。蘇珊娜穿著紅色洋裝像一根煙火筒，她的新女友柔拉年輕而黝黑，頂著巨大而美麗的黑人蓬蓬頭，兩人在低垂的柳樹下擁吻。山繆帶著太太，他們的三胞胎手裡拿著西瓜皮，搖搖晃晃到處跑。阿尼帶著他最新的酒保助手辣妹贊西佩，才十來歲，幾乎就像瑪蒂德年輕全盛時期一樣漂亮，一頭黑色鮑柏頭，黃色洋裝短得要命，那些學步小孩肯定都能看到她的丁字褲和潮溼的陰部了。洛托想像著自己躺在草地上一飽眼福，但他稍一彎身就很痛，於是還是站著。

煙火在天空爆開，整個派對好吵。（厄運臨頭的人們用天空中的炸彈慶祝和平。）洛托彷彿從遠處看著自己，扮演動作僵硬的滑稽丑角。他頭痛得好厲害。

他進了浴室，明亮的燈光、鏡中他發紅的臉頰和充氣式固定器，都讓他頭昏眼花，於是他收起微笑，看著鏡中那張垂頭喪氣的臉。人生旅程的半途。於是他低聲以義大利語唸出但丁史詩《神曲》的開場詩句：「**人生旅程的半途，我發現身在黑暗森林中，已然偏離正確道路，迷失方向。**」他真是可笑。悲傷又狂妄。悲狂，傷妄。他戳戳肚皮，看起來簡直就像腹部黏著一個六個月大的嬰兒。查理之前看到他的時候，還說：「老哥，你還好吧？你看起來有點肥耶。」

「哈囉，小胖，」蘭斯洛說：「你看起來好黑。」這是真的，查理胖胖的身材把他那件四百美元的襯衫撐得好緊。但話說回來，查理從來就不是帥哥。蘭斯洛折損的程度就嚴重得多了。丹妮卡穿著一件優雅的斜肩洋裝，是查理出錢買的，她說：「別鬧他了，查理。他全身從頭到腳都受傷了，如果男人一輩子非得胖上一次，那就是現在了。」

蘭斯洛判定，他沒辦法回到派對面對那些人了，他有時真的很痛恨這些朋友。他回到臥室，盡可能脫掉衣服，然後爬上床。

他正恍惚著快睡著時，房門打開了，走廊的燈光害他醒過來，然後門關上，房裡有個身影。他等著，很恐慌。他幾乎動不了！如果有人爬上床要強暴他，他根本逃不開。但那其實是兩個人，而且他們對床沒有興趣，因為黑暗中傳來了低笑聲和耳語，還有衣料扯動的窸窣聲，然後兩個人開始抵著浴室門發出一種節奏。一種切分音的拍擊，加上一些驚奇的衝撞悶哼聲。

那道門真吵，蘭斯洛心想。他明天得把門鈕弄緊。

然後他想著，有如一把悲慟的利刃插入心臟，他想到曾經有一度，他會是帶著女孩進來做的人，而且會遠遠比這個正在被上的女孩更精彩，可憐，儘管她好像也很爽。不過，她的呻吟有點假。甚至曾經有一度，他會爬起來，把眼前的事件轉為一場狂歡，他會不露痕跡地加入，流暢得好像他是受邀的。但現在他帶著骨折的外殼，軟趴趴躺著在那裡，心裡批評著這兩個人的表現欠佳，像一隻軟弱的寄居蟹。趁著黑暗沒人看到，他扮出寄居蟹留著鬍鬚的皺臉，用他沒受傷的那隻手裝成狠咬人的螯。

那女孩說：「**啊——！**」那男人說：「**呃——！**」接下來又是一陣壓低的笑聲。

「啊老天，我需要這個，」那男人低語道：「這些派對有一大堆人帶小孩來，真是狗屎透了。」

「我懂，」她說：「可憐的洛托，一臉渴望看著那些小孩。還有瑪蒂德，現在瘦成那樣，好醜。她再繼續瘦下去，就要變成老巫婆了。我是不懂啦，不過肉毒桿菌的存在是有必要的。」

「我一直搞不懂，為什麼有人覺得她很辣。她只不過很高，又是金髮，很瘦，從來不漂亮啊。」他說：「我可是內行的鑑賞家。」剛剛那個肌肉拍打的聲音，是屁股嗎？洛托心想。（大腿。）

「她的長相很有趣。九〇年代早期不是很流行這一套嗎？當時我們都好嫉妒她。還記得洛托和瑪蒂德成了有史以來最轟動的愛情故事？還有他們的派對！耶穌啊！現在我還真有點替他們難過呢。」

門打開。一個南瓜色的頭，禿的，啊哈，阿尼。跟在後頭出去的是一片瘦骨嶙峋的裸肩，丹妮卡。老套婚外情重演，可憐的查理。想到婚姻對某些人來說如此廉價，洛托便覺得作嘔。疲倦，疲倦，厭煩到極點，蘭斯洛又站起來穿好衣服。那些人盡量去抱怨到死為止沒關係，但他可不會容許他們對瑪蒂德和他虛情假意。太可怕了，竟然被這些小蚊蟲憐憫。而且還是一對姦夫淫婦小蚊蟲，那更糟。

他回到樓下，跟他的妻子站在門邊，開心地向朋友們說再見，父母們輪流抱著小孩，喝醉的人只能被載，只喝了一點的人負責開車。他對阿尼和丹妮卡特別施展魅力，搞得他們兩個都臉紅了，開始害羞地也跟他調情起來，丹妮卡跟他吻別時，手指還扣著他褲頭上的皮帶環。

「又只剩我們兩個人了。」瑪蒂德說，看著最後一輛車尾燈閃爍著消失。

「有一陣子，我還以為你退出派對了。然後我就曉得我們慘了。洛托・賽特懷故意不參加派對，就等於洛托・賽特懷砍掉一條腿。」

「老實說，面對折磨，」他說：「我只能微笑承受。」

她轉向他，瞇起眼睛。她讓洋裝滑下肩膀，落在地上。她裡面什麼都沒穿。「我剛剛脫光了。」她說。

「不無聊多了。」他說。

「親愛的，那就讓我承受折磨吧，」她說：「狠狠折磨我吧。」

「像頭野豬。」他說。但令她喪氣的是，他比較像隻吸奶吸到一半就睡著的疲倦小豬。

然後情勢急轉直下，所有一切都失去滋味。他的石膏拆掉了，但他身體的左半邊成了無力而柔軟的粉紅色，質地像是一堆煮得過頭的雞蛋麵。瑪蒂德看著他裸身站在面前，她閉起一眼，「神人，」她說，然後閉起另一邊眼睛：「怪人。」他大笑，但虛榮心大受打擊。他虛弱得還沒辦法回紐約市區的家。他渴望著污染、噪音、光害。

之前他在網路上找到的那些東西失去了吸引力。畢竟，可愛的嬰孩影片，或是貓咪從高處落下的影片，看多了總是會膩的。陽光被玷污了！而他妻子向來無可挑剔的美，現在也令人厭煩、疲乏了。她的大腿就像西班牙山區火腿，鹹鹹的，有點太硬了。在晨光中，她的臉上被刻下了一道道不淺的皺紋。她的嘴唇變薄了，犬齒長得驚人，老是磕碰到馬克杯邊緣，或是湯匙，令他難為情。而且她老是陰魂不散！朝他發出不耐的口吻！他開始賴床，等著瑪蒂德出門慢跑或上瑜珈課或去騎腳踏車進入鄉間小路，好讓他回去睡覺。

那天快中午了。他全身不動，聽到瑪蒂德躡手躡腳開了房門進來。然後被子掀開，有個柔軟又毛茸茸的東西爬到他身上舔他，從下巴舔到鼻子。

他大笑看到那張甜美的臉，像個禦寒耳罩，上頭嵌了兩顆眼珠，還有三角形的毛耳朵。

「啊，你。」他對那隻幼犬說。然後他看著瑪蒂德，雙眼不禁湧上熱淚。「謝謝。」他說。

「她是柴犬。」瑪蒂德說，爬到他旁邊。「要給她取什麼名字？」

狗，他想說。他一直想把一隻狗命名叫「狗」（Dog）。這是後設，而且很搞笑。怪的是，在興奮過頭的狀況下，他說出口的字變成「上帝」（God）。

「上帝。很高興認識你，上帝。」她說，抱起那隻小狗，看著她的臉。「這是我聽過最切合實際的認識論。」

很少有什麼事是一隻幼犬無法修補的，即使這種修補只是短期。有一個星期，他又快樂起來了。光是看上帝吃東西的貪婪模樣就很開心，她會把碗裡每一顆狗糧吃得精光，一路連掉在他腳邊的狗糧都不放過。她排便時會痛苦地先把後腿往前縮，抬起尾巴，小小的肛門漲起，然後排出時，她就像個哲學家似地瞇起眼睛。他在草地上鋪了毯子，仰天躺在上頭作夢時，她會安靜地坐在他旁邊，咬著他長褲的褲管尾端。他每回一喊「上帝！」，手底下就會有個柔軟的小東西出現。他那樣喊，聽起來像是他有生以來第一次妄稱天主的名，但不是，因為那是她的名字。她小針似的牙齒咬著他的指腹，會讓他充滿喜悅。就連她被狗鏈纏住，或是被放在條板箱裡過夜而尖聲狂叫時，都會惹得他大笑。

逐漸地，他不是不愛那隻狗了，只不過在每天日常的消磨之下，那熱情也失去了光澤。上帝彌補不了他因為受傷而過著隱遁生活的遺憾，他渴望重新回到紐約市區居住，接受各式各樣的訪問，可以出門吃晚餐，會在地鐵上被人認出來。上帝無法讓他的骨頭更快癒合，她靈活的小舌頭無法癒合所有的傷口。狗不會說話，只能當主人的鏡子。養狗人有致命的缺陷，並不是狗的錯。

才一個星期，他就覺得自己又陷入了低潮。他胡亂想像著：用瑪蒂德放在屋外工具間內的老鼠藥烤個舒芙蕾，或是跟著瑪蒂德開車去買雜貨時，抓住她手裡的方向盤，轉向飛出懸崖，掉到底下的楓樹叢裡。這些想法並不認真，但愈來愈頻繁，直到他整個人都充滿這些黑暗的想法。他又往下沉了。

然後到了他的生日，要盛大慶祝的四十歲。他本來寧可睡掉這一天的，但醒來時，原先趴在他胸口睡覺的上帝正起身離開，跑下樓梯去迎接瑪蒂德。瑪蒂德天亮前就起床了，在廚房裡輕手輕腳地忙了半天。後門打開，又關上。沒多久，她回到臥室，把他最好的夏季西裝從衣櫃裡拿出來。

「去沖個澡，」瑪蒂德說：「然後把這個穿上，別抱怨。我有個驚喜要給你。」

他照做了，但感覺很差，腰帶緊得就像束腹似的。她把他塞進車子裡，兩人上了路，此時晨露未乾，在朝陽的照耀下閃爍。她遞給他一個熱熱的美式鬆餅夾蛋，還有上等的山羊乳酪，以及她種在花園裡的番茄和羅勒。

「上帝呢？」他說。

她雙手一揮，滿臉幸福地說：「就在我們周圍。」

「哈哈哈，很好笑。」

「你的小狗在鄰居的小女孩那邊，晚一點還給我們時，會洗好澡、照顧妥當，耳朵上還綁個粉紅色的小蝴蝶結。放心吧。」

他安下心來，享受著周圍的田野風光。這片杳無人煙的鄉間，正好完全適合他的心情。他路上吨著了，醒來時在停車場，這是陽光普照的早晨，旁邊有一片平滑無波的湖，遠處有一棟深褐色的建築物，似乎是穀倉。他的妻子提著野餐籃，兩人來到湖邊的柳樹下。那棵柳樹好老，老得樹枝都不會下垂了，像是認命地舉著粗壯樹枝。野餐籃內有魔鬼蛋和香檳，法式蔬菜凍和瑪蒂德自己烤的佛卡夏麵包，西班牙的曼徹格乳酪和他們果園摘來的鮮紅色櫻桃。兩個小小的黑底杯子蛋糕，裡頭是巧克力和奶油乳酪，他的蛋糕上頭有一根她點燃的蠟燭。

他吹熄蠟燭，期望著一些無法言語表達的。期望有更美好、更配得上自己的東西。

有人從那棟建築物走出來，搖著一個牛鈴，瑪蒂德開始慢條斯理地收拾東西。然後洛托靠著妻子的撐扶，走過充斥著殘梗和田鼠的草地，走向一棟歌劇院。

裡頭很涼爽，周圍是一片白髮的人海。「小心喔，」瑪蒂德在他耳邊低聲說：「老年病，會傳染，會致命的，吸氣可別太用力啊。」

他大笑起來，感覺上好幾個星期沒這樣大笑過了。

台上的弦樂器開始調音，漫長而柔和，不成調。他可以聽著這樣預期中的非音樂，聽上好幾個小時，然後心滿意足地離開，他心想。

歌劇院兩側的門開始滑動著，把白晝關在外頭，眾人的低語逐漸沉寂，一位女指揮走出來，舉起雙臂。她雙臂落下，接著湧現是什麼？不太算是音樂，只是聲音。嚴厲的，奇怪的，狂野的，接著那些雜音緩緩變成了某種旋律。他身體前傾，閉上眼睛，感覺這幾個星期來身上長出的黴，都緩緩被那聲音掃去了。

這齣歌劇名叫《尼祿》，是羅馬焚城的故事，但大火只發生在幕後，而且這個尼祿不是羅馬皇帝尼祿，而是一個長得一模一樣的尼祿，是葡萄酒窖管理人。他有可能是皇帝的雙胞胎兄弟，就住在皇帝宮殿的地下室。整齣歌劇不太像個故事，倒比較像是一個從深處冒出來的巨大怪物；沒有什麼敘事性，只是像一陣陣突如其來的音波。這齣歌劇讓蘭斯洛腦袋發暈。那是真心的讚賞所造成的，他覺得頭昏眼花。

中場休息時，他轉向妻子，她微笑著，好像從非常高的地方看著他。機警地，等待著。他低聲說：「啊，小瑪。我簡直無法呼吸了。」

出來到院子裡，陽光眩目，柔和的涼風吹過白楊樹間。瑪蒂德去拿了氣泡水。他獨自坐在一張餐桌前，一個女人認出他來：這種事情愈來愈常發生了。他腦袋裡有一種對人臉的基本分類法，通常可以在一秒之內認出來，但對眼前這個女人沒用。那女人大笑，跟他保證兩人並不認識；她曾在《君子》上看過他的介紹。後來那女人告辭去洗手間。「真不錯，」瑪蒂德說：「你可是小有名氣呢。」當然了，這些人跟他是同一類的，都喜歡到戲院看戲。可以預料，其中有些人可能聽說過他，但那個女人像個小粉絲似地紅了臉，滿足了他內心的某種饑渴。

藍色天空上有幾道凝結尾。他體內有個什麼開始破裂。這回是好的那種突破，不是骨頭的斷裂。

第二幕時，故事性變更淡了，成為一首音調之詩。舞者揮著彩帶出現，象徵著大火。他的舌頭嚐到一股熱流，這才明白自己咬破嘴唇了。

布幕降下。劇終。

瑪蒂德冰冷的雙手捧著他的臉。「啊，」她說：「你在哭。」

開車回家的路上，他大半閉著眼睛，不是因為他不想看妻子或綠、藍、金黃色交織的鄉村白晝，而是因為他深怕忘了那齣歌劇的每個細節。

等到他睜開雙眼，發現瑪蒂德一臉垂頭喪氣。他不記得有多久沒看過她臉上沒有微笑了。光線照得她整個人透亮，他可以看到她眼睛和鼻子周圍的細紋，還有她腦袋周圍的灰白細髮像是通了電般發亮。

「中世紀的聖母，」他說：「不透明水彩畫的，頭上有金葉光環，謝謝你。」

「生日快樂，我知心的朋友。」她說。

「這一天很快樂，真的很快樂，那齣歌劇讓我改觀。」

「我原先就是這麼想的，」她說：「很高興是這樣。你最近變得有點惹人討厭了。」

太陽西沉時，像個壯麗炸開的葡萄柚。他們開了另一瓶香檳，坐在遊廊上看著夕陽。他抱起上帝，吻了她頭頂一記。他想跳舞，於是他進屋放了「電台司令」的歌，用自己沒受傷的那邊把瑪蒂德推出椅子，拉向自己。

「讓我猜猜看，」瑪蒂德說，臉頰靠在他肩上：「現在你想寫一齣歌劇了。」

「沒錯。」他說，嗅著她的氣味。

「你從來不缺野心。」她說，然後笑了，悲傷的笑聲，在地面的石板和上方飛翔的蝙蝠間迴盪。

以前那些花在自怨自艾、看災難紀錄片或A片的時間，現在都用來拚命搜尋資料。他花了一整夜，閱讀他所能找到有關那位作曲家的一切。

他叫李歐．森恩。森恩是南亞的姓，源自梵文的**軍隊**，賜給曾有功勳的人。他住在加拿大的新斯科細亞省。相當新的作曲家，六年前才開始有人演奏他的作品，也相當年輕。但是很難說，因為網路上沒有李歐．森恩的照片，只有兩年前的一份簡歷，還有一些對他作品的簡略讚美。《紐約時報》曾把他列為令人期待的外國作曲家之一；《歌劇新聞》月刊有兩段文字介紹他的作品《帕拉賽爾蘇斯》。另外他在某個人的業餘網站上找到了幾段錄音檔，是他正在進行的一件作品，但那是二〇〇四年貼的，太久以前了，很可能只是學生習作。鑑於網路上的人可能根本不存在，李歐．森恩的確就像個鬼魂。

天才隱士，蘭斯洛想像著。對單一事物執著成病，狂野的雙眼，被自己的聰明或——不，被自己半自閉症逼瘋。一臉大鬍子。圍著腰布。社交障礙。內心處於原始野蠻狀態。

蘭斯洛寫電子郵件給幾乎他認識的每個人，想打聽有誰認識他，結果一個都沒有。

他寫電子郵件給那個牧場歌劇院的藝術節總監，看她能不能給他聯絡資訊。

她的回覆摘要：告訴你的話，我們有什麼好處？

他的回覆摘要：未來優先合作的機會？

她的回覆摘要：給你吧，祝福你。

九月了？這麼快？黃葉從樹上紛紛掉落。上帝長出了一層蓬鬆的軟毛。蘭斯洛受傷的那條腿依然虛弱，走路還是一跛一跛的。他的自我中心太嚴重了，還覺得整個世界都在模仿他的身體，變得猶豫不穩。

他們平常住在紐約市區裡，週末才回鄉下。每天晚上，他都寫一封簡短的電子郵件給李歐・森恩，但是一直沒收到回信。

瑪蒂德一直很機警，留神觀察。當他終於上床時，她會在睡夢中轉向他，緊抓著不放，而她以前睡覺時從來不喜歡別人碰她的。他醒來時，嘴邊有她的頭髮，一隻手臂不知怎地不見了，直到他坐起身來，才感覺到血液回流的疼痛。

最後，十月初的某一天，空氣中出現寒意，他跟李歐・森恩通上電話。那聲音跟他預料的不同。輕柔而猶豫，英國口音，一開始他很驚訝：稍微一想，唔，印度以前是英國的殖民地。受過教育的階層當然會帶著點BBC的腔調。這算種族歧視嗎？他不太確定。

「你是蘭斯洛・賽特懷？」李歐・森恩說：「我真是太榮幸了。」

「我才榮幸呢。」蘭斯洛說，大聲得自己都不安起來。這一刻他其實想像過很多次了，因而現在聽到那輕柔的聲音，一開口就先表達對他的讚賞，感覺上好奇怪。他本來以為李歐・森恩孤立在自己的才氣中，受不了跟別人接觸。李歐・森恩解釋：他住的那個小島上沒有網際網路，打電話來也常常剛好沒人接。那個小島是個國際社區。居民們都致力於過著簡樸的日常生活，以及冥想。

「聽起來像個修道院。」蘭斯洛說。

「或是修女院，」李歐說：「有時候感覺也很像。」

蘭斯洛笑了起來。啊，李歐有幽默感，真是讓他鬆了口大氣。蘭斯洛很開心，不知不覺描述起他夏天在那個歌劇院聽到李歐作品的反應，震撼了他的內心深處。他用了**偉大**這樣的字眼，還用了**排山**

倒海的變化和**自成一格**的辭彙。

「我太高興了。」李歐・森恩說。

「我願意做幾乎任何事，就為了跟你合寫一齣歌劇。」蘭斯洛說。

接下來是好長一段沉默，他差點掛上電話認輸了。好吧，你盡力了，蘭斯洛，你沒那個命，有時候事情就是沒那麼順利，你只能另起爐灶，繼續往前走了，老哥。

「當然，」李歐・森恩說：「好的，當然了。」

他們掛斷電話前，講好兩人要在十一月去一個藝術村會合，在那裡住三個星期。那個藝術村的主辦單位欠蘭斯洛人情，他有把握可以把兩個人都塞進去。李歐接了一個弦樂四重奏的委託創作，第一天剛好是交稿期限，不過他們可以先開始構思，認真討論。接下來三星期，他們得持續工作個不停，直到有一些點子，或許甚至嘗試寫出劇本。

「你覺得呢？」李歐的聲音從電話彼端傳來：「對我來說，概念的部分其實最困難。」

蘭斯洛看著他書房裡的布告板，上頭釘了至少有一百個點子，一千個點子。「概念的部分，我想對我們不會是問題。」他說。

到了早上，瑪蒂德出門去騎一百三十公里的腳踏車。蘭斯洛脫掉衣服，看著鏡中的自己。啊，人到中年，真可怕。他已經習慣自己臉上的俊美日漸消失，而向來高壯的身體沒問題。不過現在，他陰囊的縐褶皮膚，他胸毛上的灰色痕跡，還有剛出現的鬆弛下巴——盔甲上出現一道裂痕，死亡逐漸滲透進來了。他轉著身子，直到他找到一個角度，可以讓他看起來就像從前，就在春天時他毫無準備飛下樓梯之前那樣。

隔著肩頭，他看到上帝在床上看著他，下巴歇在前爪上。

他眨眨眼，朝鏡中的蘭斯洛亮出燦爛的笑容，然後一面把衣服穿回去，一面擠擠眼睛、點個頭，還吹著口哨，甚至還拍掉他毛衣肩膀上想像的灰塵，拿起藥丸吃掉，發出滿意的咕噥聲，這才匆匆出去，像是忽然想到了什麼急事要辦。

然後到了十一月，他們開著車駛過一片片廣大的灰色田野，越過哈德遜河，進入佛蒙特州、新罕布夏州。空氣一片沉靜，蓄積著能量。

在這段狂熱的準備期間，蘭斯洛瘦了將近五公斤。他花好幾個小時在健身腳踏車上，因為只有活動才能讓他思考。現在隨著某種聽不見的音樂，他的膝蓋朝向開車的瑪蒂德扭動。

「我把點子精簡到五個了，小瑪。」他說：「你聽一下。改寫莫泊桑的短篇小說〈項鍊〉，或是跟迪士尼版本相反的〈小美人魚〉。採用安徒生的版本，但是推到極端詭異的地步。或者約伯的審判，但是很神經、很黑色幽默。或者一連串阿富汗士兵的故事環環相扣，形成某種更長的故事，就像《預知死亡記事》。還有《聲音與憤怒》的歌劇版。」

瑪蒂德長長的門牙咬著下唇，只是往前看著路。

「神經？」她說：「黑色幽默？一般人不會覺得歌劇是搞笑的。你會想到胖女士，莊嚴，萊茵少女，女人為了一個好男人的愛而自殺。」

「歌劇有長期的幽默傳統。喜歌劇以前就是大眾的主要娛樂。如果能再讓這種歌劇大眾化，成為一般民眾的娛樂，那就太好了。讓郵差送信時唱。讓他看起來那身藍色制服底下藏著一副好歌喉。」

「是啦，」她說：「但你是以抒情性聞名。你是嚴肅的，洛托。有時候熱情洋溢，但是並不好笑。」

「你不認為我好笑？」

「**我**認為你好笑極了，但你的作品其實並不好笑。」

「連《蓋西》都不好笑？」他說。

「《蓋西》很陰暗，很諷刺。有一種冷酷的幽默，但是並不滑稽搞笑。」

「你認為我不會搞笑？」他說。

「我想你可以很陰暗，很諷刺，而且有一種冷酷的幽默。」她說：「毋庸置疑。」

「好極了，我會證明你是錯的。好吧，我剛剛講的那些點子，你覺得怎麼樣？」

她扮了個鬼臉，聳聳肩。

「啊，」他說：「沒有一個好的。」

「太多改寫了。」她說。

「我的意思是，除了阿富汗的那個之外。」

「對，」瑪蒂德說：「沒錯。那是唯一很棒的點子。不過或許太精準了，太明顯了。弄得比喻性強一點吧。」

「小心你的舌頭被拔掉，女巫人妻。」他說。

瑪蒂德大笑。「這件事情呢，反正你們兩個會達成共識。你和你那位李歐・森恩。」

「李歐。我覺得自己像個穿上隆重禮服、打好領結，要去參加冬季舞會的十來歲少男。」他說。

「唔，親愛的，有些人要見你之前，也會有這種感覺。」瑪蒂德說，聲音很輕很輕。

他住的那棟小屋很小，石砌的，裡頭有壁爐，離吃晚餐和早餐的主屋不遠，他這才頭一次擔心路面結冰，擔心自己那條腿還很脆弱，會不小心跌倒。屋裡有一張書桌、一把椅子，還有個正常尺寸的床，這表示他的小腿有半截會懸在床外。

瑪蒂德坐在床緣，上下彈跳著。床架像老鼠似地吱吱叫。蘭斯洛坐在她旁邊，也開始上下彈跳。他一手放在她大腿上，緩緩移動，隨著每次彈跳都愈來愈往上，直到他手指抵著她的大腿根，然後他手指勾進她的內褲裡，找到預期之中的溼潤。她站起來，他停止彈跳。她沒拉上窗簾，就把內褲拉到一邊，跨坐在他身上。他頭探進她的襯衫裡，好喜歡那裡面的友好和黑暗。

「哈囉，大兵。」她說，逗弄著他的頂端。「立——正！」

「三個星期。」他說，她引導他進入，像個牛仔女郎般搖動臀部。他說：「會很久沒辦法釋放。」

「我可不會，我買了按摩棒。」她上氣不接下氣地說：「我幫它取了名字，叫小蘭斯洛。」

但或許她不該說這個的，因為他忽然覺得很有壓迫感，不得不把她轉身，讓她雙手和膝蓋跪著，才能辦完事情，而且那個高潮太軟弱無力了，讓他很不滿足。

她去浴室，用洗手台裡的水清洗自己，然後朝外喊：「想到要把你留在這裡，我覺得好難受。上回我才讓你離開一陣子，你回來就跌斷骨頭。」她回到她身邊，雙手捧著他的臉。「我的古怪老男人，還以為自己能飛呢。」

「這一回，只有我講的話會飛。」他嚴肅地說。兩個人都忍不住爆笑起來。在一起快二十年了，熾熱的火焰或許轉為溫暖、幽默，雖然不那麼狂野了，但也比較能持久。

她試探地說：「這裡會有一些很有才華的女人，洛托。我知道你有多愛女人，或者曾經……我的意思是，在我之前。」

他皺眉。兩個人在一起到今天，她從來沒有吃過醋。那對她有失體面，或是對他，對他們的婚姻。「啊，拜託。」他說。於是她深深吻他，擺脫那個話題，「如果你需要我，我會來。開車要四個小時，但我三個小時就會趕到。」然後她走出門，離開了。

獨自一人！暮光中的樹林隔著窗子觀察他。因為還沒到晚餐時間，他精力無處發洩，就做了幾個伏地挺身。他從行李拿筆記本、筆，又出門去，從環繞他小屋的圓形車道上連根拔起一株蕨類，放進深藍色白斑的馬克杯裡，擺在壁爐台上，即使那株蕨類因為突然接收到室內的暖氣，葉緣已經捲曲起來了。等到晚餐鈴響時，他跛行著走上昏暗的泥土路，走過一片草地，上頭有一座鹿的雕像。啊不是，是真的鹿，而且相當敏捷。接著經過一個乾草堆，轉彎來到一片覆盆子植株間的雞舍，經過了菜田，裡面充滿了在暮色中發亮的南瓜、一株株生長過剩的孢子甘藍，然後來到那座老舊的農舍，香噴噴的食物氣味從裡面飄出來。

兩張餐桌已經坐滿了人，他站在落地玻璃門前，直到有人朝他招手，指指一張空椅子。他坐下來，整桌人都轉頭看他，眨著眼，好像有一盞強光燈忽然打開。

這些人真美！他不懂自己之前幹嘛緊張。這個捲髮的著名詩人給大家看她手掌上那個完美的蟬殼。這對德國夫婦簡直像是雙胞胎，戴著一模一樣的無框眼鏡，髮型像是在睡夢中用一把大刀給一起削短的。這個紅髮年輕人像個大學生，虛弱而害羞的臉上突然一抹粉紅，顯然是個詩人。這個小說家，金髮，健美，還不錯，儘管肚子有點大，雙眼底下有紫色的眼袋。跟瑪蒂德差得遠了，但是夠年輕，是那種可能會讓瑪蒂德猶豫的人。她的白色前臂很漂亮，像是從磨光的雲杉上砍下來的。曾經有一度，每個女人都有某種令他讚歎的美，而她的前臂對他來說就夠了。一時之間，年輕的洛托回來了，性感的獵犬，進行性愛狂歡會，看著那個小說家圓肚子上的銀色妊娠紋。真漂亮。他把一壺水傳給她，甩開了那個畫面。

一個很年輕的非洲裔美國人電影導演打量著蘭斯洛，說：「賽特懷？我才剛從瓦薩畢業。我們學校有一棟賽特懷大樓。」蘭斯洛稍微皺了一下臉，嘆氣。今年春天他重回母校演講時，經歷了一場不愉快的震驚。當時院長站起來介紹他，講了一大堆讚美話，提到蘭斯洛的家族捐了那棟宿舍給學校。洛托心裡算了一下，想起畢業典禮的那個週末，他發現莎莉站在空地上的一個大坑前，旁邊有推土機開來開去，她表情木然，裙子被風吹得緊貼著瘦巴巴的腿。她勾住他的手臂，帶著他走開了。當初他只申請一所學校沒錯，錄取通知顯然也是寄到佛羅里達的家裡——他從來沒看到過。要是其中有人搞鬼，那就完全是安托奈特的作風。「啊，」他說，那個導演正好奇看著他，蘭斯洛的表情一定是洩漏了他的想法，「跟我們家沒有關係。」

外頭門廊上的燈亮了起來，原來是隻浣熊觸動了感應器。等到燈熄了，天空變成一片深海軍藍的天鵝絨。他們傳著食物，有一整條發亮的鮭魚鋪在羽衣甘藍和檸檬片上，還有一大碗藜麥沙拉。

蘭斯洛發現自己講個不停，他實在太高興來到這裡。一直有人幫他的葡萄酒杯添酒。上甜點時，幾個藝術家離開了，但大部分人都把椅子拖到他們這桌來。他說起他摔下飛機登機梯的故事；說起他演員時代參加選角的悲慘故事：那回他被要求脫光上衣，但忘了那天早上在沖澡時，瑪蒂德幫他把胸毛剃出一個笑臉。

「我一直聽說你很有趣。」那個正在吃焦糖布丁的女詩人說，一手搭在他手臂上。她都笑出眼淚了。「但是真沒想到**這麼**有趣。」

在另一桌，有個穿著束腰外衣的女人似乎有印度血統，蘭斯洛忽然覺得胃裡一縮：李歐會是李歐娜的暱稱嗎？有的女人聲音像男人的。她的黑髮裡有一撮白色，那種古怪似乎很符合他夏天所看到那齣歌劇的作者。她有一雙漂亮的手，像個小貓頭鷹。但她忽然站起來，拿著盤子和餐具到廚房去，然後就走了。於是他嚥下滿口苦澀，她不想跟他相認。

現在他們來到主廳，裡頭有游泳池和幾張乒乓球桌，他打起乒乓球來。即使喝了酒，他的反應還是很靈敏：他很高興地發現，雖然一整個夏天都打上石膏，但他運動健將的身手還沒完全退化。有個人拿出威士忌。他停下來休息時，氣喘吁吁，軟趴趴的左手有點痛，一小圈藝術家圍繞著他。蘭斯洛又自動進入魅力模式。「你叫什麼名字？你是做哪一行的？」他逐一問他們。

藝術家！全都很自戀！有的人比較善於隱藏，但就像小孩站在遊樂場邊緣，手指放在嘴巴裡，睜大眼睛看著其他人一個接一個忍不住跑去玩。每一個人被他逗著開口說話時，都暗自鬆了口氣，慶幸這麼個名人看出了他們的重要性，慶幸全場最重要的人把他們視為同等重要。即使只是有潛力，即使只是在未來。

蘭斯洛對其他人都好心地綻放笑容，因為他知道，自己是在場唯一真正的藝術家。

輪到那個開朗、臉紅的紅髮青年時，他輕聲說了自己名字，聲音小到蘭斯洛不得不身體湊向前，請他再說一次，那個青年看著他，眼中閃過一個什麼——倔強、愉悅——然後說：「李歐。」

蘭斯洛動著嘴巴，好半天才終於說出話來。「你是李歐？李歐・森恩？作曲家李歐・森恩？」

「正是我本人，」李歐說：「很高興認識你。」

蘭斯洛老半天說不出話來，那紅髮青年於是不動聲色地說：「你以為會是個印度裔的，對吧？我常常碰到這種事。我父親有一半的印度血統，看起來也像個印度人。他的基因被我媽那邊的壓倒了。不過另一方面，我妹妹看起來就像是寶萊塢電影裡面的人，沒人相信我們有任何血緣關係。」

「你從一開始就知道我是誰，然後一直站在一旁？」蘭斯洛說：「讓我在那邊出洋相？」

李歐聳聳肩說：「我覺得很好玩啊，我想看看我的編劇是個什麼樣的人。」

「不過對不起，你不可能是作曲家，你還在讀幼稚園呢。」蘭斯洛說。

「我二十六歲了，」李歐說：「早就沒包尿布了。」他一臉漲紅，話裡有一絲怒氣。

「你沒有一點符合我的預期。」蘭斯洛說。

李歐用力眨眨眼。他的臉更紅了，簡直像一隻憤怒的龍蝦。「這一點，我覺得太好了。誰想讓別人完全料中呢？」

「我可不想。」蘭斯洛說。

「我也不想。」李歐說。他打量蘭斯洛片刻，然後終於鬆懈下來，扯著一邊嘴角微笑了。

他的一雙大手很適合打籃球，李歐・森恩，不過身高一八三的他太瘦又駝背。他們喝了酒在沙發上第一次深談，其他人都回去打乒乓球或游泳或走過黑暗的空地回到自己的住處去工作，頭上戴著黯淡的頭燈以照亮路徑。

夏天的那齣歌劇，是他在掙扎中寫出來的，當時他正在跟一股沒頂的哀傷奮戰，那種跟世界格格不入的恐慌感不斷攻擊他。「我通常都會想辦法走出來，」李歐說：「我跟我的音樂作戰，直到我們雙方都累得沒什麼感覺為止。」

「我完全明白你的意思，就像雅各和上帝摔角，」蘭斯洛說：「或者耶穌對抗魔鬼。」

「我是無神論者。不過你講的這些，聽起來是很好的神話。」李歐笑著說。

他說他在新斯科細亞省那個社區小島上的屋子，是以乾草捆和泥巴蓋的，而他在那裡的工作，就是教音樂給任何想學的人。他東西不多：十件領口有釦子的白襯衫、三件長褲、一些襪子、幾件內褲、一雙靴子、一雙莫卡辛平底鞋、一件夾克、一些樂器，差不多就這些了。他對物質的東西從來沒興趣，除非是可以用來創造出音樂的。書是必須的，但都是借來的。他唯一的奢侈享受就是足球，支持的球隊是托特納姆。他母親是猶太人，她很喜歡托特納姆對於那些反猶太主義的謾罵予以反擊，並自稱是「猶太軍」。而對李歐自己而言，他說，也因為托特納姆的球隊名，很充實，充滿詩的韻律感，「托特納姆熱刺隊」，本身就是一首歌。島上的活動中心有一台電視，裝在屋頂上的碟形衛星天線像個豎起的耳朵，大部分是只有緊急狀況才會收看，但他們為李歐．森恩所熱愛的足球賽破例。

「我小時候**痛恨**我的小提琴，」他說：「直到有一回，電視上正在播一場足球賽時，我父親要我寫出一首曲子。那場球賽是托特納姆對曼徹斯特，我們支持的托特納姆當時輸球。忽然間，當我演奏時，我原先深深感受到的一切，更深了。那種擔憂，那種喜悅。對我來說就是這個，我唯一想做的事，就是重新創造出那一刻。我把那件作品稱之為 *Audere Est Facere*。」他笑了起來。

「敢作敢為？」洛托說。

「托特納姆的拉丁文格言。其實呢，這樣成為藝術家還不錯。」

「你的生活似乎很單純。」蘭斯洛說。

李歐．森恩說：「我的生活很美。」

蘭斯洛看得出來的確如此。他夠喜歡表演形式，因而了解這種嚴苛生活的吸引力，知道那可以讓內心釋放出多麼大的狂野。在充滿海鳥的寒冷海洋環繞下，李歐每天黎明即起，以新鮮莓果和山羊乳優格為早餐，喝自採的花草茶，去黑色的潮間帶水池捕藍蟹，在狂風和海浪撲擊岩石的韻律中入眠。剛冒出芽的萵苣在面南的窗子外發亮。李歐所過的這種獨身的、節制的、溫和的生活，從表面來看，都處於恆常冷靜的狀態。而在內心，卻是狂熱的音樂生活。

「我知道你是個苦行者，」蘭斯洛說：「只不過我以為你會是滿臉大鬍子那種，會去叉魚，穿著纏腰布，頭上裹著橙黃色頭巾。」他微笑。

「而你呢，」李歐說：「向來是放縱的，從你的作品裡就清楚看得出來。特權讓你不斷冒險，過著香檳、生蠔和海灘別墅的生活。你就像個珍貴的蛋，從小被大家捧在手掌心。」

蘭斯洛感到刺痛，但他說：「沒錯。如果一切都讓我隨心所欲，我就會胖到一百六十公斤，歡樂又搞笑。但是我太太管著我，逼我每天運動。不准我早上就喝酒。」

「啊，」李歐說，看著自己的一雙大手。「所以，你有太太了。」

他說這句話的方式。唔，讓蘭斯洛對於李歐的各種想像，又在心裡重新洗牌一次。

「我有太太，」蘭斯洛說：「瑪蒂德，她是個聖人，是我所認識過最純潔的人之一。她非常正派，從來不撒謊，受不了笨蛋。我從來沒碰到過有人直到快要結婚前還保持處女之身的，但瑪蒂德就是。她認為要其他人幫你打掃很不公平，所以我們家都由她打掃，即使我們雇得起清潔工。她所有事情全都自己來。而我寫的每部作品，第一個就是獻給她。」

「多美好的愛情故事，」李歐輕聲說：「但是跟一個聖人一起過日子很累。」

蘭斯洛想著他高䠷的妻子和她燦爛的白金色頭髮。「沒錯。」他說。

然後李歐說：「糟糕，這麼晚了，我得去工作了。我是個夜行動物，我們明天下午見吧？」然後蘭斯洛這才發現只剩他們兩個人，大部分燈都關了，而且早已過了他平常的上床時間三個小時。另外，他還喝醉了。他發現李歐給他的感覺好熟悉，卻想不出該用什麼字句說出來。他想說的是他也有個很了解自己的好爸爸，他也渴望簡單、清靜的生活，同時他也發現自己在工作中最快樂。但因為李歐的工作室在這片田野的另一頭，中間還隔著一片樹林，他們一走出主屋，李歐趕緊說了再見就消失了，只剩他呼出的氣息在黑暗中凍成一縷縷白煙。蘭斯洛緩緩走過那段漆黑的路，只好想著明天。真相一層層揭露，就像洋蔥皮，他將會在最裡層發現一個真正的朋友。

他看著壁爐裡面的火焰睡著了，一種悠長、緩慢的淹沒和帶著煙燻味的滿足，帶領他進入睡眠深處，他好多年都沒有睡得這麼沉了。

世界像一鍋熱牛奶，晨霧的硬皮結在窗子上。午餐放在門廊上的一個草編籃子裡，蔬菜濃湯、佛卡夏麵包、新鮮的切達乳酪、芹菜、胡蘿蔔棒、蘋果和餅乾。晴朗的藍灰色白晝，他在室內待不住。他想工作。到了傍晚，他穿上靴子和 Barbour 排釦外套，出門去樹林裡散步。臉上的寒意逐漸消散，他覺得愈來愈暖。熱氣誘發慾望，慾望帶著他來到一片苔蘚覆蓋的岩石，溫暖的綠色天鵝絨下藏著一片深深的冷。他長褲褪至膝蓋，深深耽溺在自慰裡。瑪蒂德引發的思念變得更有吸引力，從她身上彈出來，旋轉著往外，無可救藥地轉到一個穿著百褶裙女校服、在他耳邊呢喃的亞洲性感少女，最後就像一般幻想常有地那樣，兩股思緒糾纏在一起。頭頂上的灰色樹枝和迅速游移的光點。鼠蹊部位狂亂活動著，最後無可避免地往上吐出一陣白絲，手掌一片溼滑。

他腳邊的湖水一片沉靜，被灑落的雨水濺起水珠。

等到他站起來時，胸中的焦慮更深了：他痛恨自己想工作的時候卻偏偏被拖延。那就彷彿繆思女神正在唱歌（其實比較像哼歌），而他卻要塞住耳朵。他走向李歐那棟小屋差不多的方向，樹林裡寂靜得好怪異，害他想起自己小時候唸過的那些古詩。他兀自吟誦著，彷彿那是歌。等他走到李歐的小屋——略帶粉紅色的灰泥牆，仿都鐸式建築，蕨類在昏暗的灰色天光中泛著微光——他才明白自己一直期盼看到李歐在門廊上閒晃。但屋外毫無動靜，屋內的窗簾也沒有拉開。蘭斯洛坐在一棵樺樹後，不曉得該做什麼。等到天色變得夠暗了，他悄悄走近，看著窗內。屋裡沒有開燈，但窗簾拉開了，有個人正在裡面動。

那是李歐，他站著，赤裸的白色胸膛，眼睛閉著，生著雀斑的臉好年輕，簡直像個少年，頭上是成簇的沙褐色頭髮。他的手臂短促擺動著。每隔一陣子，他就湊向鋼琴上的那疊紙記一下，然後又再度閉上眼睛，回到原來的動作。他的赤腳丫跟手一樣巨大，也跟雙手指節一樣，都被凍得紅通通的。

看著別人正進入創作的浪尖，蘭斯洛感覺好奇怪。

他想著以往不知道有多少時間，他**也曾**進入這樣的狀態，要是有任何人從外頭偷看到他，也一定會覺得愚蠢無比。一開始，他們是把紐約市區那個沒有窗子的更衣室改裝成他的書房。後來，在鄉下的房子裡，他那個光亮的閣樓書房內，祈禱台上放著莎士比亞作品彙編，窗子面對著外頭的花園，瑪蒂德正在裡頭移動。閉關的好幾個月，他老是往下看，想著向日葵的一生也反映了人的一生：滿懷希望，美麗，鮮亮地鑽出地面；茁壯而強大，臉總是盡責地正對著太陽；腦袋因為種種成熟的思想而變得沉重，垂向地面，轉成褐色，失去了鮮豔的毛髮，莖桿變得虛弱，然後被收割過冬。他會在書房裡說出台詞，時而昂首闊步，時而畏縮不安，有時大步行進，有時碎步。十一部重要劇作，外加兩部附加的、回顧起來大概不那麼重要的作品，他都是邊寫邊自己演，對著空白的牆壁，然後對著向日葵觀眾，還有瑪蒂德彎腰拔野草的苗條背影。

最後他看見李歐穿上襯衫扣好釦子，加上毛衣和外套，穿上莫卡辛鞋。於是他走出樹後，來到小路上，朝向李歐住處的前門，開口打招呼時，李歐正走出來在對付著門鎖。

「啊，哈囉，」李歐說：「你是來找我的嗎？我好高興，我覺得對你好愧疚。我本來希望能早點完工，跟你討論我們的計畫，但是我正在忙的案子好可惡，硬是堅持不放我走，苦苦折磨我收尾。我們去吃晚餐吧？或許可以邊走邊談。」

「走吧，」蘭斯洛說：「我有一百萬個點子，正在腦袋裡轉個不停。我得出來走路好暫時擺脫，不過點子的麻煩就是：你走愈多路，點子就會愈多。它們在我的腦袋裡面繁殖起來了。」

「好極了，」李歐說：「很高興聽到你這麼說，盡量說吧！」

等到他們坐下來吃晚餐，蘭斯洛已經講完了他的前五個點子。李歐皺著眉頭，被凍得臉色泛出粉紅。他把烤蔬菜派傳過來，然後說：「不，我想都不好。你知道，我需要火花。而這些點子，恐怕都沒有火花。」

「好吧。」蘭斯洛說，他正要講下五個時，一隻手拍拍他的肩膀，一個聲音湊在他耳邊說：「洛托！」他抬頭一開始還沒認出來。納塔麗！竟然是她！那個有馬鈴薯鼻子、唇上有淡淡汗毛的納塔麗。她在網際網路熱潮時做得很不錯，不過顯然已經結清手上的股票，成了富婆，於是就可以回到她的最愛上頭。那就是——真沒想到——**雕塑**。她渾身都是白色粉塵，而且胖了。唔，他們兩個都胖了。她雙眼周圍有細細的皺紋，看起來還是充滿忿恨。他們彼此擁抱道賀一番，然後納塔麗坐在蘭斯洛旁邊，聊了一些自己這些年的狀況。但當蘭斯洛轉身要把納塔麗介紹給李歐時，卻發現李歐已經收走自己的盤子和餐具，整個人不見了。他在蘭斯洛的信箱裡留下一張道歉的字條，說他有壓力要把這個委託創作完成，等到完工後，就可以完全專心在他們的歌劇上頭了。**真是非常非常抱歉**。他的字跡又小又工整，就像打字稿一般。

然後是沒完沒了的道歉。連續四天：「我知道，我都知道，真可怕，蘭斯洛。我真是太抱歉了，但我真的得完成這個委託創作。老實說，我快被逼死了。」李歐一看到蘭斯洛就滿臉通紅，因為羞愧而更加膽怯。每回蘭斯洛去偷偷觀察，站在樹林裡看著窗內，那青年總是在工作，狂熱地寫著。因為他沒像樹懶那樣都在磨蹭或打瞌睡或搔抓自己，所以蘭斯洛沒法恨他，而這樣只讓這份等待更加難捱。

他不得不去藝術村主屋的地下室洗衣間打電話給瑪蒂德——這裡手機收不到訊號，他們真的是與世隔絕——他低聲發洩自己的挫敗感。她輕聲哄他，啞著嗓子支持他，但此時是清晨五點，她的狀態並非絕佳。「要不要電話裡面玩一下？」最後她說：「隔著電話線，給你一點鹹溼刺激的，讓你冷靜一點。」

「不，謝了，」他說：「我現在太心煩了。」

她暫停了好久，電話另一頭傳來呼吸聲。「這次狀況很不妙，對吧？」她說：「聽起來是新危機。我從來沒被你拒絕電話性愛的。」她聽起來很難過。

他想念她，他的妻子。現在他每天早上醒來不必拿咖啡牛奶給她，感覺好奇怪。在這裡，他感覺到缺少了她種種無微不至的照顧，比方她幫他洗衣服的習慣、幫他修剪眉毛的方式，就像缺少了他的一部分。

「我想回家跟你在一起。」他說。

「我也是，親愛的。那就回家吧。」她說。

「我再等個兩三天，」他說：「然後夜裡打電話跟你約炮吧。」

「我會守在電話旁邊，」她說：「屏息以待。我會把車鑰匙插在啟動器裡不拔出來。」

那天晚餐後，他跟一群藝術家穿過樹林，手電筒的光刺向黑暗，去那對德國夫婦雕塑家的工作室。那是一棟三層樓建築，有一面可以移動的側牆和一台液壓式電梯，以便運送最沉重的作品。屋後的溪流裡面冰鎮著伏特加，某種隱隱騷動的電子音樂播送著，充滿了心跳的震顫。燈光都關掉了。在前面的房間，一座兩層樓高的結構物撲打著，上頭繫滿了那位德國女士第一段婚姻中表達愛意的字條，只是鬆鬆繫著，所以整個結構體就在風中搖曳，每一張都是一部短短的家庭電影。一件婚姻的雕塑，婚姻的活生生展現。

蘭斯洛覺得淚水湧入雙眼。這件作品太準確了。那對德國夫婦看到他的淚光，兩夫妻就像棲在枝頭的一對虎皮鸚鵡般，悄悄移過來，攔腰抱住蘭斯洛。

創作困境的第五天，蘭斯洛黎明醒來時，發現外頭不巧地下著小雨，於是騎著腳踏車滑行下山，到小鎮上的健身房游泳池。

水讓一切都好多了。他並不擅長游泳，不過下水活動很有幫助，隨著每游一趟來回，他就愈來愈捨不得離開。池水拍擊他，讓他平靜，帶著他回到當初搭車抵達藝術村的那一刻。或許是因為消耗氧氣。或許是他高瘦的身體終於得到需要的活動量，尤其是因為他現在被迫過著獨身生活。也或許，只是因為他把自己累到所有焦慮都消失為止。（錯。他看到天賜禮物時，就應該要曉得的。）但當他游到盡頭，摸著池壁起身時，他知道這齣歌劇要寫什麼了。那個念頭就在他面前升起，發著微光，比底下的水更真實。

他坐在池畔好久，完全忘我，身上皮膚都乾掉了，這才抬頭看到李歐就站在旁邊，還是穿著牛仔褲和白色襯衫和莫卡辛鞋。「他們說你下山來這裡游泳。我借了一輛小汽車來接你回去。好抱歉害你等這麼久，但你知道，這表示我們都急著想開始。如果你方便的話，現在可以開始了。」李歐說。他移動著，原先背對著直射進窗內的陽光而只剩輪廓的那張臉，終於清楚起來。

「安提戈妮。」蘭斯洛說，往上朝著他微笑。

「什麼？」李歐說。

「安提戈妮，」蘭斯洛說：「火花。」

「安提戈妮？」李歐說。

「安提戈妮，地底下的。我們的歌劇。安提戈妮沒有上吊，或者她試過，但在成功之前，諸神就詛咒她永生不死。一開始諸神把永生當作禮物賜給她，因為她堅持遵守神的律法，反抗人的律法。然後當她大罵諸神時，這個禮物就變成一種嘲弄。直到今天，她還住在她的洞穴裡。我剛剛正在想庫邁的女先知，她活了一千年，久得她身體都縮得好小，被放進一個甕裡。艾略特曾引用佩特羅尼烏斯·阿爾比特在《愛情神話》中所寫到的這一段話，做為〈荒原〉的題辭——我親眼看到庫邁的女先知吊在一個甕裡。當男孩們問他：『女先知，你想要什麼？』她說：『我想要死。』」

沉默許久，游泳池的水拍打著排水口。有個女人仰天緩緩做著蛙式踢水，一邊兀自哼著歌。

「啊，老天！」李歐說。

「沒錯，」蘭斯洛說：「同時，原版的安提戈妮是站在諸神那一邊，反抗人類，因為克里翁下令不准埋葬她的哥哥，但我想我們可以更延伸成為一種……」

「厭男觀念。」

「不，不是厭男，或許是厭世。她藐視諸神，因為諸神離棄她。她也瞧不起人類，因為人類有缺陷。她縮得好小，因而變得在人類之下，名副其實就在他們的腳下，然而她又在人類之上。時間淨化了她。她變成了人道精神。我們應該改一下劇名。原來是《安提戈妮》（*Antigone*），改成《安提—格妮》（*Anti-gone*[5]）如何？拿她還活著的事實玩雙關語？如何？」

他帶著李歐進入更衣室，起勁地用毛巾擦乾自己的身體。他脫掉泳褲，抬頭時發現李歐的眼睛瞪

---

5 anti-gone在英文中有「抗拒離去、反對離去」之意。

大了。李歐坐在凳子上，雙手在膝上交疊，看著赤裸的蘭斯洛，臉上微微發紅。

「《拮抗劑》（*Antigonist*）。」李歐說，目光轉而看著下方。

「等一下，《反生殖腺者》（*The Antigonad*）。」蘭斯洛說。首先是當成笑話，因為，唔，他此時才剛穿上他的緊身四角內褲。好吧，沒錯，他有點故意拖長自己赤裸的時間：被人看著自己的裸體，讓他忽然生出一股虛榮和感激。已經好久沒讓陌生人看到他的裸體了。好吧，上回已經是九〇年代中期演出《戀馬狂》的時候了，但那回只演了十二個晚上，戲院裡只有兩百個座位而已。但眼前，當他說出這個笑話時，他發現自己很喜歡。「《反生殖腺者》。」他又說了一次。「或許這是個愛情故事。講的是愛情，但她困在洞穴裡。愛人間彼此無法碰觸。」

「暫時這樣吧，」李歐說：「如果我們發現自己其實是支持生殖腺，反正隨時可以改回來。」這是暗示嗎？從他身上很難看得出來。

「李歐啊李歐，」蘭斯洛說：「你真是超級冷面笑匠。」

接下來進入喋喋不休的時期，他們兩人講個不停。講了四天，然後五天，然後七天……其實什麼都沒寫下來。他們在奇異的微明邊緣狀態工作。蘭斯洛向來早起，李歐則是夜貓子，通常睡到下午兩點。兩人於是講好，每天等李歐醒來後，就去蘭斯洛的住處碰面。他們會一直工作到蘭斯洛不支睡著為止，衣服都沒換，只有李歐離去時開門吹進來一陣冷風，才短暫醒來一下。

蘭斯洛把古希臘劇作家索福克勒斯所寫的原始版《安提戈妮》劇作找出來，當他朗讀時，李歐就躺在燒著櫻桃木的壁爐前傾聽，時睡時醒。然後，為了理解故事背景，蘭斯洛也朗讀了底比斯城三部曲的另外兩部：《伊底帕斯王》和《科洛努斯的伊底帕斯》。他還朗讀了歐里庇得斯劇作的片段，以及現代愛爾蘭作家奚尼所改編的劇作。他們甚至頭湊在一起讀加拿大作家安．卡森的現代版譯本。他們沉默聆聽各種以《安提戈妮》所改編的歌劇，包括德國作曲家奧福的、法國作曲家奧涅格和劇作家考克多合作、希臘作曲家提奧多拉基斯的，義大利作曲家特拉耶塔的。晚餐時，他們緊挨著坐在一起，專注談著各自的安提戈妮，還暱稱她為阿戈，好像她是個老友似的。

李歐還沒寫出任何音樂，但他在廚房偷來的包肉紙上畫了很多圖。他住處牆上也貼滿了這種錯綜複雜的塗鴉，就像他瘦長、輕盈的身軀。李歐下巴的側面形狀很性感。他把指甲啃到極短的習慣，他頸背中央發光的細毛。湊近時，他身上的氣味純潔而乾淨，漂淨過的。（創作音樂的人是最受鍾愛的。他們的身體是內在靈魂的載體，他們最好的部分就是音樂，其他都只是肉與骨所構成的器具。）

天氣醞釀著生變。細雪輕輕落在窗戶上。現在已經冷到不能待在戶外太久，整個世界失去了色彩，像夢中風景，像空白頁。煙燻氣味繚繞在舌根，久久不散。

這對合作者深陷於兩人世界中，因而當納塔麗坐下來想跟他們一起吃晚餐時，蘭斯洛只匆匆對她微笑一下，就又轉回去忙著在紙上畫出草圖，一邊跟李歐解釋他所說的事。納塔麗在她的椅子上往後坐，很不高興——他們以往的友誼也差不多就這樣，但是，他的漠視還是有殺傷力——最後也只能一笑置之。她觀察著洛托，傾聽著。眼前有一種電流；兩個男人都臉紅紅的，肩膀緊靠著。如果洛托曾稍微注意到納塔麗，他就會明白她日後會在背後議論，很快地，老朋友圈子裡便瘋傳著她所目睹這兩個男人之間的種種。但那天，納塔麗最後只是點點頭，端著她的托盤離去；那是她在藝術村的最後一夜，洛托再也沒有見過她。（不久之後將傳來她猝逝的消息。滑雪摔倒，栓塞。）

在蘭斯洛沒注意的情況下，那對德國雕塑家夫婦回紐倫堡了。另一個蒼白的年輕女子接手了他們的住處。她的作品是一些高達一層樓的巨幅油畫，畫的是物體的影子，而不是物體本身。那個金髮小說家回到她充滿男孩的家裡。藝術村在冬天縮小了：現在晚餐時只有一桌藝術家。那個捲髮女詩人每天來吃晚餐，看到他們兩個人老在一起，總是一臉失望。「蘭斯洛，親愛的。除了那個小夥子，你都不跟別人說話了嗎？」她有回湊過去說，當時李歐正好去幫兩人拿甜點了。

「真對不起，」他說：「我很快會再去找你的，愛蜜琳。實在因為現在才剛起頭，暈頭轉向的時期。」

她乾薄如紙的臉頰靠在前臂上，說：「這我明白，但是親愛的，專注在兩人世界裡這麼久，實在不太健康啊。你得偶爾出來透透氣才行。」

然後是藝術村辦公室傳來他妻子的留話，簡短得讓人難過，蘭斯洛覺得心裡一沉，趕緊衝到地下室的洗衣房去打電話給瑪蒂德。

「小瑪，」他一聽她接起電話就說：「真對不起。我太專注在這案子上頭了，根本忘了其他一切。」

「一整個星期都沒有你的消息，」她說：「沒打電話，你都忘掉我了。」

「不是，」他說：「當然不是，我只是太深入了。」

「深入，」她慢吞吞地說：「你深入某件事情裡頭，問題是：什麼事情？」

「對不起。」他說。

她歎了口氣說：「明天是感恩節。」

「啊！」他說。

「我們本來計畫好你要回來一晚當主人，這是我們第一次在鄉下過節。我打算明天一早八點要去接你的。瑞秋和伊麗莎白要帶雙胞胎來。莎莉搭了飛機要趕過來。還有查理和丹妮卡，然後山繆要帶他家三胞胎來，不過沒有費歐娜——你知道她向法院訴請離婚了嗎？真沒想到，太突然了。你應該打電話給他，他想念你。總之，我烤了一些派。」

他一直保持沉默，氣氛也從疑問轉為譴責。

最後他終於開口了：「我相信就這麼一次，我所愛的人沒有我也還是可以慶祝感恩節。我會以工作回報，向你們感恩。這樣我就可以多賺些錢買素火雞，接下來幾十年你們都可以吃個夠了。」

「好刻薄，也好淒慘。」她說。

「我沒有刻薄的意思，而且我不覺得淒慘，」他說：「經過了今年夏天之後，小瑪，我很高興現在有事幹了。」

「有事幹？」她說：「我都不曉得你們在那裡講這樣的用語。」

「李歐。」他說。

「李歐……」她說：「李歐。李歐。李歐。李歐。李歐。聽我說，我可以跟他們所有人取消，然後自己開車到那裡找一家民宿住下來，然後，我們可以吃那些派吃個痛快。另外看幾部恐怖片。還有上床。」

接下來是好一段沉默。然後她又說：「我想這是不要了。」

他嘆氣。「我說不要，你可不能恨我，瑪蒂德。這是我的工作啊。」

她什麼都沒說，卻勝過千言萬語。

「有件事現在說大概時機不對。」他說。

「大概吧。」她說。

「不過李歐和我已經申請通過，把駐村時間延長了兩星期。我會在聖誕節之前回去，我保證。」

「好極了。」她說，然後掛了電話，他一再重撥，撥了三次，但她都沒接。

他倒不是忘了跟瑪蒂德的口角，只不過當他走到屋外，太陽出來了，照得外頭的冰和雪一片亮白，整個世界好像是石頭、大理石、雲母雕成的，一度那麼柔軟又新鮮的東西竟然變成這樣粗礪的礦物質感，讓他的思緒又回到阿戈的洞穴，彷彿他現在所見所聽所感受的一切，都迫不及待地和阿戈的世界完美接合。兩天前的夜裡，晚餐後是分享作品時間，那是一個錄像藝術家的縮時手繪電影，描繪一個村子建造起來，又被大火夷平，然後重建，整件作品似乎完全切合他們的歌劇計畫，而且很有意義。這件作品就像一個能將舞動絲綢化為活潑人形的妙手木偶師，深深影響了《反生殖腺者》。

洛托忘不了妻子，但她的存在就像一個恆定不變的平面，他打從骨子裡熟知她的節奏。他隨時都能預測她人在哪裡。（現在，正在打蛋要做個歐姆蛋；現在，一如生氣時的老習慣，她正走過寒冷的田野間，要到池塘邊偷抽一根香菸。）

而蘭斯洛現在所存在的平面，是將他過往所知道、所存在的一切，都徹底翻轉過來，可預測性已經完全被打破了。

他小睡一下，醒來時發現李歐坐在他旁邊的床緣。最後一抹夕陽餘暉透進窗子，照著他透亮的皮膚、金色的睫毛。李歐溫暖的大手放在他肩上，蘭斯洛睡意朦朧地眨眨眼，微笑，他向來虛榮的心中升起一股衝動，想把臉頰靠在李歐的手上，於是他就靠上去了。

李歐臉紅了，那隻手動了一下，然後抽回去了。

蘭斯洛伸展身子，雙手抵著牆壁，兩腳垂在床外，然後坐起身子。房間裡有一股流暢的藍色靜電。

「我準備好了，」李歐說：「我想先寫阿戈的詠歎調，愛情詠歎調。暫時只有音樂。這首詠歎調會決定總樂譜的其他部分。我會消失幾天，希望你可以接受。」

「不要消失。」蘭斯洛說，他忽然覺得好沉重。「你工作的時候，能不能讓我安靜坐在角落裡？我會繼續弄劇本大綱，同時為阿戈的語言擬出文法和辭彙原則。我一秒鐘都不會煩你，你不會感覺我在場的。」

「拜託，你根本連安靜一小時都做不到。」李歐說，他站起來，走到窗邊，背對著此時已經完全清醒的蘭斯洛。「分開幾天對我們雙方都是好事，」李歐說：「至少對我來說是好事。知道你在這裡，但是不能見你。這一切都會表現在音樂裡。」

蘭斯洛望著他，帶著幾分驚奇。站在窗前的他看起來好瘦弱，背後襯著鋼藍色的樹林。「可是李歐，」他說：「沒有了你，我會很寂寞的。」

李歐轉身，迅速看了蘭斯洛一眼，不發一語便走出門，沿著小徑穿過樹林。蘭斯洛用毛毯裹住身子，走到門廊上看著他遠去消失。

後來他穿過黑暗的樹林，到主屋去吃晚餐，但廚房裡只亮著一盞燈。現在的駐村藝術家還剩八個，但大部分人都在更溫暖的地方，被愛，被美食包圍，被家人和朋友碰觸肩膀和臉頰。被愛。而蘭斯洛卻選擇孤獨。要是早知道李歐會閉關，他就會有不同安排了。昔日那種被孤伶伶拋下的苦惱啃噬著他。

蘭斯洛把他那一盤肉汁燴豆腐和洋芋泥和豌豆加熱。弄到一半時，一個半聾的作曲家也來了，他渾身臭呼呼，一臉像詩人惠特曼的大鬍子沾著他的口水。他的雙眼因為滿佈血絲而呈粉紅色，大部分時間都只是瞪著蘭斯洛發出哼聲，像一隻凶猛的山羊。蘭斯洛開始對著他自說自話起來。

「蔓越莓醬？」蘭斯洛說，舀了一些到自己的盤子裡，那作曲家哼了一聲。

「不會吧？你吃過最好的感恩節大餐，是在一九三二年感恩節的麗池飯店？」又是哼聲。

「跟誰？」哼聲。「真的？太驚人了。你說跟王室的人？」哼聲。「你暫時跟瑪嘉烈公主一起做了什麼？大哥，我都不曉得當時那玩意兒已經發明了。」哼聲、哼聲、哼聲。

甜點是南瓜派。草包派。一整個，由他們兩個人分，蘭斯洛猛吃著，好堵住自己的憂傷，那作曲家也跟著他的速度一口接一口，好像受到一種猛烈的公平感所驅使。蘭斯洛故意吃了一大口，想看那作曲家學著他照做。那人看起來像剛吞了一隻老鼠的蛇。等到蘭斯洛嚥下去，他說：「我喜歡你，惠特曼。」

然後那個作曲家終於聽到這句，啐道：「啊，你以為你很好笑。」然後站起來，留下髒盤子和滿地碎屑讓蘭斯洛清理。

「你包羅萬象。」蘭斯洛仿照惠特曼的著名詩句，對著那急步離去的作曲家說。

那作曲家回頭，瞪著眼睛。「我要向你致謝。」蘭斯洛嚴肅地說。

啊，寂寞，寂寞，寂寞。他打電話到鄉間大宅和市區公寓和手機想找瑪蒂德，結果都沒人接，但她當然不會接了，她正在招待他的家人，他的朋友。他們想必都會談到他（的確沒錯）。他好慢好慢地刷著牙，然後拿著一本磚頭似的厚小說上床。別鑽牛角尖了，洛托，你沒事的，他告訴自己。如果他們在談你，一定也都是說好話。然而他想像他們嘲笑他，臉龐扭曲成怪異的動物形狀，瑞秋是老鼠，伊麗莎白是有著敏感長鼻子的大象，瑪蒂德是白鷹。騙子，無知，腦袋秀逗，他們這麼說著他。以前是男妓、自戀狂！

現在沒有他在場，他們過得可自在了，喝酒喝得醉醺醺。他們仰天大笑，露出尖尖的牙齒和葡萄酒染黑的牙齦，一直笑一直笑。他把書扔到房間另一頭，用力得書落地時都撞裂了書背。

他滿肚子陰鬱，持續到第二天早上。到了中午，他想家想得好厲害。渴望著上帝熱呼呼的鼻子，渴望著他自己的枕頭，渴望著他甜蜜的瑪蒂德。

到了李歐閉關的第四天下午，蘭斯洛忍不下去了，他繞了一大段路穿過樹林，路上撿了根樹皮剝落的樺樹枝，讓自己看起來像是無意間漫遊，再度來到了李歐的小屋外頭。

蘭斯洛花了好一會兒，才看到昏暗屋內的李歐。他很難得地生了火，這幾天太冷了，就連他也受不了。在晦暗的火光中，他頭靠著鋼琴上緣，要不是放在膝上的手偶爾抬起來彈一個鍵或一段合音，看起來就像睡著了似的。那些音符在沉寂了好一陣子後出現，儘管蘭斯洛站在屋外的一棵樹後方，還是心頭一驚。

這樣緩慢的偶發聲音，讓人覺得很平靜。蘭斯洛每回等著下一個音符時，就進入一小段出神狀態。等到音符出乎意料地出現了，隔著牆壁和窗子和一段距離之外而變得小聲。那就像是自己單獨在一個房間裡，就快要睡著了，卻又聽到最黑暗的角落傳來一個悶住的噴嚏聲。

後來他的顫抖嚴重到控制不住時，他就離開了。天色更暗了，是帶著暴風雨的那種暗，從西方天空迅速下降。他就在自己的小屋裡將就著吃了保麗龍杯裝的日式泡麵，配上一杯熱巧克力，壁爐裡劈啪燒著熊熊烈火，讓整個房間有一種八月中佛羅里達州的炙熱，他喝掉了半瓶波本威士忌，赤裸著在火堆前跳舞。他打開窗，看著大雪斜飛進來，落在地板上變成水，又迅速化為蒸汽。

他覺得好多了，便倒在床上，渾身大汗又醉醺醺地睡著了。他的身體似乎往上升，像是被綁在風箏上，飛到十公尺的空中，看著芸芸眾生在底下緩慢而渺小地活動著。

他在平常的時間醒來，顫抖著，要去燒水沖咖啡時，發現沒電、沒暖氣了。拉開窗簾，外頭的樹林像是玻璃做的，在最後一抹月光中耀眼奪目。深夜時寒冰降下，籠罩著田野和樹木，就像塗了一層水晶膠似的。他醉得太厲害而睡死了，但外頭到處都是夜裡被風暴吹斷而落下的大樹枝，像是一群遭遇突襲後倒地昏迷的士兵。蘭斯洛很勉強才打開小屋的紗門。他大膽朝外跨出一步，踩在冰上，有好一會兒，他優雅地滑行，虛弱的左腳像芭蕾舞姿般往後抬起，但雖然他的右腳趾頂住一塊石頭而停止滑行，身體卻還繼續往前，於是他整個人旋轉跌倒，尾椎骨狠狠撞到地面，痛得他側翻躺在那裡，咬緊牙關。他呻吟了好一會兒。等到要站起來時，因為臉頰的皮膚已經黏在冰上，他拔起來而撕破表皮，他摸了摸，看到指尖沾了點血。

他登山似的雙手交替爬回門廊，進了屋裡，然後筋疲力盡躺在地板上，氣喘吁吁。詩人羅伯特·佛洛斯特說得沒錯，他心想。他說過，這個世界將會終結於冰中。（錯了。是終結於火中。）

他會餓死在這裡。架子上還有一顆蘋果，是他回去主屋吃中餐時帶回來的。還有一盒減肥者吃的穀麥棒，是瑪蒂德幫他打包時放進行李的，以及最後一杯拉麵。他會因為臉頰的傷口而失血致死。尾椎骨斷裂會害他得敗血症。現在沒有電，他昨天夜裡又發瘋燒光了所有柴火：他會凍死。而且也沒有咖啡，戒掉咖啡因是眼前真正的悲劇。他把所有能找到的衣服都穿在身上，用膝上毯當成斗篷，又拿筆電套當成第二層帽子。現在他整個人就像個橄欖球的支柱球員那麼壯碩，然後他雙腿放在床上，把整盒穀麥棒都吃掉。吃完了，才發現自己錯了，因為那穀麥棒的滋味就像掉進灌木叢裡好幾個月的網球。同時，每根穀麥棒的纖維含量很高，是成人每日所需的八三%，所以他剛剛攝取了自己每日所需的四九八%纖維量，他在失血過多或冷死之前，就會因為攝取纖維過多而死。

另外，前一夜他的筆電電池就快用光了，但是一直沒有插電，因為每天早上總是有電的，可是他老早就不再用手寫字了。他為什麼都不用手寫呢？為什麼他要放棄這個最基本的技藝呢？

他正像盲眼的彌爾頓那樣在腦袋裡寫作時，聽到了引擎聲，拉開窗簾一看，太好了，是布蘭。他的小卡車上了雪鍊，在門外暫停下來，布蘭徒勞地想打開車窗不成，於是下了車，裝了雪爪的登山鞋踩過冰凍地面，來敲他的門。

「我的救星。」蘭斯洛打開門說，忘了自己一身的穿戴。布蘭把他從頭到腳打量了一下，那張和善的臉笑開了。

藝術村的公共活動中心已經搭起了行軍床，裡頭有發電機，另外還有瓦斯火爐，以及大量食物。電話還不通，但據說應該一兩天就可以恢復。一切都很舒服。藝術家們有那種劫後餘生的歡笑同志情誼，作曲家惠特曼倒李子白蘭地給所有人，蘭斯洛跟他碰杯點了個頭，彼此微笑，過去的事就讓它過去吧！大家籠罩在友好親切的氣氛下，蘭斯洛又去冰箱裡拿了些德式薑餅給作曲家惠特曼，特曼則把一雙厚厚的喀什米爾毛襪借給蘭斯洛。

一整個下午，蘭斯洛等了又等，但李歐始終沒來。最後他看到布蘭出現，趕緊過去找他，布蘭剛搬了夠撐一個月的柴火進來，正準備要回家把自己屋外的冰給鑿開。

「啊，」布蘭說：「李歐說不用，謝了，他有足夠的柴火，還把花生醬和一條麵包和水壺給我看，說他寧可繼續工作。我想他那邊沒有危險的。啊，親愛的，難道我做錯了嗎？」

不，不，不，蘭斯洛要他放心。但他心想，是的，太可怕了，你絕對不能丟下一個人在寒冷中照料自己，難道你沒讀過南極探險家薛克頓和《堅忍號》的故事嗎？冰川和吃人肉。或者童話裡的冰精靈，從森林跑出來敲門。在深夜裡工作時，李歐會聽到有人在門外移動，於是赤腳過去察看，聽到了樹林另一頭傳來怪異而輕柔的歌聲，於是非常好奇，就走到門外看一下，門也帶上了。偷溜進去的冰精靈就把門鎖上，儘管李歐試著想把門打開，但再也回不去了。那些冰精靈在屋內熾熱的火邊赤裸跳著舞，而李歐就像賣火柴的小女孩縮在門邊，眼前浮現出遙遠的幸福畫面，同時呼吸逐漸減緩，最終停止。冰凍。死掉！可憐的李歐，僵硬的屍體泛著藍色的光澤。蘭斯洛打了個寒噤，儘管活動中心裡因為藝術家們輕鬆歡笑和火爐的熱氣，因而溫暖得有如熱帶一般。

即使煤油燈吹熄了，那個小說家收起他的吉他，每個人都喝李子白蘭地喝得一身暖洋洋，大家就在公共區域裡各自睡去，感覺溫暖而安全，但蘭斯洛還是很擔心那個獨自待在森林中的可憐青年，被冰天雪地包圍著。他努力不要在行軍床上翻身，免得吱吱響的彈簧和毯子的窸窣聲會害其他人睡不著，但他一大清早就爬起來，下樓去寒冷的電話亭，看線路是否恢復了，好打電話給瑪蒂德。但電話還是不通，地下室裡非常冷。他又上樓到圖書室，坐在窗前看著屋後的田野，看著黑夜逐漸褪去。

坐在那裡，想著李歐乍然發紅的臉，他蓬亂的頭髮，洛托在安樂椅上斷續睡了一陣子，但是夢到自己醒著。

他醒來，看到一個小小的人影吃力地緩緩走出森林。在冰上的反光和淡淡的月光下，看起來像是個恐怖故事中的信使。他看著毛線帽底下的白臉逐漸清晰，確定那是李歐，感覺自己心中的曙光也開始緩緩破曉而出。

他去廚房門邊迎接李歐，默默幫他開門，儘管兩人的肢體接觸是一種無言的禁忌，但蘭斯洛忍不住。他雙臂環繞著李歐細瘦而強壯的肩膀，熱切擁抱他，嗅著他耳後皮膚那股柿子氣味，嬰兒般的細髮貼著他的臉。

「我好擔心你。」他低聲說，免得吵醒其他人。然後不情願地放開手。

李歐眼睛一直閉著，然後才吃力地睜開。他好像疲倦得快死掉了。「我完成阿戈的詠歎調了，」他說：「當然，我已經三個晚上沒睡覺了，累得筋疲力竭。我要回去睡覺。不過，如果布蘭下班前，可以載你帶著打包的晚餐過來，我就可以演奏給你聽。」

「好的，」蘭斯洛說：「當然好。我會帶點食物過去，我們可以聊到深夜。不過你先別走，跟我一起吃早餐吧。」

李歐搖搖頭。「如果我不回去，很快就會昏倒了。我只想邀請你過去我那邊。然後，啊，我就要好好盡量睡個夠。」他微笑：「或者睡到你來叫醒我。」

他走向門，但蘭斯洛設法想把他留下，於是說：「你怎麼知道我醒了？」

蘭斯洛從李歐的站姿，知道他又臉紅了。「我了解你，」他說。然後又脫口而出：「不曉得有多少個清晨，我都站在路上，看著你屋裡的燈在五點二十二分亮起來，然後才回家去睡覺。」接著門打開，又關上，李歐再度踉蹌著在黑暗的小徑上消失，只剩一片冰雪覆蓋的空白頁。

蘭斯洛用了兩次身體除臭劑，又刮了兩次鬍子。他沖了個熱水澡，把身上的每一部分都洗刷乾淨。他一臉嚴肅，湊近鏡子觀察自己。沒什麼大不了的，他的合作夥伴要演奏這個案子的第一件音樂成品，這是例行公事而已。他好想吐，一整天都沒吃東西。他覺得手腳都不對勁，好像骨頭融化後又隨便亂湊起來。上回有這種感覺時，他還很年輕，很不了解自己，那是沙灘上的一個夜晚，他和一個戴鼻環的圓臉女孩進入一棟屋子，後來屋子裡鬧火災。他第一次完成愛的行動。好緊張，他一時想不起她的名字了。（關妮。）啊，對了，關妮，他的記憶都有些模糊，不像以前那麼厲害了。她的鬼魂會怎麼罵他，反正眼前也無所謂了。

他心中有一股騷動，好像裡頭有個熱烈燃燒的火爐，要是打開來就會燒焦他。有個祕密藏得好深，就連瑪蒂德也不知道。

他不想告訴布蘭自己要去拜訪李歐的事，於是自己準備了濃湯和三明治，放進籃子裡。他腳步蹣跚地走過融冰的地面，沒告訴任何人要去哪裡。在暮色中，田埂上的冰已經融化一些，看起來就像牙齦和外露的牙根。光禿禿的樹枝在風中搖晃。這段路走起來比他原先預料的困難很多：他得像螃蟹似地橫向走，雙臂張開，懸吊的籃子晃蕩著，等他到達李歐那棟被火光染紅窗子的都鐸式小屋時，已經氣喘吁吁了。

他首度進入那小屋，很驚訝裡頭居住的痕跡這麼少。一切都打掃得乾乾淨淨，李歐唯一留下的痕跡，就是一雙有如甲蟲般發亮的黑皮鞋，整齊收在床下，還有鋼琴上的樂譜。

然後浴室傳來水龍頭流出的水聲，接著李歐走出來，正用毛巾擦手。

「你來了。」他說。

「你還懷疑嗎？」蘭斯洛說。

李歐走向蘭斯洛，然後停在地板中央。他摸摸喉嚨，然後摸摸雙腿，兩手掌心相貼。他清了清嗓子。「我本來打算，我們要先一起吃晚餐，但我想我吃不下了。」李歐說：「我好想彈給你聽，同時我又緊張得沒辦法彈。真可笑。」

蘭斯洛從籃子裡拿出一瓶廉價的馬爾貝克紅葡萄酒說：「那麼，我們就喝酒吧。《葡萄酒倡議者》給了九十三分的高分。複雜，前段有果香，帶著勇敢與機智。等你準備好了，我們就演奏吧。」他其實是想說**你**就演奏吧，彈鋼琴，於是他咳嗽掩飾自己的錯誤。

他把酒倒入兩個藍底白點的馬克杯，就跟他的小屋裡裝著一株枯死蕨類的那個一樣，李歐喝了一大口，嗆住了，大笑，用紙巾擦擦臉。然後他把馬克杯遞還給蘭斯洛，輕觸他的手。他走向鋼琴。蘭斯洛覺得坐在李歐的床上好像是一種褻瀆，但他還是輕輕坐下了，感覺到床墊的冰涼，白色的床單，還有床單下面的堅實。

李歐活動一下巨大的雙手，然後蘭斯洛好像這才第一次發現那雙手難以置信的美。那是拉赫曼尼諾夫的手，大得可以彈十三度音。李歐雙手懸在琴鍵上方，然後落下，阿戈的詠歎調開始了。

一小節之後，蘭斯洛閉上眼睛，這樣比較容易，可以客觀傾聽。於是就這樣，他聽著那聲音逐漸轉為一首輕柔的歌。高昂而和諧，甜美得讓牙齒發酸。他肚子裡出現一股熱能，逐漸朝外散發，進入喉嚨，進入大腿骨，那種感情好陌生，蘭斯洛說不上來是什麼，但是李歐演奏不到一分鐘，蘭斯洛想到了。憂懼。他感覺到的是憂懼，蒼白而濃厚。這個音樂錯了，完全不適合他們的歌劇。蘭斯洛感覺要窒息了。他本來希望是超凡的、奇異的、有點可憎的，還帶著幽默的音樂，老天在上！他希望是某種辛辣的音樂。一種暗中顛覆卻又更深奧的音樂，可以呼應安提戈妮激烈又奇異的原版神話故事。要是李歐複製今年夏天那齣歌劇的音樂就好了。然而他卻寫出這個來。不！這個是糖蜜，其中沒有幽默。他覺得心痛，焦慮。這個音樂大錯特錯，改變了一切。

一切都改變了。

他的臉專注面向李歐，雙眼閉著，他得確保這張臉鎮定如一張面具。

他想逃去浴室哭。他想朝李歐的鼻子揍上一拳，好讓他停下。但他什麼也沒做，只是坐在那兒，臉上一抹瑪蒂德的微笑，傾聽著。在他心中的碼頭，一艘他曾想爬上去而隨之遠航的大船突然發出一道低沉的汽笛聲。船已啟航，緩緩駛入海灣，蘭斯洛被獨自留在岸上，看著那船在海平面上愈來愈遠，逐漸消失。

音樂停了。蘭斯洛睜開雙眼，微笑著。但李歐已經從他臉上看出了什麼，這會兒驚恐地望著他。等到蘭斯洛張開嘴但說不出話，李歐站起來，打開門赤腳走出去，連外套都沒帶，就消失在黑暗的樹林中。

「李歐？」蘭斯洛說。他跑向門朝外大叫，「李歐？李歐？」但李歐沒出聲，不見了。

他們之前都沒注意時間。冬日午後就像一隻腳步極輕的貓，已經走入薄暮時分。

在小屋裡，蘭斯洛思索著。他可以拖著虛弱的左半邊身體出去追李歐——但找到他要說什麼？如果沒找到他又該怎麼辦？他可以留在屋內，等著李歐回來。但那年輕人的自尊已經嚴重受傷，不會肯回到小屋見蘭斯洛，而很快地，他的身體就會凍壞，他的雙腳會割傷，形成凍瘡。眼前唯一的好辦法，唯一仁慈的辦法，就是蘭斯洛趕緊離開。讓那孩子回來，獨自舔他的傷口。兩人先冷靜一下，明天蘭斯洛再過來設法解決。

他匆匆留了張字條，根本沒注意自己寫了什麼，而且心裡實在太亂，一寫完就不明白或不記得了。有可能是一首詩，也有可能是一張雜貨採購清單。他走出門，獨自走進一片寒冷中，痛苦地沿著結冰的泥土路踉蹌而行，覺得四十歲的自己真的老了。回到活動中心時，他已經全身是汗，進了屋裡，其他人已經開始吃晚餐了。

破曉之前許久，蘭斯洛就拿著一杯淡茶，望著外頭的溼黏田野，在活動中心的圖書室裡踱步。整個世界歪向一邊，一切都太不對勁了。他匆匆走出門。路上比前一天好走，冰融化得更多了，因此有一條泥濘的泥痕通到到李歐的小屋。蘭斯洛敲了門，但門鎖住了。他繞到側面的窗子，但裡頭窗簾緊閉，完全沒有縫隙可以窺看。他一整夜都不斷想到在預校的那一夜，發現那個上吊的同學。那藍色的臉，那可怕的氣味。自己的臉在黑暗中被牛仔褲刷過，雙手往上伸，碰觸到冰冷不動的腿。

他找到一扇窗沒拴上，於是肩膀擠進去，身體扭著往裡頭鑽，然後跌進去，左邊受過傷的鎖骨重重撞在地上，痛得他眼冒金星。「李歐！」他哽著嗓子喊道，但還沒站起來，他就知道李歐已不在屋裡。床底下的鞋子不見了，櫥櫃也清空了。不過空氣聞起來還是有李歐的氣息。他徒勞地想找看有沒有字條，或者任何東西，結果只找到一份阿戈詠歎調的樂譜，放在鋼琴前的琴凳上，上頭有李歐以鉛筆工整記下的樂譜符號。可以直接裱框，即使沒有音樂，也是一件藝術作品。只有一個字彙：**猛烈地**是用黑色墨水寫的。

蘭斯洛盡快跑回藝術村的活動中心，碰到布蘭剛好開車回來，趕緊揮手要他停下。

「啊，」布蘭說：「啊沒錯。李歐接到家裡傳來的壞消息，必須連夜飛回去。我才剛把他送到哈特福的機場回來。他好像很擔心。他真是個好孩子，不是嗎？可憐。」

洛托微笑，雙眼充滿淚水。真是太荒謬了。

布蘭看起來很不自在，一手放在洛托的肩膀。「你還好吧？」他說。

蘭斯洛點點頭。「恐怕我也得回家了，今天。」他說：「麻煩幫我跟辦公室的人講一聲。我會自己雇車，不必擔心我。」

「好吧，」布蘭低聲說：「那我就放心了。」

蘭斯洛站在鄉間房屋背後的廚房門口，雇來的車子在泥濘中開走。到家了。

上帝迅速衝下樓梯，瑪蒂德在一抹斜光中坐在餐桌前，雙眼閉著，一杯熱茶在面前冒著蒸汽。屋裡的寒冷空氣中有一股垃圾臭味。蘭斯洛的心臟猛跳了一下：在家裡向來是他負責把垃圾拿出去的。

他不在的期間，瑪蒂德就懶得處理了。

他不曉得她是不是不肯看他，他從沒見過她氣得不肯看他，她的臉完全沒有反應。她看起來變老了。憂傷。瘦削。她的頭髮油膩。她變黑了，彷彿是在她自己的寂寞中醃漬太久。他心裡難過起來。

然後上帝朝他的膝蓋跳，因為看到他而開心得尿出來了，還一邊用她半嘶吼的高音吠叫。瑪蒂德睜開眼睛。他觀察著她虹膜裡的漂亮瞳孔縮小了，觀察著她看到了他，然後從她臉上的表情，他明白她直到此刻才曉得他回家了。而且她好高興、好高興看到他。她在，他唯一的愛。

她站起來，猛得椅子往後翻倒，她張開雙臂迎向他，整張臉猛地敞開，然後他把臉埋在她的頭髮裡嗅聞，喉嚨哽咽。她精實而瘦削的身體緊貼著他，她的氣味充滿他鼻腔，她耳垂的滋味在他嘴裡。她身體後退一會兒，熱切看著她，把廚房門踢了關上。他想開口時，她一手緊緊掩住他的嘴，不讓他講話，然後她一言不發帶著他到樓上，狠狠地上他，粗暴得讓他第二天醒來時，發現臀部有暗紅色淤血，身體側邊還有指甲的抓傷，他在浴室裡按著那些傷口，渴望著痛覺。

然後就到了聖誕節。槲寄生從門廳的樹枝形吊燈垂下來，藍雲杉樹枝包覆著樓梯欄杆，空氣中飄著肉桂和烤蘋果的氣味。蘭斯洛站在樓梯底下，朝鏡中自己那張凹凸不平的臉微笑，調整領帶。看看自己，他心想，你絕對看不出來他今年曾傷得那麼重。他經歷了苦難後，變得更堅強。甚至，他心想，還可能變得更有吸引力。男人有可能會這樣，年紀愈大就愈英俊。女人就只會變愈蒼老。可憐的瑪蒂德，前額都有皺紋了。再過二十年，她的頭髮就會轉白，臉上滿佈皺紋。啊，但她還是會很美，他心想，忠誠極了。

一個汽車引擎聲打破沉默，他望向窗外，看到一輛墨綠色捷豹轉下馬路，駛入光禿禿櫻桃樹間的碎石車道。

「他們來了。」他朝樓梯上方喊，瑪蒂德在樓上。

他滿臉微笑。他已經好幾個月沒看到妹妹和伊麗莎白和他們領養的雙胞胎了，他們一定會很喜歡他特別為他們訂製的那個烏龜小搖椅和貓頭鷹小搖椅，是一個住在紐約州北部深山的古怪隱士木匠做的。那貓頭鷹有一種吃驚的學者表情，烏龜則像是在嚼苦根似的。哦，他總算得以抱著那兩個小孩精靈般的身體，而他妹妹則在旁邊哄著。他興奮得迫不及待了。

但接著他看到了，在門廳的櫻木衣帽架那鉢薄荷巧克力底下，露出了報紙的一角。怪了，瑪蒂德向來井井有條的，屋裡的每樣東西都放在適當的位置。他把那鉢巧克力推開看。雙腿忽然發軟。

一張李歐．森恩的模糊照片，羞怯地微笑。他臉部照片底下有一小篇文章。

前途看好的英國作曲家在新斯科細亞省的一個小島外溺斃。悲劇。潛力新秀。伊頓公學和牛津大學畢業。小提琴神童。他以不和諧、深具情感的音樂作品聞名。沒有伴侶。他的父母和社區將會緬懷他。文章中還引用了幾位知名作曲家的說法——李歐比蘭斯洛原先以為的更加有名。

但是沒報導出來的部分，幾乎是沉重得難以負荷。又一個沉洞。有個人原先存在的，忽然就沒了。李歐在那麼冰冷的水裡游泳。十二月，離岸流，激浪上方的水花立刻就凍成冰子彈。他想像著那冰冷的黑色海水打在身體上，不寒而慄。這一切都錯了。

他往左肩膀上方看去，是瑪蒂德站在樓梯頂端，正在看著他。她沒微笑，專注看著他，穿著紅洋裝像一把刀。微弱的十二月天光從她上方的窗戶照進來，包圍著她的肩頭。

通往廚房的後門打開了，屋子後方充滿了兒童的聲音，嚷著洛托舅舅，瑞秋大喊：「哈囉？」狗開心地吠叫著，伊麗莎白大笑起來，接著瑞秋和伊麗莎白開始輕聲拌嘴幾句，然而，蘭斯洛和妻子依然在鏡中對望。然後瑪蒂德朝下走了一步，又一步，接著她昔日一貫的微笑掛回臉上。「聖誕快樂！」她低沉、清晰的嗓子開心地喊道。他瑟縮了一下，好像手碰觸到熱燙的爐子，而她雙眼看著鏡中的他，同時緩緩地、緩緩地下樓。

6

「能不能至少讓我看一下你和李歐合寫的東西？」有天晚上，瑪蒂德在床上問。

「或許吧。」蘭斯洛說，然後翻到她身上，雙手把她的襯衫往上拉。

稍後，本來蓋著被子的她爬起來，被他的體溫焐得臉上發紅。「或許，所以我可以看了？」

「小瑪，」他輕聲說：「我討厭自己的失敗。」

「所以是不了？」她說。

「所以是不了。」他說。

「好吧。」她說。

但是次日他得去紐約見他的經紀人，於是她跑去他閣樓上的書房，發現到處散落著紙張，咖啡杯裡都生了黴，她坐下來閱讀檔案夾裡面的東西。

她站起來，走到窗邊。她想著淹死在冰冷黑色海水裡的那個青年，想著美人魚，想著自己。「可惜啊，」她對著狗說：「本來可能是一部偉大的作品。」

《反生殖腺者》

（大綱初稿，加上給音樂的提示。）

【全劇角色】

阿戈，假聲男高音，在幕後；台上是一個水裡的木偶或是3D投影，讓全劇在一個玻璃水槽中。

洛斯，阿戈的情人。

十二人歌詠隊，有諸神、隧道工、通勤者。

四名舞者。

第一幕：唯我獨存

沒有布幕。舞台全黑。在中央，一個裝了水的圓柱形水槽發亮，或者安排得像個洞穴。阿戈在裡面。經過千萬年後，實在很難看得出她是人類。她已經縮小到只剩基本骨架了。

（李歐：一開始音樂非常小聲，小聲到會被誤以為是周圍的聲響。水滴聲，遠處傳來的隆隆聲。嘶嘶聲，像是風吹的口哨聲。腳步拖拉聲。心跳聲。蝙蝠拍翼聲。音樂片段太破碎了，因而不再是音樂。靜電爆擦音，像是隔著岩石傳來。希望觀眾談話聲、大家安頓坐下的聲音也融入樂譜。種種聲音形成一種韻律、一種和諧，然後愈來愈大聲。）

燈光極慢地逐漸增強，照亮了洞穴，歌劇院中一片黑暗。觀眾終於安靜下來了。

阿戈醒來，坐起身子。她開始在她的洞穴裡活動，唱起她的第一首詠歎調，那是一首輓歌。英文歌詞字幕投射在舞台的弧形鏡框上方。阿戈的語言是她自己的。古希臘文，只剩原形，沒有動詞時態，沒有格，沒有陰陽性之分。同時也因為數千年的孤寂而扭曲，被上方世界滲透下來的片段字句所改變，德文和法文和英文。她憤怒又瘋狂。

阿戈走動時敘述她如何生活：每天要照顧庭院裡的苔蘚和蕈菇、要飼養蠕蟲、要用毛髮和蜘蛛絲編織衣服。用鐘乳石滴下來的水滴慢慢沖澡。孤單極了。她飼養的嬰兒臉蝙蝠無法說超過十個字，無法令人滿足的交談者。阿戈不肯向命運屈服。她惡言頂撞那些詛咒她長生不死的諸神。她曾試圖上吊自殺，但是卻死不了。她穿著裹屍布醒來，發現脖子上的繩子燒斷了，而她的未婚夫艾蒙死在她旁邊。她用他的骸骨製成吃飯的湯匙和碗。她拿著她的碗，也就是他的頭蓋骨，又再度陷入狂怒，咒罵諸神。

阿戈洞窟裡的燈熄滅，歌詠隊上，穿著諸神的服裝，衣服上嵌著小燈，亮得簡直讓人受不了。他們出現時，一開始像六根柱子，成半圓形圍繞著她的水槽，然後我們看到他們身上的象徵記號，知道他們是誰：信使赫密士雙腳上的翅膀、戰神馬爾斯手裡的長槍、智慧女神米涅娃的貓頭鷹，及其他等等。

他們用英語唱著。他們原先賜給阿戈長生不死的禮物，但他們又把她關在洞穴裡，直到她表達感激。她一直沒有表達感激。狂怒的阿戈。驕傲的阿戈。

記憶片段閃回：安提戈妮的故事，以舞蹈表現。舞者在水槽後面，所以水放大了他們的身體，讓他們狂野又奇異。他們以短暫的啞劇表演出安提戈妮的兩個哥哥波里尼刻斯和艾特歐克勒斯如何率領軍隊交戰，又如何雙雙戰死，安提戈妮如何違抗克里翁的專制命令，埋葬了波里尼刻斯兩次，然後克里翁違背諸神，安提戈妮被帶走，上吊自殺。艾蒙自殺，尤里笛絲自殺，克里翁死去。死了好多人。

但智慧女神米涅娃弄斷安提戈妮上吊的繩子，讓她復活。把她關進洞穴裡。

諸神唱著，她是一個墮落家族的最後血脈，是亂倫所生的女兒，但他們本來是打算要讓她保住一條命的。她唯一要做的，就是跟諸神低頭道歉。但一千年又一千年過去了，她不肯。低頭吧，阿戈，你就可以自由了。諸神是慈悲的。

阿戈：哈！

照向阿戈的燈光又亮起，她以自己的語言唱起一首更快的詠歎調，因為諸神忘了阿戈。阿戈會用自己的雙手殺死他們。沒有神的太初混沌狀態還好一點。詛咒諸神：阿戈詛咒他們。阿戈了解人類，人類愈來愈熱了，就像火山；他們將會爆炸，化為虛無。末日即將來臨，他們還在慶祝。誰更糟糕？是神還是人？阿戈不在乎。阿戈不知道。

（幕間休息：十分鐘的影片疊加在舞台上。一片荒蕪的褐色田野上只有一棵橄欖樹，時光飛速流逝。橄欖樹成長、枯萎、死去，田野上又長出新樹，同樣成長、枯萎、死去。一棟房子建造起來。一場地震，房子倒塌，阿戈的洞穴換了位置，開始在地下移動。現在影片的鏡頭開始移動。城市建起，軍隊湧入，將城市焚為焦土。在地中海之下，鯊魚游過。阿戈的洞穴在義大利下方移動，我們看到那片土地改變，從羅馬帝國、水道橋和農業、羅馬重建，移到阿爾卑斯山下、狼群，然後在黑暗時代進入法國——時間快速前進——接著歷經阿基坦的埃莉諾、巴黎，到了英吉利海峽下方，進入一六六六年的倫敦大火，此時洞穴的移動停止，我們看到倫敦成長到一九七九年。）

第二幕：帶走

（影片縮窄到只剩阿戈洞穴上方、歌詞字幕下方的一條細帶。百香果花以正常速度展開。四十五分鐘，從蓓蕾到盛開。）

阿戈在她的洞穴裡做伏地挺身。重重落地。她在一座以蜘蛛絲和石筍構成的跑步機上跑步，伴隨著一種鬼魅似的、有回音的、無調的音樂。倒掛的嬰兒臉蝙蝠群中傳來掌聲。

她緩緩脫光衣服，站在一個滴水的鐘乳石下頭慢慢沖著澡。

她聽到了聲音。從舞台外傳來的人聲愈來愈大。阿戈耳朵貼在洞穴側邊，燈光照出一群戴著頭盔的挖掘工歌詠隊。他們的歌聲提供了挖掘的節奏和嗓音，一把歌唱鋸提供了旋律。在這一大群工人中，有一個人站直身子稍微休息，他是洛斯：非常年輕，非常英俊，穿著一九七〇年代晚期的服裝，比其他人都整潔。他非常高，滿臉大鬍子。工人們唱著女王登基二十五週年的這條地下鐵路線，以及人類殺死諸神何等榮耀。

諸神已死，他們以英語唱道。我們殺死他們了。人類戰勝他們了。

阿戈開心地大笑，聽著那些聲音如此接近、如此清晰。

但洛斯以一首對位法的歌加入，他唱道：我們是鼴鼠。不動腦筋又盲目。在黑暗中發育不良。見不到太陽就不可能安好。如果你的人生不能結束得比開始時好，那當人又有什麼意思呢。

阿戈整個身子貼在牆上。她的動作有種情色的意味。

休息時間：幕後一個女高音唱著午餐通告。工人們的歌聲停止。他們圍在一起吃午餐，只有洛斯例外，他拿著一本書和一個三明治，離開其他人，坐在阿戈那塊岩石的另一頭。

她小聲試著唱他剛剛唱過的那首歌。他聽到了，急忙把耳朵貼在岩石上。他一臉震驚，然後是害怕。緩緩地，他也開始唱歌回應她。她稍微修改了他的歌，變成自己的，兩人開始小聲互相唱和，奇異地不和諧，阿戈把歌詞直接音譯成她自己的語言，生出全新的意義。（歌詞字幕分為兩行，一行是她的歌詞英譯，另一行是他實際的歌詞。）他們的臉在同一個高度。阿戈的身體縮得很小，洛斯跪在地上。他自我介紹；她輕聲說，她的名字叫阿戈。

其他工人站起來，靜靜開始工作，同時阿戈和洛斯的歌聲變大，變強，女高音又唱出一天結束的通告，打斷了男女對唱，儘管洛斯想留下，但工頭不准。他們離去時，工人們修改歌詞嘲笑洛斯：洛斯愛做白日夢，他們唱道。笨得就像我們周圍的石頭。沒用的書蟲。不是個真正的男人，洛斯。

阿戈唱起情歌，那是一首詠歎調，簡直完美，洞穴裡面的雜音在她後方變得逐漸和諧，似乎跟著她一起唱。

洛斯回來，瘋狂地想要在牆上挖洞，不明白那塊岩石被下了詛咒，不可能攻破。一天天過去了，以工人沿軌道而下、女高音唱出一日結束的通告為象徵，而洛斯還在嘗試。他們動作中的色情意味轉變了，現在完全是隔著牆壁性交。（李歐：此處音樂充滿渴望的痛苦。）洛斯唱著歌，幾天過去了，他也愈來愈急切，我不會離開你，阿戈。我會救你出來。他不再隱藏自己的行為，開始公然挖著牆壁，其他人圍繞著他，幫他套上束縛衣，把他拖走。他試圖解釋給他們聽，但他們變得兇狠起來。他被拖到精神病院時，對阿戈唱出自己的情歌，而她也回應對唱。似乎只有一個人可能聽見了阿戈——一個聽到的表情閃過——但他聳聳肩，又幫著大家拖走洛斯。

阿戈獨自唱著她的情歌。她開始緩緩編織起自己的嫁衣。紅色的。

在外頭，地下鐵車站完工了，人們開始上下車。他們是諸神，穿著街上行人的衣服。從他們比其他乘客發出更多亮光，你會知道他們是諸神。我們愈來愈衰弱了，他們唱道。諸神現在只是故事了。

還是長生不死，但是再也沒有法力了。

他們一邊唱，一邊上下車。

洛斯穿著破爛的衣服回來，看起來急切又蓬亂，像個遊民。他臉貼著阿戈的牆，唱出情歌。兩人鬆了口氣，對唱了一段，但阿戈的版本又改變了。她唱得更陰暗，愈來愈狂暴而熱烈，對抗她的牆壁，又敲又踢，同時洛斯蓋起一個小小的紙板屋，裡頭墊上報紙，打開一個睡袋，安頓下來。

我不會離開你，洛斯唱道。你再也不會孤獨了。

（幕間休息：五分鐘的影片疊加在舞台上，跟之前一樣。倫敦在他們上方擴大且成長，小黃瓜大樓、奧運村，接下來逐漸變得擁擠過度、無法負荷，暴動，火災，黑暗，災難。）

第三幕：末世

一開始觀眾發現洛斯躺著，在前一幕末尾的同一個地方，但他很老了，地下鐵車站髒兮兮的，充滿了塗鴉，像個噩夢。聖經啟示錄中的末日就要來臨。阿戈還是完全一樣，但穿著她蓬大飄逸的紅色婚紗變得更美了，那些蝙蝠也變得更奇異了：禿頭粉紅色嬰兒長著翅膀，倒掛在洞穴裡。背景音樂，或者全世界最呆板乏味的音樂。（對不起了，李歐。）然後被靜電爆擦音和遠處一個愈來愈接近的隆隆聲打斷。

洛斯對阿戈唱著，跟她敘述周圍經過的人群，他已經學會她的語言，但我們開始明白，他把醜陋的世界講得十分美麗。

月台上有人打架，觀眾逐漸曉得其中一個打架的人是神，他身上的光變暗了，看起來就像洛斯一樣骯髒又衰老。那是信使赫密士，從他球鞋上發著黯淡光芒的雙翼就可以知道。洛斯目瞪口呆。

告訴我關於太陽的事吧，阿戈說。你是我的眼睛、我的皮膚、我的舌頭。

但洛斯被眼前的事情擾亂了。諸神已經忘卻他們了，洛斯彷彿是對著自己唱道。他雙手抓著心口，忽然痛極了。事情不好了，阿戈。我心裡有個什麼不對勁了。

她說不。她說他是她年輕俊美的丈夫。他讓她又有人類的愛了。他的心完美無比。

我老了，阿戈。我病了，對不起，他唱道。

諸神聚集過來，唱著，抱怨他們的悲慘和這個世界的悲慘。一開始華麗、明亮、嚴肅的一切，現在變得難以形容，簡直是滑稽、衰弱了。阿戈受不了，兩手摀著耳朵。

洛斯倒地。世界不是你所……他開始唱，但沒唱完。

阿戈對他唱出情歌，一段影片投射在洛斯的身體上，他的靈魂升起，年輕，雙眼又大又亮。那靈魂在一道斜光中走掉了。影片中，趴在地上的身體縮小，最後只剩下骨骸。

洛斯？阿戈唱道。一遍又一遍，然後沒有音樂。她在大喊。

最後，她朝諸神尖叫，要他們幫她。現在是用英語了，幫幫我，諸神啊，幫幫我。

但諸神心不在焉，一陣陣爆炸聲現在很大聲、很接近了，他們的光柱空蕩蕩的，而且他們在打架，全都像遊民似的，髒兮兮的像一場鬧劇；但那是致命的打架，米涅娃用筆電充電器的電線勒著愛神阿芙羅黛蒂的脖子；農神撒頓是一個髒兮兮的赤裸老人，正盲目地伸手抓他的兒子天神朱比特，但就像戈雅的名畫作《農神吞噬其子》的畫面那般吞下一隻老鼠。火神赫菲斯托斯跟著巨大的鋼鐵機器人一起出現。普羅米修斯朝他丟了個汽油彈。一切都好可怕、好血腥，直到朱比特推出一個有輪子的巨大紅按鈕。冥界之神黑帝斯召喚他的陰影們，他們也拿出了一個巨大的紅按鈕。

一首僵持局面的歌，雙方都想騙倒對方。

（阿戈在她的洞穴裡旋轉，一開始很慢，然後愈來愈快。）

沉默中，你可以聽到阿戈的呻吟，**洛斯，洛斯，洛斯**。

突然間，兩方的神都按下了他們的按鈕。巨大的光亮起，刺耳的嘈雜聲。然後沉默，黑暗。

阿戈緩緩開始發亮。（劇院裡其他的燈——走道燈、出口燈——全部熄滅。黑暗得會讓人產生恐慌。）

拜託，她喊了一次，用英語。沒人回應。沉默。

（李歐，在此沉默要持續到無法忍受的地步；至少一分鐘。）

阿戈孤獨一人，開始唱歌。不死的阿戈在一個死去的世界。再沒有比這更糟糕的命運了。阿戈孤獨一人。活著，孤獨一人。唯一的人。她最後一個音持續拉長，直到最後破音，然後繼續唱。

她彎起身子倒下，最後成為開場時我們看到的模樣。

唯一的聲音是風，水。一種緩慢而古老的心跳聲逐漸增強，最後蓋過了風聲和水聲，變成我們唯一能聽到的。在這種強烈的聲音中，可能沒有掌聲。也沒有落幕。阿戈保持那個彎身的姿勢，直到觀眾往外走。

劇終

7

有四個劇作家來參加研討會，談劇場的未來。這所大學很有錢，一口氣請來他們四個人：二十來歲的天才女郎，三十來歲、體格健壯的美洲原住民男子，最佳作品從一九六〇年代演出至今的劇場老前輩，還有洛托，四十四歲，他猜想自己代表中生代。因為這天早上天氣很好，有一點寒風，桃紅色的九重葛盛開，而且因為他們某種程度上都欣賞彼此的作品，於是在綠色房間裡等待著研討會開始時，四個劇作家和主持人就盡情喝著波本威士忌，一邊講著圈內八卦，等到上台時，他們都已喝了不少。禮堂內的五千個座位全坐滿了，台上有個ＬＥＤ螢幕，連走道上都站滿了人，而且燈光好亮，亮得在台上幾乎只看得見第一排的女眷們。瑪蒂德坐在最邊緣，一手握拳貼著她滿頭優雅的白金色頭髮，微笑往上看著他。

蘭斯洛看著觀眾鼓掌，然後是主持人漫長的介紹，穿插播放了一些由重要劇場演員所演出過每個劇作家的作品片段。他有點跟不上，心想一定是喝得比自己原先以為的多了。有關他自己的劇作倒是沒問題；《源泉》裡的蜜瑞安太完美了，穿著洋裝性感無比，加上渾厚的嗓音和臀部和發亮的紅髮。他早就知道她會成為電影明星。（沒錯，都是演一些小角色，她的星途不太亮。）

接下來是討論時間。劇場的未來！大家覺得呢？那個老傢伙用冒充的英國腔開始發牢騷。唔，收音機沒有殺死劇場，接著電影沒有殺死劇場，然後電視沒有殺死劇場，所以現在要是以為充滿吸引力的網際網路會殺死劇場，好像有點蠢，不是嗎？美洲原住民戰士接著發言：非主流的聲音、有色人種的聲音、傳統上被壓抑的聲音，將會大聲冒出頭來，淹沒父權社會裡那些無聊白種老男人的聲音。這個嘛，蘭斯洛溫和地回應說，就算是父權社會裡那些無聊的白種老男人，也有故事可以說，而劇場的未來就像劇場的過去一樣：在說故事的方法上一再創新，一再顛覆敘事期待。他微笑；到目前為止，只有他得到掌聲。他們全都看著那位年輕女劇作家，她只是聳聳肩，咬著指甲。「不曉得。我又不是算命師。」她說。

科技時代的衝擊？畢竟，我們人在矽谷。觀眾笑了。原住民戰士跳出來，踢著他的死馬：有了YouTube和大規模免費線上課程，還有其他的各種創新，知識一直在普及。他看著那年輕女郎，尋求結盟。隨著女權運動的進展，男女都得平均分擔家務，女性可以從育兒和單調乏味的家務中解放出來。一個堪薩斯的農人之妻，以前只能當管家，摘水果、換尿布、攪奶油等等，但現在她可以卸下一半負擔，從事創造性的工作。她可以在電腦上聽到最新的創新；她可以在自己家裡看到最新的戲劇作品；她可以完全靠自己學會作曲；她可以成為一齣百老滙新戲的劇作家，不必住在紐約市這個沒有靈魂的地獄第三層。

蘭斯洛被惹得一肚子火。這個偏激的愛現鬼以為他是誰？他憑什麼唾棄別人所選擇的生活方式？蘭斯洛偏偏喜歡他這一層地獄！

「我們先別急著想指導全世界的妻子，可以嗎？」他說。笑聲。「有時候創作的人非常自戀，我們會假設自己的生活方式是人類皇冠上最亮的寶石。但我所認識的大部分劇作家都是頑固的混蛋」——那位老傢伙大聲贊同——「而他們的妻子比他們好得太多。她們比較親切、比較大方，各方面都比較值得尊敬。讓生活順暢、乾淨、舒適是一件很高貴的事情。這種選擇，跟耽溺在自我世界裡維生的選擇，至少是相等的。妻子是婚姻的劇作家，她的工作打下婚姻的基礎，即使她的貢獻從來沒有被直接認可。但這個角色非常值得讚歎。比方說，我的太太瑪蒂德，她幾年前放棄了自己的工作，好讓我的生活更順暢。她喜歡烹飪、打掃家裡，喜歡編輯我的作品，做這些事情讓她覺得快樂。哪來的混蛋竟然要批評她，說因為她不是我們家的創作者，所以她就比較差勁呢？」

他很得意自己講得這麼順，暗自慶幸自己狀況這麼好。（其實跟狀況毫無關係。）

那位年輕女劇作家刻薄地說：「我有個妻子，而且我就是妻子。我並不喜歡我剛剛所聽到的性別本質主義。」

「我指的妻子，當然了，是不分性別的、得力伴侶的意思。」蘭斯洛說：「也有男性妻子啊。我當演員時，因為工作機會實在太少了，所以基本上就由我負責所有家務，瑪蒂德則是負責出外工作賺錢（他負責洗碗盤；這部分倒是沒錯）。總而言之，的確有一種性別上的基本差別，但現在提起來就是政治不正確了。畢竟，有辦法生小孩、哺育小孩的是女人，傳統上，他們是負責照顧嬰兒的。生養小孩要花上很多時間的。」

他微笑，等待著掌聲，但是不曉得哪裡出了錯，底下的觀眾一片冷冷的沉默。禮堂後方有個人大聲在說話。他做了什麼？他恐慌地往下看著瑪蒂德，她只是低頭看著自己的鞋子。

那個年輕女劇作家氣呼呼地看著蘭斯洛，咬字清晰而精確地說：「你剛剛是說，因為女人生小孩，所以他們就沒有創作的天分了？」

「不，」他說：「老天，不。不是**因為**。我不可能這麼說。我愛女人，而且不是所有女人都生小孩。我太太就沒生。至少還沒。但聽我說，我們每個人的創造力都是有限的，就像我們的壽命也是有限的，而如果一個女人選擇把她的創造力用來創造真正的生命，而不是想像的生命，那是個很了不起的選擇。當一個女人生出小孩，她所創造出來的，遠遠超過紙頁上的虛構世界！她創造了生命本身，不光是幻象而已。無論莎士比亞多麼有成就，也遠遠不如他同時代那些生小孩的文盲女人。那些小孩是我們的祖先，對於我們今天在場的所有人是不可或缺的。沒有人能認真爭辯說任何戲劇比得上一個人類生命的價值。如果女人在過去歷史上證明了比男人沒有創作才華，那是因為她們的創作是內化的，把精力花費在創作**生命**本身。那是一種有形的才華。這至少跟想像的才華同等重要。我想我們都同意，女人跟男人同樣優秀——在很多方面更優秀——但兩者在創作方面的成就差異，是因為女人把他們創作的能量轉向內，而不是轉向外。」觀眾的竊竊私語變得更憤怒了。他傾聽著，很驚訝，而且只聽到一點零星的掌聲。「什麼？」他說。

那老頭熱切地同意，講了一段漫長、曲折、自命不凡的故事，還不斷提到名人以自抬身價，比方連恩．尼遜和保羅．紐曼，還有懷特島，搞得蘭斯洛一身冷汗都乾了，脈搏也緩和下來。他又想找瑪蒂德，想找她的眼睛，從她身上獲得撫慰，但她原先坐的那個座位空了。

世界有了條大裂縫，蘭斯洛搖搖欲墜。瑪蒂德離開了。瑪蒂德公然站起來走出禮堂。瑪蒂德恐怕是太生氣了，覺得自己受夠了。怎麼樣受夠了？永遠受夠了？或許吧，當她走進帕拉歐圖的亮烈陽光下，她感受到照在臉上的陽光，明白了真相：她沒有他會過得更好，她，一個聖人，配這麼一個**狗屎**丈夫根本太屈就了。他好想打電話給她。剩下的討論會，那兩個年輕劇作家和主持人都不肯看蘭斯洛，反正這樣最好，因為他得用盡意志力，才能坐在椅子上。他不安地坐到座談會結束，等到之後的交流宴會，他跟主持人說：「我想我就不待下來了，免得被修理得太慘。」那個主持人擠了擠眼睛說：「這樣可能比較好。」蘭斯洛急忙走出綠色房間去找瑪蒂德，但她不在了。現在大量人群湧入走廊，搞得他只好衝進一個殘障廁所去打電話給她，但儘管她的手機響了又響，她就是沒接。他聽著外頭群眾的聲響愈來愈大，然後又逐漸消失。

他花了好長一段時間看著鏡中的自己：前額大得可以當布告欄了，奇怪的鼻子似乎隨著年歲而變大，耳垂上的捲曲細毛拉直了有近三公分長。這麼久以來，他一直帶著醜陋，卻自信得彷彿那是俊美。真奇怪。他在手機上玩了一盤接龍。接著又大約玩了十二盤，各盤之間都打給瑪蒂德。那電話發出一個可恨的嗶嗶聲，然後沒電了。他的肚子咕咕叫，這才想起自從在舊金山的飯店裡吃過早餐後，就一直沒吃東西。他本來早就該吃午餐的，又想到了平常的甜點都是苦的冰茶配巧克力蛋糕，但他心裡太害怕了，拖到現在已經快三點，午餐早都結束了。他看看外面的走廊，他進洗手間時本來滿擠人群的，現在已經空了。他沿著牆壁走到轉角，然後探頭看，但一路到前門也都沒有人。

他走出去，站在那裡看著眼前的廣場，學生們背著大背包疾走，忙著要去接管世界。風吹在臉上，感覺很舒服。

「可惜啊。」他右邊一個聲音說，他往右看到一個女人，乾枯的腦袋上是染黑的稀疏頭髮。「想到我一直很喜歡你的作品。要是早知道你這麼憎恨女人的話，我一張票也不會買。」

「我不憎恨女人！我愛女人。」洛托說，然後她冷哼一聲說：「所有憎恨女人的人都是這麼說的，你只是喜歡跟女人打炮吧。」

無法反駁。他的確喜歡跟女人打炮，即使他結婚後就只上過一個。他沿著灰泥牆面趕緊往前走，在陰影間移動，經過一片片尤加利樹叢，腳底下的果實被踩得嘎嗤作響，然後糊裡糊塗來到一條叫皇家路的街道。他此刻的感覺正好是皇家的相反。他循著那條路，朝著大略是舊金山的方向走。他的汗水溼透襯衫，太陽遠比他原先以為的要熱。這條路長得沒有盡頭，他走得頭昏眼花。中間經過一區，裡頭有很多奇怪的錯層式小平房，房子外頭是富麗堂皇的柵門、粉紅色的夾竹桃、仙人掌花園。他來到另外一條大馬路，過了街進入一家自助式墨西哥餐館，心想可以買點食物，挑自己想吃的，然後他拿了一個辣醬捲餅吃著，一邊排隊等著付帳。吃到一半，手伸進口袋要拿錢包，忽然心裡一慌，想到他皮夾留在飯店房間裡了。像這類短程旅行，他從來不必付錢的，瑪蒂德會帶著錢包，而且老實說，他討厭皮夾害他屁股像是生了個大瘡。他比較喜歡沒有皮夾的臀部，看起來側面比較帥。

他朝收銀員無奈地聳聳肩，那收銀員瞇起眼睛，用西班牙語說了些威脅的話。他放下托盤，用英語和西班牙語一再說著對不起，一邊走出店門。

終於，他來到一個馬蹄形的購物街，然後眼角看到一個讓他驚訝得心臟亂跳的東西：電話亭。他多久沒看過電話亭了？幾十年了吧。他趕緊進去，撥了一個對方付費電話。這個手機時代，他腦子裡記得的電話號碼只有一個。真是鬆了一大口氣，聽筒在手裡的重量，其他人的氣息和油膩所發出的臭味。他母親的聲音從另一頭傳來。對方付費電話？啊親愛的，好的，她接受，然後她說：「蘭斯洛？親愛的？出了什麼事？是你那個太太嗎？天啊，她離開你了嗎？」

他吞嚥著，奇異地覺得自己曾經歷過這一刻。什麼時候？大學，就在那個星期六的婚禮後，他跑到宿舍裡，現在回想起來忽然覺得那宿舍房間好小，充滿童年的感覺。他把衣服塞進一個圓筒形背包，要去緬因州海邊度蜜月時，他拿起電話，按捺著滿心歡喜，打電話給他母親說他結婚了。「不，不會吧。」她說。「會，已經結了。」他說。「那就取消，快離婚。」她說，然後他說：「不要。」她說：「什麼樣的女孩會嫁給你，蘭斯洛？想想看。移民？拜金女郎？」「都不是，」他說：「瑪蒂德・約得爾，全世界最好的人。你會很喜歡她的。」「不會，」她說：「我永遠不會見她。你趕緊去申請結婚無效，否則我就取消你的繼承權。再也不給你零用錢了。你沒有錢，看你怎麼在紐約活下去？你當演員要怎麼活下去？」她說，她的輕蔑刺傷了他。他想著沒有瑪蒂德的人生，於是說：「我寧可死。」然後她說：「親愛的，你會收回你這些話的。」他歎了口氣說：「祝你和你的小心眼過得愉快，姆媽，」然後掛了電話。兩人從此就鬧翻了。

此刻在加州的陽光下，他突然覺得作嘔。「你剛剛說什麼？」他說。

「我很遺憾，」他母親說著：「真的。這麼多年我都忍著不說，親愛的。我們之間那麼多痛苦，那麼疏遠，全都沒有必要。那個可怕的女人。我就知道她到頭來會傷害你。回家吧。瑞秋和伊麗莎白剛好帶著小孩回來，莎莉會巴不得好好寵你。回家讓你的女人們照顧你吧。」

「啊，」他說：「謝謝。但是不必了。」

「你說什麼？」她說。

「我打電話是因為我手機沒電了，」他說：「我想跟莎莉講一聲，以防萬一瑪蒂德急著到處打電話找我。跟她說我很快就會帶著香檳和乳酪回去跟她開派對。」

「聽我說，親愛的——」安托奈特說，但蘭斯洛說：「再見。」接著她說：「我愛你。」但電話已經掛斷了。

安托奈特放下聽筒。不，她心想。他不會又選擇了老婆而不要老媽。安托奈特已經給了他一切，沒了她，他絕對不會有今天。她費心培養他所花的心血，他絕對回報不了。男孩屬於他們的母親，幾十年前臍帶剪斷了，但之前那片溫暖、黑暗的泅泳，將是他們永遠共同擁有的。

窗外的海洋把潮浪之網撒在白沙上，收回網，什麼都沒抓到。安托奈特知道沙丘上的這棟粉紅色小屋正在傾聽，她的小姑正在廚房揉麵做花生醬餅乾，她的女兒和孫子們才剛從海灘回來，在她下方的戶外沖澡間沖水。上帝賜給她力量，但她已經厭倦了這些黝黑、瘦小、愛擔心的人了。她愛他們的程度當然不如愛她兒子，這是很自然的事，她兒子跟她一樣是金髮的高大個子。老鼠很不錯，但獅子會怒吼。

在廚房裡，莎莉油膩的雙手正在揉著麵團，心裡煩躁。電話鈴響了，安托奈特的聲音忽然在她臥室裡響起：「是你那個太太嗎？」莎莉想著她嫂嫂，雖然她看起來像是糖和空氣做的甜點，但核心裡卻是黑而苦的核桃。莎莉為蘭斯洛擔心，可憐的孩子，他從外表徹底甜到心裡。她考慮要打電話給瑪蒂德看發生了什麼事，但是忍住了。馬上去問也不會有什麼好處，她的職責就是緩下來，而且保持距離。

過了一會兒，安托奈特站起來，無意間看到梳妝鏡裡自己的臉。眼角和嘴角都是皺紋，筋疲力竭，腫脹。唔，也難怪。為了保護兒子，實在耗費掉她太多心力了。要是她不隨時保持警戒，這個世界就會更危險，很可能會崩潰。她為蘭斯洛做過那麼多事，犧牲了那麼多！她想到等到自己死了之後的真相大揭露，想到他原先不知道她背後打通了那麼多關係，為他忍受過那麼多可怕的事情。他以為她喜歡住在這棟破舊的粉紅色屋子裡嗎？才不呢。有高文留下來的錢，她可以過得很奢華。住進邁阿密的東方文華酒店的頂樓，隨時高興就點客房服務的美食，找個鋼鼓樂團來表演。光是裡頭的大理石浴室就跟這棟屋子一樣大。陽光照在下方的水面有如點點鑽石。但高文的那些錢，除了勉強生活所需之外，其他的她一概不碰。一切都是為了她的子女，等到他們知道她做了多少，一定是滿臉震驚。她又想像起那個長年令她安慰的畫面，真實得就像在電視上看到的重播：她的兒子穿著黑色制服——她已經幾十年沒見過他了。在她心目中，他還是當年送到北方那個笨拙、滿臉青春痘的孩子——他的襯衫破爛，他的妻子穿著一身廉價的黑衣服，化著黯淡的妝。藍色眼影，褐色唇線，法拉頭，她想像著。莎莉會遞給他一個信封，安托奈特在信中解釋了一切，講出她為他做過的所有事情。他會轉身，哽咽著打開信，讀者。「不！」他會大喊。然後當他妻子試著要摸他的肩膀，他會甩開，雙手掩臉，哀悼著這麼多年來他都不曾感激自己的母親。

瑞秋走到門廳，看到母親站在她房間裡。當安托奈特抬頭看著鏡子時，看到自己的女兒，於是趕緊露出微笑以遮住原先那張嚴厲的臉，就像戴上面具似的。她的牙齒還是很完美。「我想莎莉烤了餅乾要給小朋友，瑞秋。」安托奈特說。她龐大的身體走出房門，緩慢而痛苦地下樓來到門廳，坐在她的椅子上。「我想我嚐一、兩塊也不會有什麼壞處的。」她說，笑得充滿風情。然後瑞秋就又用以前那種迎合的卑屈姿勢，端著一盤餅乾到她面前。只有她哥哥能讓她母親激動成這樣。老天，洛托！現在整個假期剩下來的時間，瑞秋都得用來安撫這個老太婆。昔日對她哥哥的那種恨意，又從心底深處迅速湧上來。（高尚的人跟我們一般人一樣會有強烈的感覺，差別就在於他們如何表現出來而已。）她真想講幾句狠話把洛托的世界搞得天翻地覆，但那個衝動很快平息下來，緊緊鎖住。她聽到小孩大聲走上樓來，於是吸了口氣彎腰。「再吃兩塊吧，姆媽。」她說，然後她母親說：「啊，謝謝，親愛的，希望你別介意。」

蘭斯洛跟母親講過電話後，在一個巴士站的陰影下站了足足二十分鐘，聽著一群年輕人在他周圍緊張地聊天，情緒才逐漸平靜下來。直到巴士停下，像嘉年華的大象把乘客放下來，他才想到，沒了錢，他連公車或捷運都沒辦法搭。

他想著瑪蒂德，覺得好難受。他說過的那些話不斷回到腦海裡，現在聽起來好惡毒。如果他說女人的創造性才華都用在生兒育女上頭，那瑪蒂德這樣沒生小孩的女人算什麼呢？比較劣等？不如其他生了小孩的女人？不如他這個創作者？但他並不這麼想，一點也不！他知道她比任何人都好。他配不上她。他想像著她已經回到諾布丘的飯店，正在打包，坐入一輛黃色計程車，搭上飛機離開他。這一天終於到了。她要離開他了，留下他一無所有，無依無靠。

沒有了她，他要怎麼生活？他會做飯，但從來沒有刷過馬桶。從來沒有付過半張帳單。沒有了她，他要怎麼寫作？（而且他心底知道，她雙手完全伸進他的作品裡，只是不願意去想。不要看，洛托，那就像是看著太陽。）

他襯衫上的汗水已經乾了。走到舊金山市區應該不用五十公里。只要往北直走就行了。今天天氣很好，他雙腳很長，而且耐力十足：他可以走很快，一小時八公里。他會在大約半夜十二點到達飯店。或許她還沒離開，或許她沒那麼生氣了；或許她去水療館按摩又做臉，點了客房服務的餐點，在房間看一部付費頻道的喜劇片，以此做為報復。被動攻擊。她的風格。

他開始走，留意著保持太陽在左邊，在一連串遛狗小公園的飲水機喝水。不夠。他還是好渴。到了傍晚時分，他經過了機場，聞到了風中的濱海沼澤鹹味。塞車好嚴重，他差點被一群自行車手、三輛貨櫃半拖車、一個在黑暗中騎著賽格威兩輪平衡車的男人給撞上。

他邊走邊仔細回想著座談會發生的事情。他一次又一次回頭看。過了兩、三個小時，那就變成一個故事，好像自己正在酒吧裡跟一群朋友講。講了幾次之後，那些朋友有點醉了，聽著故事大笑。隨著一再重複想像，原先發生的事情失去了傷害他的力量，變得滑稽起來，不再可恥。他不憎恨女人。他可以找來瑪蒂德之前的幾百個女人來證明他不憎恨女人。他只是誤會了！反覆思索這個故事後，深怕瑪蒂德離開他的恐懼感減低了。她反應過度了，自己會很羞愧。她會主動跟他道歉的。她已經證明自己的立場了；這點沒問題。他不怪她。她愛他。他打從心底就是個樂觀主義者。一切都會好轉的。

他抵達市內，看到比較緊密的街區，還有人行道，以及溫柔帶領他一路前行的路燈，他簡直感激得要掉淚。

他的腳在流血，他可以感覺到。他曬傷了，嘴巴好乾，餓得胃腸打結，而且身上臭得像是從一池汗水裡撈上來的。他腳步軟弱無力地爬上山丘上的飯店，走進去，剛好櫃台職員就是前一天負責幫他們辦理登記入住的那位，一看到他就說：「哎呀，賽特懷先生，發生了什麼事？」洛托啞著嗓子說：「我被搶了。」因為在某種意義上他是被搶了，那些觀眾搶走了他的尊嚴；那個職員趕緊叫行李員把飯店的輪椅推過來，推著洛托進電梯，到他樓上的房間，拿鑰匙幫他開了門。他推門進去，瑪蒂德在床上坐起來，床單底下赤裸著身子，朝他微笑。

「啊，你回來了，親愛的。」她說，從容自若極了。真的，她是世界一大奇蹟。

那行李員鞠躬後退，嘴裡喃喃說著馬上就會送免費招待的客房服務飲食過來。

「水，」洛托啞聲說：「拜託。」

瑪蒂德站起來，穿上睡袍，去浴室裡倒了一杯水拿回來給他，從頭到尾都極慢極慢。他一口氣喝光。「謝謝。還要，拜託。」

「樂意效勞。」她說，滿臉微笑，但是沒動。

「小瑪。」他說。

「什麼事，我的創作天才？」她說。

「別再懲罰我了。我是笨蛋，不適合人類社會。我穿上了我的特權，就像穿著一件看不見的斗篷，想像著它會給我超能力。我應該要套在木枷上示眾至少一天，大概還該丟幾個臭雞蛋在我頭上。我很抱歉。」

她坐在床緣，冷靜看著他。「如果這些話是真心的，那就更好了。你太傲慢了。」

「我知道。」他說。

「你的話比大部分人都有分量。你隨便亂講，有可能傷害很多人的。」

「我唯一擔心的就是傷害你。」

「你太自以為了解我了，你沒資格替我講話，我不屬於你。」她說。

「我不會再做任何讓你不高興的事情了。可不可以拜託拜託，拜託再給我一點水？」

她嘆氣，又端了水給他，然後有人敲門，她去應門，那個行李員推著一張推車進來，桌上放了香檳的冰桶、一盤鮭魚佐蘆筍、一小籃柔軟的熱麵包捲，甜點是巧克力蛋糕，行李員說是飯店招待，同時很遺憾他被搶。舊金山是個親切的城市，通常是這樣，搶劫這種事情很少發生。要是他需要醫療，飯店有特約的醫生……如果還有什麼我們可以做的，請告訴我們。

洛托開始吃，她看著。他只勉強吃了幾口，就開始反胃。然後他站起來，儘管雙腳感覺好像被斧頭砍斷了，但他還是踉蹌走到浴室，把衣服和鞋子脫下來扔進垃圾桶，然後泡了好久的澡，看著傷口冒出來的血有如觸鬚般滲入洗澡水中。他十根腳趾頭大概都會廢掉，或者快廢掉了。他臉上和手臂上都曬傷起了水泡，他潑了冷水在上頭。然後站起來，覺得身體又煥然一新，然後他用瑪蒂德的小鑷子把他耳垂上的細長毛髮拔掉，又用瑪蒂德昂貴的乳液認真擦了前額，希望皺紋消失。

他走出浴室時，瑪蒂德還沒睡，正看著手上的書。她放下書，把眼鏡推到頭頂，朝他皺眉。

「我明天沒法走路了，你聽了大概會比較高興。」他說。

「那你就得跟我在床上一起度過了，」她說：「其實你贏了。怎麼說，你都贏了。到最後你總是會度過，總是這樣。總會有個人幫你想辦法，太扯了。」

「你希望我不能度過嗎？希望我被卡車撞死？」他說，爬到床單下，頭靠在她肚子上。裡頭發出咕嚕嚕的輕響。盤子上剩下的蛋糕不見了。

她嘆氣。「不，白癡。我只希望嚇你幾個小時。那個主持人一整晚都待在他的辦公室裡，因為我們確定會有人帶你去找他——腦袋正常的人都該這樣的，洛托。而不是一路走回舊金山，你這個神經病。我剛剛才打電話給他，說你回來了。他還在辦公室裡，一整個快嚇死了。他以為你被什麼瘋狂的婦女運動組織綁架了，要拿你當祭品拍錄影帶。他胡思亂想了一大堆你被閹割的劇情。」蘭斯洛想像著一把開山刀揮下來，不禁打了個寒噤。

「嗯，」她說：「你引起的騷動，其實在午餐時間就逐漸被忘掉了。顯然，去年的諾貝爾文學獎得主今天被爆料有半篇演講文是抄襲來的，社群媒體上吵翻了。我午餐時抬頭，發現整桌的人都在看手機。你，親愛的，在今天根本就不重要。」

他覺得受騙了，他的發言應該要講得更誇張一點。（貪心！）
他思索著睡著了，她觀察了他一會兒，腦中把事情想了一遍，然後連燈都沒關，就睡著了。

8

《骨中之冰》，二〇一三年——

（一所男子寄宿學校的學生事務長辦公室內。牆上有一張海報，裡頭是夕陽下的瀑布，下方以無襯線字體印著「堅忍」。）

學務長，一雙眉毛佔掉半張臉的男子。

奧利，瘦削的男孩，父親剛過世，因為少年犯罪而被家人送來外地讀書。滿口很想掩飾的南方口音；臉上長滿青春痘。

第一幕

學務長：奧利佛，我接到報告，說你好像不太適應。你沒有朋友。你的綽號（看著索引卡，眨眨眼。）是草包派？

奧利：顯然是，先生。

學務長：奧利佛，你現在處於辛苦的過渡期。

奧利：是的，先生。

學務長：你的成績再好不過了，但你在班上都不說話。別喊我先生。我們學校的學生都求知若渴，是未來的主人翁。你求知若渴，是未來的主人翁嗎？

奧利佛：不是。

學務長：為什麼？

奧利：我不快樂。

學務長：誰在這裡會不快樂呢？那肯定是瘋了。

奧利：我很冷。

學務長：身體上的？還是精神上的？

奧利：都有。

學務長：你哭什麼呢？

奧利：（努力想忍住。什麼都沒說。）

學務長：（打開抽屜，在一堆紙張底下，奧利看到了某樣東西，於是忽然坐直身子。學務長關上抽屜，拿起一條橡皮筋，大拇指扣住往後拉。他瞄準奧利的鼻子，射出橡皮筋。奧利眨眨眼，學務長在椅子上往後坐。）

學務長：不沮喪的人，就會躲開的。

奧利：大概吧。

學務長：朋友，你是個愛哭鬼。

奧利：（……）

學務長：哈！你看起來就像紅鼻子馴鹿魯道夫。

奧利：（……）

學務長：哈哈！

奧利：學務長。請容我問一個問題。你書桌裡為什麼有一把槍？

學務長：槍？哪裡有槍！胡說八道。你根本不曉得自己在說什麼。（往後坐，雙手放在頭後面。）總而言之，聽我說，奧利佛。我這樣做幾百萬年了。我以前讀這間學校時，也跟你一樣。信不信由你，就連我也被欺負過。我看不出你為什麼要這麼沮喪。你似乎什麼都有了。家裡有錢，個子也高，基督啊，甚至你長得也不錯，如果好好洗個臉的話。擦點青春痘藥膏，你就會是個高大健壯的帥小子了。你似乎很有教養。聰明。你身上不臭，不像那些沒希望的臭小子。你認識瑞士捲吧？真是沒救，他身上好臭，又老是在哭。我看了就難受。就連他那些朋友，玩「龍與地下城」桌遊的那些小鬼，他們也只是勉強接受他參加橋牌社之類的湊數。你？你可以當這個學校的國王。但你現在不是，因為，第一，你是新來的，這一點久了就好了。第二，你很害怕，這一點你得改變。要快！因為這學校的小孩都是鯊魚啊，朋友。他們是鯊魚家族的小鯊魚，每一個都是。鯊魚在幾公里之外就能嗅到水裡有血，而血對這些鯊魚是什麼意思？恐懼。他們嗅到了水裡有血，他們會獵殺這些流血的獵物。不是他們的錯，他們生來就是這樣，沒辦法的！鯊魚如果不攻擊，那還叫鯊魚嗎？那就成了海豚。誰需要海豚呢？海豚是讓人吃的，美味得很。所以，接下來你要好好聽著。你得學會當一條鯊魚。找個人揍他的鼻子，不要打斷就好，免得被這些小鬼的老爸告上法院。搗蛋一下，用保鮮膜包住馬桶，這樣他們小便時，就會被尿濺溼褲子。哈！如果有人拿白煮蛋朝你臉上扔，你就拿牛排扔回去。因為這裡就像監獄。只有強者才能生存。你得靠自己贏得尊敬。該怎麼做就怎麼做。聽到沒？懂了嗎？

奧利：懂了。

學務長：好吧，奧利佛。總之，奧利佛是什麼名字啊？要是你問我，我會覺得像是海豚的名字。娘娘腔的名字。你是娘娘腔嗎？

奧利：不。但是我喜歡娘娘腔。

學務長：哈！你懂了。家裡人都怎麼喊你？

奧利：奧利。

學務長：奧利。嗯，就這個。奧利才是鯊魚的名字，國王鯊魚。下回有人喊你草包派，你就衝到他們面前，叫他們喊你奧利。聽到沒？

奧利：聽到了。

學務長：你覺得牙齒變利了嗎？嗅到水裡的血了嗎？你感覺像條鯊魚嗎？

奧利：或許吧，或者像一隻鰭上有剃刀的海豚。

學務長：這是個開始。出去屠殺他們吧，屠龍者。

奧利：屠殺。沒問題。

學務長：當然了，不是真的要你殺人，老天，你能想像嗎？**學務長叫我去把他們殺光光！**我只是比喻。別真的殺人啊，我可沒這麼教你。

奧利：當然了。再見，先生。（退場。）

學務長：（獨自一人，匆忙拿出抽屜裡的槍，塞到沙發底下。）

《特雷戈尼斯紀》，二〇一三年——

「面具。魔術。瑟西和潘妮洛琵和奧迪修斯和弒父和亂倫。音樂和影像和舞蹈。你這瘋子。」瑪蒂德說。

「總體藝術，」洛托說：「把所有形式的藝術融合為戲劇。現在我們只需要找個夠瘋狂的製作人，把這齣戲搬上舞台。」

「別擔心，」瑪蒂德說：「我們認識的人都是瘋子。」

《愚人船》，二〇一四年——

第一幕

（核爆後的荒原，紅色潮水中翻白的鯨，兩個女人在瓦礫堆中。）

琵特，身材結實，瘦小，全身毛茸茸，一個黑猩猩女人。

米蘭達，超級胖，九十公分長的紅髮，頭頂上有個燒焦的青鳥鳥巢，仿照杜巴利伯爵夫人的髮型。躺在兩棵焦黑枯瘦棕櫚樹之間的吊床上。

琵特（拖著一隻死鱷魚進入營地）：今天晚餐吃鱷魚尾，米蘭達。

米蘭達（含糊地）：好極了。就這樣。好吧，希望如此。唔，能不能吃點鯨魚排？如果有辦法找到鯨魚排的話。我的意思是，別太費神了，不過今天晚上我唯一吃得下的就是鯨魚排，如果沒辦法的話，我也可以吃點鱷魚。

琵特：（拿起弓形鋸，出門，回來全身溼透，雙臂抱著一大塊肉）：晚餐吃鱷魚尾和鯨魚排，米蘭達。

米蘭達：太驚喜了！琵特！你什麼都做得到！說到這個，既然你在這裡，能不能再倒杯雞尾酒給我？現在都五點了！

琵特：我看不是吧。現在的時間都不算數了。（從一個油桶裡倒出煤油，用一根薄荷枝攪拌著，然後遞過去。）

米蘭達：太好了！現在，想必是我看肥皂劇的時間了吧？《你眼中的史塔爾一家》？

琵特：時間死了，親愛的米蘭達。電視死了。電力死了。演員也死了，我保證，就在那顆核彈在洛杉磯爆炸以後。或者是黑舌瘟疫之後。或者是地震之後。人類實驗失敗了。

米蘭達：那殺了我吧，琵特。殺死我算了。反正活著也沒用了。拿那把鋸子，鋸斷我的頭吧。

（兩隻大白手掩面而泣。）

琵特（嘆氣。拿起海帶，放在她頭上。然後像《你眼中的史塔爾一家》的女主角席維雅．史塔爾那樣用力親了一下她的臉頰，以低沉沙啞的嗓音說）：**啊，不管我們要對那個卑鄙的懦夫博頓．貝利怎麼樣……**

米蘭達（往後倒，目瞪口呆。兩個人都出神了，沒聽到愈來愈大的機器呼呼聲，直到舞台右邊逐漸出現一艘破舊的船，上頭的倖存者往下看著那兩個女人。）

瑞秋激動地走進黑箱劇場，裡頭是空的，只有她哥哥，同時開幕夜接待會被關在門外。「老天，洛托。我甚至不曉得該怎麼看這個。」她說，手掌矇住眼睛。

他僵住了。「對不起。」他說。

「別誤會，有一部分的我還殘忍又開心地看著姆媽和莎莉在世界末日奮戰。莎莉卑躬屈膝，直到最後終於抓狂了，你懂吧？」瑞秋大笑，然後轉向他。「你太擅長愚弄我們了。你這麼有魅力，讓我們都忘記你內心一定是個連續殺人兇手，才會這樣對付我們。把我們放進你的劇本裡，種種缺點暴露無遺，把我們拿去展示，好像我們是什麼暖場表演裡的怪胎。這些觀眾都很買帳呢。」

他震驚得渾身冰冷。瑞秋竟然會攻擊他，太意外了。但是不，她沒有，她不會的。現在她踮起腳來摸他的臉頰。在燈光下，他妹妹的眼睛周圍滿佈著細紋。啊，老天在上，時間去了哪裡？（只是順時鐘原地旋轉而已。）「至少你寫了一個比較好的安托奈特版本。至少到最後她為了自己的子女，主動走到野獸面前。讚美天主。」她以莎莉的聲音說，雙手舉到空中、五指前後抖動，比出星星閃爍的手勢。他們都笑了。

（但在佛羅里達州的一個抽屜裡，一封信寫了一半：親愛的，你也知道，我從來沒親眼看過你的戲演出，這是我人生的一大遺憾。但劇本我全都看過，也看過光碟影片和網路上的。我有多麼以你為榮就不用說了。當然，我並不驚訝。從你出生那天，我努力培養你，讓你成為今天這樣的藝術家！但是，蘭斯洛，你怎麼敢）

《蝙蝠》，二〇一四年——

「這劇本很棒。」瑪蒂德說。

但洛托察覺到她的聲音裡有些什麼是他預料之外，於是他說：「在那個座談會裡，他們都暗指我憎恨女人，讓我很難過。你知道我愛女人的。」

「我知道，」她說：「你根本就是太愛女人了。」然而，她聲音裡的冷淡，她迴避他眼神的模樣，就是不對勁。

「我想麗薇這角色刻劃得很成功。希望你不介意我拿你當原型，去寫這個角色。」

「唔。麗薇是個殺人凶手。」瑪蒂德冷冷地說。

「小瑪，我的意思是，我用的是你的個性。」

「殺人凶手的個性……」她說：「我結婚二十多年的丈夫說我有殺人凶手的個性。很好！」

「親愛的，」他說：「別這麼歇斯底里。」

「歇斯底里（hysterical）。洛托，拜託。你知道這個字的字根嗎？是*hystera*，意思是子宮。你剛剛基本上就是說我女人家，天生就愛哭哭啼啼。」

「你是怎麼回事？幹嘛氣成這樣。」

她對著狗說：「他把我的人格給了一個殺人凶手，然後還問我為什麼生氣。」

「嘿。看著我。你太不可理喻了，而且不是因為你是女人。麗薇發現自己被兩個壞人逼得走投無路，於是殺了其中一個。如果有一隻大壞狗把上帝咬成兩半，你會踢死他的。誰能比我更了解你呢？你是聖人，但就算聖人也有自己的極限。我認為你會殺人嗎？不。但假設我們有個小孩，假設某個男人不懷好意，把自己的小弟弟湊到我們假設的孩子旁邊，你會毫不猶豫用你的指甲撕爛他的喉嚨。我也會。這一點也不會影響你的美好。」

「啊老天。我們正在討論你把我寫成一個殺人凶手，然後忽然間，你又提起小孩的無聊話題了。」

「無聊話題？」

「……」

「瑪蒂德？你為什麼喘成那樣？」

「……」

「瑪蒂德？你要去哪裡？好吧，很好，把自己鎖在浴室裡。我很抱歉我傷了你的心。能不能拜託你跟我談談？我就坐在這裡，用我的真誠打動你。很抱歉我剛剛改變話題。我們能不能回去談這個劇本？除了我把你的個性用在一個殺人凶手身上，你還有什麼感想？第四幕感覺上有點太弱了。或許你可以幫我改改看？啊，你要泡澡了？大白天的？好吧。隨你愛怎麼樣吧。一定很舒服，很溫暖。薰衣草。哇，你要泡澡了。我們能不能隔著門談？整體來說，我覺得這劇本相當扎實，沒錯吧？瑪蒂德，別這樣。這對我真的很重要。啊，好吧。隨你吧。我要下樓去看部電影了，如果你想加入的話，隨時都歡迎。」

《末世論》，二〇一四年——

他們在車道上停下車，喝醉的客人早已跳下去。洛托看到了一棵殘幹上斷掉的滑板、草地上幾堆溼漉漉的兒童泳裝、上帝累得頭都抬不起來，這才明白這臨時起意或許有欠周全。啊，慘了。早餐之前，瑪蒂德就被留在家裡獨自照顧瑞秋的三個小孩，那時洛托出門去雜貨店買牛奶，卻在店裡接到一通電話，要他立刻趕到紐約市，臨時接受一小時的電台節目專訪——那是他《末世論》勝利的收尾，這齣戲就連菲比．達瑪都很愛。雖然就像他跟瑪蒂德說過的：「哎，被雇傭文人讚美，比被嚴厲批評還糟糕。」但這個肯定很重要，所以他趕緊開車進城，穿著他的睡褲坐在麥克風前，魅力十足地接受廣播訪談，結束後還不到中午，正要開車回家時，卻碰到山繆和阿尼一起在人行道上大笑，老天，好久不見了！當然了，他們一起去吃午餐。當然了，午餐後又多喝了幾杯酒，山繆在吧台看到一個同俱樂部的男子，那人也加入他們，說是什麼放射學家還腫瘤學家之類的。等到他們晚餐時間餓了，洛托就建議一起回他家，因為人人都知道，瑪蒂德做菜的本領高超得像個女神，而且他雖然醉了，但還沒醉得無法開車。

他嗅嗅從上午起就在車裡地板上滾來滾去的牛奶，或許還能喝。他進門時發現臭呼呼的山繆正抓著瑪蒂德的手臂猛吻個不停，阿尼則在酒櫃裡翻找他聖誕節送的那瓶很棒的陳年阿瑪涅白蘭地，那個醫生拿著湯匙裝了豌豆，要當成飛機送進洛托最年幼的外甥女嘴裡，但那小女孩還對飛機湯匙非常提防。洛托吻了瑪蒂德，救了她，她勉強微笑。「雙胞胎呢？」他問。她說：「睡著了，在全屋子裡他們唯一肯睡的地方。你的工作室。」她的微笑或許帶著點惡意。然後他說：「瑪蒂德！除了我之外，任何人都不准上去的。那是我的工作空間啊！」然後她瞪了他一眼，凌厲得穿透他，於是他點點頭，懺悔地抱起小女孩上樓，火速幫她準備好睡覺的必須物品，然後又下樓來。

客人們正坐在露天院子裡喝酒。月亮已經升上來，鮮明地襯著寶石藍的天空。瑪蒂德正在用食物調理機處理香草植物，鍋子裡在煮義大利麵。「對不起。」他在她耳邊說，然後牙齒輕囓著她的耳垂，啊，真甜美，或許他們有點時間，或許她會願意？但她往後撞開他，於是他走出去，不久之後，四個男人就穿著圓領汗衫泡在泳池裡，仰天漂浮著，大笑，瑪蒂德走到戶外餐桌前，雙手拿著一個大白碗，冒著熱氣。

「這是，」山繆吃了滿嘴義大利麵，滴得石板地板上到處都是，「我離婚以來最好玩的一天了。」

他看起來光滑發亮，腰部有點胖，像隻水獺。說起來阿尼也是，但當然他現在是餐飲大亨。他日曬過多的背部有好多暗色斑。洛托想警告他皮膚癌的事情，但阿尼有那麼多女朋友，其中一定有人跟他說過了。

「可憐的愛麗霞，這是你第幾次離婚？第三次？」瑪蒂德說：「三好球山姆，你出局了。」

其他男人大笑，洛托說：「比你二十出頭時那個綽號好。還記得吧？一壞球山姆。」

山繆聳聳肩，沒生氣，身上還是帶著以往那種自信。他記得那醫師很感興趣地看著他。「一壞球山姆？」他說。

「睪丸癌，」山繆說：「結果根本沒影響。一壞球製造出四個小孩。」

「我有兩顆完美的好球，」洛托說：「製造出零個。」

其他人聊天時，瑪蒂德只是安靜坐著，然後收了自己的盤子進屋去。洛托講了一個著名演員嗑藥過量而死的故事，從頭到尾都聞到某種烤水果派的氣味；他等了又等，但瑪蒂德始終沒出來。最後他進屋去察看。

她在廚房裡，背對著通往遊廊的門，沒在洗碗，而是在傾聽。啊，那翹起的小耳朵，那及肩的白金色頭髮。收音機開著，聲音關小了。他也聽著，聽到一個令他胃裡發緊的熟悉聲音，一個母音帶著拖腔的人正說著故事，然後他胃裡發緊的感覺轉為驚慌，明白那是自己的聲音。是今天早上錄的電台節目。哪部分？他不太記得了。啊，對了，是他在佛羅里達州孤單童年時期的一個故事。他在廣播中的聲音感覺上尷尬而親密。他小時候會去一個沉洞中央的沼澤，有一天，一隻水蛭黏在他大腿上。他當時太渴望有同伴了，所以就讓那水蛭貼在那裡吸自己的血，走回家，吃了晚餐，從頭到尾都因為同伴緊貼著他的皮膚而感到安慰。但夜裡他翻身，壓爆了那隻水蛭，流了好多血，害他充滿罪惡感，好像自己謀殺了一個人。

那女主持人大笑，不過半帶著震驚。瑪蒂德伸出手，用力關掉收音機。

「小瑪？」他說。

她吸了口氣，然後他看到她的胸廓縮緊，吐出氣來。「這不是你的故事。」她說。她轉身，臉上沒有笑容。

「當然是我的，」他說：「我記得好清楚。」真的，他還能記得腿上溼熱的泥巴，還有發現那隻小小的黑色水蛭黏在皮膚上時，滿懷恐懼化為一腔溫柔。

「不是。」她說，然後從冷凍櫃裡拿出冰淇淋，從烤箱裡拿出水果派，又把小碗和湯匙取出來。

他吃著的時候，一股惡劣的感覺緩緩從腹部擴散。他叫了一輛車送其他人回紐約市區。等到車子開走時，他知道瑪蒂德說得沒錯。

他走入浴室，瑪蒂德正在睡前的梳洗，然後他坐在浴缸邊。「對不起。」他說。

她聳聳肩，把嘴裡的牙膏泡沫吐進水槽。

「沒那麼嚴重吧，不過是一隻水蛭，」他說：「一個關於水蛭的故事。」

她在雙手抹乳液，先是一隻，然後是另一隻，看著鏡中的他，接著說：「我的孤單，不是你的。你向來有朋友。重點不是你偷了我的故事，而是你偷了我的**朋友**。」然後她大笑起來，笑自己，但是當他上床時，她那邊的燈關了，她側躺著背對他，而儘管他伸手放在她的臀部，然後放在她兩腿間，又吻她的脖子，低聲說：「你的就是我的，我的就是你的。」但她已經睡著了，或者更糟，她假裝睡著了。

《賽倫海妖》（未完成）。

太痛苦了，她會因此而死。

瑪蒂德沒閱讀過那份手稿，就放進檔案箱，然後讓搬家工人載走了。

9

場景：畫廊裡，如洞穴般空蕩深幽，陰影處處，牆上是塗著金粉的樺樹森林。音響裡播放著華格納的歌劇《崔斯坦與伊索德》。海盜般的人群湧向展場四個角落的吧台找酒喝，嗜血又饑渴。藍色燈光往上照射著一尊尊放在底座上的雕塑：巨大、不規則的模鑄鋼形體，形成一張張驚駭的臉，標題《劇終》。這個畫廊，這些藝術作品，讓人想起德國藝術家杜勒描寫末日啟示錄的一系列木刻版畫。藝術家是納塔麗。她死後變得很有名了，一張她的照片放大了，蒼白，短髮，勝利地往下俯瞰著這個場景。

兩名吧台侍者在忙碌之間的一段空檔。一個年輕人，另一個中年人，兩人都面容俊美。

中年人：……跟你說，現在我很相信果汁。羽衣甘藍、胡蘿蔔，還有薑——

年輕人：那是誰？那個高高的男人，剛走進來，圍著圍巾。哇。

中年人（微笑）：那個？蘭斯洛・賽特懷。你知道他是誰的。

年輕人：那個**劇作家**？啊老天，我得去認識他。或許他會給我一個角色，誰曉得呢。啊，老天。他簡直吸走全場燈光了，對不對？

中年人：你真該看看他年輕時的樣子。簡直是半個神。至少他是這樣認為。

年輕人：你認識他？手臂借我摸一下。

中年人：有年夏天他是我的替補演員。很多年前了。中央公園的露天莎士比亞戲劇節。我們演的是《暴風雨》裡的腓迪南，**我的語言！老天！在說這種語言的人之中，我是最尊貴的人**，等等等。其實我總覺得他最適合演法斯塔夫。非常饒舌，又自大得要命。不過呢，他當演員始終沒混出名堂來。他就是有一點，不曉得，讓人難以信服。何況，他實在太高了，後來還發胖，現在顯然又瘦回來了。當初還真的有點慘。不過，我的意思是，他後來發展得不錯。有時我也很納悶，自己是不是該選別條路，你知道嗎？如果我陷入困境，但因為以前有過一些小小的成功，這就可以稍微激勵我，之類的。那倒還不如一敗塗地，另起爐灶去試新的。不曉得。你沒在聽我講話。

年輕人：對不起。我只是……看看他老婆，真漂亮！

中年人：她？那麼蒼白，全身都骨頭。我覺得她好醜。但如果你想認識洛托，就得先經過她那一關。

年輕人：嗯。我覺得她美得難以置信。他這個人……忠誠嗎？

中年人：這個問題有兩種說法，很難講。他會跟你調情，迷得你毫無招架之力，迷得你愛上他，然後等到你去找他，他又一臉茫然。我們全都這樣過。

年輕人：你呢？

中年人：當然了。

（他們看到那個長得像青蛙的男子悄悄走過來，正傾聽著他們交談，杯子裡的冰塊叮噹響。）

查理：你，小子。我要你幫我辦一件事。讓你輕鬆賺幾百塊。你覺得怎麼樣？

年輕人：那要看什麼事情，先生。

查理：我要你假裝不小心，把一杯紅酒潑在賽特懷夫人身上。潑得她那件白色洋裝上到處都是，真的整個潑上去。另一個額外好處是，到時候你會離賽特懷夠近，可以偷偷塞張字條到他口袋裡，看接下來能有什麼機會。或許他會打電話邀你去參加選角甄試什麼的。你願意嗎？

年輕人：五百元。

查理：兩百。這個展廳裡還有七個侍者。

年輕人：成交，你的筆借我一下。（他拿了查理的鋼筆，在一張餐巾紙上寫了字，塞進口袋。又看看那枝筆，也塞進口袋裡。）這真是太惡劣了。（他大笑，把葡萄酒放在托盤上，急步離去。）

中年人：不曉得那小子勾搭上蘭斯洛的機會有多大。

查理：比零還小。洛托對男人一點興趣也沒有，而且是一夫一妻制的忠實擁護者。不過看熱鬧蠻好玩的。（大笑。）

查理：你幹嘛跟我聊天？你又不認識我。

中年人：其實認識，我九〇年代常去賽特懷家的派對。我們聊過幾次。

查理：你的目的是什麼，查理？

中年人：啊，好吧，那些派對人人都去過。

（一個杯子碎裂聲，人群間一陣竊竊私語。）

中年人：瑪蒂德應付得很優雅。當然了。冰霜女王。她帶著鹽巴和氣泡礦泉水去洗手間了。另外你說得沒錯，那些派對人人都去過。人人都想不透為什麼你是蘭斯洛最要好的朋友。你從來沒帶過任何食物或送什麼酒，真的。非常討人厭。

查理：唔，因為我認識洛托最久，你知道，早在他還是瘦巴巴的佛羅里達鄉巴佬、滿臉青春痘的時候。當時誰想得到呢？現在他成名了，而我有了架直升機。但我看得出來，你當酒吧侍者的事業真的發展得不錯。所以，你知道，恭喜啦！

中年人：我——

查理：總而言之呢，很高興跟你敘舊。我還有事情要忙。（走向展廳中央，此處年輕侍者正用紙巾擦著蘭斯洛的長褲。）

蘭斯洛：不，老弟，我說真的。我的褲子上根本沒潑到葡萄酒。不過謝謝你了。不，拜託別擦了。拜託，別擦了，別擦了。

年輕人：請告訴尊夫人我很抱歉，賽特懷先生。拜託把帳單寄給我。

艾瑞爾：瞎說，瞎說，我會賠她一件的。回你的吧台吧。（年輕人退下。）

蘭斯洛：謝謝，艾瑞爾。別擔心瑪蒂德。我想那件洋裝是舊的。順帶說一聲，這個展覽太了不起了，一切都很棒。簡直就像是複製我腦袋裡所想的，一模一樣。其實呢，我一看到你要展出納塔麗的作品，就拖著瑪蒂德來參加，她本來不太願意的。納塔麗是大學時代的朋友，我們非來不可。真是不幸，她這麼年輕就意外過世。很高興你幫她做這個展。老實告訴你，我想瑪蒂德可能到現在還是覺得有點尷尬，多年前她忽然就辭掉畫廊的工作，跳槽去那個約會網站。

艾瑞爾：我早知道她總有一天會離開我的，我所有最棒的女職員都是這樣。

蘭斯洛：不過我覺得她想念藝術。每回出國旅行，她就逼著我去看博物館。讓你們兩個再碰面是好事。

艾瑞爾：老朋友永遠不嫌多。總之呢，我聽說了你的消息。有個人跟我說，你意外繼承了一筆遺產。是真的嗎？

蘭斯洛（猛吸一口氣）：我母親四個月前過世了。不，五個月。沒錯。

艾瑞爾：真遺憾。我不是故意提起這件事的，洛托。我知道你們很疏遠，而我講話有時候不經大腦。請原諒我。

蘭斯洛：我們的確很疏遠沒錯。我已經幾十年沒見過她了。抱歉，我真的不確定怎麼回事，竟然就雙眼模糊起來。已經五個月了。對於一個從來沒愛過我的母親，悲慟期應該早就過去了。

查理（走近）：如果你母親沒有愛過你，那是因為你母親是個沒有愛的賤屄。

蘭斯洛：查理，哈囉！他崎形扭曲，衰老乾枯。他五官醜陋，身體更糟，全身奇形怪狀。惡毒、沒禮貌、愚蠢、直率、刻薄。外貌醜惡，心腸更壞。我最要好的朋友！[6]

查理：你那些莎士比亞台詞就塞進屁股裡吧，洛托。老天，我老早聽膩了。

蘭斯洛：查爾斯，感謝你對我的好意。[7]

艾瑞爾：把莎士比亞塞進屁股裡也沒什麼用啊，只是一片黑暗。

查理：啊，艾瑞爾。說得好，老兄。你向來都是這樣，簡直是滑稽。

艾瑞爾：這麼說就有趣了，查理，我們根本不太熟。你去年跟我買了幾幅畫，不過就憑這麼點交情，你還沒資格解釋我向來的為人。

查理：你和我？啊，不，我們是很老很老的朋友了，我認識你很久了。你不記得，但我很久以前就在市區裡見過你。早在瑪蒂德和你還是一對的時候。

蘭斯洛（停頓許久）：一對？瑪蒂德和艾瑞爾？什麼？

查理：這件事我不該提嗎？抱歉。啊，好吧，那是古時候的事情。你們現在都已經結婚一百萬年，沒事。啊，那些小點心害我失去意志力了。失陪了。（去追一個端著托盤的侍者了。）

蘭斯洛：一對？

艾瑞爾：唔，是啊。我以為你知道瑪蒂德和我……在一起過。

蘭斯洛：在一起？

艾瑞爾：有一點或許能讓你釋懷，那純粹是買賣。至少對她是這樣。

蘭斯洛：買賣？那麼，你是出錢贊助的人了？啊，我明白了。你的意思是在畫廊。那時我還在當演員，老是沒機會。對，沒錯，當時你在金錢上資助了我們好些年。感謝老天。我謝過你沒有？（放鬆地笑了。）

艾瑞爾：不，唔。我以前是她的，啊，唔，情人。男朋友……我們有個交易。很抱歉，這真是尷尬。我以為你和瑪蒂德之間沒有祕密。否則我一個字都不會說的。

蘭斯洛：我們的確是沒有祕密啊。

艾瑞爾：當然了。啊，要命。有件事你聽了或許會好過點，後來我們就再也沒有牽扯。她傷了我的心。不過一百萬年前我就不在意了。無所謂了。

---

6 以上為莎士比亞《錯誤的喜劇》的台詞。

7 以上為莎士比亞《皆大歡喜》的台詞。

床？

蘭斯洛：慢著。慢著，慢著，慢著，慢著，慢著，慢著。

艾瑞爾（暫停許久，愈來愈焦慮不安）：我得回去——

蘭斯洛（低沉而有力地說）：不准走。你見過瑪蒂德裸體？你跟我老婆做愛過？性交？你們上了床？

艾瑞爾：那是好久以前的事，都不重要了。

蘭斯洛：回答我。

艾瑞爾：沒錯。我們在一起四年。聽我說，洛托，我很抱歉這件事讓你這麼驚訝，但現在你和瑪蒂德在一起了。你贏了，你得到她，我輸了。我得回去招呼客人。這件事長期來說實在微不足道。如果你還想談，下回再來找我吧。（下場。）

（蘭斯洛獨自站在他的名氣所形成的小圈子裡，周圍人群都尊敬地保持距離，沒有人靠近。他的臉在燈光下變成藍色的。）

瑪蒂德（上氣不接下氣，洋裝上有一塊透明的圓形，是之前潑到葡萄酒的地方）：終於找到你了。可以走了嗎？真不敢相信你居然能說動我又走進這家畫廊。天啊，我們根本就不該來的。幸好這件洋裝是絲的，葡萄酒沒怎麼沾上——洛托？洛托．賽特懷。洛托！你還好嗎？哈囉？親愛的？（碰觸他的臉。）

（他看著她，彷彿從非常高的地方往下看。）

瑪蒂德（聲音愈來愈小）：親愛的？

10

日落時分。沙丘上的房子像個被海浪打上沙灘的海螺。鵜鶘在風中靜止不動。地鼠陸龜躲在矮棕櫚樹下。

他在佛羅里達。佛羅里達？在他母親的屋子裡。他不曉得自己怎麼會來到這裡的。

「姆媽？」他喊道。但他母親已經過世六個月了。

整棟房子還是有她的氣味，滑石粉和玫瑰。印花棉布和西班牙雅緻公司所製造的瓷偶都蒙上一層灰塵。另外還有霉味，海洋的狐臭。

快想，洛托。他記得的最後一件事——在家裡，月光照在書桌桌面上，冬天枯樹的骨狀手指摘著天上的星星。紙張散佈。狗在他腳邊喘氣。一層樓之下，他的妻子在睡覺，枕上的頭髮形成一片白金色羽毛。他摸摸她的肩膀，然後爬上樓到他的書房，手掌上還殘存著她的暖意。

一個黑色泡沫緩慢升起，兩人之間那種惡劣的感覺又回到他心中，他們偉大的愛情走味了。他怒不可遏，怒氣籠罩了眼前的一切。

過去這個月，他一直站在一條細細的鋼索上，猶豫著要留下還是離開她。他的雙腳累死了，不曉得該往哪邊墜下。

他是劇作家，他很清楚說錯一個字就可能讓整棟大廈倒塌。（一個好女人！一個誠實女人！一個甜美女人！）二十三年來，他都以為自己遇見了一個純潔如白雪的姑娘，一個憂傷、孤單的姑娘。他拯救了她。兩個星期後，他們結婚了。然而，就像一隻深海裡的烏賊，裡層的故事被翻出來。他的妻子從來就不純潔。她當過別人的情婦。被人花錢包養了，被艾瑞爾。沒道理。若不是她當過妓女，就是蘭斯洛戴了綠帽子。他，從一開始就忠誠到現在。

（悲劇，喜劇。一切都是觀點的問題。）

他感覺到十二月的寒意從窗子透進來。日落會持續多久？時間的運轉再也不像他以往熟悉的那樣。沙灘空寂無人。那些散步的老人、遛狗者、喝醉的流浪漢呢？黃昏的情侶、醉生夢死的享樂客呢？全都不見了。沙灘光滑得難以言喻，像皮膚。他感覺自己的恐懼愈來愈強烈。他回到屋裡，按了電燈開關。

電燈毫無動靜，就跟——唔，就跟他母親一樣，死透了。

沒有電，電話也不通。他低頭，發現自己只穿著睡衣上身，不知為何沒穿長褲。這讓他崩潰了，他心中的恐慌爆發了。

他像是在上方，看著自己在小屋裡慌張奔跑，打開一個個櫥櫃察看。他進入莎莉的房間，在安托奈特過世後就清空了。

外頭的夕陽一直往下沉，一片片陰影像是生著兩棲類的腳，從海上爬過來，迅速爬向墨西哥灣，越過佛羅里達東海岸、聖約翰河、冷泉、充滿短吻鱷的沼澤，以及那些悲慘、廉價的新社區內染成淺藍色的噴泉，裡頭有一半屋子都被銀行沒收了。越過紅樹林，越過成群海牛，越過海底的蛤蜊，它們一個接一個闔上堅硬的小唇，像是一曲告終的合唱團。到了這裡，那些影子在墨西哥灣內潛得更深，滾過加倍黑暗的水底，朝向德州而去。

「操他媽的發生了什麼事？」他對著暗下來的屋子說。他這輩子第一次說出粗話，他覺得自己有資格罵了。但屋子沒有回答他。

他站在母親的房門前，揮舞著一把手電筒。很難說他會發現什麼。莎莉和瑞秋以前常提到囤積狂。安托奈特會半夜大吃，亂買購物頻道上的東西。洛托的舊房間裡塞滿了沒拆封的泡腳機、附上好幾個錶帶的手錶。「打開你以前舊房間的門，你就會被壓死在美國式消費主義的山崩裡。」瑞秋曾說。安托奈特只准自己浪費一點小錢在這些垃圾商品上頭。

「要我們過去幫你們清理屋子嗎？」得知他母親過世的那天早晨，他曾在電話裡問。之前他們哭著跟他說了整件事：莎莉夜裡醒來喝水，發現龐大的安托奈特倒在地板中央。

「不用了，就扔著吧。反正房子最後也會燒掉。」莎莉姑姑當時陰沉地說。她宣佈自己要去環遊世界。她哥哥留了錢給她。她沒有理由留下了。

「至少姆媽對動物過敏，」洛托說：「所以屋裡不會有貓。死掉的貓臭死了，沙灘上都聞得到。」

「那些貓會被掉下來的箱子壓扁。」莎莉說。

「哈！那就成了壓扁貓的標本室。還可以拿來當乾燥花，裝在相框裡，掛在牆上。貓咪紀念品。」他說。

他吸了口氣，打開母親的房間門。

裡頭很整潔。花卉紋床罩，水床有滲漏，周圍的地板染成了深褐色。床頭板上方掛著一幅綠色調的耶穌釘刑圖。啊，她哀傷的一生。啊，他可憐的媽媽。像是出自貝克特劇作裡的荒謬角色。一個女人長得愈來愈大，就像一隻養在碗裡的金魚大得跟碗一樣，唯一逃離的方式，就是最後一跳。

一隻冷手拂過洛托的胸膛。從床頭桌裡升起，半個她母親的頭：一隻眼睛在眼鏡後頭變得很大，一邊臉頰，半張嘴。

他尖叫，丟出手電筒，那手電筒轉了兩圈，嘩啦一聲玻璃碎了，然後光線斜照過床，照進洛托的眼中。他發現一本白色封面的日記本。散落的一分錢硬幣。他母親的眼鏡。一個玻璃杯……這些東西一定是故意擺成這樣，造成視覺上的錯覺。但剛剛好清楚，絕對是安托奈特，不可能看錯，即使只有一隻眼睛。他打了個寒噤，仔細翻查她的各個抽屜找錢，好設法回家（但只有空藥瓶，有幾百個），再度逃到廚房。

他站在窗前，無法動彈。

他背後的房間內有個東西窸窣移動。它過來了，迅速而堅定。他站著不動，感覺到一張臉貼在他的頸背上，冷靜地呼吸。在盤繞的時間裡，它停留在那裡幾十年。最後，那張臉退開了。

「誰在那裡？」他喊著，對著一片空無。

他奮力打開玻璃門，冷冷的狂風充滿屋內。聲音又重新出現。他出去來到陽台，靠在欄杆上，頭伸進呼嘯的風中。當他抬頭時，明白為什麼世界變得這麼不對勁了。

天空是一片滾動的、泛紫的黑色。戲服設計師會為了搶這個顏色的布料而刺死對手。穿上這種衣服，李爾王或奧賽羅一上場，半個字都不必說，就已經有威嚴的氣勢了。

不過，最不對勁的，就是海。

海冰凍了。海浪好慢好慢才形成浪峰，慢得波浪破碎時都很難看得出來。這個佛羅里達不是佛羅里達了，比真實的更奇怪。

他心想，到現在他很確定了，這是一個夢魘，而他無法醒來。

從清醒變為瘋狂，只是剎那之間的事情。他發現自己正赤腳走在棧道上，恐怖忽然撲向他的雙肩。他往下墜入黑暗，經過了一直往上跳的那些小青蛙，落到佈滿藤蔓和矮棕櫚和蛇洞的沙丘間。他雙腳陷入滑動的沙子，明朗的月亮高掛在天空。無常，易變，每個月完成一次變化週期。

那些應該發亮的豪華公寓和豪宅都沒亮。他更仔細看。不，那些房子都不見了，就像被一隻巨手掃開了。

「救命！」他對著狂風說。

「瑪蒂德！」他大喊。

他喊的是自己當初剛愛上的那個瑪蒂德，當初大學快畢業時，她還住在虎克大道那家古董店樓上。第一個星期他們只是在那床上睡覺，沒有性交。她還沒除毛的雙腿粗糙，雙腳冰冷，皮膚上有銅的滋味。在白晝的光線中，她穿著薄衫走過去，留下男人們在後頭瞪著眼睛瞧，像是一群跟在她後頭的野獸。她的孤單是一座島，讓他擱淺在此。洛托睡在她床上的第二夜，醒來時發現那房間有的地方拉長，有的地方收窄，一團團閃爍的灰光照在牆上，他身旁是一個陌生人。他整個人被恐懼籠罩。接下來那些年，他曾有四、五回碰到同樣的狀況，醒來時發現身在自己的臥室，但又完全不是他的，身旁睡的那個女人他一無所知。第一次碰到恐懼的那一夜，他起床去跑步，好像那恐懼在追著他，到了天亮時，他大步走回瑪蒂德位於古董店樓上的公寓，手裡拿著熱咖啡，用蒸汽喚醒她。直到她朝他微笑，他才終於放鬆。黎明中，瑪蒂德就在那裡，這個完美的女孩，彷彿是按照他指定的詳細規格而訂做的。（要是當初洛托聽從自己的恐懼，他的一生就會截然不同：沒有榮耀、沒有劇作。但是平靜、舒適，還有金錢。沒有魅力，但是有子女。什麼樣的人生比較好？我們沒資格說。）

他坐在沙丘上好多年了。風好冷。海好奇怪。在遠方海上，有一堆堆冰山般的垃圾，像德州那麼大。旋轉的瓶子和人字拖和束線帶和成袋的花生和羽毛圍巾和玩偶頭和假睫毛和泡水發脹的動物標本和自行車輪胎和鑰匙和擋泥板和滯銷拍賣的書和胰島素注射針和打包剩菜和背包和抗生素藥瓶和假髮和釣魚線和警方封鎖膠帶和死魚和死烏龜和死海豚和死海鳥和死鯨魚和死北極熊和一大堆擁擠的死亡。

他雙腳被貝殼劃破，睡衣上身沒了。身上只剩內褲對抗惡劣的天候。

他願意放棄自己的財富，以安撫帶他來這裡那位憤怒的神。（笑話！傻瓜才會要錢。）然後他想著，願意放棄自己的工作。放棄名聲。放棄他的劇作，唔《賽倫海妖》不行。好吧，就連最新的、才剛寫的、也是他最愛的這部都放棄吧，這是有關女人埋葬自我的故事，他感覺得到，是他至今最好的作品。就連《賽倫海妖》他都可以放棄。把那些劇作拿走吧，他願意過著卑微的人生，平凡的人生。全都拿走，只要讓他回到家裡，回到瑪蒂德身邊。

他視線的邊緣有光線閃起，這通常是偏頭痛的前兆。那閃光更接近了，融入陽光，融入漢姆林後院的金桔樹。太陽斜照過松蘿波蘿；照在草坪邊緣，一大片纏繞的五葉地錦，而在那片地錦之下，他祖先住過的房子又回到了佛羅里達的土地上，被幾百萬隻白蟻啃嚙或被一場巨大的颶風攻擊得岌岌可危。在藤蔓的陰影間，最後一扇窗子發出微光。

在洛托後方，就是他父親所建造的那棟莊園大宅，他母親在高文死後一年又一天後賣掉這棟大宅，然後全家人搬到那個悲慘的海灘小屋中。在這個令人困惑的童年世界裡，他的父親站在水池另一頭，溫柔地看著洛托。

「爸。」洛托低聲說。

「兒子。」高文說，啊，他父親的愛。是洛托畢生所知最溫柔的愛。

「救我！」洛托說。

「沒辦法，」高文說：「對不起，兒子。你媽媽或許有辦法，她比較聰明。」

「我媽什麼都是，就是不聰明。」

「不准你這麼說，」高文說：「你不曉得她為你做了多少事。」

「她什麼都沒做。她誰都不愛，只愛她自己。我從八〇年代後就沒見過她了。」

「兒子，你搞錯了。她是太愛你了。」

水池裡出現一個漣漪；洛托看著。那水是幽暗的綠與褐色，水面上飄著櫟樹葉。一片像雞蛋的白色浮出，是她母親的前額。她朝上微笑。她年輕而美麗，紅色的頭髮輕舐著水面，金色的葉片交織其中。她嘴裡吐出暗色的水。

「姆媽。」他說。他抬頭，父親不見了。昔日的痛又回到心中。

「親愛的，」她說：「你在這裡做什麼？」

「你告訴我啊，」他說：「我只是想回家。」

「回到你的妻子身邊，」她說：「瑪蒂德。我從來都不喜歡她。但我錯了，直到死了，才會了解這些事情。」

「不，你是對的。」他說：「她是個撒謊的騙子。」

「誰在乎呢。她愛你。是個好妻子。讓你的人生美好、平順。幫你處理帳單，你從來不必操心。」

「我們結婚二十三年了，她從來沒跟我說她以前是妓女，或是淫婦，或者兩者都是。不曉得是哪個。偏偏漏掉這個不講，是很大的謊言。」

「很大的是你的自尊。你很生氣自己不是她唯一的男人。這個女人幫你刷馬桶刷了二十三年，你卻對她認識你之前的人生感到不滿。」

「可是她撒謊。」他說。

「拜託！婚姻就是由謊言構成的，大部分都是善意的謊言，或是略過不提。如果你把自己每天對配偶的想法都說出來，婚姻早就被你毀掉了。她從沒撒謊，只是有些事情從來不說而已。」

一個隆隆聲，雷聲籠罩漢姆林。太陽黯淡，天空變灰。她母親下沉，下巴在幽暗水中模糊了。

「別走。」他說。

「時候到了。」她說。

「我要怎麼回家？」

她摸摸他的臉，「可憐的孩子。」她說，然後往下沉。

他努力深入想像著她，試圖回到她身邊。現在，瑪蒂德應該是孤單一人和上帝待在屋裡。她的頭髮會油膩得發黑，滿臉憔悴。她身上會開始變臭。喝波本威士忌當晚餐。她會在她最喜歡的椅子上睡著，旁邊的壁爐裡有冷卻的灰燼，通向走廊的後門開著，外頭是黑夜，於是洛托可以漫步走進去。她的眼皮在睡眠中好透明，他總想著如果他認真看，就可以看到她的夢境像水母般掠過她的腦子。

他會想要更深入她，來到在她眼眶內側的淚骨處，像個競技場的牛仔騎在上頭，搞清楚她在想什麼。啊，但那會是多餘的。平靜的日常親密已經教會他。婚姻的矛盾：你永遠不可能完全了解一個人，但你的確完全了解一個人。她要開口講一個笑話前，他就知道她會怎麼措詞；當她覺得冷時，他可以感覺到她上臂的雞皮疙瘩。

她很快就會驚醒。他從來不哭的妻子將會哭出來，十指掩住臉，她會在黑暗中等著洛托回來。

月亮倒映在水中央，水面上的光形成一條纖細如髮的軌跡，直通到洛托面前。

在這條軌跡上走向她的，是他在瑪蒂德之前的所有女孩。好多。赤裸著。發亮。查理的姊姊關妮，他十五歲時的第一個女孩，頭髮蓬亂。外貌光鮮的私校女生，小學校長的女兒，鎮上姑娘，大學裡的女生：渾圓的乳房和拳頭和壁球和運動襪和牛眼和鹿眼和茶杯和老鼠口鼻和跳蚤咬傷，肚子和臀部，妙不可言，對洛托來說都好美。還有幾個瘦削的男生，以及他的戲劇老師。（別開眼睛。）這麼多身體！幾百個！他會投身其中。忠於瑪蒂德二十三年。他會毫無愧疚地在這片人海中翻滾，像一隻狗在清新的綠色草地上翻滾。

這是他老婆活該。這會讓他們夫妻打平。等到報復完了，他可以再回去找她。

但是他沒辦法。他閉上眼睛，手指摀住耳朵。沙丘抵著他的尾椎骨。他感覺到他們經過身邊，手指像羽毛般輕拍著他的皮膚。最後一個過去後，他緩緩數到一千，然後抬頭看到月光形成的軌跡伸出靜止的水面，沙灘裂開一條線。

他判定，這片水是回到瑪蒂德身邊唯一的路。他會在時光中往回游。

他脫掉身上的緊身四腳內褲，走進海洋中。他的雙腳碰觸到水，有如閃電般發出電光。他看著，很緊張，那電光岔出分枝，深入海中，然後緩緩消失。電光跳躍著傳送。每回一消失，他就又發出電光。他吸了口氣，進入水中，開始游泳，很喜歡他手臂劃破海面所發出的磷光。月亮一路跟隨著他。游在這片靜止的水裡並不困難，不過他得爬過一個個波浪峰頂，就像陸地上的隆起處。有的溫暖，有的冰冷，但總是令人眩目。他愈游愈遠，感覺一股濃濃的倦意攫住自己。他繼續游，游到雙臂灼痛，肺部發鹹。然後又繼續游了一陣子。

他想像游過一群群不動的魚。他想到下頭的古代西班牙大帆船，沉默埋在爛泥中，裡頭的金塊閃閃發亮。一道道岩石海溝深如美國大峽谷，但他輕巧飛過，彷彿他是水之天空中的一隻老鷹。在這些峽谷的底部是泥河，裡頭有黏糊糊的生物，偶爾亮出白牙。他想像著底下有一隻巨大的海中生物，展開牠長長的觸鬚抓住他，但他太滑溜又太強壯了，輕易就能逃走。

他已經游了好幾個小時，說不定好幾天，說不定好幾星期。

他再也游不動了，於是停下來。他翻身仰天，往下沉。他看到柔軟棉花般的黎明擦過夜晚的臉。

他張開嘴巴像是要吞掉白晝。他溺水了，隨著他的溺水，眼前出現一片燦爛鮮明的景象。

那時他好小，像是他母親身上的珊瑚蟲，黏著母親取得乳汁和溫暖。海灘度假。一扇窗子打開了，海浪在窗外嘶嘶作響。（安托奈特，永遠連接著海洋，而海洋會攫走它能抓住的一切，拉進去，吐出貝殼和骨頭。）她哼著歌。遮光簾的橫條陰影落下來，在她身上照出一條條光紋，漂亮的頭髮長度及臀。她不久前還是美人魚，依然擁有美人魚柔軟、蒼白、潮溼的皮膚。她緩緩拉下束身衣的一邊肩帶，拉下肩膀，脫離手臂。然後是另一邊。接下來繼續往下脫，啪地一聲，乳房露出來了，柔軟的粉紅色像炸雞肉餅，往下露出她沾著細沙的腹部。再往下，露出她長了濃密捲毛的恥骨，來到潔白如石柱的雙腿。她好纖瘦，好美。裹在毛巾裡的洛托小小的，望著身上有一條條金紋的母親，似懂非懂。她就在那裡，他則在這裡。他們其實並不是相連的。他們是兩個人，這表示他們並不是一體。在這一刻之前，是一場漫長溫暖的睡眠，首先在黑暗中，然後逐漸亮起來。現在他醒了。這種可怕的分離讓他哇的一聲大哭起來。她也嚇得從白日夢中醒來。**別哭，親愛的孩子。**她說，趕過來，抱著他緊貼自己寒冷的皮膚。

她，在某個時間點，就停止愛他了。（他不可能曉得。）那是他人生的一大悲痛。但或許，當時她是愛他的。

他往下漂浮，直到撞上海洋底部。一陣細沙湧起。他睜開眼睛。他的鼻子幾乎在水面下了，最後一絲月光照在依然靜止的波浪頂上。他雙腳往下一頂，身體破水而出，大腿以上露出水面。

海岸就在他後方三十公尺處，像一隻始終跟著他的狗。

黎明首先出現在雲層間，太陽的黃金城堡。至少他擁有這份舒適。沙灘綿延完美，沙丘上罩著黑色樹葉。尚未被人類觸摸。在夜間，歷史被剝開層層外皮，直抵初始。

他曾讀到過一篇文章，說睡眠對小腦的作用，就像海浪對海洋。睡眠會激起神經元網路的一連串搏動，就像海浪的搏動；會洗掉不必要的，只留下重要的。

（這個狀態是什麼，現在很明顯了。他的家族遺傳，是腦中最後一陣眩目的大噴發。）

他渴望回家，回到瑪蒂德身邊。他想告訴她，說他原諒她所做過的任何事了。誰還在乎她做過些什麼，跟誰？但一切都消逝了。他也很快就會消逝了。

他真希望自己能看到她變老，想著到時候她會是多麼美麗動人。

沒有太陽，只有一片黯淡的金。潮水逼近海岸。他母親的粉紅小屋。屋頂上有三隻黑鳥擠在一起。他一直很喜歡剛做完愛的海洋氣味。他爬出水裡，裸身走上沙灘，走上木板步道，進入他母親的屋子裡，出來到陽台。

感覺上，他像是站在那片曙光中好幾年。

（這捲歌曲之線已經快要用完，只剩線軸了，洛托。我們會對你唱出最後一段。）

仔細一看，那是兩個人，手牽手，潮水泡沫淹到腳踝。黎明照著他們的頭髮。金髮，綠色比基尼；高，閃亮。他們接吻，雙手互相探索著，伸進他的運動短褲內、她的上半截泳裝內。看著這一幕，誰不會羨慕這樣的青春，誰不會悲歎失去的一切。他們上了沙丘，她推著他倒退往上走。你從陽台上觀察他們，屏住呼吸，看著這一對男女來到一處光滑的碗狀地帶，周圍環繞著沙丘。她拉下他的短褲；他脫掉她的泳裝，上下身都是。啊，是的，你會四肢跪地爬回妻子身邊，從南到北爬過美國東海岸，再度感覺到她的手指在你的髮間。你配不上她。（是。（不。））即使當你想著飛行，你也會被這對愛人嚇得定住不敢動，深怕他們像鳥一樣拍拍翅膀，飛進起泡的天空。他們進入彼此，很難判斷從哪裡開始，又從哪裡結束：雙手在頭髮間，溫暖疊著溫暖，陷入細沙間，她的紅色膝蓋舉起，他的身體移動。時間到了。奇怪的事情發生了，但你沒有準備。此處有個重疊，你見過這一幕，感覺到她的氣息吹在你的頸背，她的熱氣在你的身體下方，而你的背上有白晝冷冷的潮溼，無助感淹沒你，一種橫渡的感覺，這場性交達到最高潮（到了！）。嘴唇咬出血，結束於一聲呼喊，鳥群如子彈般飛起，崩垮在一隻耳朵的粉紅縐褶間。水上的太陽像一枚鋸齒邊緣的硬幣。臉轉向天空：下雨了嗎？（是的。）小剪刀的聲音逼近。幾乎沒有時間看到這驚人的美，就結束在這裡。從此天人永隔。

下半場：憤怒

F U R I E S

1

有一天，瑪蒂德走在他們曾快樂度過的那個小村裡，聽到一群小夥子開車在她後頭。他們喊著一堆粗俗的話。從解剖學上來說，他們是在鬧著要她口交，說他們想對她的屁股做什麼事。

她先是震驚，然後臉部燒紅起來，像是剛喝了一杯威士忌下肚。

是真的，她心想。我果然是有完美的臀部。

但是當車子開到跟她的臉平行時，那些小夥子說不出話了。她看到他們臉色蒼白地經過，引擎加速，趕緊開走。

這一刻在一個月後又回到她心中，當時她在波士頓，正要穿越一條街道，聽到後頭有人喊她的名字。一個小個子女人跑過來。瑪蒂德想不起她是誰。她有水汪汪的眼睛，一頭紅褐色頭髮攏到耳後。柔軟的腹部，懷孕了。從那副樣子看，她家裡想必有四個小女孩穿著同樣花色的莉莉．普立哲洋裝，還有個打工換宿的交換學生。

那女人輕喊一聲，停在距離瑪蒂德十來公尺外。瑪蒂德抓起她的雙手摸著自己的臉頰。「我知道，」她說：「我看起來好老，自從我丈夫——」

她講不下去了。

「不，」那女人說：「你還是好優雅。只不過……你看起來好**生氣**，瑪蒂德。」

稍後，瑪蒂德會想起那個女人：布里姬，大學時跟她同屆。隨著這份記憶而來的，是一些小小的罪惡感。但是為什麼，但是當下也想不起來了。

有那麼一會兒，她打量著人行道，看著北美山雀和陽光在風捲落葉間跳著華爾滋。當她再度抬頭，那女人退後一步，然後又一步。

緩緩地，瑪蒂德說：「生氣，當然了。唔，我已經不必再掩飾了。」

然後她低下頭，繼續往前走。

幾十年後，她會想到自己的人生經歷可以畫成一個X形，此時她已年老，躺在一個四隻獅爪撐起的瓷製浴缸裡，她的身體慈悲地半浮出水面。她的雙腳成扇形打開，映在水面上。

從童年時驚人的廣闊，她的人生逐漸縮小到中年時的一個熱燙紅點。再從這個點往外爆開。

她把原先靠在一起的腳跟分開，倒影也隨著移動。

現在她的人生呈現出不同的形狀，等於且相反於前半生。（我們的瑪蒂德很複雜，她可以承受種種矛盾。）

現在她人生的形狀看起來是：大於，空一格，小於。

他們兩人都四十六歲時，瑪蒂德的丈夫——著名的劇作家蘭斯洛．賽特懷——離開了她。

一輛救護車載著他離去，沒鳴警笛。唔，因為用不著了，他已經成為一具冰冷的屍體。

她打電話給他妹妹瑞秋。瑞秋尖叫又尖叫，好不容易停止時，她用力說：「瑪蒂德，我們馬上過來。你撐著點，我們馬上過來！」他姑姑莎莉正在旅遊，沒有留下電話號碼，於是她打給莎莉的律師。瑪蒂德才掛斷不到一分鐘，莎莉就從緬甸打來。「瑪蒂德，」她說：「你等著，親愛的。我馬上過來。」

她打給丈夫最要好的朋友。「我搭直升機過去，」查理說：「我馬上過來。」

他們很快就會趕來，但現在，她仍是獨自一人。她站在草地的大石頭上，穿著丈夫的襯衫，看著黎明照在白霜上，閃出絢麗的色彩。她雙腳被冰冷的石頭凍得發痛。大約一個月之久，有個什麼煎熬著她的丈夫。他在屋裡悶悶不樂，難得看她一眼。彷彿他的潮水從她身上退開，但她知道，就像真正的潮水一樣，時間將會把他帶回來。一個有節奏的聲音接近，風大了起來，她沒轉身去看直升機降落，只是頂著寒冷的強風站在那裡。等到螺旋槳慢下來，她聽到查理的聲音從她手肘邊傳來。

她低頭看著他。怪誕的查理，被金錢腐蝕了，他太有錢了，就像一顆梨子爛熟到滲出水來。他穿了長袖運動衫和運動長褲。她看得出剛才的電話把他從睡夢中吵醒了。他抬起一手遮在眉頭，往上看著她。

「太荒謬了，」他說：「他每天運動。應該是我這種大肥豬先走才對。」

「是啊。」她說。他作勢像是要擁抱她。她想到自己正想把丈夫的最後一絲溫暖吸入皮膚，於是說：「不要。」

「我才不會的。」他說。

草地變亮了。「我們降落時，我看到你站在這裡，」他說：「你看起來就像我第一次見到你的時候。當時你感覺上好易碎。全身發光。」

「現在我覺得好老了。」她說，她才四十六歲。
「我知道。」他說。
「你不可能知道，」她說：「你也愛他，但你不是他老婆。」
「的確。但是我有個雙胞胎姊姊死了，關妮。」他別開眼睛，然後冷冷地說：「她十七歲的時候自殺了。」
查理的嘴巴抽動著。瑪蒂德碰碰他的肩膀。
「這可不行。」他趕緊說，於是她明白，他的意思是她新寡的悲傷壓過他的，當下她才是該被安慰的人。她可以感覺到悲慟來得好快，搖撼大地，像一列奔馳的火車，但她還沒被撞上。她還有一點時間。她可以安慰別人，畢竟這是她最拿手的。當個妻子。
「我很遺憾，」她說：「洛托沒跟我說過關妮是自殺的。」
「他根本不曉得，他以為那是意外。」查理說，在這充滿冬日陽光的草地上，這些話她聽了並不覺得奇怪。接下來幾個月，她都不會覺得這些話哪裡奇怪，因為眼前的驚恐輾過她，她很長一段時間都不會有任何感覺，只感覺到那種驚恐，帶著狂暴而呼嘯的力量。
我們這才明白，自己再也無法聽到那個朋友的笑聲，那座花園永遠對我們鎖上了。那一刻，我們開始了真正的哀慟。
《小王子》的作者安東尼・聖修伯里說過這段話。他也曾墜機在沙漠裡，而墜機前沒多久，眼前盡是開闊的藍天。

人們都到哪裡去了?聖修伯里的小王子說。**在沙漠裡有點寂寞……**

即使身在人群中,你也還是會寂寞,蛇說。

親人與好友們圍繞著她,像是鯉魚,偶爾浮出水面吸一口氣,然後又往下沉入水中。他們把她安頓在一張椅子上,幫她蓋了件毯子。柴犬上帝顫抖地坐在椅子下。

這些親人與好友一整天都低頭看她一下,然後又離開。洛托的兩個外甥女和一個外甥悄悄過來,臉頰貼著她膝蓋。食物放在她腿上,然後又拿走。三個小孩一整個漫長的下午都坐在那兒。他們理解事情的程度跟動物差不多,因為對世界太陌生而沒能了解語言所帶來的不安。窗外忽然是黑夜了。她坐了又坐。她想著丈夫死前那一刻可能在想什麼。或許是一陣亮光。海洋,他向來熱愛海洋。她希望他看到她更年輕的臉湊近他的。山繆肩膀撐起她一邊腋下,洛托的妹妹瑞秋撐起另一邊,他們把她放在床上,上頭還有他的氣味。她把臉湊在他的枕頭上,躺在那裡。

她什麼都沒法做,她全身都往內縮。瑪蒂德變成一顆拳頭。

2

瑪蒂德對悲慟並不陌生。那頭老狼之前來過，繞著她的屋子打轉嗅聞。

她有一張小時候的照片。

她以前的名字是奧瑞莉，胖胖的臉頰，金髮。是法國布列塔尼一個大家庭裡唯一的孩子。一根髮夾固定住瀏海，脖子上圍著圍巾，長度到腳踝的花邊短襪。她的祖父母餵她吃包餡煎餅、蘋果汁、海鹽焦糖巧克力。廚房裡有許多圓形的卡門貝爾乳酪放在櫃子裡熟成。如果沒警覺到而打開櫃門，可能就會被當場薰昏。

她母親是南特市場的賣魚婦，總是天沒亮就起床，開車到城裡，上午過了一半才回來，兩手龜裂且黏著亮晶晶的魚鱗，因為摸冰塊而凍到骨頭裡。她五官精緻，但是沒受過教育。她的丈夫用他的皮夾克、他梳得高高的飛機頭、他的摩托車追求她。用這些小東西居然就換到一生，但當時那些東西似乎好有力量。奧瑞莉的父親是石匠，他的家族十二代都住在朗德斯聖母鎮的同一棟房子裡。奧瑞莉的父母是在一九六八年五月的學運期間懷上她的；雖然他們一點也不激進，但是當時的社會氣氛太刺激了，除了肉體交歡，他們不曉得該怎麼表達自己。當她母親再也無法遮掩隆起的肚子時，他們就結婚了，婚禮時她頭上戴著柳橙花，冰箱裡有一片椰子蛋糕。

奧瑞莉的父親很安靜，深愛少數幾件事物：做石工、他車庫裡面釀造出來的葡萄酒、他取名為

「小親親」的獵犬、他那位以非法偷賣血腸熬過二次世界大戰的母親，還有他女兒。

奧瑞莉三歲時，新生的弟弟報到了。他煩躁又愛尖叫，像個包在毯子裡的乾癟大頭菜，但是大人對他呵護備至。奧瑞莉躲在一張椅子下觀察，好生氣。

嬰兒罹患急性腹絞痛，整棟屋子裡到處都是嘔吐物。奧瑞莉的母親走來走去，似乎筋疲力盡。四個姑姑來幫忙。他們一身奶油味，起勁地講著八卦，他們的哥哥帶他們看他種的葡萄，那些姑姑們拿著掃把把小親親趕出屋子。

等到嬰兒終於會爬了，就開始對任何東西都有興趣，他父親不得不在樓梯頂端築一道柵門。奧瑞莉的母親白天躺在床上哭，因為一對子女該睡覺卻不睡覺。她好累，一身魚腥味。

那嬰兒最喜歡爬到奧瑞莉床上，吸著大拇指玩她的頭髮，一面吸著鼻涕，聽起來像貓在發出呼嚕聲。夜裡，她會慢慢把自己和嬰兒移到床的邊緣，這樣等到他終於睡著了，一翻身就會掉下床，然後在地板上尖叫著醒來。她會及時睜開眼睛，看到她母親衝過來，發腫的紅色雙手把嬰兒抱起來，然後低聲斥責，把他放回嬰兒床裡。

奧瑞莉四歲、弟弟一歲時，有天下午，他們一家去祖母家吃晚餐。那棟房子是祖母家族代代相傳好幾個世紀的老屋，她跟鄰居的男孩結婚時，成了她的嫁妝。附近的土地全都是她的。這屋子比奧瑞莉家漂亮，臥室也比較大，主屋旁還有一座十八世紀建造的石砌乳品工場，那天上午田裡剛撒過糞肥，牛奶裡都還有一股糞肥味。祖母長得就跟她兒子一樣，體格魁梧，輪廓分明，比大部分男人都高。她的嘴角下垂，形成一個鮮明的n形。她的膝蓋像花崗岩般堅硬，還很會在笑話的關鍵句時大聲嘆氣，搞得一整個都不好笑了。

男嬰被放在祖母的床上小睡，其他人都在外頭的櫟樹下吃飯。奧瑞莉在樓下的兒童便盆，想要離開。她聽著弟弟在樓上祖母的房間裡發出砰砰聲、歡聲叫著。她拉上內褲，緩緩爬上樓，一根手指抹過欄杆間，沾上了厚厚的灰塵。她站在蜂蜜色的光潔走廊上，隔著門傾聽他的動靜：他正在兀自唱著歌，兩腳踢著床頭板。她想著他在房間裡頭，露出微笑。她打開門看到他，他爬下床，東倒西歪走出來，要抓她，但她後退，躲開他黏答答的雙手。

她吸著一根手指，看著他走過眼前，走向樓梯頂。他看著她，滿面笑容，搖搖欲墜。他伸出一隻有如雛菊般的小手，然後她看著弟弟跌下去。

奧瑞莉的父母從醫院回來時，他們沉默不語，臉色灰白。嬰兒的脖子跌斷了。一點辦法都沒有。她母親想帶奧瑞莉回家。時間很晚了，而且奧瑞莉的臉都哭腫了，但她父親一直說不行。他沒辦法看她，雖然她抱著他的膝蓋，聞著他因為汗水和石頭粉塵而發硬的牛仔褲。嬰兒摔下去之後，有個人把奧瑞莉硬拖下樓梯，造成她的手臂有一塊瘀青。她把瘀青給爸媽看，但他們根本不理會。

她爸媽兩人之間抬著一個看不見但極其沉重的東西。他們已經沒有力氣再抱其他東西了，包括他們的女兒。

「今天晚上先把她留在這裡吧！」母親說。那張有著蘋果雙頰、濃密眉毛的憂傷臉龐湊過來，吻了小女孩，轉身離開。她父親走出去，上了掀背式汽車，門摔了三次，然後開走了，小親親隔著後車窗望出來。在黑暗中閃爍的車尾燈消失了。

次日早晨，奧瑞莉在祖母的屋裡醒來，樓下的祖母正在做可麗餅，然後奧瑞莉把自己梳洗乾淨。一整個上午，她父母都沒來。一直沒來，始終沒來。

那個前額的吻，是她最後一次聞到她母親（浪凡的經典香水Arpège，混合著鱈魚味）。她父親經過時她伸手摸到的僵硬牛仔褲，是她最後一次碰觸他。

她第五次哀求祖父母要找爸媽之後，她祖母就不再理她了。

那一夜，奧瑞莉在門邊等待，見父母始終沒來，她心中升起一股狂怒。為了發洩怒氣，她又踢又叫，打破了浴室裡的鏡子，還把廚房裡的玻璃杯一個接一個砸碎。她搥打貓的喉嚨，她跑進黑暗的屋外，把她祖母種的番茄連根拔起。接下來幾個小時，祖母一開始試圖抱著她好讓她冷靜下來，但最後終於失去耐性，用窗簾流蘇把她綁在床上，但那窗簾太舊而脆裂，一掙扎就斷掉。

她在祖母臉上抓出三條血痕。媽的蠢貨、惡魔，祖母咬牙說。

很難說這個情況持續了多久。對一個四歲孩子來說，時間就像洪水或漩渦。或許幾個月吧。甚至幾年也不無可能。她心中的黑暗旋轉著，停下了。在她心中的眼睛，父母的臉變成兩抹污斑。她父親唇上有小鬍子嗎？她母親的金髮是亮金還是暗金？她忘了自己出生那棟農舍裡的氣味，忘了鞋子踩過碎石子路的吱嘎聲，忘了長年昏暗的廚房，即使燈亮了都還是很暗——那頭旋轉的老狼趴在她的胸口安頓下來，在那裡打鼾。

3

洛托的葬禮有幾千個人來參加。她知道他深受喜愛，連陌生人都愛他，但沒想到人會多成這樣。這些她不認識的人列隊在人行道上，慟哭。啊！偉人。啊！為中產階級代言的劇作家。她坐在發亮黑色禮車隊的第一輛，像是黑鳥大會中領頭的渡鴉。她的丈夫曾感動人們，感動到成了他們的蘭斯洛・賽特懷。他的一部分活在他們心中；並不屬於她，而是屬於他們的。

這麼多鼻涕和眼淚，感覺好不衛生。她臉上有太多咖啡氣息，還有好多刺激的香水味。她討厭香水。那是用來遮掩衛生欠佳或身體恥辱的。乾淨的人從來不會渴望花香。

下葬之後，她獨自開車到鄉下大宅。或許有人計畫著要開個葬禮後的餐會，她不知道。就算知道了，她也不願去想：她絕對不會去的。她已經受夠人群了。

屋子裡很熱，泳池在陽光下眨眼，她的一身黑衣脫在廚房地板上。那隻狗縮在角落的墊子上，瞪著野生的小眼睛。

（洛托剛死去時，上帝就在書桌底下舔著洛托發藍的赤腳，一直舔一直舔，好像可以把他舔得活過來，笨狗。）

然後她的靈魂彷彿脫離肉體，從非常遠的地方看著自己全身赤裸。

陽光緩慢在室內滑動，最後消失了，黑夜悄悄溜進來。這個無動於衷的自己看著朋友來到後窗，見她赤裸坐在廚房餐桌前，他們不禁瑟縮，別開眼睛，隔著玻璃喊：「讓我們進去，瑪蒂德。讓我們進去。」赤裸的身子坐在那邊不動，直到他們無奈回家。

她光著身子在床上寫電子郵件，寫了一遍又一遍的**謝謝你**，**謝謝你**，寫到最後才想起可以用Ctrl-C、Ctrl-V，這才開始複製和剪貼**謝謝你**。她發現手裡有杯熱茶，於是謝謝赤裸的瑪蒂德這麼貼心，發現自己在月光下的游泳池，擔心赤裸的瑪蒂德心理狀態有問題。赤裸的瑪蒂德不理會門鈴響，醒來時跑去床邊另一頭尋找不存在的暖氣，讓食物在門廊上發臭，看著那隻狗在廚房中央撒尿，狗糧沒了就炒蛋給狗吃，還把洛托做的最後一點蔬菜辣醬拿去餵狗，看著那狗被辣得發痛，猛舔自己的牙齦，舔到最後變成紅色。赤裸的瑪蒂德鎖上所有的門，不管親朋好友站在外頭看，喊著，「瑪蒂德，拜託！瑪蒂德，讓我們進去，瑪蒂德，我哪裡都不去，我就在院子裡露宿。」堅守到最後的是她丈夫的姑姑莎莉，她真的在院子裡露宿，直到赤裸的瑪蒂德開門讓她進去。莎莉姑姑在短短幾個月內失去了畢生最愛的兩個人，但她選擇展示她的悲慟，穿著寶石色的泰國絲洋裝，把頭髮染成藍黑色。赤裸的瑪蒂德看到托盤放在她床墊上，就用被子蓋住頭，顫抖著直到又睡著。托盤，睡覺，浴室，托盤，睡覺，壞想法，可怕的回憶，上帝哀鳴，托盤，睡覺；一直繼續下去，直到永遠。

我留在這裡，**寒冷，一個寡婦在你的宮殿裡**。希臘神話中的完美妻子安德洛瑪刻，蒼白的雙臂抱著亡夫的頭，那是特洛伊王子赫克特，她大罵著。**你只留給我痛苦和憤怒。你沒有死在床上，朝我伸出雙臂。你沒有給我最後一句甜言蜜語，好讓我在哀傷之中可以回憶。**

安德洛瑪刻，我想到你！

一切不斷繼續下去，直到永遠，只除了她成為寡婦的第一個星期，在蓋著她的被子底下，在接納她赤裸身體的床上，一股慾望忽然升起，強烈得令她覺得快窒息了。她需要的是一場性交。一連串性交。她看到一隊行進的猛男，完全沉默的黑白畫面，像是早年的有聲電影。籠罩著叮零噹啷的響聲，風琴樂聲。風琴樂聲[8]。哈！

慾望這麼猛烈的狀況，她之前也碰到過少數幾次。跟洛托在一起的第一年。另外，就是她初嚐性愛的第一年，早在認識洛托之前許久。他總相信他是奪去她童貞的人，但當時她只是月經來了而已。她任由他這麼想。遇到他時，她根本不是處女。在他之前，她只有過一個男人。這個祕密是洛托永遠不會曉得的。他絕對不會明白；他的自負絕對不會接受有人在他之前搶先。她蹙眉想起自己十七歲那年，還在讀高中，在第一個啟發的週末之後，眼前所見一切都向她宣告著性愛。陽光照在水溝裡豚草葉上的搏動節奏，她移動時衣服撩動皮膚的感覺。字句離開一個人的嘴巴之前，會先被舌頭逗弄，翻轉，經過嘴唇碰觸過後，這才冒出來。就像是男人忽然把手伸進她體內，拉出一場地震，釋放在她的皮膚上。在高中的最後那幾個星期，她走在校園內，好想吃掉這些鮮美的男孩。要是可以，她會把他們一口吞掉。她朝他們露出燦爛的微笑，他們匆忙逃開。她大笑，但覺得很可恥。

這一切都不重要了。因為他們結婚了，從此就只有洛托了。她一直很忠誠，也幾乎確定他一直忠於她。

8 organ music，字面亦可解為「器官音樂」。

在她櫻桃園的那棟小房子裡，最荒涼的守寡之屋，瑪蒂德回想起來，從她髒兮兮的床上起身去沖澡。她在黑暗的浴室裡穿好衣服，躡手躡腳經過莎莉姑姑鼾聲大作的房間。經過下一個房間，房門開著，她丈夫的妹妹瑞秋躺在枕頭上看著她經過。瑪蒂德出門上了她的賓士車。

她溼溼的頭髮盤成一個髻，沒化妝，但是無所謂。往北的三個城鎮外有一家雅痞酒吧，在那家雅痞酒吧內有個戴著紅襪隊棒球帽的愁容男子，一公里外道路分岔的一片小雜木林中，任何經過的車頭燈會把他們照得像是被釘在木板上的飛蛾，她右腳撐地站著，左腳環繞著那紅襪隊愁容男子扭動的臀部，大喊著：「用力點！」那男子一開始專注不動的臉，開始有了些警覺的表情，他勇敢地繼續了一陣子，同時她一直對著他叫喊：「用力點！快一點，蠢蛋！」到最後顯然他嚇壞了，假裝高潮後退出來，喃喃說著要去小便，然後她聽到他踩在枯葉上的腳步聲匆匆離開。

瑪蒂德回到樓上時，瑞秋的臉依然在黑暗中看著她。她回到主臥室，那張空蕩的大床好礙眼。她不在時，上頭的床單位置改變了。她爬上床，涼涼的床單有薰衣草氣味，拂過她的皮膚，像是在譴責。

曾有一回，就在他早期某齣劇作的開幕夜，當她黑暗中坐在洛托旁邊，看著他宏大的視野就在她眼前變化，完全被他的成就征服，於是她湊向他，從耳朵舔到他的嘴唇。她情不自禁。

就像抱著瑞秋和伊麗莎白新生的女兒，她好渴望自己能擁有嬰兒的純真，於是把嬰兒緊握的小拳頭放進嘴裡含著，直到嬰兒尖叫為止。眼前這種寡婦的慾望，則是那種純真渴望的相反。

寡婦。**這個字眼毀滅了自己**，作家席維雅・普拉絲說，她也毀滅了自己。

4

有回她因為害怕學校餐廳裡的烤蘋果酥而崩潰，於是她溜到廁所裡的小隔間，在馬桶上鋪了座墊紙，坐在那裡好久好久。那是發生在她大學快畢業的時候，之前那個月，她一直恐懼著，未來有如在她眼前地面上出現的一道大裂口。從出生以來，她就一直在一個又一個牢籠裡度過，不久之後就可以自由飛翔，但她光想到廣闊的天空，就嚇得呆掉了。

外頭的廁所門打開，兩個女生進來，談論著蘭斯洛・賽特懷多麼有錢。「瓶裝水王子，你知道，」其中一個說：「他媽媽有錢得要命，身家有十億之類的。」

「洛托？真的？」另一個女生說：「狗屎，我大一跟他上過床。真希望當時我就知道。」

兩人大笑，然後第一個說：「是喔。他真是來者不拒。我想我是全哈德遜河谷唯一沒見過他那根的女生了。他們說他從來不跟同一個女生睡兩次的。」

「布里姬除外。這一點我就不懂了。她好乏味。我還聽她說他們在交往，我心想，**真的？**拜託，她看起來像個兒童圖書館的館員。像是長年都困在暴雨中似的。」

「是啊，布里姬根本就是自己一直貼著洛托。」

兩人大笑，離開了。

瑪蒂德心想，嗯。她沖了水，從小隔間出來，洗了手。她挑剔地打量著鏡中的自己，露出微笑。

「哈利路亞。」她對著鏡中的瑪蒂德說，而鏡中的瑪蒂德也用她漂亮的嘴唇、她蒼白而瘦削的臉這麼說。

那個週末，她說要忙期末考而沒進紐約市。她小心翼翼打扮。那天晚上，她看著自己的獵物在舞台上，覺得佩服：他非常厲害，演活了瘋狂的哈姆雷特，雖然他個子那麼高。從遠處看，他臉頰上的痘疤看不出來了，而且他散發出一種金光，連觀眾都籠罩在那種光亮中。他讓那些陳舊的獨白變得性感，有了全新的面貌。**那正是我們求之不得的結局**，他說，帶著海盜的微笑；她想像著全場觀眾熱血沸騰。有前途的新星。藉著走道的小燈，她閱讀節目單上他的全名，「洛托」蘭斯洛．賽特懷，然後皺起眉。蘭斯洛，好老氣的名字。好吧，她可以想辦法。

慶功派對在一棟粗獷風格的宿舍裡舉行，她從沒去過那兒。大學四年，她都不准自己參加派對或交朋友，因為冒不起這個險。她早早就去了，站在柱廊底下躲雨抽了根菸。她觀察著布里姬。當布里姬和她三個臭著臉的朋友撐著傘小跑過來時，瑪蒂德跟著他們進去了。

要把布里姬跟她朋友分開很容易。瑪蒂德只要問一個幾天前神經生物學期末考裡的問題，有關血清素再攝取抑制劑的，其他女孩就逐漸離開，只剩布里姬認真解釋著。然後瑪蒂德又幫布里姬的酒杯補滿，裡頭大部分是伏特加，只有一點點調味果汁。

能跟瑪蒂德講話，布里姬覺得受寵若驚。「我的意思是，我的老天！」她說：「你從來、從來不出來玩的！大家都聽說過你，但是沒人跟你講過話。你就像瓦薩學院的白鯨。」然後她臉紅了，趕緊說：「不過是有史以來最瘦、最漂亮的白鯨。」接著又說：「哎喲，你懂我的意思啦。」她緊張地喝酒。瑪蒂德又幫她倒滿，布里姬喝了，瑪蒂德再補滿，布里姬又喝，然後布里姬吐在樓梯上，經過的人都說：「好噁！」或「啊老天，布里姬。」還有，「髒死了，拜託，弄出去吧。」她的朋友都被找來，瑪蒂德站在更高的一處樓梯平台上，隔著欄杆看著他們帶她回家。

布里姬下了樓梯，碰到洛托迎面正要上去。他說：「哎呀！」然後拍拍她的肩膀，跳過最後幾級台階，進入派對中。

瑪蒂德在上方，把這一切都看在眼裡。

第一個問題處理掉了，真容易。

她走到外頭寒冷的雨中，又抽了兩根香菸，聽著派對裡的動靜。她等了十首歌，直到Salt-N-Pepa樂團的歌播放時，她才又進屋，爬上樓梯。她看著房間對面。

他站在窗台上，喝醉了，吼叫著，她很驚訝，他的身體肌肉那麼發達。他全身只有胯下綁了一副女生的凝膠冰敷眼罩權充遮羞布。一個空水壺用彈性繃帶固定在他頭上。很不體面，但天哪真是美。他的臉很奇怪，好像一度很英俊，從遠處看也還是很英俊；但她以前只見過他穿衣服的樣子，怎麼也猜不到他的身體如此完美。她之前機關算盡，就是沒算到這一刻想性交的慾望如此猛烈，害她兩腳發軟。

她滿心期望著他抬頭，期望他看到她。

他抬頭，看到她了。他的臉僵住不動。他停止跳舞。她感覺到自己脖子的毛髮都豎了起來。他跳進人群裡，撞倒了幾個可憐的小個子女生，然後游出人群，來到瑪蒂德面前。他比她高。她身高大約一八三公分，穿了高跟鞋是一九〇；男人很少比她高的。她喜歡那種預料之外比較嬌小的感覺。他碰觸她的手，單膝跪下，往上朝她喊道：「嫁給我！」她不知道該怎麼辦；於是她大笑，往下看著他說：「不要！」

後來在他講述的故事中——在好多派對裡、好多晚餐桌上，她總是面帶微笑聆聽，頭歪向一邊，輕聲笑著——她回答：「當然。」她從沒糾正過他，一次都沒有。為什麼不讓他活在他的幻覺中？這讓他快樂。她喜歡讓他快樂。當然！但那不是事實，要等到兩個星期後，她才會嫁給他，但反正讓他說說也沒有壞處。

洛托製造出他們一見鍾情的故事，但他是天生的說故事高手。他把現實重新塑造為不同的真實。據她所知，那的確是一見鍾情。他們的婚姻始終就是有關性愛。當然，一開始有別的，後來也當然還有別的，但有幾天，他們滿腦子都是性愛。她堅持不上床，要先等到她處理掉之前的承諾，於是兩個人都等得心急如焚。接下來有好長一段時間，性交完全蓋過了其他一切。

即使在當時，她就知道沒有什麼是**當然**。任何事都不是絕對的。諸神最喜歡作弄人類了。

但的確，有一小段時間，快樂是絕對的，是**當然**，那快樂完全吞沒了她。昏暗的白晝，多岩石的沙灘。她感覺好開心，即使有種種小煩惱，有咬人的沙蚋和蝕骨的寒冷，還有緬因州海灘上鋒利的石頭，害她的大拇趾就像一顆割開的葡萄，不得不一路跛著走回他們借來當新房的那棟海灘房屋。他們當時二十二歲。世界充滿可能性。那是他們人生最美好的一段時光。她雙手一直緊貼著新婚丈夫的背上取暖，感覺到底下的肌肉起伏。一個貝殼頂著她脊椎。她感覺自己吞沒他。他們首次以夫妻的身分圓房。她想到一條蟒蛇吞下小鹿。

即使當時他有缺點，她也看不見，或許她真的找到了全世界唯一完美無缺的人。之前就算讓她作夢，她也夢不出他這樣的人。純真、充滿魅力、幽默、忠實，而且富有。蘭斯洛・賽特懷；洛托。他們那天早上結婚了。她很感激那片沙灘帶來的一些小傷，她無法相信太過完美的愉悅。

但他們第一次圓房結束得太快了。他在她耳邊大笑，她朝他喉嚨大笑。無所謂。他們分離的自我都省略了。她再也不孤單了。她滿心感激，他幫著她起身，兩人彎腰拾起衣服，沙丘外的海洋為他們鼓掌。一整個週末，她都滿心歡喜。

一個週末應該就夠了。她得到了遠超過自己該得的。但她很貪心。

偷閒的蜜月結束後，回學校的一路上，燦爛的五月陽光照耀著。向來情緒不穩得像前青春期的洛托開車，他們聽著一首甜美的歌，洛托忽然眼淚湧上來。她做了自己唯一想得到的事情，就是腦袋埋進他膝上，挖出小洛托，好讓大洛托不哭。一輛貨櫃半拖車經過，讚許地按著喇叭。

回到瓦薩學院所在的大學城波啟浦夕，車子開到她的公寓前，她說：「我想知道你的一切。我想立刻認識你母親和姑姑和妹妹。我們畢業後就飛去佛羅里達吧。我想**吃掉**你的人生。」她輕笑起來，笑自己的認真。啊，她會有個母親，有個家！她孤單好久了。她夢想著一個好心的婆婆會帶她去做水療，會跟她講一些家人間才懂的笑話，會送她小禮物，附上卡片說：「看到這個，就想到你。」

但有個什麼不對勁。過了一會兒，洛托拉起她的手，吻著她的指節說：「小瑪，我的愛。先不必急著見面，我們還有大半輩子呢！」

一道寒冷竄遍她全身。這什麼？猶豫？或許他已經以她為恥了。她眼前浮現出德國畫家克拉納赫作於十六世紀的雙聯畫，亞當與夏娃有長長的大腿，小小的頭部，大大的腳上趾節冰冷。沒錯，就算在伊甸園裡，也還是有蛇。

「我要去寫我的社會學期末報告，」他歉意地說：「再過六小時就要截止了，不過晚上我交卷之後，會帶晚餐過來。我愛你，比愛還要愛。」

「我也是。」她說，關上車門，想壓抑心中的恐慌。

她進了公寓，裡頭感覺好小好滿，好像塞滿了她之前渺小灰暗的人生。她泡了個熱水澡，爬進她的羽絨被底下小睡。她正深入夢鄉時，聽到電話鈴聲響起。一定是壞消息。只有報惡訊的電話才會這麼不肯放棄。

她振作起來。「喂。」她說。

「唔，你好。」一個柔軟、甜美的聲音說：「我後來才發現你是我媳婦，但我甚至都不曉得你是該隱的後代[9]。」

瑪蒂德還愣了一會兒，這才開口：「賽特懷太太。真高興終於跟你說上話了。」

但那個聲音沒停下。「我得坦白，我做了任何一個溺愛的母親會做的，我打聽了你是什麼人、從哪裡來的。我查到了一些很奇怪的事。你很可愛，跟我聽說的一樣。我看過你的一些照片，尤其是那些胸罩商品型錄，不過你的胸部似乎相當小，我真不懂那個人幹嘛雇你去展示你的胸部。容我老實說，我不喜歡那少女雜誌上的跨頁廣告，你看起來就像隻快淹死的捕鼠㹴，老天爺，行行好。真好笑，居然有人會花錢讓你公然展現那副樣子。不過你某些照片很精緻。你很漂亮，跟我的蘭斯洛很配，至少長相是這樣。」

「謝謝。」瑪蒂德小心翼翼地說。

「不過你不上教堂，老實說，這讓我猶豫了。家族裡出了個異教徒，」她說：「我不確定自己是否喜歡這樣。更糟糕的是，我後來發現你的舅舅，還有他來往的那些人。無論如何都太可疑了。如果要真正了解一個人，就得了解他的親戚。我必須說，我不喜歡自己後來發現的。更讓我擔心的是，這個人誘拐了我那位好心腸的兒子，交往時間這麼短就結婚了。只有非常危險或非常算計的人，才會做出這種事情。這一切加起來，讓我相信你和我恐怕很難相處得好。至少這輩子不可能。」

「唔，」瑪蒂德說：「看起來我們的婆媳關係，就會由你決定了，安托奈特。」兩人都笑了起來。

「你可以喊我賽特懷太太。」洛托的母親說。

「我可以，但大概不會。」瑪蒂德說：「你覺得喊你**母親**怎麼樣？」

「你是個強悍的小甜甜，對吧。」安托奈特說：「哎，我的蘭斯洛太心軟了，他娶的女人非得堅強點不可。不過呢，恐怕那個女人不會是你。」

「已經是了。」瑪蒂德說：「我能幫你什麼忙？你想要什麼？」

「問題是，**你**想要什麼。我假設你知道蘭斯洛家裡很有錢。啊，你肯定知道！這就是為什麼你嫁給他。才在一起兩星期，你不可能就愛上他了，雖然他這麼討人喜歡。我很了解我兒子，他一定還沒告訴你，如果你們要當夫妻，那麼只要我還有一口氣在，我的錢你們一毛都別想拿到。你們辦了手續後，他昨天早上打電話來獻寶，我們就把這些都攤出來說了。太衝動了，你們兩個都是。簡直像長不大的小孩。現在你們一毛錢都沒有。我倒是想知道你現在有什麼感想。很遺憾你所有的計畫都是一場

---

9 聖經《創世記》中，亞當和夏娃生了該隱與亞伯兩兄弟，有天該隱在田中謀殺了弟弟亞伯。許多人認為這是史上第一樁謀殺案。

空了。」

瑪蒂德不禁屏住呼吸。

安托奈特繼續說：「當然了，這表示如果去撤銷婚姻的話，對你就有利得多。拿個十萬元，一切就到此為止。」

「哈！」瑪蒂德說。

「親愛的，你開個價碼，我不在乎。我想呢，現在不是小氣的時候。說個價錢就行。只要告訴我你需要多少錢，好在畢業後展開新人生，今天下午我就會把錢匯過去，你在幾份文件上簽了字，就可以走人了。放過我可憐的孩子，讓他放蕩過日子，最後找到一個老實的、甜美的姑娘，回到佛羅里達我身邊來。」

「有趣了，」瑪蒂德說：「對於一個一整年都懶得來看她兒子一眼的女人來說，你的佔有欲還真強。」

「唔，親愛的，你在肚子裡懷個小孩將近一年，在他臉上看到你丈夫和你自己，你當然會有佔有欲。他是我的血。他是我生的。有一天你會明白的。」

「不會的。」瑪蒂德說。

「五十萬？不行？那一百萬行嗎？」安托奈特說：「你唯一要做的就是棄船。拿了你的錢離開。你有了一百萬，想做什麼都行。旅行，去看看異國的文化。開展你自己的事業，或者去找更有錢的男人。世界是屬於你的，瑪蒂德．約得爾。把這次經驗當成是造就你珍珠的第一粒沙子吧！」

「你的確很有混雜隱喻的天賦，」瑪蒂德說：「在某種意義上，我很欣賞。」

「我想你這話的意思，就是我們達成協議了。好極了。你不笨。我會打電話給我的律師，幾個小時後就會派人帶著文件去找你。」

「喔，哇，」瑪蒂德輕聲說：「這真是太棒、太棒了。」

「是啊，親愛的。你很明理，接受了這個協議。這筆錢可不小呢。」

「不，」瑪蒂德說：「我是指以後我可以想出各種方法，讓你的兒子遠離你，這真是太棒了。這會是我們的小遊戲。你等著看吧。所有的假日，所有的生日，或者你生病了，或者出了什麼急事，你的兒子都得陪著我。他會陪著我，不是你。他會選擇**我**，不是**你**。姆媽——洛托喊你姆媽，所以我也會這麼喊——除非你道歉，除非你逼自己禮貌一點，否則你再也不會看到他。」

她輕輕把話筒放回話座，拔掉插頭，又回去泡第二次澡，她的T恤都被汗水溼透了。過了幾天，她收到安托奈特寄來的信，是往後多年來許多信件的第一封，裡頭充滿驚歎號。回信時，瑪蒂德會寄上洛托和瑪蒂德兩人微笑的合照；洛托和瑪蒂德在池畔；洛托和瑪蒂德在舊金山；瑪蒂德依偎在洛托懷中，走過每一個新地方。那天傍晚洛托回來時，她什麼都沒說。他們看了一齣情境喜劇，兩人一起沖澡。稍後，兩人全身赤裸，一起吃了披薩餃。

5

在洛托死後，時光吞沒了自身。

莎莉看到自己的努力只是徒勞，瑪蒂德依然麻木無感。那個狂怒的力場厚得沒有人能打破。莎莉回到亞洲，這回是日本。她一年後會回來，到時候瑪蒂德就不會那麼生氣了，她說。

「我會一直很生氣。」瑪蒂德說。

莎莉棕色乾燥的手放在瑪蒂德臉上，勉強笑了一下。

只有洛托的妹妹一次又一次回來。可愛又甜美的瑞秋，有一顆純潔的心。「這是蘋果派，」她會說：「這是一條麵包。這是一把菊花。這是我女兒，你抱著，安慰你的憂傷。」其他人都給她**空間**。給她**時間**。

「基督啊，你知道瑪蒂德為什麼這麼討厭嗎？」朋友們回家後說，很受傷。「洛托在世的時候，你猜得到嗎？你能相信她對我們**說**了什麼？」

「她被魔鬼附身了。」他們說。

「悲慟。」他們都會意地說，語重心長。大家心照不宣地同意，等到她回復到那個文雅、優美、微笑的瑪蒂德，他們再去看她吧。現在他們就只是派人送禮物去。山繆送了觀賞鳳梨盆栽。查理送了一山又一山比利時巧克力。丹妮卡派了自己的按摩師過去，瑪蒂德根本不理會，硬把他給逼走了。阿尼送了一箱葡萄酒。艾瑞爾送了一件喀什米爾毛料的黑色長洋裝，瑪蒂德穿了好幾天沒脫下來。真奇怪，這個前任老闆送的柔軟禮物，竟是唯一最完美的。

有天晚上，瑪蒂德發現自己在又直又長的馬路上。她開的是最昂貴的賓士，洛托過世前剛買的。他母親比他早死半年，他們繼承了一大筆遺產，再繼續開那輛車齡十五年、安全氣囊不牢靠的本田喜美車就太蠢了。他只有在花錢讓自己舒服的時候，才會關心錢。其他時候，他都讓別人去操心。

她把油門踩到底。這車子反應靈敏得要命，車子衝到時速一百三十公里，到一百五十公里，到一百八十公里。

她關掉所有車燈，四周一片黑暗，像是一場白日夢。

看不到月亮的夜晚。那車子像一條魚似的，沿著洞穴的壁面往前懶洋洋地滑行。彷彿過了一輩子，她都沒動，懸吊在黑暗中。

她的車撞到涵洞橋，擦過路堤上方，飛過一道鐵絲網圍籬，翻了個跟斗。最後落到一群睡覺的娟珊牛之間。

瑪蒂德的嘴巴在流血，舌頭幾乎被咬斷了。無所謂。她這陣子跟誰都不說話。除此之外，她全身都沒受傷。

她爬出車子，吞下嘴裡帶著金屬味的熱流。那些小母牛紛紛走避，躲到椴樹防風林後頭張望著。但其中一隻還跪在車旁。瑪蒂德繞過去看，才發現原先牛脖子的地方成了一片血牆。

她觀察了好久，看著血流進草地裡，完全沒救了。

完全沒救了，那現在怎麼辦？瑪蒂德四十六歲。年輕得不可能永遠不再愛了。她還在全盛時期。長得漂亮。有魅力。而且現在老公沒了，永遠離開了。

我們以往被教導的女人的故事，並不是這個。

女人的故事是愛的故事，是為了另一個人而殉情的故事。若是稍微出了點差錯，渴望死去卻沒成功，被獨留在世間，女人就會自己動手迎向命運：毒老鼠藥，或是一列俄羅斯火車的輪下。即使比較迎合大眾、比較柔和的故事，都還是上述劇情所修改的版本。在通俗大眾、中產階級所告訴普天下好女孩的故事裡，就是相愛到老的承諾。沐浴時兩具可笑的老邁身軀，丈夫顫動的手替妻子乾癟的乳房擦著肥皂，勃起從泡沫中冒出來，像個粉紅色的潛望鏡。我看見你了！他們會在梧桐樹下漫長而蹣跚地散步，那是只要看上一眼就彼此理解、說一個字眼便已足夠的愛情故事。**蟻丘**，他會說；**馬丁尼！**她會說；於是兩人又回想起以前的老笑話，美好的笑聲迴盪著。兩人搖搖晃晃去餐廳裡吃優惠的早鳥晚餐，手牽手瞌睡著看完一場電影。他們的身體像包著羊皮紙且生滿節瘤的樹枝。一個人躺在伴侶臨終的床上，吃下過量的藥，次日也跟著死去，全心全意跟著摯愛離開這個世界。啊，伴侶關係。啊，浪漫。啊，圓滿。如果她相信自己就該這樣做，那麼也是情有可原。她被種種更大的力量引導著，走向了這個結論。

克服一切！這是你唯一要做的！這件事太了不起了！投降吧！

就像把玉米塞進肥鵝的脖子，這些好女孩才剛曉得穿上薄紗衣裙時，就一直被填鴨式地硬塞著吞下這些狗屎觀念。

那些老故事說的是，女人需要另一個人，才能完成自己的循環，才能讓自己徹底燃燒出最亮的光芒。

（日後她將會予以反駁。在她八十來歲那幾年的黯淡歲月裡，地平線之外的遠方，她會獨自坐在她倫敦的早餐室裡喝茶，抬頭看著自己的手像一張古老的地圖，然後望著窗外一隻藍腹虎皮鸚鵡往內瞧，一隻歸化的鳥類出現在這非原生的溫帶世界。她望著那小小的藍色形影，忽然明白了，自己人生的最核心從來就不是關於愛。其中曾經有很棒的愛，熾熱而神奇。那是洛托，她的丈夫。基督啊，裡頭曾經有他。然而——沒錯！——她明白，自己人生的總和，要遠遠大於愛的總和。）

但當下，微微一絲月光照著發黑的金屬、乳牛屍體、玻璃，眼前只有她咬破的舌頭和一大片血。還有溫熱的鐵鏽味。以及「接下來怎麼辦」這個大問題無限延伸，沒有盡頭。

6

有一天，小奧瑞莉發現自己提著一個藍色行李箱，頭髮往後梳得乾乾淨淨。當時她一定是五歲或六歲。

「你要去你巴黎的外婆家。」她高大的布列塔尼祖母說。巴黎的外婆一定有什麼不對勁、丟臉的地方：奧瑞莉的母親從來不提她，彼此也很少打電話。奧瑞莉從來沒見過她。她生日時，外婆也從來不會寄包裝精美的禮物給她。

她和祖母站在一節火車廂裡的走道上。祖母整張臉皺到雙下巴。「你外婆是唯一願意收留你的親人。」她說。

「我不在乎。」奧瑞莉說。

「你當然不在乎。」祖母說，給了她一個紙袋，裡面放了幾個三明治和白煮蛋、一瓶溫牛奶、兩塊蘋果千層酥。祖母在她的外衣上別了一封信。「絕對不准離開座位。」她說，在她臉頰吻了一下，用一條漿過的手帕擦擦發紅的眼圈，就離開了。

火車開動。奧瑞莉對這個世界的一切所知全都從她腳下緩緩滑開。這個小村：黑白兩色的乳牛、雞群、巨大哥德式教堂、烘焙坊。火車加速時，她看到自己正在尋找的。在那裡，一閃即逝。白色的斜背式汽車停在一棵紫杉下。啊，她母親雙臂交抱站在那裡，蒼白，穿著海軍藍的連身裙，她的頭髮

（沒錯，白金色的）用一條方巾包著，看著火車開過。她的嘴巴是蒼白中的一道紅痕。在火車掀起的風中，她的連身裙、頭髮都開始飛揚。很難看清她臉上的表情。然後她母親不見了。

坐在奧瑞莉對面的男人盯著她看。他有蒼白而發亮的皮膚，雙眼之下兩個發腫的眼袋。她閉上眼睛躲開他的目光，但每回她睜開眼睛，他都還在看。一種可怕的確定感逐漸侵蝕她。她想阻止，雙腿闔緊了，但沒有用。她雙手緊抱自己，想憋住尿。

那男人湊向前。「小姑娘，」他說：「我帶你去洗手間吧。」

「不要。」她說。

他伸手要碰她，她尖叫起來，對面角落裡那個膝上抱狗的胖女人睜開眼睛瞪她。「安靜點！」她吼道。

「我們去洗手間吧。」那男人說。他的牙齒好多又好小。

「不要。」奧瑞莉說，然後憋不住了。尿熱熱地流到她大腿。那男子說：「哎唷！」離開這節車廂，那些尿逐漸變冷。有好幾個小時，火車搖晃著往東行駛，角落裡的胖女人一直在睡覺，她膝上的狗滿足地嗅著空氣，像是在品嚐那些尿。

忽然間，他們到站了。

外婆站在她面前。她跟奧瑞莉的母親一樣漂亮，都有蘋果臉頰和濃眉，不過眼前這張臉的眼睛周圍有很多皺紋。她令人難以置信，一身衣服同時華麗又破爛，身上擦著香水，精巧的雙手像是鉛筆包在柔軟的絨面皮套裡。外婆彎腰湊過來，拿了那個紙袋，看看裡面。「啊！真好的農民食物。」她說。她缺了一顆下門牙，因而微笑有點漏風。「我們今天晚上可以好好吃一頓了。」她說。

奧瑞莉站起來，露出了膝上的那片潮溼。但祖母的臉彷彿拉下一面遮光簾，根本拒絕看到。

「來吧。」她輕快地說，於是奧瑞莉提起行李箱跟在後面。走著走著，尿就乾了，大腿開始摩擦得發痛。

回家路上，他們去肉鋪買了一條香腸，那肉鋪老闆看起來好像沉默地憋了滿肚子氣。外婆提了行李箱，要奧瑞莉拿著裝香腸的白紙袋。等到他們來到公寓大樓那扇沉重的藍色大門前，她的雙手已經沾滿了黏黏的紅色油脂。

外婆的那戶公寓裡沒什麼家具，但是很整潔。沒鋪地毯的粗木地板磨擦得像人皮。牆上本來掛過畫，留下了深色的方形痕跡，其他部分則是褪白的百香果花圖案壁紙。屋裡沒有暖氣，只是風比較小而已。外婆看到奧瑞莉發抖，就說：「暖氣要花錢的。」然後叫她跳五十下暖暖身子。「跳一跳不用花錢！」她說。樓下用掃帚柄頂著天花板抗議，發出噠噠噠的聲音。

他們吃了飯，然後外婆帶她去看她的房間：一個落地衣櫃間，地上一條拼綴被對折就是床，床上懸垂著外婆的衣服，有一股她皮膚的濃重氣味。「你先睡在我的床上，夜裡我會把你搬進衣櫃間。」外婆說。奧瑞莉唸完了禱告詞，她外婆在旁邊看。

奧瑞莉假裝睡著，同時外婆仔細梳洗，用小蘇打刷牙，塗抹上更多化妝品和香水。她離開了。奧瑞莉看著天花板燈泡的弧線。醒來時，外婆正把她搬進衣櫃，然後櫃門關上。在臥室裡，一個男人的聲音，她外婆的聲音，還有床的吱呀聲。次日外婆要她應該整天待在衣櫃間，把她母親以前的幾本《丁丁歷險記》給她，還有一把手電筒。逐漸地，她認出了三個男人的聲音：一個很圓潤低沉，像是包在脂肪裡的肉醬；另一個像是吸了笑氣似的老是咯咯笑；還有一個聲音沙啞得像是摻了小石子。

外婆把容易腐壞的食品放在窗台上，有時會被鴿子和老鼠偷走。那些男人來了又去。奧瑞莉夢到自己在奇異的卡通世界歷險，沒理會外頭的聲音，最後睡著了。她出門去上學，很開心學校非常整潔，鉛筆上印著橢圓框的埃及象形文字，圖畫紙，乾淨俐落的拼字法。她好愛學校發的點心，瑪德蓮蛋糕裡面有巧克力餡，還有袋裝牛奶。她好愛其他小孩都很大聲，還開心地看著他們。於是這樣過了六年左右。

十一歲生日後的那個春天，奧瑞莉回家，發現外婆一絲不掛躺在床上。她全身僵硬，皮膚冰冷。舌頭往外伸。她可能是脖子被掐住了，或者之前是在接吻。（不是。）她的兩片指甲被拔掉，指尖都是血。

奧瑞莉慢吞吞下樓。樓下的門房不在。奧瑞莉走到街上，顫抖著走進街角的蔬果店，等著老闆幫一個戴著毛皮帽子的女士秤完蘆筍。老闆向來對奧瑞莉很好，冬天會給她柳橙。等到店裡沒有其他人了，他身子往前湊，微笑著，然後她低聲把自己看到的告訴他，他的臉立刻變得僵硬，趕緊跑出去。

稍後，她發現自己坐在一架飛越大西洋的班機上。下方是羽毛般的白雲。海水皺起又自行展平。坐她旁邊那個陌生人有柔軟得像枕頭的胳膊和溫柔的手，他一遍又一遍摸著奧瑞莉的頭髮，直到她最後終於睡著。等到她醒來，已經來到她的新國家了。

她在瓦薩學院的法文教授們很驚訝：「你一點口音都沒有。」他們說。

「喔，這個嘛……」她輕聲說：「或許我上輩子是個法國小女孩。」

在這輩子，她是美國人，講話也像美國人。她的母語還留在表面之下，但就像樹根會往上頂開鋪在地面的石頭，她的法文有時會干擾她的英文。她說forte時，比方「讓你的生活在軌道上順利運行，洛托。那是我的forte。」那單字意思是強項，陰性形，發音就像*fort*。但洛托好奇地看著她，說：「你的意思是，*for-tay*？」照著美國的習慣發音。

for-tay：根本是亂唸，她心想。「當然了。」她說。

或者是一些拼法相同、但在兩種語言中意義不相同的字詞。法文的actually意思是currently（現在）。法文的abuse意思是mislead（誤導）。「我沒法呼吸，」她有回在一齣戲開幕夜的大廳裡說，當時人群湧向洛托：「在這種富裕中（in this affluence）。」其實她的意思是**擁擠**，不過，好吧，再仔細一想，講富裕也說得通。

儘管她英文很流利，但有時會聽錯、會誤解。她整個成年人生中總是相信，一個人會把自己重要的東西——遺囑、出生證明、護照、一張小時候的照片——放在銀行裡一個叫安全假設箱（Safety Posit box）[10]的地方。

7

翻車時咬傷的舌頭還沒痊癒。瑪蒂德很少說話。舌頭很痛沒錯，但反正她已經習慣沉默了。而當她開口講話時，總是充滿輕蔑。

她夜裡會跑出去釣男人。還穿著刷手服的醫師，身上有碘和丁香香菸的氣味。在加油站負責加油的小夥子，唇上有絨毛似的小鬍子，像乾旱德州平原上的鑽井油塔般可以上下抽動好幾個小時。瑪蒂德和洛托曾快樂生活的小村的鎮長；保齡球館老闆；一個羞怯的離婚男子，床單全是令人驚訝的花卉紋。一個牛仔，腳上的靴子是四百美元買的，他很驕傲地告訴她。還有一個黑人爵士薩克斯風樂手，是來鎮上參加婚禮的。

此時她什麼都沒說，名聲就已經傳開了——學校督學；狩獵營的老闆；三角肌有如手榴彈的健身房訓練員；一個她和洛托在紐約認識的、半成名的詩人，他因為仰慕洛托，哀悼之餘一時衝動跑來探望她。他手指伸進她裡面時，她感覺到他婚戒的冰涼……

有回她釣上了開校車巴士的禿頭胖男人。他只想抱著她哭。

「真受不了。」她說。她站在汽車旅館房間的中央，還穿著胸罩。那天她在泳池裡把頭髮理成三

10 指私人保險箱（safe deposit box）。

分頭，一綹綹頭髮漂浮在水面上，像淹死的蛇。「別再哭了。」她說。

「我停不下來，」他說：「很抱歉。」

「你的確該抱歉。」她說。

「你實在太漂亮了，」他說：「而我太孤單了。」

她重重坐在床緣。被子上是叢林圖案。

「我能不能把頭靠在你的膝上？」他說。

「如果你非要不可的話。」她說。他的臉頰枕在她大腿上，她撐著身子承受他腦袋的重量。他的頭髮很軟，一股無香精肥皂的氣味，而且他的皮膚很嫩，像小豬一樣，粉紅又光滑。

「我太太過世了，」他說，嘴巴在她腿上蠕動著，搞得她好癢：「六個月前，乳癌。」

「我先生四個月前死了，」她說：「動脈瘤。」暫停一下。「我贏。」她說。

他思索著，睫毛刷過她的皮膚。「所以你懂？」他說。

「我懂。」她說。

旅館對街的紅燈閃爍，照得房間裡紅色、黑暗，紅色、黑暗。「你怎麼過日子？」她說。

「鄰居太太會送砂鍋菜來，我的小孩每天打電話給我。我一直在做風箏，一切都好蠢。」他說。

「我沒有小孩。」她說。

「真遺憾。」他說。

「我不遺憾。這是我做過最好的決定。」她說。

「那**你**怎麼過日子？」他說。

「跟噁心的男人操到頭昏啊。」

「嘿！」他說，然後笑了：「效果怎麼樣？」

「很差。」

「那你為什麼要這麼做？」

她緩緩地說：「我丈夫是我這輩子第二個上床的男人。我忠實了二十三年。我想知道自己錯過了什麼。」

「那你錯過了什麼？」他說。

「什麼都沒有。男人在床上都糟糕透頂。除了我丈夫。」

她心想：唔，有一兩個的確讓人意外，不過大部分的確是差勁透頂。

他的圓臉從她膝上抬起來。她大腿被壓出紅印子，溼溼的。他滿懷希望看著她。「女人都說我是個很棒的情人。」他說。

她把裙子從頭上套進去穿好，拉上及膝長靴的拉鍊。「老哥，你錯過機會啦。」她說。

「啊，別這樣嘛，」他說：「我很快的。」

「全能的天主啊。」她說，然後一手放在門鈕上。

然後他口氣變得惡毒起來，「祝你當妓女愉快。」

「你這可悲的小男人。」她說，然後沒回頭就走出去了。

瑪蒂德什麼都沒法做。看電視害她頭痛，看書害她覺得空虛。她好厭倦那些說故事的老套，全都是用過太多次的敘事手法，熟悉的情節佈局，肥膩的社會小說。她需要某種更混亂、更尖銳、像個炸彈會爆炸的東西。

她喝了很多葡萄酒後去睡覺，醒來時是半夜，冰冷的床上沒有她丈夫。就在此時，她懷著存在主義的怨恨，明白了她丈夫一點也不了解她。

不知怎地，儘管她權謀又聰明，但她變成了一個妻子，而我們都知道，妻子是在幕後，看不見的。是婚姻中的午夜小妖精。鄉下的房子，市區的公寓，繳稅，養狗，全都是她在做：他根本不曉得她在忙什麼。本來還得加上帶小孩，幸好他們沒生。另外還有一個：他的劇作中，至少有一半，是她夜裡偷看時，把他寫的潤飾過。（不是重寫，而是編輯、修飾，讓作品發光。）而且她負責處理他作品的生意部分；否則以他的友善和懶散，所有該賺的錢都會敗光光。

有一回，在《果園中的大宅》上映前的預演期間，她在戲院的辦公室裡。當時，感覺上，那齣戲即將瀕臨大失敗了。傍晚時分，外頭下著雨，她喝著咖啡，以極其溫柔卻惡毒的技巧，把一個劇本顧問狠狠責備了一通，那個可憐的小夥子被罵得雙腿發軟，不得不坐在一張深紅色的沙發矮凳上好回神。等到她罵完了，她說：「你可以離開了。」

那小夥子站起來，趕緊溜掉。

她沒看到洛托站在走廊的陰影處，一臉愁容。

「原來，」他說：「導演要演員來見你時，不會是要給他們加油打氣。我以前一直以為你是要講話鼓勵他們。魔術餅乾和法式咖啡牛奶，靠在你胸口哭一下。」

「有些人就是需要不同的激勵。」她說。她站起來伸展脖子，先是一邊，然後另外一邊。

「要不是我親眼看到，」他說：「絕對不會相信的。」

「你希望我以後不要這樣做嗎？」她說。她不會停止的。他們窮得要命。但她會暗地裡做，確保不讓他知道。

他走進房裡，把門在身後鎖上。「老實說，你這樣讓我很興奮。」他說。他走近她，「我看到她的模樣，活生生像個北歐神話中的女武神，騎著她的駿馬，在雷電交加中進入圈子裡，然後又出去，馬鞍上橫放著某個死去英雄的屍體。」他抱起她，讓她的雙腿繞著自己的臀部，然後轉身，推著她背靠在門上。

他是在引用誰的句子嗎？她不在乎。他的口氣滿是崇拜。她閉上眼睛。「快跑，駿馬。」她說，他在她耳邊輕聲學馬叫。

她也不見得把自己完全奉獻給他。首先，她也寫作，不光是隱身在他的稿子背後，讓他以為自己的稿子都是在夜裡神奇地自動收拾乾淨。她寫的是自己的東西，只有自己知道：偷偷寫的，尖銳主題的，半似短篇小說、半似長詩。以筆名出版。她是在快四十歲時開始寫的，當時她很絕望，他摔下登機梯受傷，然後在兩人暫時分別那段期間，她覺得他離自己愈來愈遠。

還有另一件事更糟糕。就在她開始寫作那段期間，她離開過他。當時他埋首於工作。後來她又回來了，而他從不曉得她離開過。

她送洛托到藝術村時，一路觀察著：他們會用柳條籃送午餐給你，讓你住在獨立的小石屋，晚上有漫長的燭光晚餐，大家在那邊歡笑交談。那裡似乎是某種天堂。在小屋中那張吱呀作響的小床上，她騎在他身上，雙手捧著他的臉，但他將她翻身，等到他顫抖著猛吸一口氣，頭靠在她背部呼吸時，她覺得一陣寒冷。她大笑甩掉那個預感，開車離開。接下來有幾個星期，她就獨自留在鄉下那棟小房子裡，只有上帝陪著她。

一開始，她很樂觀。她可憐的丈夫度過了這麼一個可怕的夏天。先是從登機梯上摔下來，半邊身體都受傷。他喝太多酒，新劇本的進度太少，因為好多個月都沒法忙著參加那些戲劇工作坊和演出和各種事務而非常沮喪。儘管她一直很樂於在這棟房子裡照顧他，用杯子蛋糕和冰紅茶和泡澡和很多體貼的小事寵愛他，但到了他生日那天，她很高興自己帶他去乳牛牧場間那個偏僻的小歌劇院，看著他往前坐，專心地看完整齣歌劇。眼淚在他眼裡閃爍。中場休息時，她正抬頭看著天空上飛機留下的凝結尾時，一個女人走上來跟他打招呼，在他名人的光環下興奮得紅了臉。身體受傷的洛托此時表情好輕盈，好入神。他已經好久沒有這樣全神貫注了。

所以在那個灰色十一月，她放心送他去藝術村，從照顧他的責任中暫時脫身出來，休息幾星期。他將會跟一個年輕作曲家合作寫一齣歌劇。李歐．森恩。

但沒有洛托的日子，才第一個星期，她的生活，她的房子，就變得好空虛。她老是忘了吃飯，晚餐就直接吃鮪魚罐頭，花太多時間在床上不停看電影。時間分秒過去。一天天變得更冷，更黑暗。有幾天她根本都不開燈，在太陽剛升起的八點醒來，四點半日落時就去睡覺了。她覺得自己像隻熊。挪威熊。她丈夫的來電愈來愈少，從每天一通變成每幾天一通。在她半睡半醒之時，作了可怕的噩夢，夢到洛托跟她說他再也不需要她了，說他要離開了，說他愛上了另一個女人。在恍惚狀態下，她想像著會有個女詩人，年輕而嬌弱，小母牛般的臀部很適合生產，因為身為藝術家而備受尊敬，那是瑪蒂德永遠辦不到的。他會跟瑪蒂德離婚，他和新女友會住在紐約市區的公寓裡，成天上床、開派對，生小孩，生個不停，全都有著他縮小版的臉。她想像著那女詩人，簡直變成真實存在了。她感覺自己寂寞得快要窒息。她打電話，打了又打，他從來沒接。他的來電變得更少了……上星期只打了一次。他沒接受跟她玩電話性愛，這對洛托來說太奇怪了，簡直懷疑他被閹割了。

他感恩節不回來，她本來以為他們已經說好了，要邀親友來鄉下的房子一起過的。她只好取消派對，將前一天她烤的南瓜派裡面的蛋奶凍內餡挖出來吃掉，然後把餅皮丟出窗外給浣熊。在電話裡，瑪蒂德的聲音發顫。洛托的聲音變得好遙遠。他說他在藝術村的時間延長了，會待到十二月中。她說了些狠話，然後掛斷。他又打了三次來，她沒接。然後決定，第四次她就要接了。但她守在電話旁等了又等，他沒再打來。

他之前談到李歐時，話中有一種搏動、震顫。忽然間，她可以嚐到他的迷戀，覺得舌根發苦。

瑪蒂德夢到李歐．森恩。從網路上查到的少數簡歷中，她知道他是個年輕男子。她想著洛托是徹頭徹尾的異性戀者——他平常貪婪渴望的雙手讓她確定了這點——她丈夫的慾望向來就是偏向於追逐並捕捉一個人身體裡面的那種魅力，而非肉體本身。而且她丈夫的某一部分向來就是渴求美麗。那個李歐．森恩的身體絕不可能偷走她丈夫。但以李歐的才華，有可能搶走洛托對她的鍾愛……這樣更糟糕。在夢裡，瑪蒂德和李歐坐在餐桌前，桌上有個巨大的粉紅色蛋糕，儘管瑪蒂德很餓，但李歐正吃著蛋糕，一小口接一小口，她只能看著他吃，羞怯地微笑著，直到吃光光。

她在廚房餐桌邊坐了好久好久，隨著每一刻過去，她的怒氣愈來愈大，然後變得黑暗、消退。

「我們走著瞧。」她對著上帝說。上帝憂傷地搖著尾巴。這隻狗也想念洛托。

她花了十分鐘安排，又花了二十分鐘收拾自己的行李和狗的必須用品。她把車子開出櫻桃園，決心不要去看照後鏡裡那棟小小的白房子。她把上帝交給狗舍時，那狗一直發抖。瑪蒂德也一路發抖來到機場，上了飛機，吃了兩片史蒂諾斯，於是不再顫抖，一路睡到泰國，醒來時頭昏眼花，而且因為睡覺時憋尿憋太久而泌尿道感染。

她走出機場，進入潮溼的世界，眼前人群騷動，充滿熱帶的臭氣和暖風，她雙腿發軟。

曼谷街景急速掠過車窗外，粉紅和金黃，街燈下擁擠的人群。樹上纏繞著一條條假日彩燈串，親切迎接觀光客到來。瑪蒂德的皮膚渴望著溼潤的風，那風有時帶著蘆葦和爛泥的腐臭，有時又帶著尤加利樹的氣味。她焦躁得睡不著，旅館又太乾淨，於是她再度漫步進入戶外的黑暗中。一個女人彎腰用樹枝紮成的掃把掃著人行道，一隻老鼠停在一堵牆上。瑪蒂德的舌頭渴望著琴酒加通寧水的苦味，於是茫然跟著音樂走，經過柱廊，進入夜總會，因為才剛天黑，所以裡頭空蕩蕩的，有一道道階梯狀的觀眾席，有包廂，舞台上已經佈置好樂隊的設備。女酒保送上飲料時，拍拍瑪蒂德的手，她皮膚上接觸到片刻的暖意，然後是玻璃杯的冰冷，瑪蒂德想碰觸那女人濃密的黑色睫毛。有個人在她旁邊坐下，是個美國男子，胖得快把他的T恤撐破了，毛茸茸的頭像個熟透的水蜜桃。他旁邊是個豐滿愛笑的泰國女人。他的聲音充滿親暱，口吻像是那女人的主人。瑪蒂德真想抓住他的那些話，在手裡揉成一團，塞進他喉嚨裡。但她只是離開，回到飯店，躺在床上，一夜無眠到天亮。

次日上午，她發現自己坐在前往披披群島的一艘船上，海風吹得她雙唇發鹹。她租了一棟獨立小屋，付了一個月的房錢。她想像著洛托回家看到屋裡空蕩蕩的，狗也不見了，他搜遍所有房間，卻找不到她，心中愈來愈驚恐。有人綁架她了嗎？她跟著馬戲團跑掉了嗎？她以往總是樂意配合洛托的一切，隨時變通，簡直是任由他擺佈。她的小木屋裡是白色的，充滿了木刻，茶几上的紅色大缽裡放著發亮的奇怪水果，床上有一條折成大象形狀的毛巾。

她打開面對大海的玻璃門，海灘上傳來兒童的叫喊聲，然後她拆掉床上的被子，因為她不要別人的細菌靠近自己的皮膚，然後她往後躺下，閉上眼睛，感覺到一股舊日的毀滅感逐漸褪去。

她醒來時，已經是晚餐時間，那種毀滅感又回來了，牙齒尖銳，在她心裡咬囓出一個洞來。她對著鏡子哭，一邊穿上洋裝，擦了口紅，哭得沒法上眼妝。她去餐廳，桌上擺著鮮花和發亮的餐具，服務的人員很好心，安排她單獨坐在一張面海的餐桌，好讓她安靜哭個夠。她吃了一口食物，喝掉一整瓶葡萄酒，然後赤腳走過沙灘，回到她的小屋。

她唯一出去曬太陽的那天，身上的白色比基尼泳裝鬆垮垮的，因為她瘦了好多。侍者們看到她的太陽眼鏡底下流出眼淚，於是沒等她開口，就主動送了一杯又一杯的果汁過來。她在太陽底下曬了又曬，直到肩膀的皮膚都起水泡了。

次日早晨，她醒來時，看到窗外有一頭大象，載著一個小女孩在沙灘上緩步慢行，一名身穿沙籠裙的瘦削年輕女子握著大象的韁繩走在前面。在夜裡，憤怒攻擊沮喪，把它趕跑。瑪蒂德的身體因為昨天的曬傷而發痛。她坐起身子，看著床對面鏡子裡自己的臉，又紅又瘦削，而且已經下定決心。

瑪蒂德從小習慣奮戰，從來沒有什麼事是**不必**奮戰的。她的戰爭是安靜的、微妙的，但她向來就是個戰士。她必須告訴自己，那個女詩人是她想像出來的。而那個名叫李歐的瘦巴巴音樂家根本遠遠不如她，因為他是個年輕小夥子，而且沒有力量。她當然會打贏，絕對不准一走了之。

才來小島兩天，她就又搭上飛機離開。這場內心煎熬總共花了六天。她去狗舍接了上帝，那狗開心地往她身上鑽，簡直想鑽進她身體裡。瑪蒂德回到冰冷的房子，裡頭一股垃圾的臭味，因為她走前沒把垃圾拿出去。她把行李箱放進樓上的衣櫃間裡，打算晚一點再來整理，然後她泡了杯熱茶，坐在廚房餐桌前思索戰略。問題不是她要做什麼去把洛托搶回來，而是她不要做什麼。有太多選擇、太多可能性了。

過了一會兒，她聽到一輛汽車駛上車道。碎石路面上響起一個腳步聲，一跛一跛的。

她的丈夫進了門。她讓他等。

然後她隔著老遠看向他。比起離開時，他瘦了些。好像很苦惱。他臉上有個什麼，讓她垂下目光不願看。

他嗅著空氣，為了不讓他開口提起垃圾臭味和屋裡的寒冷，免得破壞了某些東西，免得她再也無法回到他身邊，她趕緊走出廚房來到他面前，用自己的唇封住他的嘴。隔了這麼久，那滋味好奇怪，質地像是橡膠。那種不熟悉令她震驚。他身上有微微的改變，一種屈服的感覺。他正要說話，但她一手用力摀住他的嘴。只要能阻止他說話，她不惜把自己的手塞進他嘴裡。他明白了，露出微笑，丟下手裡的行李袋，推著她往後走到牆壁前。他巨大的身體貼著她，狗在他腳邊哀鳴。她狠狠抱住丈夫的雙臂，拉著他走過門廳，上了樓。

她使盡全力把他往後推，他重重摔在床上，受過傷的左邊身子還有點痛，不禁咬牙喘氣。他往上看著她，一臉迷惑，又想講話，但這回她掩住他的嘴搖頭，脫掉自己的鞋子和長褲，解開他的襯衫、他的長褲。啊，那件緊身四角內褲和鬆緊帶的褲口，令她心碎。他蒼白的胸膛上肋骨清晰可見。他的身體經歷了可怕的壓力。她從衣櫃裡拿了四條他的領帶，是他在大學預校時期的舊東西，現在很少用了。他大笑看著她把自己的手腕綁在床架上，但她心裡覺得很想吐，難受極了。她用另一條領帶當成眼罩綁在他頭上。他發出一個奇怪的聲音，接著她用第四條綁住他的嘴巴，沒必要地拉得很緊，那藍色的絲質領帶緊緊勒住他的雙頰。

有好一會兒，她蹲伏在他上方，覺得充滿力量。她沒脫襯衫，以遮掩自己的曬傷和脫皮；臉上的曬傷可以說是出去騎腳踏車太久。她用骨盆輕撫過他的尖端，輕柔地，沒有規則。隨著每次碰觸，他都驚跳一下。他整個人退化到只剩這副充滿期待的長長軀體，沒了眼睛，沒了舌頭。等他開始猛喘著氣時，她狠狠坐下去，不在乎是否弄痛他。她想到——什麼？剪刀剪開布料。兩人分開好久了，一切都好不熟悉。她下方的緊繃腹部像是焦糖布丁烤脆的表皮。他的臉發紅，嘴巴噘成魚嘴狀，像是想掙脫，然後她指甲狠狠摳進他的腰部，摳出一個個新月狀的血痕。他的背在床墊上拱起。脖子上的血管暴凸，藍色的。

他在她之前先到了高潮，所以她不會有了。無所謂。她一直在黑暗中摸索著一個什麼，總之她抓回來了。她想著自己一直不讓他講的那些話，在他心裡累積著，愈來愈沉重，直到無法負荷。儘管她把蒙眼的領帶拿掉了，但綁著嘴巴的還沒有，然後她解開他的雙手，吻了他發紫的手腕。這會兒他嘴上的領帶被口水染出一塊雞蛋形的深色，他看著她的目光很迷惑，她傾身吻了他雙眉之間。他輕輕扶著她的腰，她等著，直到她知道他不會提他所經歷的一切了，這才解開他嘴上的那條領帶。他坐起身來，吻著她頸部的脈搏。他的溫暖，她一直好想念。他的身體充滿各種臭味。他尊重這份沉默。他起身到浴室沖澡，她下樓煮麵。妓女義大利麵[11]。她忍不住要挖苦一下。

等到他下樓，他把身體側面被她抓出來的傷口讓她看。「野貓女人。」他說，他看著她的模樣，現在帶著一點小小的憂傷。

事情應該到此為止了，但沒有結束。她繼續Google搜尋李歐．森恩。聖誕節前一星期，螢幕上秀出那位青年淹死在冰冷海洋中的可怕消息，她好震驚。然後她胸中升起一股勝利感，熱切又可怕。電腦螢幕上映出了她的臉，她別開眼睛不敢看。

洛托在樓上埋首寫他的新劇作時，她到加油站的雜貨店買了一份報紙。她一直留著，等到聖誕節前一天的早晨，才把報紙放在靠近前門的鏡子下方，她知道洛托會在那裡等著瑞秋一家。他喜歡假日，正符合他熱誠又快活的本性：他會站在那裡不耐地望著窗外的鄉村小路，所以一定會看到那份報紙。然後他會知道她曉得了。那天早晨，她聽到他在樓下門廳裡吹著口哨，於是走出臥室，站在樓梯頂端看著。他對著鏡中的自己露出微笑，轉身打量一下自己的側面，一手落在報紙上。他湊近看，開始閱讀。然後他臉色發白，抓住衣帽架的桌面，好像就要昏過去了。通往廚房的後門打開，瑞秋和伊麗莎白一邊吵嘴一邊進來，三個小孩興奮得尖叫，狗一看到他們也開心地猛吠。她把那份報紙保留到這一刻，因為有其他人在場，他不會跟她吵，他不會把心裡的話說出來，免得狀況更惡化；而如果他不立刻說出來，以後就永遠不會說了。洛托抬頭看著鏡子，看到瑪蒂德在他身後的樓梯上。

她看著他注視自己。他臉上有種恍然大悟，然後消失了；他看到了她內心的這一面，嚇壞了，只看了一眼，就不願意再看下去。

她往下走了一步。「聖誕快樂！」她喊道。她很乾淨，身上有松木氣味。她下樓，像個小孩，輕盈得像空氣。

這裡多麼黑暗！——貝多芬的歌劇《費德里奧》中的男主角佛羅倫斯坦唱道，這齣歌劇是有關一樁婚姻的。

沒錯，大部分歌劇都是有關婚姻的，但是像歌劇一般的婚姻就很少了。

佛羅倫斯坦唱的那句歌詞就是這個意思。

元旦是她唯一相信有神的日子。（哈。）瑞秋和伊麗莎白和他們的小孩還在樓上客房裡睡覺。瑪蒂德在樓下烤司康鬆餅，又做了個義大利式蔬菜烘蛋。她的生活老是不停忙著招待別人，永遠忙不完。

她打開電視。螢幕上是黑色和金色的騷動，夜裡的一場大火。鏡頭照到蓋著床單的眾多屍體，整齊排列著，像是一片曠野上的營帳。一棟有著拱窗的建築物，燒得焦黑且沒了屋頂。有個人在火災前拍下了手機影片，台上的樂隊大喊著新年前的倒數，煙火冒出火星，眾人歡笑的臉。現在，在室外，人們躺在地上，或被協助送上救護車。燒得面目全非的皮膚，焦黑和粉紅。無可避免讓人想到肉。瑪蒂德覺得一股嘔吐感緩緩壓垮自己。她認得這個地方。幾天前的夜晚，她才去過的。擁擠的身體湧向鎖上的門，滿佈嗆人濃煙，尖叫。吧台前坐在那個胖大美國佬旁邊的豐滿女郎。眼睫毛濃密的酒保，

---

11 Pasta alla Puttanesca，亦有中譯為「煙花女義大利麵」，是義大利南方風味的家常麵，材料包括一般家中常備的番茄、橄欖、酸豆、鯷魚、大蒜等，料理步驟簡單，口味強烈而鮮明。

她冰冷的手碰觸瑪蒂德皮膚所帶來的震驚。當她聽到瑞秋開始下樓時，便關掉電視，趕忙帶著上帝去後院，好讓自己在戶外的冰冷中鎮定下來。

那天的晚餐桌上，瑞秋和伊麗莎白宣佈伊麗莎白懷孕了。

在床上，瑪蒂德哭了又哭，為了自己逃過一劫而慶幸又罪惡又恐懼，洛托以為是因為他妹妹有那麼多小孩，而他們卻一個都沒有，太不公平了。稍後，他也埋在她頭髮裡哭了。於是他們之間的距離縮短了，兩人再度團結同心。

8

機場的噪音震耳欲聾。奧瑞莉，十一歲，孤單一人，什麼都不懂。最後她終於看到那男人，手裡的牌子寫了她名字，於是鬆了一口氣，知道這一定是她舅舅，比她媽媽大很多歲的哥哥。她外婆總說，這個兒子是她年輕放蕩時生的。不過她年老也很放蕩。眼前這男人樂呵呵，圓圓的，紅紅的，充滿同情心。才第一眼，她就喜歡上他了。

「不，小姐，」他用英文說：「不是舅舅，是司機。」

她聽不懂，所以他比劃著開車的姿勢。她嚥下自己的失望。

「不會法文。」那司機繼續說，偶爾夾雜一兩個破碎的法文單字。「除了請跟我睡覺。」

她用力眨眨眼，然後他說：「不，不，不，不，不，請你不要。原諒我。請不要跟我睡覺。」他的臉更紅了，然後一路低笑著，直到上了車。

下了高速公路後，他幫她買了一杯草莓奶昔。味道好甜膩，而且害她胃痛，可是她全部喝光了，因為那是他的好意。她好怕奶昔滴到皮革座椅上，於是一路上小心翼翼握緊那個杯子，直到抵達舅舅的房子。

他們停在碎石車道上。對於一個有司機的人來說，這棟房子非常簡樸。傳統德語裔賓州人的農場住宅，由堅硬的岩石築成，古老的窗玻璃裡有好多氣泡，窗外的風景都變形了。那司機幫忙把行李提到她樓上房間，光那房間就是她外婆巴黎公寓的兩倍大。房間還連著她專屬的大理石浴室，鋪著一條好厚的綠色浴墊，就像公園裡初春冒出來的青草。她想立刻躺在上面睡個幾天。

在廚房裡，那司機從冰箱裡拿出一個大盤子，上頭有一片發白的炸雞排、馬鈴薯沙拉、豆子，以及一張她舅舅用法文寫的字條，說等他回家會跟她碰面。他建議，電視是學習英語的最佳管道。不准離開這棟房子。還要她列出所需物品的清單，司機會想辦法讓她明天就拿到。

他拼錯了好多字，她實在很難忽略。

那司機教她如何鎖門、設定警鈴。他那張鬆軟的臉上充滿憂慮，但他得走了。

她湊在電視前面吃，靠著那溫熱的螢幕取暖，看了一個無法理解的節目，是有關花豹的。她把吃過的餐具洗乾淨，放回她認為該放的地方，然後躡手躡腳上樓。她試了每一扇門，但除了她的房間，其他門都鎖上了。然後她洗了手腳，也洗了臉，刷了牙，爬上床，但那床太大了，整個房間充滿陰影。她拿了羽絨被和一個枕頭到空蕩的落地衣櫃間裡，躺在灰塵味很重的地毯上睡著了。

深夜裡，她忽然醒來，看到一名瘦削男子站在門口朝下看著她。他的大眼睛和蘋果頰讓她想起外婆，一對耳朵像小小的、蒼白的蝙蝠翼。他的臉讓她想到自己的母親，多年不見的母親。

「那麼，」他用法語說：「魔鬼女孩。」他似乎覺得好笑，不過他沒笑。

她感覺自己的呼吸頓了一下。從一開始，她就知道他非常危險，儘管他的外貌很和善。她得小心，不能告訴任何人。

「我不常回家，」她舅舅說：「司機會載你去買必需品和日用雜貨。他會接送你去巴士站，然後你自己搭巴士去學校。你以後會不常看到我。」

她低聲說了謝謝，因為不講話會更糟。

他打量了她半天，然後說：「我母親以前也讓我睡在她的衣櫃裡。你以後要試著睡在你的床上。」

「我會的。」她輕聲說。他關上門，她聽著他走路、開鎖、打開門、關上、重新鎖上一連串門。她繼續傾聽著這個的寂靜房子，直到那寂靜充滿她，然後她又睡著了。

剛到美國的學校，不到一個小時，坐在奧瑞莉前面的那個男生就回過頭來。他低聲說：「為什麼六怕七？因為七八九[12]！」

她聽不懂。「你好笨。」他說。

午餐是一片奇特的麵包和乳酪。牛奶聞起來餿掉了。她坐在遊樂場盡量縮得愈小愈好，但以她的年紀，她的塊頭非常大。之前開玩笑的那個男生跟其他三個男生過來。

他們故意把她的名字奧瑞莉（Aurélie）唸成別的字。「Orally, orally[13]。」然後舌頭頂住一邊臉頰內側，用手模仿著陰莖進出的模樣。

這個她就懂了。她去找老師，那老師一頭稀疏白髮，像個嬰兒似的蠕蟲，她很得意自己一早上都用她高中程度的法國方言跟奧瑞莉講話。

12「七八九」的諧音是「七吃掉九」（seven ate nine）。

13口頭地、口服地，通常亦有口交之意。

奧瑞莉盡可能說得很慢，說雖然奧瑞莉是正式名字，但在巴黎沒人這樣喊她。

一聽到巴黎，那個老師臉都亮了。「是嗎？」她用法文說：「那麼你喜歡用什麼名字？」

奧瑞莉想著。在巴黎的學校裡，有個地位比她高的女孩，矮，壯，表情冷漠，一頭飄逸黑髮。她很神祕、很酷，其他女孩都拿糖果和漫畫書去討好她。她生氣時，那張嘴吐出的狠話就像鞭子似的傷人，但她不輕易動用她的力量。她的名字叫瑪蒂德。

「瑪蒂德。」奧瑞莉說。

「瑪蒂德。」那老師說：「好。」

就這樣，忽然間，奧瑞莉身上長出瑪蒂德。她覺得瑪蒂德的平靜籠罩著自己，她冷漠的眼睛，她的敏捷。坐她前面的男生又回頭模仿口交時，她伸手狠狠掐住他的臉頰和裡面的舌頭，他痛得大叫，冒出眼淚，老師轉身只發現瑪蒂德冷靜坐在那裡。那男孩因為太吵而受到處罰。一整堂課，她就看著男孩臉頰上逐漸現出兩個紫色葡萄印子。她想吞下那兩顆葡萄。

住在格林威治村地下室公寓的那些年，她和洛托很快樂，但是窮得要命。（她的襪子都破了洞，午餐只能喝水、曬太陽。）有回他們辦了個派對，聖誕彩燈在牆上照出一長串檸檬，爛伏特加混合果汁，她正在翻音樂CD時，聽到有個人喊著**奧瑞莉**！剎那間她又回到十一歲：絕望，孤單，困惑。她趕緊轉身。但結果是她的丈夫正在大聲講話：**他不曉得那是栓劑，就當成口服藥吃掉了**（*took it orally*）！朋友們哄堂大笑；女生們拿著杯子跳舞。瑪蒂德走進臥室，覺得像個機器人似的，經過床上那三具專注的身體卻沒看一眼。她希望他們完事後會換掉那些被單。她走進落地衣櫃間，裡頭有雪松木板和她自己的氣味。她舒服地坐在她的鞋子間，睡著了。幾個小時後醒來，原來是洛托打開櫃門，看了大笑，溫柔地把她抱到床上。她很高興床墊上的床單已經拆掉了，終於只剩她和丈夫了。他溫熱、渴望的手摸著她脖子、她的大腿根部。「太好了。」她說。其實她不想要，但是無所謂。他身體的重量把她壓進床墊。瑪蒂德又緩緩回來了。（而奧瑞莉，那個憂傷、迷失的小女孩，則再度消失。）

奧瑞莉懦弱而溫和；瑪蒂德平靜的皮膚底下在沸騰。

有一回，她正在玩繩球，一個同屆男生一直贏，於是她故意把那球用力砸到他臉上，力道大得他當場倒下，頭撞到柏油地面，撞出了腦震盪。還有一回，她聽到一群女生間傳出她的名字，繼而眾人大笑。她等著。一星期後的午餐時間，她坐在其中最受歡迎的一個女孩旁邊，等到她咬了一大口三明治，就在桌子底下用叉子刺那女孩的大腿。那女孩還得吐出嘴裡的三明治，這才尖叫起來。而瑪蒂德則從容把叉子藏到一張桌子的撐架底下。她眨著大眼看著老師，老師就相信她是無辜的。

其他小孩現在看到她，臉上都帶著畏懼。瑪蒂德淡定地度過每一天，好像她在雲端，不動感情地朝下望。賓州的舅舅家只是一個住處，寒冷而昏暗，不是她的家。她想像自己過著另一種生活，跟六個姊妹一片混亂，收音機裡大聲播放著流行歌，指甲油的臭味和梳妝台上散落的髮夾。遊戲之夜大家吃爆米花，尖叫打架。夜裡其他床會傳來說話的聲音。她舅舅房子裡僅有的歡迎聲，就是電視發出來的溫暖嗡響。她模仿一齣肥皂劇《你眼中的史塔爾一家》，用那些角色的聲音跟著唸，直到她再也沒有法語口音。她舅舅從來不在家。她渴望看到那些鎖上的門後是什麼嗎？沒錯。但她沒去挑開鎖（這已經是淡定得成為奇蹟了）。每逢星期天，司機會載她去雜貨店，如果她動作快，他們還有時間，他會載她去一個河畔的小公園，用一片片白麵包餵鴨子。

她的寂寞好龐大，化身為樓上的走廊，一片黑暗，兩旁排列著上鎖的門。

甚至她有一次去河裡游泳，一條水蛭黏在大腿內側，感覺上好像很重要，因而她興奮極了，就讓它留在那裡，成天都想到它，覺得那是她看不見的朋友。有天沖澡時，水蛭掉下來，她不小心踩在上頭，她哭了。

為了盡量不回到舅舅那棟房子，她在學校加入了課後要花很多時間練習、但是不必開口講話的社團。游泳社，西洋棋社，還去樂隊學長笛。她覺得這種樂器一點都不體面，但是很容易上手。

多年後，在她最快樂的時刻，她會想起那個孤單的小女孩，像一朵嫻靜的鈴鐺花般低著頭，然而內心卻是一片大混亂。她會想狠狠打那小女孩一巴掌。或是把她抱起來，遮住她的眼睛，帶她跑到安全的地方。

十二歲時，舅舅辦了收養她的法律手續。她本來都不曉得他有這個打算，直到要去法院聽審的前一天。司機告訴了她。

那司機一年來胖了好多，肚子上都長出了一個小肚子。他幫著把她買的雜貨搬到汽車的後行李廂時，她好想把臉埋在他身上那些軟軟的肥肉裡。

「收養！這樣不是很好嗎？」那司機說：「小姐，現在你不必擔心要去別的地方了，你現在屬於這裡了。」

他看到她的表情時，伸手摸她——那是他第一次碰她嗎？——的頭頂說：「啊，小女生，不要這麼難以接受嘛。」

開車回家的路上，他的沉默就像經過的田野。被冰雪摧殘，疲倦不堪，上頭有幾隻黑色的鳥。

車子裡頭，那司機說：「現在開始，我該叫你約得爾小姐了。」

「約得爾？」她說：「但是我外婆不姓這個啊！」

司機看著照後鏡的雙眼變得歡樂起來。「據說你舅舅改姓的時候，用的是他當初到費城看到的第一樣東西。他當時去了瑞丁總站市場，第一個看到的是約得爾派。」

然後他臉上閃過一絲警覺，接著說：「可別說是我說的。」

「我要跟誰說？除了你之外，我根本不跟任何人說話。」她說。

「小甜心，」他說：「你害我心碎了，真的。」

瑪蒂德滿十三歲那年，有天發現樓下有一扇門沒鎖，開了一條縫。一定是她舅舅故意打開要讓她進去的。她心中的好奇頓時一發不可收拾，無法壓抑自己的好奇。她走進去，發現那是個圖書室，放著皮面沙發和蒂芬妮檯燈，另外還有個玻璃櫃，裡頭放的東西，後來瑪蒂德才發現是日本的古典情色書籍和圖畫。以她的高個子，輕鬆就可以拿到房間裡的任何書。那些書很奇怪，似乎是很舊的精裝書，儘管有類似的毛邊紙頁和硬殼布面裝幀，但每本書之間似乎沒有什麼系統或一致性。多年後她比較懂事且世故了，才曉得那些書是秤斤賣的，大部分是用來裝飾。但在她青春期早年，那些書像是一排齊發的子彈，來自一個比較和善的維多利亞時代的世界。她每本書都看了。她熟讀伊恩．麥克拉倫和安東尼．霍普，布斯．塔金頓和溫斯頓．邱吉爾（美國的那位），瑪麗．奧古斯塔．沃德和法蘭西絲．霍吉森．柏耐特……因而她英語課報告上的句子變得愈來愈華麗且精巧。美國的教育一直就是那樣，老師們看了她那些過分修飾的句子，仍然質疑她駕馭文字的能力。但她在國中的最後一年，贏得了所有的英語獎項。高中時代也是。在她十三歲的生日那天，她離開圖書室時關上門，心想，以這速度，等到她三十歲時，就會曉得屋裡每個房間裡面是什麼了。

只不過，一個月後，她舅舅留下一扇沒鎖的門，但不是故意的。

當時她不該在家的，當天因為學校臨時只上半天課——有一場嚴重的大風雪即將來襲——她打電話到那司機的辦公室沒聯絡上，又錯過了巴士。她在冰凍的寒風中走路回家，才走五分鐘，裸露的膝蓋就凍得痲痹了。最後三公里路，她在側吹的風中掙扎往前走，手遮在眼睛上頭擋住雪。

回到那棟石砌房子時，她還得蹲在門前台階上，雙手塞進胸罩底下，好讓手回暖，才有辦法拿鑰匙開門。她聽到屋裡有人聲，是來自走廊盡頭的圖書室。她脫掉鞋子，雙腳凍得像冰塊，悄悄走進廚房，裡頭的料理台上有兩個吃到一半的三明治，還有一包烤肉口味的洋芋片攤在那裡。一根香菸扔在茶杯裡繼續燃燒，燒出了五公厘的灰。朝窗外看，暴風雪幾乎是黑色的。

她試著不出聲音走向樓梯，但突然停下：樓梯下方有個小房間，她從沒見過門打開，直到現在。她聽到腳步聲，於是走進那小房間，悄悄關上門。上方的燈亮著，她關掉了。她蹲在一座奇怪的馬頭雕塑旁邊，用手掩住口鼻。那腳步聲經過，接著是幾個響亮的男性聲音和更多腳步。在黑暗中，她回暖的皮膚刺麻，像是爬滿了嚙噬的螞蟻。

巨大的前門轟然關上。她等了又等，但可以感覺到整棟房子都空了，只剩她一個人。

她把燈打開，看到她之前只模糊看到的。沿著牆壁是一些正面對著牆的油畫，還有一些小件雕塑。她拿起其中一面油畫板，很沉重，很結實。她把畫翻轉過來，差點掉地。她這輩子從來沒見過這麼完美的東西。底部的前景，有一匹曲線優美的白馬，上頭騎著穿藍袍的男人，那布料好鮮活，她還伸手摸了一下，才能確定那不是真的布。藍袍男人後方還有其他男人、其他馬，以及一片崎嶇的岩石立面。上方背景的藍天下，是一座柔和、灰黃的城市，完美得像是用骨頭做的。

她記住這件作品。最後她把畫放回去，脫掉毛衣，把頭髮和衣服滴下來的融雪擦乾淨。她走出來，關上門，當她聽到鎖落回原處的聲音，心中湧起一股強烈的失落感。

她上樓躺在黑暗中，閉上眼睛，腦中又重新浮現出那張油畫板。當司機進門，擔心地喊著她名字時，她伸手到窗外抓了兩捧雪，抹在頭髮上，然後跑下樓去廚房。

「啊，孩子，」他說，重重地坐下：「我還以為你在風雪中不見了。」她不介意他的關切既是為她、也是為自己，如果她真的失蹤了，他自己也會有危險的。

「我幾分鐘之前才進來的。」她說，還在發抖。他抓住她的手，感覺到有多麼冰冷，於是要她坐下，動手泡了杯熱可可，又做了巧克力碎片餅乾。

瑪蒂德十四歲生日時，舅舅帶她出門吃晚餐。這三年來，他們從來沒有一起吃過飯。她那天回家，打開自己的房門，看到他在她床上放了一件紅色連身裙，像個瘦女孩被推倒躺在上頭。禮服旁邊是她的第一雙高跟鞋，八公分高，黑色的。她慢吞吞換衣服。

餐廳裡很溫暖，是農場住宅改建的，跟她舅舅家頗為相似，但是壁爐裡燒著火。她舅舅在金黃色的光線下像是生了病，皮膚看起來有如燒得半融化的獸脂蠟燭。她坐定了，看著他幫兩人點菜。凱撒沙拉。韃靼牛肉上打一個鵪鶉蛋，然後是菲力牛排。配菜是烤馬鈴薯和蘆筍。隆河葡萄酒。瑪蒂德自從在電視上看到揭露大規模飼養業的報導，就開始吃蛋奶素，那個報導節目中，牛被吊掛在鉤子上活宰，雞塞在籠子裡擠斷了腿，接下來就黏在自己拉出來的雞屎上，直到被送去宰掉。

沙拉上來了，他舅舅用叉子捲起一條褐色的鯷魚，用法語恭喜她這麼沉著又自立。他嚼都沒嚼就吞下食物，像鯊魚，她從電視上知道的。

「沒辦法。我一直被丟下不管，完全只有我一個人啊！」瑪蒂德說。她好恨自己的嘴巴抽動著，不聽使喚。

她舅舅放下叉子看著她。「啊，拜託，奧瑞莉。你沒挨揍，也沒挨餓。你可以上學，去看牙醫，去看醫生。我小時候可沒有這些。你太誇大了。又不是在演《孤雛淚》，你也不是在煤礦裡做苦工的小孩。我對你很仁慈了。」

「鞋油工廠，狄更斯曾在鞋油工廠做工。」她說，然後改講英語：「不，我可不會說你從來就不仁慈。」

他沒聽懂，但感覺到她話中的羞辱意味。「無論如何，你只能依靠我了。他們喊你惡魔女孩，但是我必須說，我始終沒看到你是惡魔的證據，讓我很失望。要不是你根本不是，就是你學會掩飾了，就跟所有厲害的惡魔一樣。」

「或許活在恐懼中，可以逼走一個人身上所有的惡魔，」她說：「用驚恐驅魔。」她喝了口水，然後倒了一滿杯葡萄酒，全部喝光。

「你沒看到任何你該害怕的事情。」他說。他身體前傾，露出微笑。「如果你想要的話，我可以改變這點。」

一時之間，她嚇得停止呼吸。或許是因為剛剛那杯酒，害她的視線模糊了。「不必了，謝謝你。」

「不客氣。」他說。他吃光他的沙拉，擦擦嘴，說：「沒有人跟你說過，你爸媽生了新的小孩。新的，唔，總之比較新。一個三歲，一個五歲。兩個都是男孩，應該算是你的弟弟吧。我本來想把我妹寄來的照片給你看的，但我好像弄丟了。」

（很奇怪，事物總會令人聯想到它們所代表的某些傷痛：凱撒沙拉永遠就代表著哽咽的憂傷。）

她看著舅舅頭頂上的一個光點微笑，那是一個古董氣壓表，映著壁爐的火光。同時也照著她舅舅尖尖的耳朵。她什麼話都沒說。

等到菲力牛排上來，他說：「你很高，又瘦。長得古怪，現在時尚界似乎很喜歡長相古怪的人。或許你可以去當模特兒，甚至能賺錢去讀大學。」

她緩慢而均勻地小口喝著水。

「啊，」他說：「你以為我會供你讀大學，但我的責任只養到你十八歲。」

「你供得起我讀大學的。」她說。

「沒錯，」他說：「但是我倒有興趣看看你會怎麼辦。奮鬥造就個性。沒有奮鬥，就沒有個性。我這輩子沒有人給過我任何東西，一件都沒有。全都是我掙來的。」

「結果看看你現在的成就。」她說。

他對她微笑，像她外婆，像她多年不見的母親，只是沒有一絲溫暖，讓她皮膚刺痛。「你小心點。」他說。

她盤子上沒動過的牛排開始模糊，然後又緩緩變得清晰。「你為什麼恨我？」她說。

「啊，孩子。我對你沒有任何感覺，好壞都沒有。」他說，這將是他對她說過最仁慈的話了。

他呼哧呼哧地吃掉了義式奶酪，雙下巴沾了鮮奶油。

帳單送上來，一名男子走向他舅舅，跟他握手，朝他附耳說了些話，瑪蒂德慶幸地別開臉，因為她從眼角看到門口有微微的動靜。一隻白色的貓把頭探入餐室，前爪拖著緊繃的身體進來，開始定睛看著柴堆不動。小老虎在打獵。過了一會兒，瑪蒂德看那貓一直不動，只有尾巴末梢的小小抽搐顯示牠還活著，於是她也就鬆懈下來；然後，毫無徵兆地，那貓跳起來。牠回頭時，嘴裡叼著一個軟啪啪的、彷彿沒有骨頭的灰色東西。一隻田鼠，瑪蒂德猜想。那貓快步離去，尾巴得意地搖晃。她轉回身子面對她舅舅和他的朋友，這才發現他們正充滿興味地看著她。

「迪米崔說你就是那隻貓。那隻貓就是你。」她舅舅說。

不。她向來討厭貓，牠們似乎充滿憤怒。她把餐巾放在桌上，朝他們露出大大的笑容。

9

唯一不斷回來又回來的人，是瑞秋。

瑞秋做了湯和佛卡夏麵包，瑪蒂德拿來餵狗。

瑞秋單獨回來，或帶著伊麗莎白，或帶著小孩，那些小孩跟上帝在田野裡奔跑，跑到狗累垮，然後孩子們梳理掉狗身上所有的碎草和黑莓，接下來幾小時就讓狗軟弱地趴在那邊喘氣。

「我不想見到你，」有天早上瑞秋獨自帶著乳酪丹麥酥和果汁跑來，瑪蒂德朝著她大吼：「你走開。」

「隨你怎麼罵我。」瑞秋說。她把丹麥酥放在門墊上，又站直了身子，在微量的晨光中兇巴巴的。她手臂上那個醜死人的刺青，一堆蜘蛛網和美人魚和一顆小小的大頭菜，某種性虐待捆綁幻想曲，或至少是一個混合的隱喻。這家人都有結合比喻的天份。瑞秋說：「我不會離開，我會一再回來，直到你好起來。」

「我警告你，」瑪蒂德隔著玻璃門說：「我是你認識的人裡頭最壞的。」

「才不是呢，」瑞秋說：「你是我見過最好心、最慷慨的人之一。你是我的嫂嫂，我愛你。」

「哈。你根本不了解我。」瑪蒂德說。

「我就是了解。」瑞秋說。瑪蒂德大笑，儘管她始終有點難過瑞秋一點都不像她哥哥那麼高大又亮眼，但現在她在他妹妹的臉上看到了洛托的影子，一邊臉頰上都有淺淺的酒渦，強壯的牙齒。瑪蒂德閉起眼睛，鎖上門。然而，懷著永無止盡的神經質和精力，瑞秋還是一再回來。

她在游泳池畔的小屋睡著了。洛托死去六個月了，現在是苦熱的八月。他們的老朋友山繆這天早上來跟她抗議，氣得鼻孔張大，而她在池畔小屋按兵不動，只聽到他繞著屋子走，大吼她的名字。

啊，小山繆！她心想，傾聽著。一個腐敗參議員父親生出他這樣好心的兒子。整個已經變成了笑話。山繆的種種考驗難以置信，酒醉駕車，離婚，罹癌，三十來歲時房子被燒毀。一年前山繆夜裡看完電影走路回家，碰到一個種族主義者，被打到腦震盪。他不是最聰明或最勇敢的，但他天生有種超乎常人的自信。聖經裡歷經上帝種種試煉的約伯比起他來，簡直就是個愛哭鬼。

她醒來時，山繆已經離開了。她渾身大汗，嘴裡像砂紙黏了柏油，她想到放在廚房料理台上的那些莓果，幾乎可以嚐到莓果派的滋味了。奶油，柳橙皮，夏日的精髓，鹽。她聽到又一輛汽車轉入碎石車道，上帝在廚房裡吠叫。她走過太亮的草地進屋裡，上樓去臥室看看誰來了。天氣太熱，就連瑪蒂德剪下來插在房間裡的那幾朵萱草，彷彿也在出汗。

一個年輕人踏出一輛廉價小車：韓國現代或起亞的車款，租來的車。從紐約市來的小夥子。小夥子，唔。三十歲上下。獨自過日子這麼久，瑪蒂德都開始認為自己是個乾癟的老太婆了。每回照鏡子總要嚇一跳，沒想到自己這麼年輕。

這個人手腳靈活地走在車道上，其中有個什麼吸引了她。他中等身材，深色頭髮，長睫毛和輪廓分明的下巴，相當俊美。她心跳加快，因而覺得很不安。過去幾個月來，她已經慢慢發現那是一種憤怒和慾望融合為一的怪物。好吧！只有一個辦法可以驅魔！她嗅嗅腋下，沒辦法，只好去開門了。

那青年走向前門時，忽然抬頭看著窗邊的她，把她嚇了一跳：她現在都穿洛托的白T恤，身上這件已經被汗水溼透，變成透明的，她的乳頭都秀出來見客了。她套上一件束腰寬鬆外衣，下樓幫那小夥子開門。上帝嗅著他的鞋子，他跪下來拍拍狗。等到他站起來跟瑪蒂德握手時，手掌表面沾了細細一層狗毛，底下有點溼黏。他碰觸到她的那一刻，眼淚奪眶而出。

「唔，」她說：「我明白，又是一個來悼念我丈夫的。」

她丈夫是失敗演員的主保聖人。因為現在很清楚了，這小夥子是演員。她有那種自信過頭的舉止，以及善於察言觀色的機靈。過去多年，好多演員都曾跑來向這位偉人朝聖，就像聖經裡碰觸基督衣角就病癒的人；但現在沒有衣角可以讓他們碰了，除了書和手稿，瑪蒂德幾乎把洛托的所有東西都送人或丟掉了。剩下的只有瑪蒂德，他的黃臉婆。

「我從來沒有跟他正式見過。但是我想，你可以說我是來悼念他的。」那小夥子說，轉身擦擦自己的臉。他又轉身回來時，臉紅紅的很難為情。「真是對不起。」他說。

「我有冰紅茶，」瑪蒂德聽到自己說：「你在那張搖椅上等一下，我去倒茶來。」

等到她倒了茶出來，那小夥子已經冷靜下來。汗水染溼了他太陽穴的捲髮。她打開遊廊頂的電扇，把托盤放在小桌子上，另外還帶了檸檬方塊糕要自己吃。她好幾個月來都只以葡萄酒和糖維生，操他的，她從來沒有過真正的童年，如果不用性愛和糖果來緩解自己長期的怒氣，那還算悲慟嗎？

那個小夥子端起自己那杯茶，摸摸托盤，那是她在倫敦的一家舊貨店買的。他摸著托盤上的紋章，唸著上頭的拉丁文格言：「*Non sanz droict*（並非無權）。」他在椅子上驚跳起來，冰紅茶灑在膝上，然後說，「老天，那是莎士比亞的家徽——」

「冷靜點，」她說：「這是維多利亞時代的東西，仿冒品。他當初的反應跟你一模一樣。他以為這是莎士比亞家祖傳的東西，興奮得差點尿溼自己。」

「這麼多年來，我一直夢想著開車來這裡，」那小夥子說：「只是來打聲招呼。我夢想著他會邀我進門，我們會好好吃一頓晚餐，一直聊個不停。我一直覺得我們會很談得來，他和我。蘭斯洛。和我。」

「他的朋友喊他洛托，」她說：「我是瑪蒂德。」

「我知道。惡龍人妻。」他說：「我是蘭德。」

她很慢很慢地說：「你剛剛說我是惡龍人妻？」

「喔，對不起。我們演出《魔法書》和《毒眼國王》時，劇團裡的演員都這樣說你。是重演的，不是首演。當然啦，你也知道。因為你很保護他。你會確保他準時拿到錢，幫他擋掉閒雜人等，而且你做這一切的時候，做得好像非常周到有禮。我想這是個尊稱，就像是一個你參與的笑話。」

「不，」她說：「我不在這個笑話裡。」

「糟糕。」他說。

「沒錯，」過了一會兒瑪蒂德說：「我可以噴火的。」

她想著洛托後來那些年，很多人都喊他獅子。因為他生氣的時候可能會大吼。他看起來也像頭獅子：一頭雜著白色的金髮，精緻而輪廓分明的顴骨。他會跳上舞台，被某個搞砸他珍貴台詞的演員激怒，然後他會走來走去，高大而健美的身軀流暢又敏捷，咆哮著。他可以很致命，很殘酷。這個稱號也算貼切。但拜託，瑪蒂德很了解獅子。公獅總是很優美，趴在太陽底下發懶。而遠遠不如公獅那麼漂亮的母獅，才是帶著獵物回來的人。

那個小夥子滿身大汗，藍色牛津襯衫的袖子都黏在身上了。他散發出來的氣味並不討厭，是一種乾淨的臭味。好笑，她心想，看著遠處河堤上的金魚草。她母親以前聞起來有冷冷的魚鱗味，她父親則是石頭粉塵和狗的氣味。她想像自己從沒見過的婆婆安托奈特聞起來像爛蘋果，雖然她的信紙總是散發出嬰兒爽身粉和玫瑰香水的香氣。莎莉是澱粉漿、雪松的氣味。她死去的外婆是檀香。她舅舅是瑞士乳酪。人們告訴她，說她聞起來像大蒜，像粉筆，或沒有氣味。洛托，很乾淨的氣味，脖子和肚子像樟腦，腋下像通電的硬幣，鼠蹊像氯。

她吞嚥著。這類事情，只有思緒邊緣會注意到的細節，將一去不復返了

「蘭德，」瑪蒂德說：「像你這樣的人，叫這種名字好怪。」

「是羅蘭德的暱稱。」那小夥子說。

八月豔陽照著河流，天空有一波綠色的雲正在成形。現在還是熱得不得了，但鳥兒已經停止啼叫。一隻野貓迅速奔過馬路。很快就會下雨了。

「好吧，羅蘭德，」瑪蒂德說，忍住一聲歎息：「談談你自己吧。」

蘭德說出她已經知道的：他是演員。在一齣肥皂劇裡面當個固定的小配角，不是什麼大戲，但是賺的錢可以付帳單。「《你眼中的史塔爾一家》？」他說：「聽過嗎？」他充滿希望看著她，然後扮了個鬼臉。「我明白了，」他說：「你不迷肥皂劇，我也不迷。工作很無趣。不過我一到紐約就得到這份工作。十五年前，我去參加的第一個選角甄試，而且酬勞很好。夏天不拍攝的時候，我就可以去演

舞台劇。」他聳聳肩。「我不是超級巨星，但我一直有工作。我想，這也算是一種成功吧！」

「你不必為自己有固定演出機會而辯駁。」她說。她覺得自己無所顧忌，不忠實。「洛托當演員的時候，從來沒有這樣的機會。那些年要是有一些進帳的話，就會讓我們鬆一口大氣。我拚命工作，而他呢，最多就是一年七百美元，一直到他開始寫作為止。」

「謝天謝地，他後來開始寫作了。」蘭德說。他告訴她，每年生日，他都會休息一天，開車出城到海灘，閱讀《源泉》。蘭斯洛的天才一直都被低估了。

「他也會同意的。」瑪蒂德諷刺地說。

「但是我喜歡他這點，他的自大。」蘭德說。

「我也是。」瑪蒂德說。

天空的雲變得像黑莓果醬，模糊的雷聲從北方傳來。除了坐在這裡，她唯一能做的，就是退入她身後屋內的涼爽陰影裡，看著窗外，但她坐在椅子上不動。

她喜歡這個小夥子，非常喜歡，超過洛托死後她認識的任何一個男人。她可以張開嘴巴，把這個甜美的小夥子吃掉：他身上有一種自在，一種溫文爾雅，她向來很喜歡男子氣概的男人有這類特質。

「老實跟你說吧，我很想認識你，幾乎就跟想認識他的程度一樣。」蘭德說。

「為什麼？」她說，臉紅了。調情？也不是不可能。

「你是沒說過的故事，」他說：「是個謎。」

「什麼謎？」

「他選擇共度此生的女人。」蘭德說：「他很容易了解。有幾百萬個訪談，而且他所創作的劇本，等於開了一扇窗戶，讓人看見他這個人。但你背對窗戶，躲在裡頭。你比較吸引人想探究。」

他們坐在門廊上靜靜地流汗，瑪蒂德沉默了好一會兒才說：「我沒有比較吸引人。」

但她心底明白，自己的確是比較吸引人想探究的。

「你真不會撒謊。」

她看著他，想像他在床上，健康動人的手指，肌肉發達的頸部，強壯的下顎，還有衣服底下美好的身軀，以及善解人意的臉。她知道他在床上一定很厲害。

「我們進去吧。」她說著站了起來。

他眨著眼，很驚訝。然後他站起來，幫她打開門，跟著她進去。

他很體貼，溫柔又強壯。但有個什麼不對勁。倒不是因為她比他老很多：她估計兩人差了十歲，頂多十五歲。也不是她其實不算真的認識他。過去六個月來，任何她帶上床的人，她也不算真的認識。她之所以喜歡那些男人，就是因為不曉得他們的故事。但她和蘭德在臥室時，她回頭看著他顴骨高高的臉，而他一手抓著她的短髮，另一手扶著她的肩膀，儘管感覺很棒，但她就是無法專心。

「我再也忍不下去了。」他說，他一身晶亮的汗。

「那就不要忍。」她說，於是他很紳士，最後關頭退出來呻吟著，她感覺背後尾骨上方有一股熱意。

「好極了，」她說：「這招還真是超級性感啊。」

他笑了，用一條熱毛巾幫她擦拭乾淨。在窗外，河邊的灌木被強風吹得扁平，零落的雨點開始降下。「對不起，」他說：「我不曉得還能怎麼做。我不想，你知道。害你懷孕。」

她站起來，雙手舉高伸了個懶腰。「別擔心，」她說：「我很老。」

「你才不老呢。」他說。

「唔。我不能生育。」她說。她沒說**是故意的**。他點點頭，想了一下，忽然開口：「這就是你們沒有小孩的原因？」然後他紅了臉，雙手交抱在胸前說：「真對不起，我太沒禮貌了。我只是很好奇為什麼你和他沒有。我的意思是，沒有小孩。」

「沒錯，就是這個原因。」

「是身體的問題嗎？」他說：「我太冒失了。如果你煩了就不要回答吧。」

「我年輕時就動了絕育手術。」他的沉默很明顯，於是她說：「他不曉得。他以為我只是生不出來。這樣默默受苦，讓他覺得自己很了不起。」

她為什麼要跟這個小夥子說這些？因為沒有風險。洛托不在了。這個祕密不會傷害任何人了。何況，她喜歡這個小夥子，想要給他一些什麼。之前來朝聖的人幾乎拿走了其他所有東西。她懷疑他還別有隱瞞的動機。一篇文章，一本書，或是在某個時間點會有一次祕密揭露。如果他寫到性交、暴風雨，她就會顯得很絕望或憂傷或兩者皆是……這些全都很準確，所以就讓他寫吧。

「可是你為什麼不告訴他？」他說。啊，他的口氣好像隻幼犬，在替他丈夫覺得受傷。

「因為這個世界不需要我的基因。」她說。

蘭德說：「可是他的基因呢？我的意思是，生出來的小孩可能也會是天才啊。」

瑪蒂德穿上浴袍，手撫了一下頭上的短髮。她看著鏡中，欣賞自己粉紅的臉頰。雨重重打在屋頂；她喜歡那聲音，喜歡灰色的舒適感，還喜歡外頭下著大雨。

「洛托會是一個很棒的父親，」她說：「但天才的小孩從來就不會是天才。」

「那倒是真的。」蘭德說。

她摸他的臉，他瑟縮一下，然後往前靠，讓自己的臉頰靠著她的手。真像個小寵物，她心想。

「我想幫你做晚餐。」她說。

「我喜歡晚餐。」他說。

「然後我希望你再跟我上床。」她說。

「我樂意再跟你上床。」他大笑說。

次日黎明，她醒來時，屋子裡一片寂靜，她知道蘭德走了。

可惜，我可以留著他一陣子，她心想。找他當清理泳池的猛男，當人身的心肺有氧健身機。上帝在門邊哀鳴，不高興被關在外頭。瑪蒂德走出房間時，那狗趕緊跑進去，衝到床下。

在廚房裡，有盤做好的水果沙拉。他還煮了咖啡，現在只剩微溫。在那個藍色大缽裡，之前花園裡採來的綠番茄已經轉紅，貼心的小夥子在裡頭留了字條放在信封裡。瑪蒂德任由那信封擱在那裡，好幾個星期後才打開來看。看著那信封，白色放在紅色裡、再放在藍色裡，讓她在丈夫過世後第一次覺得，好像屋裡有個和善而溫柔的同伴。她心中一個熱熱的東西開始冷卻，同時開始變得堅韌。

讓我快樂，科學怪人對創造他的人說，**我就會重拾美德。**

10

瑪蒂德十六歲時，有天醒來，發現她舅舅朝下看著她；她已經學會睡在床上了。他說：「奧瑞莉，這件事很重要。不准下樓。」他講完話後，她聽得到下方傳來幾個男人的聲音，叫嚷，音樂。舅舅面無表情，但臉頰很紅。之前沒人告訴過她，但她已經開始明白舅舅在掌管某種不良幫派。他常待在費城。他常對著早期那種又大又厚重的手機低聲下令，還常莫名其妙地離開好幾個星期，回來時都會曬得更黑。（童年時那個又冷又餓而啜泣的小男孩身影，在他身上還是很明顯。但是不那麼可愛了，那是一種從掙扎求生而孕育出來的邪惡。）他講完後離開她房間，她呆躺在床上一會兒。現在那些叫嚷聲聽起來似乎沒那麼歡樂了。她聽到憤怒、恐懼。等她有辦法動了，就把房裡沙發拖去抵著牆邊，又把被子和枕頭放在沙發後面，然後在那個只能容身的空間裡，又很快睡著了。據她所知，那一夜沒有人來過她房間。然而，空氣感覺上被攪動過了，彷彿她勉強躲過一劫似的。

她像一隻老鼠般悄悄爬過青春期那幾年。長笛和游泳和讀書，全都是不必講話的活動。她讓自己變得盡量渺小，小得會讓舅舅忘了她。

高中畢業班那一年，她收到一封信，說她申請的大學錄取她了。她申請得很早，只因為她很喜歡申請書上那些古怪的問題。這些小事情竟能決定一個人的命運。但幾天後，她滿肚子歡喜的烈焰燒得只剩餘燼，因為她發現自己付不起學費。而如果她沒辦法付學費，就不能去讀了。事情就這麼簡單。

她搭了火車去紐約市。日後她將會明白，火車和紐約會在她的人生留下傷疤。

她穿了十四歲生日時舅舅買給她的紅洋裝，還有那雙害她腳好痛的高跟鞋。她把一頭金髮綁成辮子盤在頭上，從鏡子裡看著自己稜角分明的臉、奇怪的睫毛、厚厚的嘴唇。她看不出自己美在哪裡，但是希望別人看得出。後來，她會因為自己的無知而臉紅。她不知道應該穿胸罩，不知道該把陰毛修到青春期前的狀態，也不知道要帶照片。她連世上有臉部特寫照片這種事都不曉得。

一名男子坐在車廂後方的座位，看著她慢吞吞走進來。那男人露出微笑，看著她身體移動的姿態，像是剛從箱子裡拿出來，下巴昂得老高。過了一會兒，他沿著走廊往前，儘管整個車廂其他位置都是空的，但他偏要坐在她對面。她感覺到他在看她，於是盡量拖延著不理會，最後等到她抬頭，他還在那裡。

他笑了。他有一張醜醜的獒犬臉，外突的眼睛和下巴。那對眉毛讓他像個搞笑藝人，挑得老高，給人一種親切而淘氣的感覺，彷彿他就要在她耳邊低聲說出一個笑話最末的關鍵句。不知不覺間，她也身體前傾。這應該就是他想達到的效果，一個愉快的鏡像動作，讓對方迅速跟著他照做。他每回參加派對都是安靜的伏兵；從來不說話，但每個人都相信他很討人喜歡。

他看著她，她假裝讀她的書，整張臉燒紅起來。他身體前傾，雙手放在她的膝蓋，兩根大拇指貼著她大腿內側。他的氣味很好聞，像馬鞭草和細皮革。

她往上看。「我才十八歲。」她說。

「那更好。」他說。

她站起來，搖搖晃晃走到洗手間，一直坐在那裡，雙臂抱緊自己，直到列車長宣佈紐約市的賓州車站到了。她下了車，有重獲自由之感——她來到紐約市了！——很想奔跑或大笑。但當她快步走向她以為的未來時，抬頭看到一家甜甜圈商店旁玻璃上映出的鏡影，發現車上那名男子跟在她後方十來公尺處，不慌不忙。她繼續往前走，覺得腳跟發痛，逐漸磨出水泡。然後在街上，水泡磨破時，她感覺到一陣釋放的暖流，接著是刺痛。但她驕傲得不肯停下腳步。

她一路沒停，走到了模特兒經紀公司所在的那棟大樓。門口的兩個警衛已經見多了漂亮、走路不穩、年紀太小的女孩，於是就放她進去了。

她進去待了幾個小時。而這幾個小時，他就坐在對面的小餐館裡，面對著一杯檸檬水和一本精裝書，等待著。

她出來時，覺得全身發軟，下眼瞼發紅。她的辮子在反常的熱天氣裡起了毛。他跟著她在街上走，手上拿著一個塑膠袋和一本書，直到她從大步行走變成跛行，然後他走到她面前，說要請她喝咖啡。打從昨天的晚餐後，她就沒吃過東西了。她雙手叉腰，瞪著眼睛，然後右轉進入一家三明治店，點了一杯卡布其諾（*cappuccino*）和一份莫札瑞拉乳酪三明治（*mozzarella panini*）。「豬玀馬利亞，」他用義大利語咒罵著粗話，「應該是*panino*，是單數。」

她轉向櫃台的年輕女服務生說：「我想要兩份三明治（*panini*），兩杯卡布其諾（*cappuccini*）。」這樣用ｉ字尾的複數形就沒錯了。

他低聲笑著付了帳。她緩緩吃著這兩個三明治，每一口都嚼三十下。她東看西看、哪裡都看，就是不看他。她之前從沒喝過含咖啡因飲料，結果害她手指顫抖個不停。她決定用大吃大喝來嚇跑這個男人，於是又點了法式閃電泡芙和卡布其諾，但他什麼都沒說就付了帳，看著她吃。

「你不吃？」她說。

「吃得不多，」他說：「我以前很胖。」

這會兒，從他不協調的雙下巴和瘦肩膀，她看得出以前那個悲慘的胖男孩，忽然想把心裡的那份沉重向他傾訴。

「他們說我得減肥五公斤。」她說。

「你很完美，」他說：「叫他們去跳河吧。他們拒絕了你？」

「他們說我得先減肥五公斤，然後寄照片給他們，他們就會先讓我從商品目錄開始，慢慢往上爬。」

他嘴角咬著吸管打量她。「但你不甘心這樣。因為你不是那種從卑微底層做起的姑娘，你是個年輕的女王。」

「不。」她說。她努力控制情緒，不讓臉上透露出來。外頭開始下雨了，又大又重的雨點落在炎熱的路面上。一股污濁的臭味從地面升起，空氣開始變涼了。

她聽著雨聲，同時他身體前傾，拉起她的腳捧在手裡，脫掉鞋子。他打量那破掉流血的水泡，先用一張餐巾沾了冰水擦乾淨，然後從手邊藥房的塑膠袋裡——剛剛趁她到經紀公司時，他去了藥房一趟——拿出一盒繃帶和一管軟膏。他處理完她的雙腳後，拿出一雙塑膠拖鞋，上頭有彈力按摩珠。

「你知道。」他說，把她的雙腳放回地上。那種解脫之感讓她差點哭了出來。「我很會照顧別人。」他說，從口袋掏出一包溼紙巾，仔細把手擦乾淨。

「我知道了。」她說。

「我們可以當朋友，你和我。我沒結婚。」他說：「我對女生很好，不會傷害任何人。我一定會好好照顧你。而且我很乾淨。」

他當然很乾淨，手上的指甲像珍珠似的，皮膚有肥皂泡般的光澤。後來，她聽說了愛滋病，才終於明白他的意思。

她閉上眼睛，努力把許久以前的瑪蒂德——巴黎校園裡的那個——朝自己拉近。她睜開眼睛，沒照鏡子擦了口紅，用餐巾紙抿抿嘴唇，雙腿交疊起來，然後說：「所以呢？」

他低聲說：「所以。來我的公寓。我會幫你做晚餐。我們可以」——他的雙眉往上揚——「談談。」

「不要晚餐，不必了。」她說。他看著她，評估著。

「那麼，我們可以做個交易，協商一下。留下來過夜，」他說：「如果你能說服你爸媽，說你在城裡碰到一個同學。我可以冒充你同學的爸爸跟他們講電話。」

「爸媽不是問題，」她說：「我只有一個舅舅，他才不在乎。」

「那問題是什麼？」他說。

「我不便宜。」她說。

「好吧。」他往後靠回去。她想打爛他從沒講出口的那個潛在笑話，用拳頭打扁。「告訴我，年輕的女王，在這個世界上，你最想要什麼？」

她深吸一口氣，膝蓋緊緊併攏，免得發抖。「大學學費，」她說：「四年。」

他雙手平放在桌上，大笑一聲。「我還以為是什麼名牌包包呢，不過你想的是長期契約？」他說。

她心想：啊。（太年輕！太容易驚奇了。）然後又想：喔，不，他剛剛在嘲笑她。她覺得臉燙紅起來，大步走出店門。他跟著她走到門口；西裝外套罩在頭頂，招了雨篷底下的計程車過來。或許他是糖絲做的，遇水就會融化。

她上了車，他彎腰站在車門邊，但她不肯往內移，好讓他上車。「我們可以談談這件事，」他說：「對不起。你剛剛讓我太驚訝了，如此而已。」

「忘了這件事吧。」

「怎麼忘得了？」他說，他輕輕碰觸她的下巴，她得很努力抗拒那股閉上眼睛、靠在他手掌上的衝動。

「星期三打電話給我。」他說，在她手上放了張名片，以為她又會拒絕，但她沒有，也沒把名片揉成一團。他丟了張鈔票到前座給司機，輕輕關上門。稍後，在火車上，瑪蒂德望著窗玻璃，蒼白的臉浮在一片飛掠而過的綠色的賓州上。她想得好專心，根本沒注意到自己的臉或風景。

下個星期六，她又去紐約市。之前他們通了電話，他柔聲提出要先試用。瑪蒂德一身同樣的紅洋裝、高跟鞋、髮型。試用？她想著自己在巴黎的外婆，她那凌亂的優雅，窗台上被老鼠咬過的乳酪，還有那種瘋狂的自尊。瑪蒂德當時在衣櫃間裡常常想著：我永遠、永遠不會變成這樣。我寧可死掉。說永遠都是騙人的。她根本沒有更好，而且時間用完了。那男人在火車站外頭等她，但她坐上那輛加長型禮車的皮革座椅時，他沒碰她。他吃了喉糖，空氣中有喉糖味。她的眼睛是乾的，但整個世界已是一片朦朧。她喉嚨裡有個腫塊，大得喉嚨都容納不下了。

那棟公寓大樓的門房是個毛髮很多、矮小的男子，她猜想是地中海沿岸的族裔，不過她始終沒正眼看他。門廳裡全是光滑的大理石。

「你叫什麼名字？」那男子在電梯裡說，聲音很悅耳。

「瑪蒂德，」她說：「你呢？」

「艾瑞爾。」他說。

她看著自己映在黃銅門上的鏡影，一抹紅色和白色和金色，然後很小聲說：「我是處女。」

他從胸袋裡掏出一條手帕按按前額。「我絕對不會認為你不是。」他說，同時像是講完笑話般認真鞠了個躬，然後幫她扶著門，讓她進屋去。

他給了她一杯冷氣泡水。這戶公寓好大，或至少看起來是如此，兩面玻璃牆，另一面是白的，上頭掛著幾幅巨大的油畫，看起來像是閃著色彩。他脫掉西裝外套掛起來，然後坐下說：「把這裡當自己家。」

她點點頭，走到窗邊，看著外頭的城市。

過了一會兒，他說：「把這裡當自己家，我這句話真正的意思，是請你脫衣服。」

她轉身背對他。她脫掉鞋子，拉下洋裝的拉鍊，讓洋裝落到地上。她的內褲是黑色棉質的，小女孩的款式，上星期經紀公司的那些人看了就笑。她沒穿胸罩，因為不需要。她轉回身來，雙手放在身後，勇敢地看著他。

「全部。」他說，於是她緩緩脫掉內褲。他注視著她，讓她等。「請轉身。」他說，她照做了。外頭的建築物在昏暗的霧中變得模糊，所以當對面那些大樓裡亮起燈時，像是一個個浮在空中的方塊。

等到他站起來走向她，她已經全身顫抖。他摸摸她兩腿間，抽回手，看到手指溼溼的，露出微笑。

他的臉肉呼呼的，相形之下，身體似乎太瘦了，而且幾乎沒有毛髮，只除了乳頭周圍一圈，還有肚臍到鼠蹊的一塊深色箭頭狀區域。他躺在白色沙發上，讓她蹲在他上方，直到她的大腿灼痛且顫抖。然後他抓住她的臀部，忽然把她往下拉，看到她一臉痛苦，便露出微笑。

「長痛不如短痛，親愛的，」他說：「這是第一課。」

她不知道是什麼讓她沒站起來、穿上衣服、逃走。那種痛，感覺上像是恨。為了忍受疼痛，她就數著數字，定定瞪著黑暗中的一個金色方窗。他抓著她的臉，逼她面對自己。「不，」他說，「拜託看著我。」她看了。房間角落有個人工的光亮，是數位時鐘，照得他頭部側面閃著淡綠色。他似乎在等她痛得退縮，但她沒有；她努力保持面無表情，同時有一股壓力愈來愈大，終於爆炸，繼而緩和並消失，然後她站起來，感覺雙腿好緊，體內有一股灼痛。

他拿了一根香蕉切了片，放在她身上，接著慢吞吞地吃掉，這就是他的晚餐。「再多，」他說：「我就會發胖。」至於給她的，他從對街叫了烤乳酪三明治和薯條，湊近了看著她的嘴吃掉每一口。「再多沾點番茄醬，」她說：「舔掉你手指上的乳酪。」

到了早上，他仔細幫她洗澡，教她怎麼修體毛，然後泡著熱水澡看她一腳踩在一張柚木椅子上修毛。

然後他要她仰天躺在那張白色大床上，膝蓋彎曲往上。在嵌入牆面的電視機上，他播放著一捲錄影帶，裡面有兩個女人，一個紅髮，一個黑髮，兩人舔著對方。「我接下來要對你做的，沒有人一開始就喜歡的，」他說：「你得靠想像才行。堅持下去，做了幾次之後，你就會明白了。」

那真是恐怖，他那張醜臉。他嘴巴的熱氣和鬍碴的刮擦感。他觀察她的方式讓她覺得羞愧。以前從來沒有人這麼靠近她。從來沒有人吻過她的嘴唇。她抓了一個枕頭蒙住臉吸氣，想著一個年輕男子沒有臉，只有一副強壯的、發亮的軀體。她感覺體內有一道長浪緩緩升起，最後變得又大又黑暗，落下砸在她身上，她朝著枕頭大叫。

他抽離她，忽然燈光大亮。「你這個令人驚奇的小東西。」他笑著說。

她原先都不知道自己討厭中華料理，直到他叫了外賣來，要她在地毯上全部吃掉，木須豆腐和蒸蝦和青花菜和最後一粒米飯。他什麼都不吃，只是看。「如果你得回家，等你再去沖完澡，我就送你到火車站。」他身上有一種柔情，儘管他生著那張古怪的醜臉。

瑪蒂德點點頭：她已經在那個大理石浴室裡洗過三次澡了，總是在吃過飯以後。她開始了解他了。「只要趕得及明天上學就行。」她說。

「你上學穿制服嗎？」他說。

「對。」她撒謊。

「啊，老天！」他哀歎：「下個週末穿來。」

她放下筷子。「你已經決定了。」

「要看你上哪一所大學。」

她告訴了他。「你很聰明，」他說：「我很高興。」

「或許不聰明吧。」她說，比了一下這戶公寓，以及自己全裸的身子，乳房上還沾了一顆飯粒。

她微笑，然後微笑消失了。他還不曉得她有幽默感。

他站起來走向房門。「好吧。我們成交了，」他說：「你每星期五傍晚到星期天晚上，就來我這裡。我對外會說是你的教父，免得引起不必要的疑問。四年。從現在開始。暑假你就去我畫廊實習，跟著我學。我很想看看你能學得多好。如果你覺得必須解釋錢的來源，可以照樣去當商品型錄模特兒。我會幫你安排避孕。我們在一起的時候，為了避免疾病，請你不要跟其他男孩或女孩接觸或約會。要是讓我知道你跟其他人來往，即使只是接吻，我們的交易就終止。」

「我連一點淫穢的念頭都不會有。」她說，故意想著：黑大鵰。「你要去哪裡？」她說。

「幫你買內褲和胸罩。你裡頭穿這樣，出門太不像話了。你去沖個澡，然後睡一下。我兩個小時就回來。」

他走向門，然後停下，又轉身。「瑪蒂德，」他和善地說：「無論如何，你要了解，這純粹是買賣，你可千萬不能以為還有其他的。」

她第一次笑得那麼燦爛。「買賣，」她說：「一點感情都不會有，以後我們就像兩個機器人。」

「好極了。」他說，然後走出去關上門。

獨自待在那個公寓，瑪蒂德覺得暈眩想吐。她看著自己映在窗玻璃上的鏡影，外頭的城市緩緩移動。她摸摸自己的肚子、胸部、脖子。她看著自己雙手，發現在發抖。她沒有比小時候那個搭火車的自己更糟糕，但她還是別開臉，不願意看玻璃上的那個瑪蒂德。

兩個月，高中畢業，她就搬進艾瑞爾的公寓。她從舅舅房子裡沒帶走什麼。幾本書，那件紅洋裝，眼鏡，一張捲角的童年舊照片——胖胖的臉頰，漂亮，法國人——是她變壞之前拍的。就這些東西，用她的書包就能裝得下。她趁司機去洗手間時，留了一封信在他座位底下。她不敢看他的大肚腩和肥下巴最後一眼，否則一定會哭出來。她頭一次敲了舅舅的書房門，沒等他回應就進去。他抬頭看著眼鏡上方。一小片陽光照進窗內，落在他書桌的那些紙張上頭。

「謝謝你過去幾年收留我。」她說。

「你要離開？」他用法語說。他摘下眼睛，往後靠坐，看著她。「你要去哪裡？」

「一個朋友家。」她說。

「騙人。」

「答對了，」她說：「我沒有朋友。他算是保護人吧。」

他微笑。「真是高明的解答，可以解決你所有的問題，」他說：「只不過呢，比我原先期望的低俗。不過我不該驚訝。畢竟你是跟著我母親長大的。」

「再見。」她說，然後轉向門。

「坦白說，」他說，然後她站住，一手放在門鈕上，「我原先對你的評估比較高。我以為你會工作兩三年，去讀牛津或什麼的。我以為你會更努力奮戰。以為你會比較像我。我得承認，我有點失望。」

她什麼都沒說。

「我要你知道，要是你哪天沒有其他依靠，這裡供你吃睡總是沒問題的。另外，偶爾來探望我吧。我很想看看你會有什麼改變。以我看，你要不是會變得很兇猛，就是完全成了個小資產階級。你會吞食世界，或是成了八個孩子的母親。」

「我不會成為八個孩子的母親。」她說。她也不會來探望。她再也不想跟舅舅有任何牽扯了。她看了他最後一眼，那對翅膀似的可愛耳朵，還有他臉上看似和善的臉頰，然後她一邊嘴角上揚，轉身往外走，心中默默跟這棟房子說再見。她經過了樓梯底下的小房間，好渴望能再看裡頭那件祕密大師作品一眼，她經過了黑暗的長廊和那一扇扇鎖起的門，踏出了巨大的橡木前門。然後她覺得整個人像是飛了起來。炫亮發白的陽光照在堅硬的泥土小徑上，她開始奔跑，雙腿揮動著一路道別，向那片門諾派教徒聚居的田野，向六月的微風，向河堤上野生的藍色草夾竹桃花……過去幾年好辛苦，她很開心自己熬過來了。

十九歲那年的漫長暑假，她學到了可以用舌頭、呼吸做很多事情。乳膠的滋味，油亮皮革的氣息。波士頓檀格塢音樂節的包廂座位。她的血液悸動。面對著一件傑克森·帕洛克顏料滴濺的畫作，他的聲音暖暖在她耳邊說著，忽然間，她看出了這件作品有多麼了不起。暑氣酷熱，在露台上喝皮斯科酸酒；他站在門邊，看著一顆冰塊在她肚臍上緩慢而令人痛苦地融化。他教她。刀叉該這樣用，葡萄酒該這樣點。你該這樣，什麼都不必說，就讓人們相信你同意他們意見。

他眼睛周圍變得柔和起來，但她假裝沒看到。「純粹是買賣。」她告訴自己，她的膝蓋在浴室的瓷磚地面上磨得發痛。他雙手伸進她頭髮裡。他送她禮物：手鍊、讓她臉紅的錄影帶、只有三條線加一小塊蕾絲的內褲。

然後上大學。那段時間過得遠比她預期的快很多。一堂堂課像是一道道亮光，中間夾雜著黑暗短促的週末，然後又是亮光。她渴求地認真聽課。她沒交朋友；艾瑞爾佔用掉太多時間，其他的時間又花在念書上，而且她知道如果她交一個朋友，就會饑渴得停不下來。在柔和的春天，金黃色的連翹花在她眼角綻放，她也心懷反叛——她可以輕易跟任何經過的男人上床，但為了得到那種興奮，她將會損失太多。她只能啃指甲啃到流血，渴望地旁觀其他人擁抱，大笑，說著只有他們才懂的圈內笑話。星期天下午，她搭火車沿著暮光中閃耀的哈德遜河往下游行去，把自己掏空。她去當模特兒，假裝是那種穿著比基尼泳裝、無憂無慮的青春女郎，樂意把自己嶄新的蕾絲胸罩秀給目瞪口呆的世界看。她最好的照片，都是因為拍攝時她想著要跟攝影師狠狠搞一場。在公寓裡：被地毯磨得破皮，嘴唇咬破。他一手沿著她背部往下，伸進她兩腿間。純粹的買賣，她心想。火車開回學校，每一公里都讓她的世界更開闊。一年，兩年。暑假待在公寓和畫廊，像水族箱裡的一條魚。她學習。三年，四年。

大四那年春天。她的整個人生在她面前，明亮得幾乎令人無法正眼逼視。艾瑞爾的心變得狂亂起來。他帶她去吃四小時的晚餐，中間還叫她去廁所等他。她星期天早上醒來，會發現他正看著她。「來我那邊上班吧！」有回他聲音濁重地說，當時她吸了他給的古柯鹼，正滔滔不絕背出一整篇精彩的文章，談畫家羅斯科的才華。「來我畫廊上班，我會栽培你，我們可以接管全紐約。」「或許吧。」她嘴巴答應，同時心想，絕對不要。心想，純粹買賣。快了，她向自己保證。很快地，她終於要自由了。

11

有天下午她獨自在家。下樓時發現上帝咬爛了廚房的小地毯，在地板上尿得亂七八糟，同時眼露兇光看著她。瑪蒂德去沖了澡，換上一件白洋裝，一頭溼頭髮滴溼衣服也不管。她把狗放進平常當狗窩的條板箱裡，又把狗玩具和狗食裝進塑膠袋，全都放入汽車裡。那狗在後座猛叫一陣子，接著安靜下來。

她站在鎮上的雜貨店外頭，直到看到一家還算認識的人走出來。那個父親就是他們冬天曾雇來清掉車道上積雪的雜工，生著一張盜牛賊的臉，或許沒那麼機靈。那個母親在牙科診所坐櫃台，塊頭很大，一嘴象牙色的小牙齒。兩個小孩有幼鹿般的漂亮眼睛。瑪蒂德跪到他們的高度說：「我想把我的狗送給你們。」

小男孩吸著三根手指，看著上帝，點點頭。小女孩低聲說：「我看得到你的咪咪。」

「賽特懷太太？」那個母親說。她眨著雙眼打量瑪蒂德，於是瑪蒂德知道自己穿著不得體，象牙色的名牌洋裝。她之前根本想都沒想。瑪蒂德把狗塞進那位父親的手裡：「她叫上帝。」那女人猛吸一口氣說：「賽特懷太太！」但瑪蒂德已經走向她的車。「別說了，唐娜。」瑪蒂德聽到那男人說：「讓那個可憐的女人走吧。」她開車回家。房子空蕩蕩的，有回音。瑪蒂德解放了，現在她沒有什麼要操心的了。

那是好久好久以前的事。那一天的光從天空降下，像是穿透了綠色手工玻璃。

當時她有著長頭髮，眩目的白金色。瘦瘦的雙腿交疊，正在閱讀偵探小說《月光石》。她把指甲邊的硬皮咬到流血，想著她的男朋友，才交往一星期，整個世界因為他而變得光明。洛托，就連火車行進的聲響似乎也在說：**洛托——洛托——洛托**。

在長椅上觀察她的那名矮個子、滿身油膩的青年，對她來說是看不見的，因為她有自己的書，她有自己的喜悅。其實她當時還不認識查理。自從瑪蒂德和洛托發現彼此，洛托只要有空都跟她在一起，他的宿舍房間就讓給童年好友了。查理當時不是瓦薩的學生，只是擅自違規旁聽很多課。洛托沒時間忙別的，生活裡只有瑪蒂德、划船、上課。

但查理知道瑪蒂德。「洛托抬頭看見瑪蒂德、瑪蒂德也看到他」的那個派對，查理也參加了。才一個星期，查理相信，他們不可能認真的。如果你很迷竹竿型的話，她算是漂亮，但他評估洛托絕對不會現在就把自己綁死，他才二十二歲，眼前光明的打炮人生正等著他。查理很確定，如果洛托俊美無瑕，他就絕對不可能這麼成功。他的皮膚太糟，前額太大，還有略嫌突出的鼻頭，但這些反而修飾了他原先幾乎有點女孩氣的漂亮臉蛋，讓他整個人變得比較性感。

就在前一天，他無意間看到洛托和瑪蒂德坐在一棵花瓣繽紛飄落的櫻桃樹下，忽然覺得胸口發緊，喘不過氣來。看著他們在一起。他們身高相稱，臉上發光。她那張蒼白而受傷的臉，以前總是機警而從來不笑的，現在卻一直無法停止微笑。彷彿她一輩子活在寒冷陰影中，有個人帶她走出來，進入陽光下。另外看看他，全身無窮的精力都集中在她身上。因為她，他眼看著就要散逸的心思又重新銳利起來。她講話時，他看著她的嘴唇，手指輕輕抬起她的下巴，閉上長睫毛吻她，同時她繼續講話，於是還在動的嘴巴笑進他的親吻中。查理當下知道，一點都沒錯，他們愛得非常深。他們之間的那種感情是爆炸性的，連經過的教授們都看得目瞪口呆。那時查理明白，瑪蒂德的威脅真實存在。他本來沒有家，在洛托身上找到了家的感覺：而她連這個都奪走了。

（查理去了火車站之後的那個星期六，他在洛托的床上小睡，被身上的一大堆衣服遮住了，洛托進來，臉上笑容燦爛，於是查理保持安靜，沒出聲讓洛托知道他在。洛托開心不已地拿起電話，打給他佛羅里達的母親，那個肥豬老媽，幾年前曾威脅要閹割掉查理。接下來有好戲看了，查理心想。他們母子倆的關係太詭異了。然後洛托告訴母親他結婚了。結婚！但他們根本還是小孩啊。查理震驚得呆掉了，大部分的對話都沒聽進去，直到洛托離開。這不可能是真的，但他知道是真的。過了好一會兒後，他才恨恨地擦乾眼淚，可憐的查理，還躲在他那堆衣服底下。）

但在他們結婚前的這一天，查理還來得及把他的洛托從這女孩手上搶回來，所以來到了這裡。他跟在瑪蒂德後頭爬上火車，坐在她後方。她的一綹頭髮滑進了兩人之間的座椅縫隙，他聞了一下：迷迭香。

她在紐約市的賓州車站下了車，他跟在後頭，走出臭呼呼的地下車站，來到炎熱而光亮的地上。她走向一輛加長型黑色禮車，那司機幫他開了門，她上了車。中午時分擁擠的中城，查理徒步跟上去，他很快就全身大汗，胸部吃力地起伏。最後那輛車暫停在一棟裝飾藝術風格的大樓前，她下車走進那棟樓。

那門房是個穿制服的銀背大猩猩，講話有某種史坦頓島的口音——對付這種人最好直截了當。查理說：「那個金髮妞是誰啊？」門房聳聳肩。查理拿出一張十美元鈔票給他。那門房說：「四樓B室房客的女朋友。」查理看著他，但那門房伸出手，查理把自己身上僅有的給了他，那就是一根大麻捲菸。那男人咧嘴笑著說：「對一個這麼年輕的姑娘來說，她來太多年了，你懂我意思吧？他是畫商之類的，名字是艾瑞爾．英格利許。」查理等著，但那男人輕聲說：「你這麼小小一根菸，只買得到這些。」

稍後，查理坐在對街餐館的窗邊等。他觀察著，身上汗溼的襯衫乾了，女侍也懶得再問他要不要點菜，只是補滿他的咖啡杯就離開了。

等到黃昏的陰影吞掉了對面那棟大樓，他幾乎放棄了，打算要回瓦薩去。他得想別的辦法。他可以查電話簿裡的畫廊，去調查。但接著那個門房直起身子，俐落地開了門，出來的是一個拼湊的怪物，那張臉有雙下巴，但身體像是一縷煙倒進了西裝。從他的舉止和光鮮的衣著，看得出他非常有錢。在他身後，有個像是假人模特兒的女子。查理還花了好一陣子，才認出那是瑪蒂德。她的鞋跟很高，高中制服裙短得快到胯部，頭髮往上攏得高高的，臉上的妝太濃了。（她已經拒絕四年後再續約。艾瑞爾怨恨之下，就要她這樣打扮，因為他很了解她，清楚要怎麼傷害她。）她臉上始終保持一抹淺笑，既是盾牌也是磁鐵。除此之外一臉空白，像是廢棄的建築物。她往前走，好像沒意識到周圍的世界，沒意識到她的乳頭在薄紗襯衫底下隱約可見。

他們過了馬路，查理看到他們進了餐館朝自己走來，忽然覺得好害怕。

他們坐在角落的座位。那男人替兩個人點菜——蛋白希臘歐姆蛋給自己，巧克力奶昔給她。查理看著鉻鋼餐巾紙抽取盒上頭他們的倒影，她什麼都沒吃，瞪著空氣。查理看到那男人在她耳邊低語，看到他的手伸進她兩腿間的黑暗中消失了。她任由他，被動接受。（表面上是如此，但在表面下，她是刻意讓他發洩完怒氣。）

查理完全被種種感覺壓垮了，覺得天旋地轉。他替洛托憤怒，又害怕失去自己這麼努力維繫的東西。他心煩地站起來回家。在黃昏的火車上，他發燙的臉抵著冰涼的玻璃車窗。終於回到瓦薩的宿舍後，他倒在洛托的床上打算小睡一下，再起來思索看要怎麼告訴洛托，說出這個新女友祕密的身分。妓女。但他睡著了。醒來時聽到交誼廳傳來的笑聲，還有電視的聲音。夜光鐘上顯示出已經過了午夜十二點了。

他出去交誼廳，差點驚訝得摔倒。唯一的解釋：瑪蒂德一定有個雙胞胎姊妹，他跟去紐約市區的是另一個。洛托大腿上有個女孩穿著運動褲，綁著亂糟糟的馬尾，正因為洛托在她耳邊低聲說的話而大笑。她跟之前他見過的那個差太多了，因而他認定自己肯定是看錯了。是個夢？桌上有個吃了一半的烤鬆糕和蘋果醬，查理幾乎是撲過去搶，他餓壞了。

「嘿，」洛托喊道：「查理！你還沒見過我的──」他大笑，「──我的瑪蒂德，我瘋狂愛上的女孩。瑪蒂德，這位是查理，我最老的朋友。」

「啊！」她說，跳起來走向查理，高高地在他上方。「真高興認識你，」他說：「我聽過你所有故事了。」她停頓一下，然後擁抱他，她身上有象牙香皂的氣味，以及，啊哈，迷迭香洗髮精。

多年以後，查理的花匠會在他頂樓公寓的露台上種幾盆迷迭香，查理會把那些花盆全扔到三十樓底下的人行道，看著那些盆栽爆出泥土的蕈狀雲。

「你，」他說：「我見過你。」

「很難不注意到她，一八三公分的美女，腿又那麼長。」洛托說。

「不，」查理說：「是今天，在進城的火車上。我很確定那是你。」

洛托略微遲疑一下，然後說：「那一定是另外一個美女了，她今天一整天都在電腦室寫她的法文期末報告。對吧，小瑪？」

瑪蒂德笑的時候，眼睛會瞇起來。查理感覺到那對眼睛冷冷看著他。「一整個早上，沒錯，」她說：「不過我很快就寫完了。才十頁而已。你在吃你的划船午餐時，我就去城裡的大都會博物館。我們的寫作課要交一首讀畫詩，大家都寫學校博物館那幅莫內的睡蓮，我不想寫同樣的，好無聊。其實呢，我剛剛才回來。謝謝你提醒我！」她對查理說：「我在禮品店買了東西要給洛托。」

她去拿她那個超大的包包，掏出一本書。後來查理會偷走那本書，封面是一幅夏卡爾的畫。但這書其實也是瑪蒂德偷來的，是她最後一次離開艾瑞爾公寓時偷的。她拿到了最後一張支票。現在她自由了，可以跟洛托上床了。

洛托唸著書名：「《畫成目盲的有翼邱比特——受莎士比亞啟發的藝術》。啊，」他說，吻了她的下巴，「太完美了。」

她看著查理，黑暗的瞳仁裡發出另一束微光。但這回，或許沒那麼善意了。

很好，查理心想。我會讓你見識到我有多能等。等到你最沒防備的時候，我會炸掉你的人生。（很公平：她已經炸掉他的人生了。）一個計畫開始在他的腦袋深處成形。他朝她微笑，看到自己映在黑暗玻璃窗上的鏡影。他喜歡自己鏡中的模樣：瘦很多，也比較白，而且模糊很多，跟本人完全不同。

12

她丈夫沒有拿著一杯咖啡叫醒她。以前住在一起的每一天，他都會拿著一杯咖啡牛奶叫醒她。事情不對勁了。她睜開眼睛，看到天已大亮。她的心是個深淵，深得看不見底。

她拖拉著。洗臉。跟急切跑到門邊的狗說話。拉開窗簾看著外頭陰暗的隆冬世界。低頭凝視著樓梯許久。

槍管，她心想。

他離開我了，她心想。從我看到他的那一刻，我就知道這一天會到來。

她走下昏暗的樓梯，他不在廚房。她低聲哄著自己，一面爬上閣樓，來到他的書房。她進了門，看到他坐在書桌前，鬆了一口大氣。他頭靠在桌面上，一定是工作一整夜睡著了。她看著他，獅子般的頭髮在太陽穴轉為灰色，大大的額頭，柔軟而豐滿的嘴唇。

但當她碰觸他，他的皮膚只是微溫。他的雙眼睜著，空蕩得像鏡子。他不是在那裡休息，完全不是。

她滑入他椅子後方，緊貼著他，從頸後到尾骨。她雙手往上摸著他的襯衫，感覺到他肚子的肌肉鬆弛。她一根手指探入他的肚臍往下壓，壓得好深。她雙手伸進他的睡褲和四角緊身內褲裡，那裡還是溫暖的。她一路往下。濃密的陰毛。他柔滑的小頭，在她手掌裡好小。

她握著他好久好久。感覺到他的熱度離去。最後她終於站起來，只因為她再也不認得他的身體，就像不斷重複說著一個字，直到最後失去了所有意義。

13

瑪蒂德在游泳池裡被查理偷襲。此時她已經六個月又一星期沒有丈夫了。查理把車停在超過一公里外，剩下的路用走的。所以她沒聽到他車子的聲音，沒辦法預先溜到泳池小屋躲起來。

那天早上，她因為想把全身曬黑，所以沒穿泳裝。她還能嚇誰，烏鴉？她這寡婦只剩一具乾枯、沒人愛的身體。但查理忽然冒出來，站在池邊嘆氣。他隔著太陽眼鏡凝視她，雙手撫過臉頰。哥布林妖精似的小矮人。有回在派對上，他想把她推進浴室裡，她不得不用膝蓋頂他的胯下，才能擺脫他。

「幹，查理！」她說，滑到池邊爬出來。「我就不能隱居一下嗎？把毛巾拿給我。」她說。他照做了，不過故意慢吞吞地。

「先是隱居，然後就會自殺，」他說：「你那些頭髮，看起來像個化療病人。或者應該說你根本沒有頭髮。」

「你幹嘛來這裡？」她說。

「每個人都很擔心。光是過去一個星期，我就接到十通電話。丹妮卡認為你會自殺。」

「好吧，那你現在可以回家，跟大家報告說我還活著。」她說。

「的確沒錯，」他咧嘴笑了：「活生生的，親眼看到了。我餓得沒辦法開車。弄點東西給我吃吧。」

她嘆氣。「我家裡只有冰淇淋，」她說：「開心果口味的。」

他跟著她走進廚房，趁她幫他挖冰淇淋時，他伸手到裝著番茄的藍缽，拿起上頭的信。他向來喜歡東翻西翻，亂看跟他無關的東西。她有回還逮到他在她書房裡，閱讀她寫在一些零碎紙片上的小說片段。

「不准碰，」這會兒她說：「那信不是給你的。」

他們走出房子，坐在屋外遊廊上溫暖的石板地，查理吃著冰淇淋。

「看起來，我很早之前就這樣，老是偷偷接近你。」查理說。他打了個嗝，把湯匙用力插進泥土裡。

她想到很久以前的一個派對上，他雙手放在她前額，一臉迫切。還有一回他舌頭伸進她耳朵。

「沒錯，我們都知道你是變態。」她說。

「不。我的意思是，沒錯，但我想的是另外一件事。你知道我有次跟蹤你嗎？還在瓦薩的時候。那時我們還沒正式認識。你和洛托才剛在一起，我感覺你在瞞著什麼，所以就跟蹤你去紐約市。」

瑪蒂德全身僵住不動。

「真奇怪，看到我最要好的朋友新交的女朋友坐進一輛禮車。不曉得你還記不記得，但我當時還瘦瘦的，我跟上去了。你下了車，走進一棟公寓大樓。所以我就坐在對街的餐館裡。你還記得那家餐館吧。」

「忘都忘不掉，」她說：「而且你那時很肥。你從來沒瘦過，查理。」

「哈。總之呢，你出來的時候，穿得好可怕。透明的襯衫，迷你裙短得像條OK繃。而且你跟一個臉軟趴趴的詭異男人在一起，他兩手伸進你裙子底下。然後我心想，噢。我的哥兒們洛托是全世界最好的人。忠誠得要命，又善良，讓我睡他的床，對我比家人還像家人。他太了不起了，是真正的天才，雖然我想當時沒有任何人明白這一點，但他身上有種特質。領袖魅力，彬彬有禮，總是接受他人真實的一面。這種人很稀少，你知道吧？他從來、從來不批判他人。大部分人都會在心裡偷偷講別人壞話，但洛托不會。他寧可去想你好的那一面，這樣對他比較輕鬆。而且他對我太好了。我的家人是一堆殘酷的混蛋，我高四念到一半就放棄逃家了，全世界唯一始終對我好的人，就是洛托。從我十七歲開始，洛托就是我的家。總之，他是這麼了不起的人，我這輩子見過最好的人，而他的女朋友卻溜去紐約跟個老頭子上床？所以我回家，都已經準備好要告訴我的好友，說他的妞兒在外頭跟別人睡覺。什麼樣的人會把我的好友騙成這樣？我的意思是，那就像是因為好玩而吊死一隻小狗似的。這種女人會為了錢而嫁給他。但總之，你在宿舍把我擊昏了，或者我睡著了，我不記得。但是我從宿舍房間走出來時，看到你和他在一起的樣子，我就知道不能告訴他。還不到時候，因為我當時看到他完全迷上你了，根本無法自拔。如果我跟他說什麼，他會趕跑的人不會是你，而是我。」

她瞇眼看著一長列螞蟻，爬在曬熱的灰色石板上。

他等著，但她什麼話都不肯說，於是他又說：「所以我心想，我就按兵不動，等著時機到了，再把這把刀插進去，讓大家想都想不到。」

「二十四年，他在你動刀子之前就死了，」她輕聲說：「可惜啊，悲劇。」

「錯了。」他說。

她看著查理，他滿身大汗，熱得臉發紅。她回想起洛托死前一個月。他的悶悶不樂，寡言少語，還有他都不肯正眼看她。她努力搜索記憶，想著洛托死前，他們最後一次見到查理是什麼時候。然後忽然間，她眼前浮現出在艾瑞爾畫廊的那一夜，當時洛托硬拖著她去參加納塔麗遺作展的開幕，那些巨大的金屬雕塑，有著尖叫的臉，整個展覽空間成為一個童話森林，黑暗又充滿陰影。或許，當時她告訴自己，已經過了那麼久，去見艾瑞爾不再有危險了。但是有個俊美的年輕侍者打翻葡萄酒，灑得她那件絲質洋裝到處都是，於是她趕緊去洗手間清理，等她回到展場，她的丈夫看起來就像個機器人，看到他毫無笑容，跟她講話時總是閃避眼神，後來就開始生悶氣了。那一刻他輕吻她額頭，托盤上的葡萄酒杯倒下，好慢好慢，灑在她裙子上。從此直到回來之前，想來是查理告訴了洛托有關她被艾瑞爾包養的事情——整個世界在她面前忽隱忽現。

查理看到她恍然大悟，於是大笑說：「我的牌已經全部亮在桌上，寶貝。這手牌打了很久啊。」

「為什麼？」她說。

「你搶走了他。」他說，出口的聲音太刺耳、太快了。他推推鼻子上的眼鏡，雙手交握。「我只有他這麼一個人，而你搶走了他。但你同時又是壞人，根本配不上他。」

「我的意思是，」她說：「為什麼是現在？為什麼不是十年前？為什麼不是二十年後？」

「你我都知道，我們這位老友有多愛跟女人睡覺。什麼人都好，他全都愛。而且坦白說，親愛的，我也曉得，有一天你會老，那裡又鬆又垮。更年期很快就會來了，而可憐的洛托一直渴望有自己的小孩。只要沒有你擋路，他就可以有他想要的小孩。而我們都希望把他想要的給他。不是嗎？」

她沒把握自己不會當場用湯匙殺了他。她站起來進屋，鎖上門。她的看著查理沿著碎石車道走掉後，瑪蒂德在廚房裡面坐了好幾個小時。夜幕降臨，她沒開燈。她的晚餐就是開了一瓶葡萄酒，是幾年前洛托一齣戲的製作人送的禮物，貴得要命，充滿煙燻味，餘韻繚繞在她舌頭上。喝光那瓶酒之後，她站起來，直接走到頂樓她丈夫的工作室。他的一盆翡翠木因為太久缺乏照顧，已經枯黑了。他的書在房裡攤得到處都是，他的紙張還散落在桌上。

她坐在皮革椅子上，深陷在他丈夫的重量長年壓出來的下凹處。她頭靠在後面的牆上，那裡因為他的頭曾長年靠在上頭而發亮。她看著他曾在底下作夢過好多個小時的那扇窗子，迷失在他的種種想像中，渾身充滿一種陰暗的刺痛。她覺得自己好巨大，像這棟房子那麼大，頭頂戴著月亮，風在耳邊呼嘯。

（悲慟是藏在心底的痛，是靈魂的潰瘍。憤怒是痛的能量，會突然爆發。）

這個計畫要獻給洛托。「應該會很好玩。」她對著空蕩的屋子說。

14

畢業日。一片紫色的山丘，太陽嚴酷。畢業生遊行校園的隊伍走得太快，每個人都大笑著喘不過氣來。瑪蒂德瞥見查理的胖臉擠在其他旁觀者間，沒笑。她懶得把自己要畢業的事情告訴舅舅。她很想見到那個司機，但她不曉得他的真名。至於艾瑞爾，自從上次去紐約市，最後一張房租支票付掉之後，合約就履行完畢了。沒有人來看她。唔，她也沒指望任何人來。

他們湧入操場，忍受著漫長的致詞，有些人講話她根本聽不進去，因為洛托就在她前一排，她瞪著他耳朵的粉紅色曲線，想湊上去吸吮。她上台領畢業證書時，得到一陣禮貌的掌聲。而他上台時，則是歡聲雷動。「這麼受歡迎真可怕。」稍後她說，此時他們已經把四方帽扔向空中，然後找到彼此，擁吻過了。

他們去他的宿舍房間，在他收拾打包之前很快上了一回。她的尾骨抵著硬硬的橡木書桌，兩人大笑著又彼此告誡小聲點，此時有人敲門。「我正要沖澡！」他說：「才剛上過床！」

「什麼？」是他妹妹瑞秋，她的聲音從走廊上門鈕的高度傳來。

「啊，要命。」他低聲說。「等一下！」他喊道，臉紅了，然後瑪蒂德咬著他的肩膀免得笑出聲。

瑞秋進來時，洛托已經衝到浴室去洗澡了，瑪蒂德正跪在地上，把他的鞋子裝進一個厚紙板鞋盒裡。「哈囉。」她對那個小女孩說，可憐，這小女孩長得一點都不像她哥哥那麼耀眼。長而瘦的鼻子，窄小下巴，雙眼相距很近，灰褐色頭髮，整個人緊繃得像根吉他弦。幾歲？九歲或十歲吧。她站在那裡，穿著她漂亮的花邊連身裙，瞪大眼睛，猛吸口氣說：「啊，你好漂亮。」

「我已經喜歡你了。」瑪蒂德說，站起來走過去，彎腰親了小女孩臉頰一記。然後瑞秋看到她哥哥從浴室出來，肩膀上冒著熱氣，圍著一條毛巾，於是跑過去要抱他的腰，他嚷著：「瑞秋！我的小瑞瑞！」

跟著瑞秋後頭進來的是莎莉姑姑，雪貂臉，跟瑞秋屬於同一個基因庫。「啊，老天。」莎莉說。看到瑪蒂德就停了下來。高高的蕾絲領口湧上一陣紅潮。「你一定就是我侄子的女朋友了。他們還很好奇，誰那麼特別，居然能拴住他，現在我懂了。很高興認識你，你可以喊我莎莉。」

洛托看著門，臉色一沉。「姆媽在休息室嗎？」他說：「她還在爬樓梯嗎？」他的思緒清楚得像窗玻璃：他正打算把他母親和妻子放在同一個房間，他們就會愛上彼此。啊，可愛的孩子。

瑪蒂德挺起肩膀，抬高下巴，等著安托奈特進來、互相打量，以看清形勢。因為這天上午，她學校信箱裡收到一封信。那封信寫著，**別以為，我不了解你。**沒署名，但有安托奈特的玫瑰香氣。瑪蒂德把信放在一個鞋盒裡，有一天，這個鞋盒將會裝滿類似的信。

但莎莉說：「不。抱歉了，小乖。她跟你問候，要我轉交這個給你。」然後她遞出一個信封，迎著照進窗內的光線，裡頭的支票清晰可見，上頭的字跡是莎莉的，不是他母親的。

「啊。」洛托說。

「她愛你。」莎莉說。

「是喔。」洛托說，轉過身子。

洛托把東西裝上他的旅行車，裝不下的就放在宿舍外看誰要接收。他的東西好少，對身外物不感興趣，瑪蒂德會一直很喜歡他這一點。他把所有東西搬到她的公寓裡暫放，因為她那邊的租約還有最後一星期。接著他們就帶著莎莉和瑞秋去提早吃晚餐。

瑪蒂德啜著她的葡萄酒以隱藏情緒。她不記得上回跟一家人坐在一起是什麼時候了，更別說在這個佈置著蕨類的安靜用餐室裡，安詳又得體，桌上鋪著白桌巾，天花板是黃銅樹枝狀吊燈，四周都是開心的畢業生和他們暢飲的父母親。在他們這桌，洛托和莎莉不斷比賽說以前的故事，大笑著。

「你小時候跟那個工友的兒子跑去舊雞舍搗蛋，你以為我不曉得你們在幹嘛？」她正說著，他因為喜悅而滿面紅光。「就在那邊亂戳亂搞，出來時兩個小鬼滿頭大汗，臉紅得像南瓜？啊，親愛的，你忘了我可以看穿牆呢！」然後她好像想到瑞秋，扮了個鬼臉，但瑞秋根本沒注意她。她看著瑪蒂德，眼睛眨得好快，瑪蒂德都擔心她的眼皮有毛病了。

「我喜歡你的項鍊。」小女孩低聲說。

瑪蒂德伸手摸摸脖子上的項鍊。那是黃金的，上頭有顆大大的祖母綠，是去年聖誕節艾瑞爾送的禮物。綠色本來是為了配她的眼珠，但她的眼珠顏色會改變。她解下項鍊，幫瑞秋戴上。「送給你。」她說。

稍後，她會想到這個禮物，好衝動，一萬美元的項鍊送給一個小女孩，然後覺得窩心。即使在他們住格林威治村那戶地下室公寓的十年，即使有一陣子瑪蒂德中午省下午餐才能付電話費帳單……她用這個禮物換得一份終身的友誼，都還是太划算了。

小女孩的眼睛睜大了，手裡緊握著那顆祖母綠，頭往旁邊靠在瑪蒂德身上。

瑪蒂德抬頭時，整個人僵住了，因為隔壁桌坐著艾瑞爾。他眼前一盤沙拉沒動過，雙眼正盯著她；嘴巴微笑著，但雙眼冰冷得像魚鱗。

她不肯別開眼睛，臉垮下來，瞪回去，直到後來艾瑞爾召來侍者，低聲說了幾句，然後那侍者匆忙離開。

「你起了雞皮疙瘩。」瑞秋說，摸著瑪蒂德的手臂。那侍者走過來，站得太靠近瑪蒂德了，打開一瓶非常好的香檳，莎莉看了趕忙說：「我沒點這個。」那侍者安撫地說：「我知道，我知道。是一位仰慕者送的。可以幫各位倒酒嗎？」

「好極了！麻煩你，洛托有好多仰慕者。」瑪蒂德說：「他演的哈姆雷特讓他在這一帶成了名人，他太有才華了。」

「啊，我就知道。」莎莉說。洛托開心得滿面笑容，非常得意，雙眼四下張望，想看看是哪個好心人會送香檳給他。他開心的力量好強大，他目光所及之處，被看到的人都停止吃喝或談話，抬起頭來看，臉上露出吃驚表情，紅了臉，幾乎每個人都咧嘴報以笑容。於是，在這閃閃發亮的傍晚，太陽的金光照進窗內，外頭的樹頂被風吹得沙沙作響，街上滿是放鬆的人群，洛托的笑容讓幾十個人心中湧出無法解釋的歡喜，輕輕一個笑，讓本來就已經很愉快的用餐室裡更是充滿亮光。動物吸引力是真實存在的，會透過身體對流傳送。就連艾瑞爾也微笑以對。有幾個人依然一臉驚歎的笑容，然後轉為猜測的表情，希望他能再看他們一眼，或者好奇他是什麼人，因為在這一天、在這個世界，他是個重要人物。

「趁著我們喝香檳，」瑪蒂德說，看著杯裡的氣泡迅速上浮，跳出杯口，「洛托和我有件事要跟大家說。」

洛托看著餐桌對面的瑪蒂德，眨眨眼，咧嘴笑了，然後轉向他姑姑和他妹妹。「我很遺憾姆媽沒在這裡見證，但是看起來，我們沒辦法再隱瞞了。我們結婚了。」他說，接著他吻了瑪蒂德的手。她看著他，心中升起一波波熱浪，一波疊著一波。她願意為這男人做任何事。

在隨後的慌亂和驚歎中，最靠近的那幾桌響起掌聲，他們全都聽到了，瑞秋開心得掉淚，莎莉雙手湊近臉揮動著，不過顯然她早就知道這個消息。瑪蒂德尋找著艾瑞爾老半天，但他早已經站起來離開用餐室，瘦削的海軍藍背影閃出門外。她擺脫他了，永遠擺脫，她心想。那股解脫感像一道冷風吹過她。她放下杯子打了個噴嚏。

畢業一個星期後，瑪蒂德抬頭看著那面雙扇的外推窗，開向庭院的花園，園裡的日本楓在風中搖晃著樹葉，像一隻隻小手。

她已經知道，這戶公寓會是她漂泊多年第一個真正的港口。此時她二十二歲，卻已經累得不得了。在這裡，終於，她可以休息了。

她感覺洛托站在她右肩後方，散發出獨有的魅力。那一刻，她知道，他會轉身講個笑話，那個房地產經紀人會大笑，然後她的聲音會頭一回出現暖意。儘管違背她的理性，儘管知道不該投資在這麼年輕又沒錢的人身上，但她會對他們產生興趣。他們搬進來那天，她會送一個法式鹹派來；她到附近時，會順便過來送他們糖果。啊，洛托，瑪蒂德深情而絕望地想著。就像大部分有著致命吸引力的人，他的心像個開闊的山谷。人們最愛她丈夫的一點，就是他們對著他講話時，自己的回音多麼悅耳動聽。

瑪蒂德聞著地板上的蜜蠟氣味，聽著鄰居的貓在走廊嗚咽，望著綠葉輕柔搔抓著藍天。這個地方的美好充滿了她。

她不得不壓下心中那個叫她拒絕、叫她離開的小小聲音。她沒資格得到這一切。她還可以憂傷地搖搖頭，說他們應該去看別的房子，破壞掉這一切。但洛托的問題還是會存在。畢竟，他已經成為她的家了。

就在此時，洛托講了笑話，然後是笑聲。瑪蒂德轉身。她的丈夫——老天，是她的，終身的——正在微笑。他伸出雙手捧著她的下顎，用拇指抹著她的眉毛。「我想她喜歡這裡。」他說，然後瑪蒂德點點頭，說不出話來。

他們光靠快樂就可以活下去，在他們迷人的窮困中，在他們的公寓裡。他們瘦削得就像匱乏的羅馬神話羊男方恩；他們的公寓空蕩蕩的。瑞秋的禮物——她存的零用錢——花在三個派對和三個月的房租跟雜貨上。快樂可以養活他們，但是不營養。她試過去應徵酒保，去山岳協會負責召募會員，但是都失敗了。電燈不亮，他們就點燃她從一家餐廳的露天餐桌上偷來的蠟燭，然後晚上八點就去睡覺。他們邀請朋友各自帶一道菜來參加派對，這樣他們就可以痛吃一頓，而且如果他們留著剩菜也不會有人在乎。到了十月，他們的存款戶頭只剩三十四分錢，瑪蒂德走進了艾瑞爾的畫廊。

他正在展場盡頭看著牆上一幅綠色的大畫。她說：「艾瑞爾。」他看著她，但是沒動。

接待員是新來的，瘦削，褐髮，一臉無趣。一定是哈佛的。那種自以為重要的神態，還有又長又亮的頭髮。後來才知道她叫露安。「你預約了嗎？」她說。

「沒有。」瑪蒂德說。

艾瑞爾雙臂交抱在胸前，等著。

「我需要一份工作。」她老遠朝他喊道。

「我們沒有職缺，」那個接待員說：「對不起！」

有好一會兒，瑪蒂德只是盯著艾瑞爾，直到那個接待員兇巴巴地說：「對不起。這裡是私人公司。請你出去。**對不起。**」

「不關你的事。」瑪蒂德說。

「露安，請去拿三杯卡布其諾（three cappuccini）來。」艾瑞爾說。

瑪蒂德嘆氣：cappuccini，又是複數形。那年輕女子走出去，摔上門。

「過來這裡。」艾瑞爾說。瑪蒂德走過去，內心天人交戰，但沒有表現出來。「瑪蒂德，」他輕聲說：「我什麼時候欠你工作了？」

「你什麼都不欠，」她說：「這點我同意。」

「在你那些行為之後，你怎麼還能跟我要求什麼？」

「行為？」她說。

「忘恩負義。」他說。

「艾瑞爾，我從來沒有不知感激。我履行了合約，就像你一直說的，那只是純粹買賣而已。」

「純粹買賣？」他說，臉漲紅了，眉毛挑得老高。「你畢業前兩星期跟這蘭斯洛結婚，我只能假設，你們已經有夫妻之實了。這可不算履行合約。」

「我是在高中畢業那年的四月認識你的，」她說：「如果你好好算的話，我已經把合約延長兩星期了。」

他們對著彼此微笑，他閉上眼睛嘆氣。等他睜開來，雙眼溼溼的。「我知道那純粹是買賣，但你傷了我的心，傷得很重。」他說：「我對你沒有不好。但你就這樣走掉，再也不聯絡，我真沒想到，瑪蒂德。」

「純粹買賣。」她又說了一次。

他上下打量她。她穿的漂亮鞋子是他以前買的，現在鞋尖都磨舊了。她穿的黑色套裝也是他以前買的。她的頭髮從夏天到現在都沒剪過。他瞇起眼睛，頭昂向一側。「你好瘦而且你需要錢，我明白。你唯一要做的就是求我。」他輕聲說。

「我不求人的。」她說。

他大笑，那個臭臉接待員端著托盤回來了，上頭的卡布其諾杯子撞得叮噹響，於是艾瑞爾低聲說：「我喜歡你是你運氣好，瑪蒂德。」然後他大聲說：「露安，這位是瑪蒂德。她明天早上開始會來這裡上班。」

「啊，好極了。」露安說，回到她的座位。她仔細觀察著他們，感覺到兩人間有些什麼。

「我是畫廊的員工，」瑪蒂德說，此時他們緩緩走向前門，「可不是你的。我是禁區。」

艾瑞爾看著她。而她曾跟他在一起那麼久，看得出他這時候的內心世界：走著瞧。

「你敢碰我，」她說：「我就離開。我跟你保證。」

後來，當她六十歲、艾瑞爾七十三歲時，她聽說他病了。而消息是從哪裡聽來的，她也說不上來。或許是天空會在她耳邊說話，空氣說的。她只知道他得了胰臟癌，迅速而兇猛。她持續想了兩星期，最後終於去看他。

他躺在他公寓外頭露天陽台上的一張病床。陽台上鋪著紅銅色木板，有剪出造型的綠色樹木，視野很好。他睜大眼睛呼吸，整個人只剩一副鬆垮的軀殼了。

「我想要……」他啞聲說：「看看鳥。」她抬頭。沒有鳥。

「握住我的手。」他說。她看著那手，但是沒有動。他頭轉向她，下顎的垂肉滑動。

她等著，朝他微笑。眼角的建築物被太陽曬得發白。

「啊。」他說。臉上浮現出一股溫暖，那種潛伏的玩笑意味又回來了。「沒有人可以強迫你。」

「沒錯。」她說。但她心想，啊，兇殘的小姑娘，哈囉。好久不見了。

「拜託，」他說：「瑪蒂德，握住一個垂死老人冰冷的手吧。」

然後她雙手拉著他的手，按在胸口許久。不必說的話就還是別說了。他睡著了，護士氣呼呼地躡手躡腳走出來。瑪蒂德走進屋內，枯燥無味但有品味，她沒逗留在那些她以前認真盯著看而太熟悉的畫作前，只是數著時間，直到可以離開。稍後，她走過冰冷的陰影，走過照進建築物之間的午後亮烈陽光，停不下來。她簡直無法呼吸。這種感覺太好了，兩腿又再度像個小女孩般輕快又害怕，也再度不知道自己該何去何從。

15

她的律師所雇用過的這位私家偵探，跟瑪蒂德原先預料的不同。不是難纏又愛喝酒的硬漢型，也不是頭髮柔軟的英國祖母型。閱讀影響了瑪蒂德，她覺得自己很可笑。看太多瑪波小姐和菲力普·馬羅了[14]。眼前這位女郎很年輕，鼻子像把手斧，蓬亂的漂白頭髮。豐滿的胸部露出很多，一邊乳房上方有個海豚刺青，彷彿正跳進她的低胸襯衫裡，耳垂掛著兩個大耳環。她就像是水面上一大團正在發展的泡泡，但是水面下很機警。

「哎呀！」兩人握手時，瑪蒂德脫口而出。她不是故意的。她一個人生活太久，連基本的禮貌都忘了。這是她裸泳時遭到查理突襲的兩天後。他們在布魯克林一家咖啡烘焙坊的庭院裡碰面，風吹著頭頂的樹蔭。

但那個女郎並不覺得被冒犯，只是大笑。她打開檔案夾，裡頭有查理的照片、地址、電話號碼，還有各式各樣細節，是之前她在電話裡交代瑪蒂德要準備的。

---

14 瑪波小姐（Miss Marple）為英國偵探小說天后阿嘉莎·克莉絲蒂（Agatha Christie）多部小說中的業餘偵探主角，是個住在鄉下、終生未婚的典型英國老小姐，憑著天生聰慧與洞悉人性的世故破案。菲力普·馬羅（Philip Marlow）為美國大師瑞蒙·錢德勒（Raymond Chandler）所創作出來的硬漢派偵探，私德或有瑕疵，但追究的正義感強烈，大是大非關頭絕不妥協。

「我不曉得你現在查到了哪些，」瑪蒂德說：「他是查爾斯・華森基金的創辦人。你知道，就是那家投資經紀公司。不曉得你聽說過沒有。大約二十年前，他還很年輕的時候，就開了這家公司。我很確定，那完全是非法吸金的龐氏騙局。」

那女郎抬頭，臉上透出興趣。「你投資了？」她說：「這就是你想調查的原因？」

「我他媽的才不是智障呢！」瑪蒂德說。

那女郎眨眨眼，往後靠。瑪蒂德說：「總之呢，你要查的方向就是龐氏騙局，但是我需要證據，不過我還需要別的。像私生活方面的，愈骯髒愈好。你只要認識這個人三秒鐘，就曉得他暗藏一大堆醜事，說不定還殺過人。他是個愛打探別人的肥豬混蛋，我想活活剝掉他的皮。」她開朗地微笑。

那女郎打量著瑪蒂德，然後說：「我很厲害，所以我挑案子，你知道的。」

「那很好，」瑪蒂德說：「我不雇笨蛋。」

「你這案子，我唯一猶豫的是，這好像是私人恩怨。」那女郎說：「這類事情會搞得很棘手。」

「啊，這個嘛……謀殺就太便宜他了。」瑪蒂德說。

那女郎微笑，然後說：「我喜歡有膽量的淑女。」

「不過我可不是淑女。」瑪蒂德說，厭倦了這奇怪的調情，於是把她的咖啡喝完，打算走人了。

瑪蒂德站起來，那女郎說：「等一下。」她雙臂從襯衫袖口裡抽出來，把襯衫轉了個面，低領轉到背後，現在看起來很俐落，很專業。她摘掉蓬亂的假髮，露出一頭男孩氣的褐色短髮，又拿掉耳環和假睫毛。她整個換了一個人，嚴肅又敏銳，看起來像是數學系聯誼會裡面唯一的女性研究生。

「還真是〇〇七等級的易容術，」瑪蒂德說：「太好玩了。我敢說你常接到案子。」

「算是。」那個偵探說，好像有點不好意思。

「胸部的那個海豚呢？」瑪蒂德說。

「我年輕時很蠢。」那女郎說。

「我們每個人年輕時都很蠢，」瑪蒂德說：「我倒覺得很開心。」他們隔著沾了花粉的桌面相視微笑。「好吧，就湊合著用你了。」瑪蒂德說。

「蜜糖，我的表現不會只是湊合而已。」那女郎說，然後身體前傾，摸著瑪蒂德的手，久得足以表明她的意思。

憤怒就是我的食物：我以此為食，

於是我日漸消瘦。

伏倫妮亞在莎士比亞的悲劇《科利奧納蘭斯》裡說。她鋼鐵般堅強，很能掌控局面，但遠遠不如科利奧納蘭斯有趣。

唉，沒有人會去看一齣叫《伏倫妮亞》的戲……

16

烏雲愈來愈低，但窗外的白晝仍然一片明亮。

她剛到這家網路公司上班，日後這約會網站將會以十億元賣掉。她之前在畫廊工作了三年。每天上午進入畫廊前，她都會在人行道上暫停一下，閉上眼睛，讓自己堅強起來，這才走進去。接下來一整天，她都可以感覺到艾瑞爾看著她。她工作盡責。她會照顧藝術家，安撫他們，送生日禮物。「我的天才，」艾瑞爾總是這樣介紹她：「有一天瑪蒂德會主掌大局。」每回他這麼說，露安就會扮鬼臉。然後那一天來到了，一個神經兮兮的藝術家從新墨西哥州的聖塔菲飛過來，艾瑞爾和他出去吃晚餐吃了很久，等到他們回來，瑪蒂德還在展場後頭黑暗的辦公室裡，為一個展覽寫圖錄文字。她抬頭看，僵住了。艾瑞爾站在門口，看著她。他走過來，愈來愈靠近。他雙手放在她肩膀上，開始幫她按摩，接著整個人貼著她的背部。她一直等著會有結束的一天，等了好久，只是失望他會這麼沒品：想不到他會有這麼粗俗的舉動，居然這樣磨蹭。她站起來說：「到此為止。」然後走出去，經過一直在前頭觀察的露安面前，從此再也不回去。幾天之內，她就找到了新工作，甚至沒告訴艾瑞爾她將永遠離開了。

但這一天上午，瑪蒂德始終無法專心工作。她去上司的辦公室，哀求讓她休息一天。然後那上司看著她離開，眼鏡後的眼睛瞇起來，嘴巴不高興地撇著。

在公園裡，楓樹的葉子泛著鮮明的光澤，彷彿葉脈鍍了金。她走了好久，好茫然，因而等她終於回到家時，覺得膝蓋發軟，舌根苦苦的。她有一包二十根裝的驗孕棒，之前買來的，藏在櫃子裡的毛巾底下。她恐懼地抽出一根，尿在上面。等待著。她喝掉一大壺水。一次又一次尿在驗孕棒上，每回驗孕棒都告訴她**是的**。加號，你完了！她把那些驗孕棒放進一個袋子裡，盡量塞在垃圾桶的最底下。

她聽到洛托進門，於是用冷水潑了潑眼睛。「嘿，寶貝，」她朝外喊道：「你今天過得怎麼樣？」他四處發出碰撞聲，說起試鏡，一個廣告裡的小角色，他根本不想要，太丟人了，但他看到一個七〇年代電視影集裡的男童星，就是那個前額有一撮翹起的亂髮、耳朵長得很奇怪的，記得嗎？她擦乾臉，手指梳了梳頭髮，對著鏡子練習她的微笑，直到看起來不那麼刻意，這才走出浴室，身上還穿著大衣，然後說：「我出去一下，買披薩。」於是他說：「來個地中海口味？」她說：「好。」然後他說：「我從骨子裡愛死你了。」「我也是。」她說，始終背對著他。

她關上前門，跌坐在通往樓上那戶老太太的樓梯上，往後躺，雙手遮著眼睛，因為她該怎麼辦？她該怎麼辦？

瑪蒂德忽然意識到有一股濃濃的腳味，她看到臉旁邊的階梯上有一雙破舊的繡花拖鞋。貝蒂，樓上的鄰居，面色凝重地往下看著瑪蒂德。「跟我來。」她說，是她一貫拘謹的英國作風。

瑪蒂德愣愣地跟著老太太上樓。一隻貓像個迷你小丑般朝她撲來。這戶公寓收拾得一塵不染，二十世紀中期現代主義風格。瑪蒂德驚訝地看著。牆壁是亮白色。桌上有一束帶葉的木蘭花，發亮的深綠色和背面柔和的褐色。在壁爐台上，三朵深紫色的菊花盛開。眼前這一切她完全都沒想過。

「坐吧。」貝蒂說。瑪蒂德坐了，貝蒂拖著腳步離開。

不久之後，貝蒂拿著一杯洋甘菊熱茶、一塊法國LU Petit Écolier黑巧克力餅乾回來。瑪蒂德吃著，彷彿回到童年的校園，陽光透過樹葉照著塵埃，她的鉛筆上有橢圓框的埃及象形文字。

「不能怪你，我自己也從來不想要小孩。」那老太太說，隔著長鼻子往下看著瑪蒂德。她的嘴唇上有碎屑。

瑪蒂德眨眨眼。

「在我們那個時代，什麼都不懂，當時沒有什麼選擇。我用消毒藥水一直洗，真是無知。等到最後沒辦法了，就去找文具店樓上的女士，她用一把薄刃刀幫我處理，真可怕。那時我真想死。還真的很有可能死掉。不過我沒死，倒是得到一個絕育的禮物。」

「耶穌啊，」瑪蒂德說：「我剛剛有說什麼嗎？」

「沒有。」貝蒂說。

「那你怎麼知道？」瑪蒂德說：「我自己也才剛知道的。」

「那是我的超能力，」貝蒂說：「我從一個女人的舉止就看得出來。很多次都害我惹上麻煩，因為一說出來，就會變成別人不愉快的驚奇。以你來說，我早就看出來了，大概有兩個星期。」

那個漫長的下午，他們坐在那裡。瑪蒂德愣愣望著菊花，等到茶都快冷了，才想到要喝。

「原諒我，」貝蒂說：「但是我得說，至少以我的觀點看，有小孩不是頂糟糕的事。你有個愛你的丈夫，有工作，有地方住。你好像快三十歲了，也夠大了。這個家有個孩子，不是頂糟糕的事。我偶爾也可以幫你顧小孩，教這孩子唱我蘇格蘭保姆的搖籃歌，用餅乾寵壞他。當然了，要等他會吃餅乾才成。不是頂糟糕的事。」

「這會是最糟糕的事。」瑪蒂德說：「對這個世界不公平，對小孩也不公平。另外，我才二十六歲。」

「二十六！」貝蒂說：「你的子宮已經老了，裡頭的卵子已經靠不住了。另外怎麼著？你認為自己會生出一個惡魔？希特勒？拜託，看看你。你根本是中了遺傳的樂透頭彩。」

「你笑吧！」瑪蒂德說：「但是我生出來的小孩會有獠牙和爪子。」

貝蒂看著她。「我把我的獠牙和爪子藏得很好。」瑪蒂德說。

「我沒有資格評斷。」貝蒂說。

「沒錯。」瑪蒂德說。

「我會幫你，」貝蒂說：「別氣了，我會幫你。這件事你不必獨自面對。」

「要命，怎麼去了那麼久！」她拿著披薩進門時聽到洛托說。他餓得只是埋頭吃，吃到第四片才抬頭看她。此時她已經恢復鎮定了。

在夜裡，她夢到一堆黑暗裡的活物。扭動的蠕蟲發出珍珠般的光澤，一堆堆像是帶著藍紋的羊皮紙。光滑又滿溢。

她一直討厭懷孕的女人，根本就像原版的特洛伊木馬。

想到一個人類體內還可能有一個人類，她就覺得很恐怖。而且另一個不同的腦袋還有自己的思緒。很久以後，在雜貨店裡，瑪蒂德會看到一個肚子大得要爆炸的女人，正伸手要拿高處貨架上的冰棒，於是她想像體內有個人、但不是吞下去的，會是什麼感覺——一個並非從一開始就註定無望的人。那女人不耐煩地望著瑪蒂德，看著她個子很高，可以輕易搆到高處的貨架。然後那女人的臉又變回了瑪蒂德最不喜歡的那種孕婦，一副自以為神聖狀。「需要我幫忙嗎？」那女人說，口氣甜膩極了。瑪蒂德趕緊轉身離去。

這會兒她從床上起身，趁洛托睡得正香，她拿了一瓶蘭姆酒上樓到貝蒂的公寓去。她站在門外，沒敲門，但貝蒂還是開了門，穿著邋遢的睡袍，一頭灰髮亂糟糟。

「進來吧。」她說。她讓瑪蒂德坐在沙發上，拿羊毛毯子蓋著她，把那隻貓扔在她膝上。在瑪蒂德的右手邊，熱巧克力裡加上了蘭姆酒。電視上播放著瑪麗蓮．夢露的黑白片。貝蒂往後靠在矮沙發凳上打呼。瑪蒂德在洛托醒來前躡手躡腳回家，穿了衣服像是要去上班，然後打電話請病假。貝蒂抬頭挺胸坐在方向盤後，身後墊著她沙發上拿來的靠枕，開車載她去診所。

（瑪蒂德的禱詞：讓我成為那股浪潮。如果我不能成為浪潮，就讓我成為底部的破裂。讓我成為黑暗中那可怕的第一個裂口。）

之後有好長一段時間，瑪蒂德都覺得體內溼冷。一種泛灰的黏土表面崩塌了。倒不是她有任何後悔，而是之前太驚險了。洛托離她好遙遠，正在某座山丘峰頂上，她累得爬不上去。她繼續生活，讓日子拖著她往前。

但有一些微小奇蹟喚醒她。黃銅信箱裡一個包著蠟紙信封的玫瑰水馬卡龍。門階上一球像高麗菜的藍色繡球花。經過樓梯時，那雙充滿皺紋而冰冷的手摸著她的臉頰。來自貝蒂的小禮物，像是黑暗中明亮的光。

「這件事很困難，」貝蒂之前在診所的等候室裡說：「不過是正確的。你會開始感覺慢慢減輕的。」的確。

瑪蒂德二十八歲時，她丈夫離家去洛杉磯一星期，在一個警察影集裡演一個小角色，她就趁機排了絕育手術。

「你確定嗎？」那醫師說：「你還很年輕，以後可能會改變心意。你不會曉得生理時鐘什麼時候會開始拉警報，讓你想生孩子。」

「我的鐘壞了。」她說。然後他打量她，從高跟靴到金髮頭頂，那陣子她都畫著眼尾外揚的眼線，看起來像貓眼。他認為自己看透她了，認定她是因為虛榮。他點點頭，沒禮貌地轉過身子。他把那小小的子宮環放進她的子宮。然後她吃果凍，看卡通，讓護士幫她換導尿管。事實上，那是個非常愉快的下午。

如果有必要的話，她會再做一次。好讓自己不再恐懼，好挽救自己。她會再做一次，再一次再一次再一次再一次再一次再一次再一次……如果有必要的話。

17

在大都會博物館門前的台階上，瑪蒂德沒認出那個私家偵探。她要尋找的是兩星期前在布魯克林咖啡烘焙坊見過的那個女郎，要不是捲髮加海豚刺青，就是光鮮又幹練。台階上有壯碩的觀光客一家人，一個體毛茂盛的年輕男子——瑪蒂德還仔細打量過他——外加一個臭臉的金髮女學生，穿著格紋百褶裙和休閒夾克，背著一個塞太滿的背包。她選擇坐在女學生旁邊，然後那個女生轉過頭來跟她擠眼睛。

「我的老天，」瑪蒂德說：「你的肢體語言和其他一切，瘦瘦的腿和那副跩樣子，我還以為看到三十年前的自己呢！」

「我剛剛有個監視任務，」那個偵探說：「我好愛我的工作。」

「你就是那種有戲服箱的小女孩，哼。」瑪蒂德說。

那個偵探微笑，笑中帶著點哀傷，短暫顯露出她真正的年齡。「唔，我以前是演員，」她說：「年輕版的梅莉．史翠普，這是我本來想當的。」

瑪蒂德什麼都沒說，於那個偵探又開口：「而且沒錯。當然了，我知道你丈夫。事實上，我認識他。我年輕時演過他的戲。在舊金山的美國戲劇學院公演《魔法書》。每個人都愛上他了。我總覺得他就像隻鴨子，你知道嗎？蘭斯洛．賽特懷被崇拜，就像鴨子要下水。他只想在一個大池塘裡游水，但水從來不會浸淫他身上，總是會滾下來。」

「聽起來很貼切，」瑪蒂德說：「看得出來你的確認識他。」

「或許我不該說這個，」女郎說：「但是他現在過世了，講出來也不會傷到他了。你最了解他的為人。但我們當時的演員和工作人員打了個賭。任何人排演時出了錯，就要在一個罐子裡放兩毛五，然後誰能第一個勾引到蘭斯洛，就可以把那些錢全拿走。男女都行。我們總共十二個人。」

「最後誰贏了？」瑪蒂德說，嘴角扯了一下。

「別緊張，」女郎說：「沒人贏。到了開幕夜，我們就把那些錢給了舞台經理，因為他太太剛生了小孩。」她從背包裡拿出一個檔案夾，遞給瑪蒂德。「我還在查私生活。他一定有什麼醜事，我只是再往下挖。我收買了一個查爾斯・華森基金的線人，資深副總裁。自以為是正義的吹哨人，不過他已經累積了一大筆財富，在漢普頓有棟別墅。真噁心。這個檔案裡只是表面的一小層而已。老天，想想我們往深還能挖到什麼。」

瑪蒂德閱讀著，等到她抬頭時，街道被太陽照得一片明亮。「我的老天爺啊。」她說。

「還有更多，」那偵探說：「非常嚴重。一定會有很多有錢人很不高興。無論動機是什麼，我們都是替社會除害。」

「啊，好吧。我一向不太喜歡自鳴得意，」瑪蒂德說：「等到你把私人的材料交給我，我們再來好好慶祝吧。」

「慶祝？你和我和香檳，外加聖瑞吉飯店的套房？」那偵探說著站起來。

瑪蒂德看著她強壯而裸露的小腿，窄窄的臀部，還有一頭金髮底下機警的臉。她微笑，覺得久已生疏的調情技巧又開始活動起來。她從來沒跟女人搞過。大概會多一點溫柔、少一點肌肉，就像性愛瑜珈。至少很新奇。她說：「或許吧。要看你給我什麼。」

那個偵探低聲吹了個口哨，然後說：「我要去工作了。」

洛托過世四年後，瑪蒂德五十歲時，她買了機票飛到巴黎。下了飛機，一切都好明亮，亮得她還得戴上太陽眼鏡。即使如此，那些亮光還是會竄進來，像個橡皮球似的在她腦袋裡彈來彈去。同時，她也不希望有人看到巴黎的氣味如何蹂躪她，害她眼睛滲出淚水。

來到這裡，她又變得好小。置身於這種語言之中，她又隱形了。她在登機門外的小餐館休息一下。侍者送上濃縮咖啡和塑膠袋包裝的巧克力可頌捲給她時，用俐落的法文跟她講話，但轉身就跟她後頭那桌的客人講起文法不太正確的英語。等到結帳時，她都不曉得要用歐元，還在皮包裡找法郎。

在飄著雨點的灰色白晝裡，巴黎用各種氣味壓垮她。廢氣和尿味和麵包和鴿糞和灰塵和梧桐落葉和風。

計程車司機的鼻子上毛孔好大，像個海綿，他朝照後鏡裡的她看了老半天，然後問她還好吧。見她沒回答，他就安慰地說：「你在這裡哭沒關係，想哭就盡量哭吧。看著一個漂亮的女人哭，也不是什麼難受的事。」

她在飯店裡沖了澡，換過衣服，然後租了一輛白色賓士開出城。長長的塞車車陣安慰了她的美國心。

路過的交流道愈來愈小，馬路也愈來愈窄。最後開到了泥土路。四周有乳牛、曳引機，還有煤灰染黑的灰石頭砌成的半廢棄小村。

童年時以為好巨大的，結果其實小得要命——那棟房子的灰泥重新粉刷過了，漆成了白色，上頭爬著長春藤。車道上的石頭是新的，乳白色，圓圓的小石頭。雲杉長得更高大了，頂部修剪得很整齊，像是開學第一天的小男生。屋子後方的綠色葡萄樹一路綿延到看不見的遠方，深入她祖母家的老牧場。

一個比瑪蒂德年輕些的男人正在車道上修理摩托車輪胎。他穿著摩托車夾克，前額覆著上了髮膠的瀏海。瑪蒂德在他身上認出自己的長手指，自己的長脖子，還有左耳頂端同樣的縐褶。

「爸爸。」她說出聲來，但不是，這個男人年輕太多了。

凸窗裡出現一個女人。矮胖，朦朧的雙眼，很老了，儘管頭髮染成墨黑色，下眼皮畫了濃重的眼線。她仔細打量著車上的瑪蒂德，然後皺起的嘴巴動著，好像在咀嚼什麼。她抓著窗簾的手是紅色的，很粗糙，像是一輩子都在處理冰冷的魚內臟。

瑪蒂德想起有個櫃子裡放滿了熟成乳酪，那薰死人的濃烈氣味。她一時眼前茫然，然後開車繼續往前。

這個小村子的主教堂令人難為情，是一棟羅馬風格的卵石建築物，但她記憶中卻是非常富麗堂皇、震撼人心的哥德式建築。那家雜貨店賣的雞蛋上頭還是黏著雞屎。還不到中午，麵包店已經關門。她走進一家美容院，那裡也兼營披薩外帶，同時還是鎮長辦公室。

鎮長坐下來，瑪蒂德把自己想要的告訴她，那鎮長猛眨著眼睛，眼鏡內側都沾了睫毛膏的黑漬。

「可是你完全確定嗎？」她說：「那棟房子，唔。在他們家族已經傳了幾百年了。」

「那棟房子是這個世界上我唯一想要的，」瑪蒂德說，布列塔尼口音又輕易回到她舌上。頑固得像小母牛，像田野中的石頭。

「要花不少錢啊，」那鎮長說：「他們非常難搞，那一家人，對錢非常計較。」她皺起嘴，指尖在胸前比了個揉搓的手勢。

「我可以想像自己住在這裡很愉快，」瑪蒂德說：「而且只有這裡。我渴望夏天來這小鎮住著，或許甚至開個小古董店，可以喝茶，吸引觀光客。」那鎮長聽了，表情放鬆下來。瑪蒂德掏出她律師的名片，推到桌子對面。「所有事務都請跟這位先生聯繫。當然了，你可以拿到百分之五的佣金。」

「六。」那鎮長說。

「七，我不在乎，多少都行。」瑪蒂德說，那個鎮長點點頭，然後瑪蒂德站起來，走之前說：「想辦法變魔術吧！」

她回到巴黎，感覺上好像開車的是另外一個人。等到她在著名的丁香園咖啡館坐下時，她已經二十四小時沒吃東西了。這裡的菜不是全巴黎最好的，卻是全巴黎最富有文學氣息的餐廳。她穿了一件銀色絲質貼身洋裝，頭髮往後梳起，臉上有漂亮的紅暈。

那個侍者過來時，瑪蒂德只說：「我已經好久沒來法國了，我想死法國菜。」他褐色的眼珠發亮，小鬍子往上一揚。「我會送上我們最好的菜。」他保證。

「還有葡萄酒。」她說。

他假裝生氣。「那是一定的啊，」他說：「我怎麼可能這麼不敬呢？」

等到他把香檳放在她面前，還有海螯蝦佐香草美乃滋，她說：「謝謝。」然後開始吃，半閉著眼睛。

從頭到尾，她知道洛托都跟她在一起，就坐在桌子對面，跟她一起享受美食。他會喜歡這一夜的，包括她的洋裝、這些美食，還有葡萄酒。她心中的慾望升起，直到最後幾乎無法負荷。如果她抬頭看，她知道，她只會看到一張空椅子。她不會抬頭看的。

吃完主菜後的乳酪，侍者送上一碟粉彩色的小杏仁糖，瑪蒂德抬頭朝他微笑。「獻給勝利。」她說。

「獻給愛情。」他說，眼睛發亮。

她緩緩走回下榻的飯店，腳下的鵝卵石溼溼的，她吃飯時來了一場短暫的夏日暴風雨。她的影子在身後跟著。她一路撐到飯店房間的浴室，冷靜坐在黃色的石灰華浴缸上，才彎腰就吐了。

她飛回家，回到櫻桃園裡那棟小小的白房子。法國那棟房子的購屋過程花了好幾個月。交易完成那天——花的錢只有瑪蒂德願意付的一小部分，但顯然，比那棟房子實際所值多出了一大截——她的律師送了一瓶以貴腐葡萄酒聞名的滴金酒莊的葡萄酒給她。

她打電話給他。「表現太好了，克勞斯。」她說。

「謝謝，賽特懷太太，」他說：「他們……要求很多。」

「啊，他們本來就是要求很多的人，」她輕聲說：「很抱歉這麼說，但我恐怕還有更多工作要麻煩你。」

「當然了。我的職責就是要為你效勞的。」

「接下來，要麻煩你安排拆掉那棟房子。從屋頂到樑柱都不能漏掉。後頭的葡萄樹也要拔掉，全都清得一乾二淨。我知道那棟房子很老，會違反各式各樣的法律，但反正動作要迅速，讓大家都來不及反應。盡快動手。」

那律師只有一點點猶豫。她很佩服這個謹慎的男子。「我會照辦的。」他說。在他一個星期後寄來的照片裡，原先煙囪的地方只剩一片天空，四百年石牆圍起來的果園也空空蕩蕩，只剩平坦的泥土地。

她心想，這不像是看著一具屍體，而比較像是看著埋葬過一具屍體的土地。

她的心裂開，滲出血。這是為她自己做的。

她送給克勞斯一輛很好的汽車，比她自己那輛還好很多。這回她打電話過去時，他的聲音很樂。「工作完成了，」他說：「不過碰到了很多尖叫和很多、很多憤怒。很多淚水。恐怕你短期之內不能去那個鎮上露臉了。」

「啊，好吧，」她說：「這也不是新聞了。」

太好了，她輕聲說。然而，她感覺心底的那頭老野獸在蠢動。

18

「你有非說實話不可的毛病。」有回洛托這麼說她，她當場大笑承認了。她不確定自己是否說了實話，也不確定是否在撒謊。

對她的丈夫而言，她的人生有一大片空白。她巧妙權衡過哪些事要告訴他，哪些又不告訴他。但是，有些謊言是講出來的，有些謊言則是沉默造成的。而瑪蒂德對洛托的謊言，只有從來不說的那種。

她從沒告訴他，在他們二十來歲那漫長的幾年裡，她從來不介意賺錢養家，即使當時很窮，即使她得省下午餐或晚餐不吃，即使他們得從幾個帳戶裡東挪西湊以付掉最急迫的帳單，即使他們得接受洛托妹妹給的錢——她會給錢，是因為她是全世界極少數真誠善良的人。洛托一直很感激瑪蒂德，因為他以為她在犧牲，覺得自己很虧欠她。

但她介意一些她從來沒說出口的事：她希望自己的丈夫能更擅長他所選擇的事業。

他老是站在雨中排隊，只為了要表演一段獨白。然後又回家，守在電話旁邊等著人家通知沒錄取他。生悶氣，喝酒，辦派對；發胖，掉頭髮，失去魅力……一年又一年又一年。

住在地下室公寓的最後一個冬天，她把天花板漆成金色以假裝陽光，只為了給自己打氣，讓她有勇氣跟洛托坐下來，溫柔地告訴他實話：儘管她相信他，但他可能該去找一份他自己也相信的事業了。當演員恐怕是沒希望的。

但在她鼓起勇氣之前，紐約的除夕夜來臨。他一如往常喝醉了，但是沒去睡覺，而是熬夜狂熱寫作，把幾十年來藏在心中的東西寫出來。她次日早晨醒來時，看到了電腦，頭一個念頭是嫉妒，但是努力壓抑，以為他是用即時傳訊軟體，在跟哪個十六歲蹺家的漂亮金髮辣妹聊天。她拿起筆電來閱讀他寫的。結果驚訝地發現那是一個劇本，而且很有傑作的基本結構。

她拿著電腦到臥室的衣櫃間裡，努力工作。她編輯、濃縮，把對話梳理清楚，重新組織每場戲。他醒來時，根本不記得自己寫了什麼。她輕易就讓他以為這些全都是他寫出來的。

才短短幾個月，他就完成了《源泉》。潤飾過了。趁著洛托夜裡睡覺，瑪蒂德在衣櫃間裡一遍又一遍閱讀，知道這個劇本很好。

但儘管這是一部出色的劇本，後來還改變他們的人生，但一開始根本沒人想看。洛托到處拿給製作人、劇場導演看。他們收下他裝訂好的劇本，但是沒人回電給他。瑪蒂德看著丈夫重新生起的亮光又要再次熄滅，感覺上就像在清創手術中緩慢死亡，持續地一點點流血至死。

安托奈特寫來的一封信給了她靈感，裡頭有雜誌上撕下來的短文章，是談荷蘭畫商兼畫家米格倫的，他讓全世界相信他貧弱的偽作是維梅爾的作品，但他畫的每一個基督都有他自己的臉。安托奈特圈起一幅偽作的X光照片：在一個女孩鬼影般的圓臉下，可以看到米格倫是畫在一張十七世紀的畫布上頭。底下被蓋住的那幅原始畫作平凡無奇。農田景色，鴨子，水罐。**壞基礎之上的偽作，讓我想到某人**，安托奈特寫道。

有個週末，瑪蒂德事先安排好，讓洛托跟山繆和查理去北邊的阿第倫達克山區露營，免得他在家礙事，然後她跑去圖書館。在一本厚厚的書裡，她找到了她要找的那張圖。前景是一匹漂亮的白馬載著一名藍袍男子，後頭還有其他一些人也騎在別的馬上，山丘上有一座令人讚歎的建築物襯著背後的藍天。她多年前在大學時發現，這是揚．范．艾克的作品。當時她在課堂上看到這張幻燈片時，心跳差點停止。

同時她想起，在舅舅家樓梯底下的那個小房間裡，她的雙手曾拿著這幅畫。她還能聞到那個氣味：老舊的木頭，亞麻地板，時光。

「一九三四年失竊，」當時教授在課堂上說：「是一組更大件祭壇畫的其中一塊畫板。一般認為多年前已經被毀掉了。」他按了幻燈機遙控器，秀出下一張消失藝術品的範例，但瑪蒂德眼前一片模糊。

在圖書館裡，她付了彩色影印的錢，然後打了一封信。沒有問候，**我的舅舅**，一開始用法文寫道。她把那封信和影印的圖片一起寄走。

一星期後，她正在煮義大利麵，一邊製作青醬。洛托坐在沙發上瞪著一本《戀人絮語》，但是雙眼失焦，用嘴巴呼吸著。

電話響了，是他接的。他聽著。「啊老天！」他說，站起來。「是的，先生。是的，先生。當然了。我再高興不過了。那就明天九點。啊，謝謝你、謝謝你。」

她轉身，手裡的湯勺冒著煙。「什麼事啊？」

他臉色發白，揉著前額。「我不敢相信。」他說，重重坐下。

她走過來，站在他兩腿間，抓著他一邊肩膀。「寶貝，」她說：「出了什麼事嗎？」

「剛剛打來的是劇作家視野劇院，他們要上演《源泉》。一個私人金主很愛這劇本，打算製作這齣戲。」

他前額抵著她的胸口，眼淚奪眶而出。她吻著他腦後翹起來的頭髮，不讓他看見自己的臉，她知道自己此時的表情殘酷又無情。

幾年後，一名律師打電話到劇院聯絡上她，當時洛托正在那裡為他的新戲選角，她專心聽著那律師解釋。她舅舅，那律師說，已經死了（劫車；鐵橇）。他的遺產都留給一個扶助貧窮母親的中途之家，不過還有一批日本古代色情書畫收藏要留給她，奧瑞莉。她說：「可是我不是你要找的人，我的名字是瑪蒂德。」然後掛斷了。後來那些書還是送到她的公寓來，她把書賣給舊書商，得到的錢拿來買了防水達百呎深的潛水錶送給洛托。

《源泉》的首演之夜，瑪蒂德跟洛托站在黑暗裡。

百老匯！一起步就這麼有氣勢！他對自己的幸運驚歎不已。她微笑，知道其實不是幸運。排演進行得很順利。他們吸引到一個東尼獎得主來演那位起伏不定、慵懶、滿腹怒火的母親蜜瑞安。飾演曼弗瑞和漢斯父子的兩個演員當時還沒沒無聞，但十年後將會成為主演電影的大明星。

觀眾裡有少數幾個陌生人，還有一些大膽前衛的觀眾。但是，前一天下午，和導演單獨談過淒慘的預售票房後，瑪蒂德就花了一整個早上和下午打電話，找他們的朋友來填補空位。這些觀眾活力十足，觀眾席的燈光熄滅前一刻，整個劇院的氣氛歡樂又輕鬆。只有洛托才能在最後一分鐘吸引三百個忠實好友來好意捧場。他備受大家喜愛，獨一無二地，深情地。

現在，在黑暗中，當她丈夫專注忘我地看著台上，她也觀察著他的微妙轉變。過去幾個月他好焦慮，於是又變回結婚時那個瘦削、個子太高的年輕小夥子了。布幕拉開，她一開始帶著好笑的心情，然後是一股近乎敬畏的溫暖，看著他隨著每個角色上下，嘴巴跟著默唸出台詞、臉上扮出表情。在陰影中，整個成了他的獨角秀了。

曼弗瑞死掉的那場戲，洛托的臉光滑發亮。是汗水，不是淚水，至少她這麼相信。很難判斷。（其實是淚水。）

劇終時，大家起立鼓掌，八名演員一再上台謝幕，不光是因為觀眾愛洛托，也因為這齣戲就像變魔術一樣，在登台那一刻忽然融合完美。等到洛托走上台，觀眾席的轟響連街區角落的那家酒吧都聽得到——有些被哀求來看戲的朋友趕到場，發現票賣光了，於是就去那家酒吧臨時開起派對來。

那股喜悅持續了整夜，甚至延續到酒吧關門後，街上沒有計程車，瑪蒂德和洛托決定走路回家，兩人挽著手臂，聊著一些小事，無話不談，地下鐵臭呼呼的熱氣從鐵柵中噴出來。「陰間來的。」他說，酒精釋放了他心底的虛榮，但她還是覺得很可愛，在今晚的榮耀中是可以容忍的。現在時間好晚了，路上沒什麼人，感覺上，就這一刻，整個城市只屬於他們。

她想著地下的芸芸眾生，正在他們腳下經過，卻渾然未覺。她說：「你知道地球上所有螞蟻的總重量，就跟地球上所有人類的總重量一樣嗎？」

從不喝酒過量的她，當時也有點醉了。沒錯，今天晚上真是鬆了口氣。當舞台上的布幕闔上時，阻擋他們未來的那塊大石頭也滾開了。

「等到我們都死了，他們還會在地球上。」他說，一邊喝著隨身小酒瓶的酒。等他們到家時，他已經爛醉了。「螞蟻和水母和蟑螂……他們會成為地球的主宰。」他被她逗得很開心。他，老是喝醉。他可憐的肝臟。她想像他體內的肝，像個有點烤焦的老鼠，粉紅色的，很害怕。

「他們比我們應該留在地球上。」她說：「我們太不珍惜上天賜給我們的禮物了。」

他微笑，抬起頭看。沒有星星，空氣太髒了看不到。「你知道嗎？」他說：「前一陣子才有人發現，光是我們的星系，就有幾十億個星球適合生存。」他盡力模仿天文學家卡爾．薩根：「幾十億又幾十億！」

她覺得眼中湧上淚水，但說不上來為什麼這個想法特別感動她。

他清楚看到了，也明白。（他了解她。有關她的事情，他所不知道的部分可以淹沒一艘遠洋輪船，但是他了解她。）「我們獨自在這裡，」他說：「沒錯，但我們並不孤單。」

他死後那片朦朧的空間裡，當她活在某種沒有時間性的地下悲慟中，曾在網路上看到一段影片，談到未來十億年內我們的星系會發生的事。我們跟仙女座星系正在進行一場極慢的探戈，兩個星系的形狀都像是伸出一根根手臂的螺旋，而且就像兩個旋轉的身體朝對方移動。兩個星系愈接近，行進速度就會愈快，甩出藍色的火花，產生新星，直到兩者旋轉著經過對方。然後兩個星系的長臂會渴望地往外伸出，在最後一刻抓緊，接著會旋轉著往反方向移動，他們的長腿交纏但從未互相碰觸，直到第二次迴旋變成一個爪子，一個輕觸，一個吻……最後，在一切的最中心，當他們彼此距離最近時，就會開啟一個無比巨大的黑洞。

次日早晨，在光輝的前一夜之後，一切都很美好，陽光甜美而充滿希望。她出去買了報紙和一整盒法式點心，巧克力可頌捲和蘋果千層酥和牛角可頌。走回來的路上，她四口就吃掉一個很棒的杏仁酥皮甜麵包。一回到他們那個舒適的黃金天花板地下室，她就倒了一杯水，同時洛托頂著一頭剛起床的亂髮，趕緊翻閱報紙。等到她轉回身子來，發現他可愛的臉變得蒼白。他整個臉垮下來，下唇往下拉，直到露出下牙，難得一次說不出話來，或許還是生平第一次。

「喔，哦……」她說，趕緊走向他，在他肩膀後方閱讀報上的文字。

她讀完後說：「這評論家可以去吃雞巴了。」

「別說粗話，親愛的。」他說，但只是反射性地回應而已。

「不，我說真的。」瑪蒂德說：「她叫什麼來著，菲比．達瑪。她什麼都恨，她恨史托帕德的上一齣戲。她說那是自我耽溺。她還說蘇珊—蘿麗．帕克斯就夠難了。這應該是當評論家最簡單的標準，就作品本身評估。她就像個母狗臉的失敗詩人，什麼都不懂，只想靠詆毀別人而成名。她只會有負面評價，根本不必在意她。」

「是啊。」他說，但聲音很輕。他站起來淒慘地轉身，一時之間就像一隻高大的狗想趴在草地上睡個覺，然後進了臥室，爬進被子裡躺在那兒，沒有反應，即使瑪蒂德裸著身子偷偷跪爬著進房間，把床墊上的床單都挖出來，然後從他腳趾一路往上吻著他的身子，最後她的頭從被子裡探出來，來到他頸部。但他的身體只是鬆垮躺在那裡，雙眼閉著，不肯回應，即使她拉著他的雙手放在自己的臀部，那雙手還是悲慘無力地滑開。

那就只好發動核彈攻勢了。她兀自大笑，啊，他愛這個悲慘的男人。瑪蒂德上樓到花園裡，自從可憐的貝蒂過世後，花園裡就長滿雜草，她打了幾通電話後，下午四點，查理就攬著丹妮卡來按門鈴——「吻一下，吻一下。」丹妮卡跟瑪蒂德互相吻頰，左右各一下，同時朝她耳邊喊著。「操你的，我恨你，你這麼漂亮。」接著瑞秋和伊麗莎白進門，手牽手，手腕上有同樣的大頭菜刺青，其中含義他們只是咯咯笑著拒絕透露。然後阿尼來了，帶來黑刺李果汁混琴酒加氣泡水的調酒。山繆也來了，胸前背著一個嬰兒。等到瑪蒂德成功讓洛托穿上藍色正式襯衫和卡其褲，拖著他出來見朋友，隨著每次擁抱，每個人上來真誠跟他說他的戲有多麼了不起，她就看到勇氣一點點回到他身上，看到他的臉逐漸有了血色。這個人需要讚美，就像跑者需要運動飲料一樣。

等到披薩送來，瑪蒂德打開門，儘管她穿著內搭褲和半透明上衣，但那個外送男子的雙眼牢牢被房間中央的洛托吸住，此時洛托的雙臂像是怪物，瞪著眼睛，正在講自己在地下鐵被搶的故事，說對方用手槍狠狠砸他的後腦勺。他散發出昔日的光芒，模仿著搖搖晃晃的姿勢，然後跪下，那個送披薩的男人湊近了看，沒理會瑪蒂德想遞給他的現金。

她關上門，查理站在她旁邊。「一個小時內就從豬變成人了，」他說：「你是反向的瑟西女巫。」

她低聲笑了：他唸成了**卻爾琪**，好像瑟西是個現代的義大利人。「啊，你這混帳自學者，」她說：「應該唸**瑟西**。」

他一臉受傷的表情，但聳聳肩說：「我從來沒想到我會這麼說，但是你對他有好處。唔，要命！」他說，改用很重的佛羅里達口音。「腦袋空空、沒有朋友的金髮模特兒淘金女郎，結果竟然表現不錯。誰能想得到？一開始，我還以為你會騙到錢就走人。但是沒有，洛托運氣很好。」然後查理又恢復平常的聲音：「如果他最後真的闖出了大事業，那是因為你。」

儘管她手上拿著熱披薩，卻覺得房間裡好冷。瑪蒂德盯著查理的雙眼。「就算沒有我，他也會很偉大。」她說。其他人還坐在沙發，笑著抬頭看洛托，不過瑞秋卻站在廚房料理台望著瑪蒂德，兩邊手肘互握。

「就連你也變不出那個來，女巫。」查理說，然後從她手上拿走一個披薩盒，打開來，把三片疊在一起，然後把盒子放回去，吃著手中那一團亂七八糟，滿嘴油膩地咧嘴笑了。

那些年，洛托覺得自己似乎夠優秀、也夠有把握了。他持續工作，劇作都出版了，在全國各地演出的機會也增加了。所以光靠這些，就能讓他們過得很寬裕，即使是這樣，他還是被菲比．達瑪困擾。

當《特雷戈尼斯紀》出現，洛托四十四歲，這齣戲立即得到了幾乎全面一致的好評。瑪蒂德在他腦中種下了這個點子，而她的靈感，又是幾年前查理提起瑟西在她心中所種下的。那是瑟西和奧迪修斯生的兒子特雷戈尼斯的故事，在奧迪修斯拋棄他們之後，母親撫養特雷戈尼斯長大，住在乙逸亞島上森林深處的一座大宅，由一群被施了魔法所變成的老虎和豬保護著。所有的英雄都必須離家，而當特雷戈尼斯離家時，他的女巫母親給了他一把由毒魟的尾刺所製成的長矛。他乘著小船航行到易薩卡島，開始偷奧迪修斯的牛，最後跟奧迪修斯陷入一場可怕的打鬥，他不知道對方就是他的父親，最後殺了他。

（特雷戈尼斯後來娶了潘妮洛琵，也就是奧迪修斯長年飽受煎熬的妻子。而潘妮洛琵與奧迪修斯所生的兒子特勒馬可斯，最後又娶了瑟西。繼兄弟變成彼此的繼父。瑪蒂德總覺得，這個神話是對年長女人性感魅力的一大支持。）

洛托這齣戲，也是對「前父遺傳」這個十九世紀概念之辭彙的會心致意。前父遺傳指的是：子女有可能繼承母親前任情人的遺傳特徵。在洛托的版本裡，特雷戈尼斯有豬的口鼻，狼的耳朵，還有老虎的斑紋，這些都是被瑟西施巫而變成動物的情人。於是演出時，特雷戈尼斯都戴著可怕的面具，因而讓這個講話溫和的角色更有力量。而為了開玩笑，特勒馬克斯在劇中也是戴著面具。另外，奧迪修斯在地中海上流浪的長途旅程期間，家鄉眾多糾纏潘妮洛琵的追求者，則是以二十個不同的眼睛和十個不同的口鼻代表。

整齣戲設定的背景，發生在現代的科羅拉多州特柳賴德。這也是在譴責一個能容納眾多億萬富翁的民主社會。

「蘭斯洛．賽特懷不是有錢人家出身的嗎？他這樣不是很虛偽嗎？」中場時可以聽到有個男子在休息處說。「啊，不，他為了娶他太太，繼承權被取消了。那真是個悲劇。」一個經過的女人說。於是大家口耳相傳，像病毒似的。瑪蒂德和洛托的故事，浪漫愛情史詩。他被逐出家門，放逐，不准再回佛羅里達。全都是為了瑪蒂德。

啊，老天，瑪蒂德心想。真好騙！這故事搞得她想吐，但為了他，她就讓這個故事流傳下去。

首演後差不多一個星期，因為預售票房太好，公演加場延長超過兩個月，洛托被所有的道賀電子信件和電話淹沒了。他半夜回到床上，她立刻醒了，說，「你在哭嗎？」

「哭？」他說：「絕對不會。我是男子漢。我剛剛把波本威士忌濺到眼睛裡了。」

「洛托。」她說。

「我是說，我剛剛在廚房裡切洋蔥。誰不喜歡半夜切洋蔥呢？」

她坐起身子。「告訴我。」

「菲比．達瑪。」他說，然後把筆電遞過去。在微小螢幕的微光中，他的臉好苦惱。

瑪蒂德看完了螢幕上的文章，吹了一聲口哨。「那個女人最好小心一點。」她狠狠地說。

「她有權利說出自己的意見。」

「她？不。這是《特雷戈尼斯紀》唯一得到的惡評，她瘋了。」

「冷靜點！」他說，但她的怒氣似乎讓他得到安慰。「她說得有道理，或許真的是過譽了。」

可憐的洛托，他受不了任何反對者。

「我了解你的每一部分，」瑪蒂德說：「我知道你作品的每個句點和省略號，而且你寫的時候，我都在場。我比全世界任何人都更有資格告訴你——更別說這個大放厥辭、吸太多血而自爆的水蛭評論家——你根本沒被過譽，一丁點都沒有，她才是。他們該砍掉她的手指，免得她再寫任何東西。」

「謝謝你沒說粗話。」洛托說。

「而且她可以用一根白燙的甘草搞她自己，插進她的黑色屁眼裡。」瑪蒂德說。

「啊哈，」他說：「你的機智真是又苦又甜，還嗆辣得很。」

「睡一下吧。」瑪蒂德說。她吻了他。「再寫一部就是了，寫出更好的。你的成功對她來說就像苦艾，一定會把她苦死。」

「她是全世界唯一恨我的人。」他傷心地說。

這種要全世界都崇拜他的瘋狂是怎麼回事？瑪蒂德知道自己不值得任何人愛她，但他卻想要每個人的愛。她忍住一聲歎息。「再寫一部劇本，她會改變立場的。」她說，一如往常。於是他就再寫一部，一如往常。

19

瑪蒂德試著在丘陵間進行長跑，兩小時，三小時。

洛托還在世時，每當他在閣樓的書房裡寫得正順，有時她連在外頭花園裡都能聽到他大笑，聽到他自己唸那些角色的台詞，於是她就得穿上運動鞋出門跑步，免得自己跑上樓去分享他的快樂。她得一直跑一直跑，好提醒自己：有個強壯的身體就已經是天賜大禮了。

但洛托離開後，她的悲慟開始擴散到身體，孀居幾個月後，有回她出門跑到離家約二十公里的地方，不得不停下來，坐在一處河堤上好久，因為看樣子，她的身體狀況已經不再像以前那樣了。她站起來時，只能像個老阿婆似的蹣跚而行。此時下起雨來，她全身溼透，頭髮黏在前額和耳朵上。她緩緩走回家。

沒想到那名私家偵探在瑪蒂德的廚房裡，水槽上方的燈亮著。室外籠罩著十月的暗褐暮色。

「我自己進來了，」那偵探說：「大概一分鐘前。」她穿了一件緊身黑洋裝，還化了妝。這麼一來，她看起來像德國人，不漂亮但優雅。她戴了8字形耳環，頭一動就晃個不停。

「噢。」瑪蒂德說。她脫掉運動鞋、襪子、溼襯衫，然後用上帝的毛巾擦乾頭髮。「我都不曉得你知道我住的地方。」瑪蒂德說。

那個偵探手一揮說：「我做這一行很厲害的。希望你不介意我幫我們倒了葡萄酒。等你看到我查出了你的老友查理．華森什麼，你會想喝的。」她開心地笑了。

瑪蒂德接過她遞來的牛皮紙信封，兩人到屋外的石板地遊廊上，溼答答的太陽在冷冷的藍色丘陵後方落下。他們沉默地站著看夕陽，直到瑪蒂德開始發抖。

「你在生我的氣。」那個偵探說。

瑪蒂德輕聲說：「這裡是我家，我不讓任何人進來的。發現你在這裡，感覺上像是一種侵犯。」

「對不起，」偵探說：「我不曉得我在想什麼。我以為我們很來電。我有時候會太過積極進攻。」

「你？真的？」瑪蒂德說，溫和下來，喝了口葡萄酒。

那偵探微笑，閃出牙齒。「再過兩分鐘，你就不會那麼氣我了。我查到了一些有趣的事。姑且說，你的好友有很多朋友。全都是在同一個時間交上的。」她指著剛剛給瑪蒂德的信封，然後別開臉。

瑪蒂德抽出照片。看到一個自己認識這麼久的人扭曲成這種姿勢，感覺好奇怪。看了四張照片後，她開始發抖，但不是因為冷。她堅定地看完了所有照片。「做得很好，」她說：「這太令人厭惡了。」

「而且很貴，」那偵探說：「你之前說錢不是問題，我可是當真的。」

「沒問題。」瑪蒂德說。

那偵探湊近了，碰觸瑪蒂德。「你知道，你的房子讓我很驚訝。雖然每個細節都很完美，但是對一個這麼有錢的人來說，真是太小了。到處都是光、平面、白牆，簡直是清心寡慾。」

「我過著修道院的生活，」瑪蒂德說，意思當然不光是表面的。她的雙臂交抱，一手拿著葡萄酒，另一手拿著照片，但這些沒有阻止那個偵探，她傾斜身子越過椅子扶手來吻瑪蒂德。她的嘴唇很柔軟，探索著，等到瑪蒂德微笑但沒有回吻，那女人又往後坐回去，然後說：「啊，好吧。對不起。

你值得一試。」

「不必對不起，」瑪蒂德說，捏一下那偵探的前臂，「不要鬼鬼祟祟接近我就行了。」

把洛托和瑪蒂德的派對像一條項鍊般串起來，你就可以得到他們婚姻的縮影。她往下朝沙灘上的丈夫微笑，那些男人正在玩模型車賽車。他像松樹群中的一棵紅木杉般突出，陽光照在他日漸稀疏的頭髮上，他的笑聲傳到海面，音樂神祕地從天花板傳來。屋外的遊廊上，女人們彼此聊天，喝著莫希托調酒，看著男人們。這是冬天，很冷：他們全都穿著刷毛保暖外套，假裝不在乎冷。

這個派對已經接近尾聲，不過瑪蒂德和洛托卻感覺不到。

他們只是來吃個午餐，慶祝查理和丹妮卡在漢普頓換了更好的房子。近二八〇坪，有同住的管家、廚師、園丁。真蠢，瑪蒂德心想，他們的朋友真是白癡。隨著安托奈特過世，洛托和她可以買下一堆這樣的地方。只不過後來在車上，洛托和她會嘲笑查理他們這種浪費的白癡行徑——父親翹辮子前，洛托就是過著這樣的生活，兩人都知道這種行徑除了炫耀之外毫無意義。瑪蒂德還是自己打掃鄉下的房子和城裡的公寓，拿垃圾出去倒、刷馬桶、擦窗子、付帳單。她還是自己做飯、自己洗碗，次日吃剩菜當午餐。

去掉了身體的卑微需求，一個人就變得跟鬼魂沒兩樣了。

周圍的這些女人都是幽靈。臉上的皮膚緊緻，主廚的美食只吃三小口就宣稱飽了。身上一堆白金和鑽石的首飾叮噹響——自我的膿瘡。

但是有個瑪蒂德不認識的女人，看起來平凡，但是很順眼。她一頭褐髮，臉上有雀斑，沒化妝。

她的洋裝不錯，但並不精緻。她臉上有種諷刺的表情。瑪蒂德轉向她。

瑪蒂德低聲說：「再講一次皮拉提斯，我就要翻臉了。」

那女人無聲笑了，說：「偉大的美國就要沉船時，我們全都還在做皮拉提斯呢！」

他們聊起兩人都看過的書，某本綁縛指南偽裝成小說賣給青少年看，某本小說煞費苦心地以街頭塗鴉的照片拼湊起來。那女人同意翠貝卡區爆紅的那家新素食餐廳很有趣，但她說一整頓飯都是以菊芋（sunchoke）為主，每一道菜就太相似了。

「他們可能該考慮一下其他種 chokes，比方 arti（洋薊，artichoke）。」

「我想他們花太多力氣去考慮 arty（附庸風雅）了。」

他們持續邁著小步伐，逐漸離開其他人，直到兩人單獨來到台階旁。「對不起，」瑪蒂德說：「我不確定我曉得你的名字。」

那女人吸了口氣。吐出來。她跟瑪蒂德握手。「菲比．達瑪。」

「菲比．達瑪，」瑪蒂德說：「怪怪，那個評論家。」

「沒錯。」她說。

「我是瑪蒂德．賽特懷。我先生是蘭斯洛．賽特懷。那個劇作家……就在那裡，那個大塊頭，笑聲特別大的。過去十五年來，他的戲被你修理得很慘。」

「我知道，職業傷害。」菲比．達瑪說：「我常常忽然出現在派對上，像個愛罵人的老姑媽。我男朋友帶我來的。我事先不曉得你們在這裡，否則我絕對不會出現，免得掃你們的興。」她好像很難過。

「我以前總以為，要是哪天讓我碰到你，就要一拳打趴你。」瑪蒂德說。

「謝謝你沒麼做。」菲比說。

「這個嘛，我還沒改變這主意喔。」瑪蒂德說。

菲比一手放在瑪蒂德的肩膀上。「我從來不是要刻意害人痛苦的，因為那是我的工作。我很認真把你先生當回事，我希望他比現在更好。」她的聲音很誠摯、甜美。

「啊，拜託。你講得好像他病了似的。」瑪蒂德說。

「他是病了，偉大美國藝術家病。」菲比．達瑪說：「愈來愈大，愈來愈吵。爭奪最高的霸權。你不認為這個國家創作藝術的男人，都染上了某種疾病嗎？告訴我，為什麼洛托要寫一部戰爭劇？因為有關戰爭的作品總是能贏過寫情感的，即使格局比較小型的、比較家庭的劇作寫得比較好、比較聰明、比較有趣。戰爭故事總是得獎，但你先生講話最小、最清晰時的聲音才是最強有力的。」

她看著瑪蒂德的臉，然後退後一步，說：「哎呀。」

「午餐！」丹妮卡喊道，在門口搖著一個大大的黃銅鐘。男人們拿起模型汽車，擰熄雪茄，走過沙丘，卡其長褲捲到膝蓋，皮膚被寒風凍成粉紅色。眾人圍著一張長桌坐下，盤子上的餐點堆得高高的。外型像灌木叢的移動式電暖器吐出暖氣。瑪蒂德坐在洛托和山繆的太太之間，山繆的太太正拿著手機，秀出他們最小的孩子——山繆的第五個孩子——的照片。「在遊樂場掉了一顆牙齒，那隻猴子，」她說：「她才三歲。」

在長桌末端，菲比．達瑪正沉默傾聽著某個男子講話，他聲音好大，瑪蒂德斷續都能聽到，「現在百老匯的問題是太迎合觀光客了……美國唯一培養出來的偉大劇作家是奧古斯特．威爾森……別去看戲了，那根本是給勢利鬼和鄉巴佬看的。」菲比跟她目光交會，瑪蒂德低頭對著她的鮭魚排偷笑。

老天，她真希望她不喜歡這個女人。這樣會讓事情輕鬆許多。

「之前在跟你講話的那位女士是誰？」洛托在車上問。

她朝他微笑，吻他的指節。「我一直沒聽清楚名字。」她說。

後來《末世論》首演時，菲比．達瑪很喜歡。

六個星期後，洛托死了。

我以前總說我要寫，寫我曾同席的天才之妻。我跟好多天才之妻同席過。有的同席之妻不是真正的妻子，他們的天才老公也不是真正的天才。有的同席之妻是真正的妻子，但他們的天才老公不是真正的天才……簡短來說，長期以來，我常常跟許多妻子以及許多天才的妻子同席。葛楚．史坦以她的伴侶愛麗思．托克拉斯的名義說出這番話。顯然地，史坦是天才；而愛麗思顯然是妻子。

「我什麼都算不上，」葛楚死去後，愛麗思說過：「只是她的回憶。」

瑪蒂德開著那輛賓士翻車後，警察來了。她張開嘴唇讓血流出來，為了製造戲劇性。紅藍兩色的警燈閃爍著，讓她看起來這一刻像生了病，下一刻又好了，然後又生病了。她彷彿在自己身上看到他的臉。她蒼白而瘦削，頭髮又剪得那麼短，下巴滿是鮮血，一路流到脖子。她兩手也都是血，流到手臂上。

她舉起兩隻手掌，之前因為要爬過有刺鐵絲網到公路上而被割傷了。

「聖傷。」她快被咬斷的舌頭盡力說出聲，然後大笑起來。

20

她差點就做了正確的事。一開始，在瓦薩《哈姆雷特》公演後那個明亮的四月早晨，在暈陶陶地全心投入洛托懷抱後，她血液中的愛意已經嗡響得像個蜂巢。

窗外的路燈自動熄滅時，她在黑暗中的那個輕響聲中醒來。她身上還穿著衣服，下體沒有疼痛的跡象。所以，她守住對艾瑞爾的承諾了。她沒跟洛托上床，沒有打破當初的承諾，只是睡在這個迷人小夥子旁邊。她看看床單底下，他赤裸著身子，而且好驚人。

洛托雙手握拳放在下巴底下，即使在睡夢中，沒有清醒時的機智，他都好單純。有痘疤的臉頰，耳朵周圍依然茂密的捲髮，濃密的長睫毛，有稜有角的下頷。她這輩子從來沒碰到過這麼純真的人。她人生中出現過的人，幾乎每個都至少有那麼一點邪惡。但他一點都沒有：前一夜看到他時，她就知道了。當時他站在窗台上，閃電震撼了他背後的世界。他的熱切，他的善良敦厚，這些都是他特權出身的優點。他睡得好平靜，因為生而為男性、富有、白人、美國人，而且是在這個繁榮的時代，戰爭只發生在離家很遠的地方。這個小夥子，從出生的那一刻起，大家就告訴他，說他可以做任何他想要的事。他唯一要做的就是去嘗試。一次又一次失敗，每個人都會耐心等待，直到他成功為止。

她應該要怨恨的，但她心裡卻怎麼都無法恨他。她想緊貼在他身上，直到他美麗的純真印在自己身上。

這會兒，在她耳邊，這些年來她努力掩耳不聽的聲音堅定地叫她離開。不要跟他在一起。她天生不是會服從的人，若是他醒來時發現她在眼前，那麼傷害就無法彌補了，於是她穿好衣服溜出門。

她把夾克的領子拉高了遮住臉頰，免得被任何人看到她的痛苦，即使外頭天還是黑的。

鎮上有個小餐館，在比較偏僻黑暗的小街深處，大部分瓦薩學院的學生都從來不會靠近的，但這就是她喜歡這裡的原因。同時也因為裡頭的油膩和氣味，還有那個有殺人傾向的廚師老是猛壓著薯餅，好像恨之入骨；而那個女侍似乎平衡神經失調，腦後的馬尾會無意地歪向一邊，點餐時一隻眼睛會往上看。她一手的指甲很長，另一手的指甲剪短，還塗了紅色指甲油。

瑪蒂德挑了她慣常的卡座，把自己的臉藏在菜單後頭，斂起微笑，那個女侍半個字都沒說，只是把黑咖啡和黑麥吐司和一條有藍色刺繡的亞麻小手帕放在瑪蒂德面前，好像知道她會哭。好吧，或許他們真知道，不過瑪蒂德打從還是奧瑞莉時期就不哭的。那女侍的半邊臉擠了一下眼睛，然後退到後頭的收音機旁，電台裡正在模糊不清地播送著某個怪ＤＪ的節目，充滿了硫磺和地獄。

瑪蒂德知道，如果自己願意，自己的人生就會怎麼發展。她已經曉得，只要給洛托念頭，他們兩人就會結婚。問題在於她要不要放過他。不管他娶誰，幾乎都會對他更有好處。

她看著女侍在那個有殺人傾向的廚師後頭彎腰，從櫃台底下的架子上抓了一個馬克杯。她看到她把雙手放在他的臀部，他順勢往後頂了一下，一個小小的玩笑鬧劇，臀部接吻。

瑪蒂德讓咖啡和吐司冷掉。她付了錢，給了超多小費。她站起來，走到鎮上，在黎明咖啡店停下來買義式卡諾里捲和咖啡，然後帶著兩顆阿斯匹林和一杯水和食物來到洛托房間，當他睫毛輕顫著，從不曉得什麼夢境——獨角獸、魔法精靈、歡樂的森林酒神節——醒來，睜開眼睛，看到她就坐在他身邊。

「啊，」他說：「我還以為你不可能是真的。我還以為你是我作過最美的夢。」

「不是夢，」她說：「我是真的，我在這裡。」

她摸他的臉頰，他也伸手疊在她的手上。「我想我會死掉。」他輕聲說。

「你是嚴重宿醉，而且我們反正早晚都會死掉。」她說，於是他笑了，然後她摸著他溫暖、粗糙的臉頰，承諾要永遠跟他在一起。

她不該承諾的，她知道。但她對他的愛是新的，對自己的愛卻是舊的，而且她只有自己一個人，已經孤單好久好久了。她厭倦了獨自面對這個世界。他在正確的時間出現，成了她的救命索，儘管她很快就知道，他如果娶個他母親意中那種溫柔、虔誠的女人，對他會比較好。那個布里姬會讓每個人都開心。瑪蒂德既不溫柔也不虔誠，但她承諾永遠不讓他知道自己有多麼黑暗，永遠不讓他看到自己心底的那股邪惡，他只會曉得她的深情和光明面。而且她想要像他那樣，相信兩人會永遠在一起。

「或許畢業之後，我們可以去佛羅里達看看。」洛托對著她的頸背說。

他們剛結婚，或許才幾天吧。她想到電話裡洛托的母親，想到安托奈特想拿錢引誘她離開。一百萬，拜託。一時之間，她考慮要把那通電話的事全告訴他，又想到他會多麼傷心，便知道自己說不出口。寧可讓他相信他母親在懲罰他，而非殘酷至極而已。瑪蒂德的公寓位於一家賣傳教所風格家具的古董店樓上，在屋外透進來的街燈映照之下，顯得奇異地瘦長。「我十五歲離家之後，就沒再回去過。我想帶你回去炫耀。我想帶你去看我未成年犯法罪的所有地方。」他說，聲音變得低沉。

「什麼『犯法罪』，沒有這個詞。」她喃喃道。接著她吻他吻了好久，讓他忘記了這件事。

然後：「寶貝，」他說，在他們格林威治村的地下室公寓裡，他光著腳，正用一張紙巾清理他潑在地板上的一杯水，此時裡頭一片光亮，還沒有家具，「我在想，或許我們可以找個週末，去海灘看莎莉和我媽。我想看你曬黑的身體。」

「當然好，」瑪蒂德說：「可是先等你拿到第一個大角色吧！你希望當個英雄衣錦榮歸。何況，拜你母親之賜，我們根本沒有錢。」當他一臉懷疑，她就走近他，一手伸進他牛仔褲的褲腰往下探，然後低聲說：「如果你帶著一個大角色回去，就可以耀武揚威了。」他低頭看她，大笑起來。

然後——「我想我有季節性的情緒失調，」他抱怨道，看著凍雨把街道染成白蠟的色澤，對著人行道吹進窗內的冷風打寒顫，「我們回家過聖誕節，曬點太陽吧。」

「啊，洛托，」瑪蒂德說：「拿什麼回去？我才剛用掉三十三元和一把零錢，買了這個星期的雜貨。」她的雙眼因為挫敗而溼潤。

他聳聳肩。「莎莉會付錢的，電話裡面跟她講三秒鐘，就能搞定了。」

「我相信，」她說：「可是我們太驕傲了，不接受任何人的施捨。對吧？」她沒說她上星期才打電話給過莎莉，莎莉已經幫他們付了兩個月的房租，外加電話費帳單。

他顫抖著。「是啊，」他憂傷地說。瞪著自己映在窗玻璃上黑暗的臉，「我們非常驕傲，太驕傲了，不是嗎？」

然後——「我不敢相信，」洛托說，從臥室出來，手裡還拿著電話聽筒，他每星期都打電話給他母親和莎莉的，「我們都結婚兩年了，而你竟然還沒見過我母親，太誇張了。」

「一點也沒錯。」瑪蒂德說。她還在為安托奈特之前寄到畫廊的一封信而難過。這次信裡沒有寫任何字，只有一張從雜誌上撕下來的亮面彩色頁，巴洛克時代的義大利畫家賽勒斯提的作品《耶洗別王后受耶戶懲罰》，被丟出窗外的耶洗別正被一群狗狼吞虎嚥[15]。瑪蒂德打開信封時驚訝得大笑起來。艾瑞爾站在她身後看到了，還說：「那個。啊，不是我們經營的東西。」她想著那封信，然後摸摸她包頭的那條大手帕，頭髮是最近才剪短的，染成一種怪異的亮橘色。她正在調整牆上一幅畫的位置，那幅畫是最近畫廊裡要丟掉的，被她搶救回來，她將會堅守一輩子畫中騷動的藍色，遠遠超過任何愛，任何肉體的渴望。她看著洛托說：「不過我不確定她想見我，親愛的。她一直很氣你娶我，氣到一次都沒來看過我們。」

他抱起她，把她壓在門上。她雙腿環住他的腰。「她的氣會消的，給一點時間吧。」真是透明，她的丈夫，他一直相信，只要他能向他母親證明他娶瑪蒂德有多麼正確，一切就會好轉。老天，他們好需要錢。

「我從來沒有媽媽，」她說：「這樣子我也很傷心，我是她媳婦，但她根本不想認識我。你上次看到她是什麼時候？大二那年？為什麼她不來看你？仇視外國人（xenophobia）很可惡。」

「廣場恐懼症（agoraphobia），」他說：「那是一種真實存在的疾病，瑪蒂德。」

「我的意思就是那個。」她說。（她，向來會說出自己真正的意思。）

15 舊約聖經《列王紀》記載，猶大王亞哈（Ahab）娶西頓王之女耶洗別（Jezebel）為妻，從此拜偶像、做盡種種惡事，均因受耶洗別煽惑。因而在基督信仰的文化中，耶洗別成為無恥、敗德女人的象徵。許多基督信仰主題的藝術作品中，都曾描繪耶洗別王后屍首最後的悲慘下場。

然後——「我媽說，如果我們七月四日想回去過國慶日，她很樂意寄機票給我們。」

「啊，洛托，我也希望能去。」瑪蒂德說，放下她的油漆刷，對著牆壁皺眉，上頭是一種帶綠的海軍藍，很怪異。「但是別忘了，我們畫廊裡正在忙那個大展覽，會佔掉我所有時間。可是你可以去。去吧！別擔心我了。」

「你不去？」他說：「可是回去的目的就是要讓她愛上你啊！」

「下次吧。」她說。她拿起油漆刷，輕輕用顏料沾了下他的鼻子，然後大笑著看他把臉貼在她裸露的腹部，在那片白皮膚上留下模糊的印跡。

於是就這樣。永遠沒有錢。等到他們有了錢，他又要演出。等到他沒有演出，她又得忙著這個大展覽。或者不行，她妹妹要來過週末。或者他們已經答應要去參加那個派對。又或者，唔，如果安托奈特來看他們，比較容易點吧？我的意思是，她很有錢，又沒有工作，如果她這麼想看我們，只要跳上飛機就可以，不是嗎？他們好忙，所有時間都排滿滿的，而週末是**他們的**時間，他們要共度這點短暫的珍貴時光，否則當初幹嘛要結婚！而且說真的，安托奈特從來也沒付出一丁點努力過，她甚至沒去參加洛托的大學畢業典禮，或是他的任何表演，他劇作的任何首輪演出——老天在上，那、是、他、自、己、寫、的、耶。更別說她從沒去過他們格林威治村那戶地下室的小公寓，沒來過這棟稍微像樣點的無電梯公寓，甚至她這輩子都沒踏入他們鄉下那棟櫻桃園裡的小房子，那是瑪蒂德的喜悅，她用自己的雙手把這棟破爛的房子整修妥善。當然了，廣場恐懼症很可怕，但安托奈特也從來不肯跟她講電話。她每年生日和聖誕節送給瑪蒂德的禮物，顯然都其實是莎莉買的。洛托不曉得這有多傷人嗎？瑪蒂德，沒有母親，沒有家人，被拋棄了。而看到她畢生最愛的人有個排斥她的母親，對她來說有多麼痛苦。

洛托可以自己去，沒問題。但兩夫妻的生活向來由她安排，他從來沒買過機票，從來沒租過車。當然了，還有那個最糟糕的原因，比較陰暗的那個，他每回不小心碰到都趕緊別開臉不看，那份暫緩的狂怒他忽視了好久，因而到現在，已經大得不堪設想了。

那種迫切性後來減低了，因為他買了一部電腦給安托奈特，星期天的電話聊天就變成視訊通話。安托奈特不必離開屋子，就可以傳送她的影像，她白白的臉漂浮在黑暗的房間中，像個氣球。有十年，每個星期天跟母親通話時，洛托的聲音就會變得開朗、咬字特別清晰，想必就像他小時候那樣。每次通話時，瑪蒂德就得離開房子。

有回，他視訊聊天到一半，臨時離開去拿個東西，可能是一則評論，或一篇文章，好讓他母親看。此時毫無所知的瑪蒂德剛跑完步進來，滿身大汗，穿著運動胸罩，把臉頰上的溼髮往後梳，拿出瑜珈滾輪，背對電腦側躺著，然後在滾輪上頭前後滾動，直到她大腿外側的骼脛束放鬆。等到她轉身要按摩另一側，才看到安托奈特正在螢幕上看著她，湊得離鏡頭好近，因而前額變得好巨大，下巴尖尖的，塗了紅唇膏的薄嘴唇，雙手摸著頭髮，眼神專注得讓瑪蒂德不敢動。一輛曳引機開近他們屋外的泥土路，然後又逐漸遠去。直到她聽到洛托下樓的腳步聲，才有辦法起身離開。她在門廳聽到他說：「姆媽。唇膏！你為了我打扮得好漂亮！」然後她以甜美溫柔的聲音說：「啊，你是暗示我以前不漂亮了。」然後洛托大笑，瑪蒂德趕緊溜出去到花園，覺得膝蓋周圍放鬆多了。

然後——啊蜜糖，別哭，當然了，他們應該去看安托奈特，她胖得動不了，只能勉強從床走到沙發。他們一定要去，非去不可。他們會的。（這回瑪蒂德是真心的。）

但她還來不及計畫，有天半夜，身體衰弱的安托奈特就打電話到他們鄉下屋裡來給瑪蒂德，她的聲音輕得幾乎聽不見。

她說：「拜託，讓我看看我兒子，讓蘭斯洛飛來看我。」

投降——瑪蒂德等待著，享受著。安托奈特嘆氣，帶著煩躁和優越感，然後瑪蒂德什麼都沒說，就掛斷電話。洛托正在閣樓的書房工作，朝下喊：「誰打來的？」瑪蒂德朝樓梯上大聲回應：「打錯電話的。」

「半夜這個時間？」他說：「太差勁了。」

打錯電話。她給自己倒了一份波本威士忌，在浴室鏡子前喝，看著自己臉上的紅暈褪去，她的雙眼灼熱，瞳孔放得好大。

但接著，一股奇怪的感覺抓住了她，好像一隻手探入她體內，抓住她的肺，用力捏緊。「我做了什麼。」她說出聲來。明天，她會打電話給安托奈特，跟她說，好吧，洛托當然可以去。畢竟，他是安托奈特唯一的兒子。現在太晚了，明天早上第一件事，就是打這個電話。第一件事，唔，先等到她騎完八十哩的腳踏車吧。等她回來，他都還沒起床呢。她睡得很好，在接近黎明的深藍夜空中出門。晨霧瀰漫，她迅速騎上壯麗的丘陵，霧水冰涼，太陽烤乾了她身上的潮溼。她忘了帶水了，於是只騎了二十哩就回頭。沿著鄉村道路下坡，回到她小小的白房子。

她轉彎進入車道，洛托站在門口，雙手掩面。他抬頭看著她，蒼白而痛苦。「我母親死了。」他一時哭不出來，還要再等一個小時左右。

「啊，不。」瑪蒂德說。她從沒想過安托奈特有可能死的。（他們之間的距離太廣闊無邊了，簡直是永生不朽。）她走向丈夫，他臉靠著她汗溼的身體，她雙手就這樣抱著他的頭，她自己的悲慟湧上來，一種意外強烈的電流衝擊著太陽穴。現在她還能跟誰搏鬥？事情不該這樣收場的。

大學時代，瑪蒂德跟艾瑞爾去過一趟密爾瓦基。

他要去處理公事，而她週末是屬於他的，得聽命做他想做的事。大半的時間，她都待在民宿的二樓房間裡，站在凸窗前發抖。樓下有一大堆擦亮的黃銅家具，一盤盤司康鬆餅，牆上掛滿了維多利亞時代老小姐所畫的古老油畫，一個女人鼻孔擴張，表明她對瑪蒂德的不屑。

在外頭，夜裡下的雪已經累積到大腿高度。鏟雪車把街上的積雪掃到路邊，一山山堆在人行道邊緣。這麼多潔淨無暇的白雪，有種撫慰人心的效果。

瑪蒂德往下看著街道，有個小女孩穿著連身紅色雪衣，上頭有紫色的寬條紋。她戴著連指手套，頭上一頂太大的帽子。那小孩迷失方向，轉了好幾圈，然後開始朝那座擋住街道的雪山爬。但她太柔弱了，才爬了一半就滑下來。她又試，雙腳深深插進積雪中。瑪蒂德每次都憋住呼吸，等那小女孩滑下來才吐出氣。她想到一隻困在葡萄酒杯裡的蟑螂，努力想沿著光滑的杯側往上爬。

瑪蒂德朝對街看，那是一排長長的磚砌住宅社區，一九二〇年代的華麗風格，佔據了一整個街區。在幾個不同的窗子內，她看到有三個女人在觀察那個小女孩的努力奮鬥。

瑪蒂德觀察著那些女人看著小女孩。其中一個大笑著回頭，隔著裸露的肩膀望著房間裡的某個人，因為剛做愛而滿臉通紅。另一個是老太太，正在喝她的茶。第三個則一張蠟黃而憔悴的臉，瘦瘦的雙臂交抱在胸前，皺起嘴唇。

那小女孩終於筋疲力盡，滑下來休息，臉靠在雪上。瑪蒂德很確定她在哭。

等到瑪蒂德又往上看，那個交抱雙臂的女人隔著玻璃和冰冷的雪，憤怒地直瞪著她。瑪蒂德嚇了一跳，她之前一直以為沒人看得到她的。那女人消失了。然後重新出現在人行道上，穿著室內的衣服，薄薄的粗花呢。她衝過公寓大樓前的雪堆，過了街，抓起那個小女孩的雙手，把她甩過雪山。然後帶著她過街，又甩一次過了第二道雪山。母女倆進門時，都沾了滿身白雪。

他們離開許久之後，瑪蒂德還想著那個女人。當她看著自己的女兒一次又一次滑下來，不曉得心裡在想什麼。她很好奇是什麼樣的憤怒，可以讓你的心變得這麼狠，眼睜睜看著一個小孩努力又失敗又哭了那麼久，而不肯去幫她。瑪蒂德一直知道，母親就是會拋下你、讓你獨自去掙扎奮戰的人。

然後她忽然想到，人生是圓錐形，眼前就是尖端那一點，過去則在下方逐漸擴大。你活得愈久，底部就擴張得愈大，所以種種發生時幾乎感覺不到的傷口和背叛，會逐漸擴大，像一顆氣球上的小點，隨著氣充得愈來愈飽，那些小點也愈來愈大。小孩子身上的一個小斑點，到了成年就無可避免會成為一個醜陋的畸瘤，邊緣粗糙不平。

那對母女家的窗子裡亮起了燈。小女孩坐在裡頭，眼前放著一本筆記本。她小小的頭低著。過了一陣子之後，那母親在小女孩旁邊放了一個冒著蒸汽的杯子，那小女孩拿起來，兩手捧著。瑪蒂德的嘴裡冒出了又鹹又甜的熱牛奶滋味，是她遺忘已久的。

看著黑暗中雪花片片落在空蕩的街上，瑪蒂德心想，或許我之前都想錯了。或許那母親一直看著她的女兒一再失敗，卻沒有去幫忙，是出於某種難以理解的、瑪蒂德一直努力想搞懂的東西，那是一種類似極大的愛。

瑪蒂德把狗送給另一家人的那天，她半夜醒來，發現自己身在烏雲密佈的夜空下，沒有月光，游泳池像個柏油坑。她身上還穿著拖地的象牙白貼身睡衣，同時尖叫著找狗。

「上帝！」她喊道：「上帝！」但那狗沒有飛奔跑回她身邊。沒有聲音，周圍死寂無光，令人心生警惕。她心臟開始狂跳。她進了屋，喊道：「上帝？上帝？」她翻過所有櫥櫃，找過床底下，又去廚房查找。一直到她發現那個條板箱不見了，這才想起自己做了什麼。

她把那隻狗送給陌生人，好像那狗跟她毫無感情。

她幾乎等不到天亮。黑暗的天空才出現一抹橘色，她就來到田野間那棟錯層式房屋外頭敲門。那丈夫來應門，一根手指豎在嘴唇上，然後赤腳出來。他身子往屋內探，吹了聲口哨，上帝就衝出門，脖子上綁了一條紫色緞帶，朝瑪蒂德又是尖叫又是呻吟，還猛扒她的腳。她蹲下來，臉貼在那狗身上好久，然後抬頭看著那男人。

「對不起，」瑪蒂德說：「請告訴你的小孩，說我很抱歉。」

「不用道歉，」他說：「你現在很傷心。如果我太太死了，蜜糖，我會把房子給燒了。」

「那是我清單裡的下一項。」她說，然後他笑了一聲，但臉上沒有笑容。

他拿了條板箱、玩具，全都放上了她的車。當他再度出來時，他太太也跟出來了，踮著腳走過結霜的草地，雙手裡有東西在冒煙。她沒有微笑也沒有不微笑，只是一臉疲倦，頭髮亂七八糟。她把幾個藍莓瑪芬鬆餅遞進車窗裡，身子湊過來說：「真不曉得該打你一巴掌，還是親你一下。」

「這就是我人生的故事。」瑪蒂德說。

那女人轉身，大步離開。瑪蒂德看著，手被烤盤燙得發痛。

她看向後照鏡，望著後座裡上帝的那張狐狸臉，還有杏仁狀的雙眼。「每個人都離開我了，你可不准。」她說。那狗打了個呵欠，露出尖銳的牙齒和溼潤的舌頭。

在他們的最後一年，雖然她什麼都沒說，但艾瑞爾一定感覺到她變得強硬。他們的合約即將到期，全世界向她敞開，其中的可能性簡直多得惱人——她還這麼年輕。

對於大學之後、艾瑞爾之後的人生，她有個想法。她會住在一個天花板挑高的房間裡，漆成柔和的象牙白，地板塗上一層薄薄的灰白色。她會穿得一身黑，找個跟人互動的工作，出去交朋友。她其實從來沒有朋友。她不曉得朋友之間會聊什麼。她會每天晚上出門吃晚餐。她會週末獨自待在家裡的浴缸內，伴著一本書和一瓶葡萄酒。她可以開開心心變老，任意在人群之中周旋，但是保持單身。

至少至少，她要跟一個同齡的人性交，一個會看著她臉的人。

到了三月，就在她認識洛托、世界有了色彩之前，她走進艾瑞爾的公寓，發現他已經在那裡等著他。她小心翼翼放下包包。他坐在沙發上，動也不動。

「你想吃什麼？」他說。她一整天都還沒吃過東西，很餓。

「壽司。」她說，很不智。她以後再也不吃壽司了。

等到外送小弟來按門鈴，艾瑞爾要她光著身子去開門付錢。那外送小弟看著她，簡直無法呼吸。艾瑞爾拿了保麗龍盒子，打開來，把醬油和山葵醬攪拌在一起，然後拿起一塊握壽司，蘸了一下，放在廚房的地上。地上一塵不染，就跟他的所有事物一樣。

「雙手和膝蓋趴在地上，」他說，露出滿口牙齒笑著，「爬過去。」

「不要用你的手，」他說：「用牙齒咬起來。」

「現在把地上舔乾淨。」他說。

她的手掌和膝蓋壓在拼花地板上。她痛恨這部分的自己，又小又熱，趴在這裡，當場就要自燃起來了。髒女孩，她燃燒。她發誓：她再也不會為另一個男人爬了。（諸神喜歡惡搞我們，瑪蒂德後來會說。她變成了一個妻子。）

「再一塊？」艾瑞爾說。他拿壽司蘸了醬，放在二十碼外的走廊盡頭。「爬！」他說，笑。

英文裡妻子wife這個字，是源自原始印歐語的*weip*。*weip*的意思是轉動、扭轉，或包覆。

在另一種字源學裡，wife源自另一個原始語言的*ghwibh*。*ghwibh*意思是女陰，或是羞恥。

21

去買雜貨時，那個偵探出現了。瑪蒂德把買好的東西放進後車廂，正要進入前座時，就發現她坐在車裡，膝上放著一個文件箱。臉上化著煙燻妝，紅色嘴唇，很性感。

「老天！」瑪蒂德說，嚇了一跳，「我說過不要鬼鬼祟祟的。」

那女郎笑了起來。「我想這是我的個性吧。」她指著那個箱子。「請看，我全都弄來了。這傢伙要在聯邦監獄坐一輩子牢了。你什麼時候要揭發這混蛋？等電視新聞都在播的時候，我想準備好爆玉米花觀賞。」

「第一階段是那些私人照片，幾天後就會行動。」瑪蒂德說：「我要去參加派對，先折磨他一下，再展開第二階段。」她發動車子，載著那個偵探回家。

事情不像瑪蒂德預料的那麼奇怪，也不那麼性感。她很難過，往上看著樹枝狀吊燈，感覺那種熟悉的暖意在體內逐漸累積。一般人會以為女同性戀者技巧很好，但說真的，洛托更厲害。啊，耶穌啊，他在各個方面都比任何人更厲害。他把她性愛的胃口養得很大。真的，這樣有什麼意思？在他們的小小床上劇場，恐怕沒有第二幕了，只有第一幕的報復，只是角色互換，沒有興奮的、一片混亂的結局。而且老實說，她一點也不確定把自己的臉探入另一個女人的兩腿間是什麼感覺。她讓高潮來臨，然後從床單裡冒出來，朝那私家偵探微笑。

「那真是——」瑪蒂德開口，但那偵探打斷了：「不，我懂了，清楚明白，你不迷女人。」

「我沒有不迷。」瑪蒂德說。

「撒謊，」那女郎說。她拿掉假髮，一頭深色短髮像個蘑菇般冒出來，「不過這樣更好。現在我們可以當朋友了。」

瑪蒂德坐起身，看著那女郎穿回胸罩。「除了我小姑，我不認為我有過任何真正的女性朋友。」

「你的朋友全是男的？」那女郎說。

瑪蒂德愣了好久才有辦法回答：「不。」那女郎看了她好一會兒，然後靠過來，像個媽媽似的在她額頭上認真吻了一記。

洛托的經紀人打電話給她。是時候了，他顫抖的聲音透露，她現在該重新開始接管洛托的各種事務了。之前他碰了她好幾次惡毒的軟釘子。

她暫停了好久，搞得他說：「喂？喂？」

有一大部分的她很想把那些劇作丟開不管。只要往前看，去面對未知的將來。

但她把電話貼到耳旁。她四下看看。洛托不在這棟房子裡，不在床上的那一邊，不在閣樓的書房裡。他沒躲在衣櫃間的衣服中，也沒在他們第一個小小的地下室公寓裡，幾個星期前，她不知不覺間去到那裡，發現自己望著那些外推窗，只看到裡頭有一張陌生人的紫色沙發，還有一隻哈巴狗朝門鈕跳著。如今，即使她總是留神傾聽，她丈夫將再也不會開著車子駛上車道了。他們沒有小孩，所以她不會在子女臉上再看到他的臉。沒有天堂，沒有地獄，所以等到她的肉體死去，她不會發現他在一朵雲上或在一池烈焰裡或在一片蔓穗蘭盛開的草地上。洛托能再被看到的唯一地方，就是在他的作品裡。那是一種奇蹟，能把自己的靈魂完整地注入另一個人身上，即使每次只是幾個小時。這些劇作全都是洛托的片段，而將這些片段放在一起，就形成某種整體。

於是她告訴經紀人，請他把該處理的文件寄來。沒有人會忘記蘭斯洛．賽特懷，沒有人會忘記他的作品，其中含有他的小小片段。

成為寡婦幾乎整整八個月後，瑪蒂德走路時還是覺得地面在震動。她下了計程車，來到紐約市區夜晚的街道上。她瘦了好多的身軀穿著銀色洋裝，頂著漂白的小男孩短髮，像個勇猛的女戰士。她手腕上繫著小鈴鐺，希望大家聽到她來了。

「啊老天！」丹妮卡喊道，看著瑪蒂德開門走進公寓，把大衣遞給一個服務的年輕女郎，「你完全是一副守寡的樣子。耶穌啊，看看你。」

丹妮卡從來就不漂亮，但現在她的原形藏在橘紅色皮膚下，又打了肉毒桿菌，且一身瑜珈練出來的發達肌肉。她的肉好少，胸口的肋骨根根分明。她戴的項鍊是一個中階經理人的一年薪水。瑪蒂德向來討厭紅寶石。她覺得那像是擦亮的乾掉的血球。

「啊，」瑪蒂德說：「謝了。」她讓其他女人跟她隔空飛吻。

丹妮卡說：「老天。如果能保證我守了寡能像你這麼美，我就讓查理餐餐都吃培根了。」

「這樣說真可怕。」瑪蒂德說。然後丹妮卡黑色的雙眼變得溼潤，「啊，對不起。我只是想開玩笑。老天，我太差勁了，老是出錯。我喝了太多馬丁尼調酒，又什麼都沒吃，想塞進這件洋裝裡。瑪蒂德，對不起。我是混蛋，別哭。」

「我沒哭。」瑪蒂德說，走過去接過查理手上的酒杯，把裡頭的琴酒一飲而盡。她把送給丹妮卡的禮物放在鋼琴上，是幾年前安托奈特——好吧，其實是莎莉——送給她當生日禮物的愛瑪仕絲巾，還放在原來那個招搖的橘色盒子裡。「啊，你太好心了！」丹妮卡說，吻了瑪蒂德臉頰。

丹妮卡走到門邊去招呼其他朋友，一個前任市長候選人和他喝醉的太太剛進門。

「原諒她吧，她喝醉了。」查理說。他悄悄走過來，一如往常。

「是啊，唔，她哪次沒喝醉呢？」瑪蒂德說。

「中肯！一針見血。」他說：「人生對她來說很辛苦。她覺得自己好卑微，設法想跟那些富貴出身的社交名流來往。你要不要去化妝室冷靜一下？」

「我從來沒有不冷靜。」瑪蒂德說。

「這倒是真的。」查理說：「不過你的臉，看起來。不曉得，怪怪的。」

「啊。那是因為我不再微笑了，」瑪蒂德說：「這麼多年來，我從來不讓別人看到我沒微笑。我不曉得為什麼不早點停下來，現在輕鬆太多了。」

他一臉苦惱，舉起兩隻手，紅著臉，匆匆瞥了她一眼說：「我很驚訝你會來，瑪蒂德。在我們上回的談話以後、在我揭露了那些事情之後，你這樣做顯示了你的成熟、寬恕、仁慈……我沒想到你有這些美德。」

「你知道，查理，我之前太生氣了，」她說：「我想用鞋帶勒死你。我差點用那根冰淇淋湯匙殺了你。但接著我明白，你根本是胡說八道。洛托絕對不會離開我。我從骨子裡知道這點。無論你做了什麼，都傷不了我們。我們所擁有的，遠遠不是你能毀掉的。你只是隻小蚊子，查理。只會讓人發癢，但是沒有毒，你根本一文不值。」

查理似乎想說些什麼，但最後只是一臉疲倦地歎口氣。

「總之，撇開那些不談，我們是老朋友了。」她說，捏捏他的前臂，「一個人的老朋友可不多。我想念你們，兩個都是，甚至是丹妮卡。」

他站著不動好久，只是看著她。最後他終於開口：「你總是這麼體貼人，瑪蒂德。我們全都不值得你這樣對待。」他在流汗。他轉身離開，可能是心煩，也可能是感動。接下來一段時間，她翻閱著茶几上一本有大量圖片的書《畫成目盲的有翼邱比特》，感覺出奇地熟悉，但眼前那些畫都融在一起，她什麼都看不見。

稍晚，眾人正要走出客廳去餐室時，瑪蒂德故意多拖了幾秒鐘，表面上好像在看查理剛買的那小幅的林布蘭特作品。如果林布蘭特也有無趣的作品，那就是眼前這件了。古典構圖，三個人在一個黑暗的房間裡，一個正從瓶子裡倒出油膏來，一個坐著，一個在講話。好吧，沒人說過查理有品味。她回頭走向鋼琴，從手提包裡拿出第二個禮物，裝在淺藍色的紙裡，很薄，像信封那麼大，包起來了。這個禮物沒有卡片，但她確定會是所有禮物中最棒的。幾乎富含藝術性，閃光燈照亮了裸體的查理，置身於陌生人的肉體裡。

丹妮卡生日派對的次日中午，瑪蒂德等著。她坐在早餐室裡看報紙，穿著她的睡衣褲很舒服。電話鈴響第一聲，她就接起來了，臉上已經露出笑容。

「她離開我了，」查理恨聲說：「你這個地獄狗、惡魔的母狗臉、臭屄。」

瑪蒂德推開她閱讀用的眼鏡，撐在額頭上方。她拿了一片煎餅皮餵上帝。「你要不要看一下，我的牌已經攤在桌上了，」她說：「看起來我會玩得比你久，你就等著看接下來還有什麼吧！」

「我會殺了你。」他說。

「你殺不了，我八個月前就死掉了。」她說，輕輕掛斷電話。

她坐在廚房裡，回味著。狗在她床上，月亮在窗外。在那個美麗的藍色大缽中，她夏日庭園裡摘來的番茄已經皺縮，發出腐爛前那種帶著泥土氣息的強烈甜香。兩個月來，她都一直沒去碰蘭德留下的那封信，想像著裡面會寫的內容。會寫著什麼？感激？鹹溼話？邀請她去紐約找他？她非常喜歡他。他身上有種特質撫慰了她。如果他邀她，她會去，在他水岸時髦地段那戶貴得要命、磚牆裸露、舊倉庫改裝的公寓裡面度過一夜，然後在清晨開車回家時，她會覺得很荒謬。但同時，她也會覺得舒適而美好，大聲唱著三十年前的流行歌。性感，再度覺得年輕。

她之前去跟那個聯邦調查局探員見了倒數第二次面，才剛回來。她跟他說了自己手上有什麼，他垂涎不已。那些查理的骯髒照片已經達到了神奇的效果。（三個月後，丹妮卡將會離婚，成為超級富婆。）明天她要把一箱檔案交給那位老是滿頭大汗、生了鬢角的小個子聯邦探員。那箱檔案現在就在廚房裡，她的腳擱在上面。她不斷低頭看著那個黑暗中的箱子，蒼白得像一株毒蕈。

她的筆電上正在播放一部法國電影。她手上拿著一杯馬爾貝克品種的紅葡萄酒，心裡覺得有種滿足，有種冷靜。她想像著查理倒栽蔥下墜，她可以預見到他被押上警車時，電視鏡頭照到他的肥臉；他看起來會像個小孩，滿臉困惑。

門鈴響了。她打開門，是瑞秋和莎莉。在門廊上，她丈夫的面貌在他們的臉上短暫閃過。瑪蒂德和她們擁抱，靠在兩人身上吸了幾口氣，這麼久以來，她頭一回感覺自己沉重的身體放鬆了。

她為她們開了一瓶冰過的香檳。（有何不可。）

「要慶祝什麼？」瑞秋說。

「你告訴我啊。」瑪蒂德說。她注意到莎莉的領子沒拉正，瑞秋手指上的戒指也扭歪了。緊張。出了什麼事了？但是他們還不告訴她，只是坐下來喝香檳。在微光中，瑞秋那張長而瘦的臉像是樹脂鑄成的；莎莉穿著絲質外套，剪了個時髦髮型，看起來很優雅。瑪蒂德想到莎莉去環遊世界，想像著種種豪華舒適，擺設成天鵝形狀的水果，潮溼床單裡的情人……**單身女子**這個字眼後頭隱藏的是強烈的自由，瑪蒂德之前怎麼就沒想到呢？

瑞秋放下酒杯，身子前傾。項鍊上的祖母綠在她鎖骨上緩緩輕敲三下，才終於停在空中，靜靜地發出光澤。

瑪蒂德閉上眼睛，「說吧。」

莎莉從她的小包包裡抽出厚厚的牛皮紙檔案夾，放在瑪蒂德的膝上。瑪蒂德用食指揭起一角，翻開來。從最新到最舊，一連串的罪行紀錄。大部分根本都不是她的。全都是發生在洛托死前。一張瑪蒂德穿著比基尼在泰國海灘上的粗粒子照片，那次失敗的離家出走。瑪蒂德在一處街角吻阿尼的臉頰。（太可笑了，就算她要出軌，也看不上他。）瑪蒂德，憔悴、瘦得只剩一把骨頭，年輕，走進那家墮胎診所。她舅舅，從某個祕密檔案裡偷偷彩色影印出來的幾頁資料裡，描述了傳聞中他歷年所犯下的種種罪行，截至一九九一年為止——後來她會當成小說閱讀。最後，是她巴黎的外婆和她在法國的警局前科檔案，照片中邪惡地朝著鏡頭微笑，紙頁上到處都是**賣淫**的字眼。

其中有幾個大缺口：成為她人生薄綢上的一道花邊。感謝老天，最糟糕的沒被發現。艾瑞爾。絕育，害洛托始終抱著生兒育女的徒勞期望。還有奧瑞莉多年前做過的事情。所有美德的赤字加起來，就成了一個陰暗的瑪蒂德。

瑪蒂德提醒自己呼吸，然後抬頭。「你們調查過我？」

「不，是安托奈特調查的。」莎莉說，牙齒撞到玻璃杯，「從一開始。」

「一直在調查？」瑪蒂德說：「她還真有毅力。」太折磨了。這麼久以來，瑪蒂德一直鮮明地活在安托奈特的腦子裡。

「姆媽很有耐心的。」瑞秋說。

瑪蒂德闔上檔案，又把那疊紙輕敲著對齊邊緣。她把剩下的香檳平均倒入三個玻璃杯裡。等到她抬頭，驚訝地發現莎莉和瑞秋兩個人都怪異地鼓著腮幫子。然後兩人同時大笑起來。

「瑪蒂德以為我們要傷害她。」莎莉說。

「甜蜜的小瑪，」瑞秋說：「我們才不會呢！」

莎莉嘆氣，擦擦臉。「別緊張。我們一直保護你不受傷害。安托奈特試過兩次，要寄包裹給洛托，一次是你舅舅和之後的墮胎，另一次是你離開他的時候。她沒想過，負責走到車道盡頭收送郵件的人是我。」

瑞秋大笑。「她要我去法院公證的遺囑不見了。遺囑裡要把洛托的份捐給一個援救黑猩猩的基金會。可憐的窮猴子沒有香蕉可以吃了。」她說，然後聳聳肩，「都要怪姆媽自己。她從來沒想到，逆來順受的人，才最會背叛她。」

瑪蒂德看到自己的臉映在窗玻璃上，但不是，那是一隻倉鴞站在櫻桃園裡一根低矮的樹枝上。她幾乎無法控制自己，她從來沒料到這個。這兩個女人，這麼好心。她們的眼睛在黯淡的房間裡發亮。她們了解她。她不曉得為什麼，但她們了解她，而且依然愛她。

「還有一件事，」瑞秋說，速度快得瑪蒂德必須專心聽，「這事情你不知道。我們也是到我母親死後才知道的。我的意思是，我們也很震驚。我們還得先搞清楚狀況，才有辦法處理。然後我們把事情兜攏了之後，正打算告訴洛托。但他……」她沒講完這個句子。瑪蒂德看著她的臉垮下來，像是慢動作一般。她把一本廉價的細緻皮面相簿遞過來，瑪蒂德打開看。

裡頭的東西令人困惑。一張熟悉得令人驚訝的臉，俊美，深色頭髮，微笑。隨著每一頁往下翻，那張臉變得愈來愈年輕，直到變成一個紅通通、皺巴巴的嬰兒，睡在醫院的毯子裡。

一張領養證明書。

一張出生證明書。羅蘭德·賽特懷，生於一九八四年七月九日。母親：關朵琳·華森，十七歲。父親：蘭斯洛·賽特懷，十五歲。

那本相簿從瑪蒂德手中滑落。

（她以為自己早已破解的一道謎題，又自行揭露真相，不斷運作下去。）

22

其實，瑪蒂德以前一直是個拳頭。直到跟洛托在一起，她才變成一隻張開的手。

同一個夜晚。發爛的番茄。莎莉的香水味繚繞，不過她和瑞秋喝得醉醺醺，已經在樓上的客房裡睡著了。窗外，一枚月牙高掛天空。葡萄酒瓶，廚房餐桌，狗在打鼾。瑪蒂德面前攤著一張大大的白紙，單純得就像小孩的臉頰。（寫吧，瑪蒂德，去了解真相。）

佛羅里達，她寫道。夏天。一九八〇年代。屋外，炫亮不堪的太陽照耀著海洋。屋裡，米色地毯。爆玉米花似的天花板。橄欖色的廚房裡有幾個防燙套墊，上頭絹印了佛羅里達州那個曖昧的形狀，左邊是美人魚，右邊是火箭。人造皮活動躺椅，電視上播放著現代美國生活的眾生相。一個男孩和一個女孩，孤單在炎熱的屋裡晃蕩。雙胞胎，才十五歲。查爾斯，暱稱查理，關朵琳，暱稱關妮。（怪了，要想出這一切真容易。有如夢裡的疼痛。你長期想像著某種生活，想了太久，因而幾乎變成了一段記憶：這個八〇年代的中產階級美國童年，是你從來未曾擁有過的。）

女孩關在自己房間裡，朝嘴唇擦了凡士林，呼出的白氣遮住了鏡中的臉。

等到父親回家時，她會換掉粉紅色睡衣褲，亂糟糟的捲髮會編成兩條辮子，同時會熱好留給他的晚餐，雞肉和煮蔬菜。她打了個呵欠，假裝去睡覺。在廚房陪著老爸的弟弟則想像著姊姊房間裡的蛻變：脫掉褲子的蒼白雙腿穿上迷你裙，雙眼化妝變暗。一個陌生人，跟他所認識的姊姊差好多，隔著窗戶吸入黑夜。

她夜間的改變並不是無視於恐懼，反倒恰恰就是因為恐懼。十五歲的她個子太小了，隨便一個男生都可以制服她。對於這個已經在研讀微積分、曾以自製機器人贏得過好幾個科學展覽獎項的女孩來說，那是一大否定。她顫抖著經過黑暗的街道，走向便利商店的方向，強烈感覺到裙子底下那個沒被碰觸過的地方。她走進小巷。收銀員柏特·貝格瑞克張大嘴巴看著她，皮膚上的白斑病害他看起來像隻花斑馬。汽水區有個穿著白色連衫褲的男人看著她，口袋裡的零錢攪得叮噹響。**給我一個那個**，他說，指的是那些滾動的油膩熱狗。在外頭吸引飛蛾的電燈底下，三、四個小孩正在玩滑板特技。她不認識他們。他們比較年長，上大學的年紀，不過她很懷疑——油膩的頭髮，墨西哥帽T——他們會是在讀大學。她站在公用電話旁，一根手指重複探入退幣孔。沒有零錢，沒有零錢，沒有零錢。緩緩地，有個人走近她。一字眉底下的眼珠亮藍。

這場引誘花了多久？很難說。那女孩愈聰明，事情就進行得愈快。肉體的鹵莽就像智力上的高空走鋼索表演：愉悅不是來自開心，而是來自表演，加上對於牙套、長笛，以及師長們種種期望的報復。用性行為來反抗社會既定的價值觀。（聽起來很熟悉？沒錯。世上再沒有更尋常的故事了。）

將近一年，手指和舌頭的愚蠢試探。她一次又一次溜到窗外的黑暗中。然後去上學，參加辯論社和樂隊練習。肋骨下方逐漸結實起來，像是暴露在空氣中的橡皮膠。腦袋不想承認的，身體卻知道了。她不笨。那一年的時裝流行趨勢對她很有利：故意穿超大的運動衫，長度到膝蓋。母親聖誕節前夕很晚才回家。到了聖誕節早晨，女兒穿著她的法蘭絨睡袍走出來，母親唱著歌轉身，看到女兒凸起的腹部，手上正在做的猴子麵包掉了。

女孩被送到一個很酷的地方。每個人都很好心。她的體內被清理乾淨。大家輕聲細語。她離開時，再也不是當初進去的那女孩了。

（其他人的人生片段也拼湊進來了。照到另一個故事的光，也能照亮這個故事中黑暗的地方。腦子很神奇，人類生來就會說故事。碎片會自動黏合在一起，變成一個整體。）

春天時，雙胞胎滿十六歲。他們的房門上、窗戶上都換了新的鎖。她弟弟的個子忽然竄高，比她高了八公分。他開始走到哪裡都跟著她，像個模樣蠢笨的影子。碰到無聊的星期六，看到她在房間裡面走來走去，「要玩大富翁嗎？」他問。「別管我了。」她說。滑板小子們在學校大門外頭等她，從幼稚園就認識的女孩邀她一起去看《魔水晶》、吃爆玉米花、把頭髮捲燙成玉米鬚，但她都只能告訴他們自己被禁足了。她向來比雙胞胎弟弟受歡迎，但很快的，一陣性愛的輕風玷污了她。她只剩下她弟弟。然後是麥可。

麥可很俊美，一半日本人血統，高高的個子，心不在焉，時髦的濃密黑髮遮住一邊眼睛。有好幾個星期，關妮上課都在偷偷想像自己的舌頭舔著他手腕內側的蒼白皮膚。他夢想著男生，關妮夢想著他。查理勉強算是喜歡他。她弟弟需要絕對的：絕對的忠誠、絕對的慷慨，但麥可做不到。可是他分享的大麻讓查理放鬆，他開始講笑話，開始微笑。於是友情過關，直到那個學期結束。她母親在聖地牙哥、密爾瓦基、紐約州的賓恩屯；她是巡迴護士，負責到各地照顧太虛弱而幾乎難以存活的新生兒。

他們遇到洛托。高得離譜，滿臉青春痘，有一顆小男孩般甜美的心。眼前的暑假好漫長。不同的藥物、啤酒、吸強力膠，只要雙胞胎回家吃晚餐，一切就都沒事。關妮是這個小圈圈的中心人物，其他三個男生圍繞著她，像衛星。

（這個四人幫的相處時間好短暫。只有一個暑假，直到十月初，但這段時間卻改變了一切。）

在那個古西班牙式軍事城堡的鋸齒狀城牆頂，他們吸著偷來的鮮奶油罐所製造的笑氣。下方是聖奧古斯丁市和成群的觀光客。麥可在做日光浴，跟著錄音機播放的音樂扭動著，那具身體耀眼而光滑。洛托和查理一如往常正聊得起勁。底下的海洋閃著亮光。她要他們看她。她雙手撐地倒立在城堡邊緣，距離底下的地面是致命的十二公尺。她本來是體操選手，直到胸部發育而只好放棄為止。她保持那個姿勢。上下顛倒看過去，他們的臉襯著藍天，她弟弟害怕得站起來。她雙腳回到地面，差點因為血液衝回腦部而當場暈過去，於是坐下來。她耳邊的脈搏好大聲，根本聽不到他在說什麼，只是揮揮手說：「你他媽的冷靜點，查理。我知道自己在做什麼。」

洛托大笑，麥可收縮腹肌去看洛托，關妮看著那些腹肌。

十月初的一個星期六，他們在沙灘上度過。雙胞胎的父親又再信任起他們，或者是信任查理會管好她，於是父親週末飛到加州沙加緬度去陪他們的母親。自由的兩天像個張開的嘴巴。他們在太陽下喝了一整天啤酒，喝到醉昏過去。等到她醒來，發現是黃昏，她全身曬傷，而洛托正開始用沙子築起一個巨大的東西，已經堆了一公尺高、三公尺長，指向海洋。她昏昏沉沉站起來，問他那是什麼。他說：「螺旋堤。」她說，「用沙子？」他點頭說：「這一點就是最美的。」她沒見過這種東西，但覺得眼前有個什麼很特別。她想鑽到他體內，搞清楚那是什麼。在他的羞怯和年輕之下，有一抹亮光，一種甜美。她體內忽然湧上一股熟悉的渴望，想把他的一部分融入自己，讓他短暫屬於她。

但她只是彎腰幫忙，他們全都來幫忙了，直忙到上午過了大半才終於完工，他們沉默坐下，在冷風中縮在一起取暖。不知怎地，一切都改變了。他們各自回家。

次日是星期天。在水槽上方吃日出三明治，沒熟的蛋黃流出來。她在床上睡到下午三點，出來找吃的，查理臉上有曬出來的水泡，但是一臉微笑。「我弄到了一些ＬＳＤ了。」他說，他們晚上想去沼澤旁那棟廢棄房屋參加派對，嗑藥是唯一的方式。她突然感覺到一股強烈的恐懼。「好極了！」她冷靜地說。他們又帶著漢堡去海灘。原先埋在螺旋堤盡頭的那張救生員椅子已經被挖出來，恢復原狀放正了，像是一根豎起的中指。她沒碰ＬＳＤ，但是其他三個男生都嗑了。洛托和她之間那種奇怪的感覺更加尖銳。他站得很靠近她。查理爬到救生員椅子上，背對星空站著大吼，舉起手上的蘭姆酒瓶。「我們是神！」他說。今晚，她相信他們真的是神。她的未來就是這些星星的其中一顆，冰冷明亮又確實。她會做出改變世界的事情，她知道。她朝著被營火和星光照亮的弟弟大笑，接著查理尖叫一聲往下跳，像鵜鶘般在空中停留了好一會兒，脖子軟趴趴，四肢笨拙，落地時發出一聲脆響。然後她弟弟大叫起來，她過去抱住他的頭，洛托跑去開他姑姑的汽車，等到他把車子開上沙灘，麥可抱起查理放進後座，自己跳上駕駛座開走了，沒帶關妮和洛托。

沙灘上沒有其他人，他們望著車尾燈上了坡道，進入公路。隨著查理的喊叫聲消失，風聲顯得好大。

她要洛托跟她回家告訴她爸，他說當然。（洛托，有顆甜美而年輕的心。）

到了家，她洗掉臉上的妝，摘下耳環，把頭髮編成兩根辮子，換上一件粉紅色運動衫。他從來沒見過她這麼樸素，但是好心忍著沒笑。她父親的飛機預定七點降落，到了七點半，他的車開到大門口停下。他走進門，看起來非常不高興——他和雙胞胎的母親這個週末一定過得很不順，婚姻岌岌可危。洛托已經比關妮的父親高了好幾公分，但那位老爸走進來氣勢驚人，像是佔滿整個房間，洛托後退了一步。

她父親的臉好憤怒。「關妮，我告訴過你，不准帶男生來家裡。請他出去。」

「爹地，這位是洛托，他是查理的朋友。查理從高高的地方跳下來，一腿骨折，送到醫院去了，洛托剛剛才進來要找你講這件事，因為他聯絡不上你。對不起。」她說。

她父親看著洛托。「查理跌斷腿了？」他說。

「是的，伯父。」洛托說。

「喝了酒嗎？還是嗑藥了？」那父親問。

「沒有，伯父。」洛托撒謊。

「關妮在場嗎？」那父親問。

她憋著不敢呼吸。「沒有，伯父，」他流暢地回答：「我只在學校裡見過她，她都跟那些比較聰明的小孩來往的。」

那父親看著他們兩個。點點頭，他在屋裡所佔的空間忽然縮小了點。

「關朵琳，」她父親說：「打電話給你母親，我趕去醫院。小子，謝謝你來告訴我。現在請你出去。」

她趕忙看了洛托一眼，然後她父親的車子迅速開走。等到關妮走出前門時，她已經又穿上迷你裙，身上的襯衫在胸部下方都剪掉了，臉上化了濃妝。洛托在門外的杜鵑花叢等著。「操他的，」關妮說：「我們去參加那個派對。」

「你麻煩大了。」他讚賞地說。

「你還沒見識到呢！」她說。

他們騎了查理的腳踏車。她坐在前面，洛托踩著踏板。騎進了黑暗道路的隧道中，蛙類哀聲鳴叫著，沼澤的腐爛氣味愈來愈濃。他停下腳踏車，把自己的長袖運動衫罩在她身上。那運動衫氣味很好，像衣物柔軟精。家裡有人很愛他。下坡時洛托站在踏板上，頭靠著她一邊肩膀。她則往後靠著他，聞到他青春痘肆虐的臉頰上有收斂水的氣味。那棟屋子外頭升起了幾堆營火，還有幾輛車特別開了車頭大燈照著。這裡已經有幾百個人，音樂聲震耳欲聾。他們站在屋外，背靠著破爛的牆板，喝著大部分是泡沫的啤酒。她覺得洛托在看她，假裝沒留意。他湊近她耳朵好像要講悄悄話，但結果是在，什麼？舔她？但另一個令她震驚的事情發生了，她大步走向火堆。「媽的搞什麼！」她說，用力朝一個肩膀捶過去。那人抬起頭，嘴巴髒兮兮的，麥可。他的臉剛離開一個金髮女孩。

「喔，嘿，關妮，」麥可說：「洛托，老弟。」

「媽的搞什麼？」關妮又說一次：「你應該陪著我弟，陪著查理的。」

「喔，不，」麥可說：「你老爸一到，我就趕緊溜了。他好嚇人。這位小妞讓我搭便車過來。」

「我是麗琪，醫院的週末義工。」她說，鼻子緊挨著麥可的胸膛。

「哇，」洛托低聲說：「那是女生耶。」

關妮抓住洛托的手，把他拉進屋裡。窗台上點著蠟燭，手電筒的光照向牆面。之前有人弄了幾張床墊進來，目的很明顯，因為此刻上頭有一具具身體，光裸的屁股和背部和手腳發亮。斷續的音樂從別的房間傳來。她拉著他上樓梯，來到了通往門廊屋頂的那面窗前。他們坐在冷冷的夜裡，聽著派對的音樂砰砰響，只看得見一堆火光。他們沉默地分著抽一根菸，她擦乾臉吻他。他們的牙齒碰撞。他曾講起他在之前住的那個鄉下小地方參加過一些親熱派對，不過她倒沒很期待他知道怎麼用自己的嘴巴和舌頭。沒想到，他確實知道。她感覺到關節裡那種久違的狂喜。她拉著他一隻手，按在自己身上，讓他的手指滑入鬆緊帶內，感覺一下她有多溼。她推著他仰天躺下，把他的陰莖掏出來，看著它脹大，讓它進入。他驚訝地猛吸一口氣，然後抓住她的臀部，開始認真投入。她閉上眼睛。洛托雙手把她的襯衫往上推，拉下胸罩，於是她的乳房就像飛彈般被擠出來。其中有一種新的東西，一種極度的熱，熱得像是太陽中心。她不記得以前曾有過這樣的熱度。他在她裡面猛地一震，然後她感覺他離開，睜開眼睛，看到他正滿臉恐懼地往旁邊滾出門廊屋頂邊緣，往下掉。她四下張望，看到窗簾著火了。她也跳，裙子往上翻，落下時身上還滴著他留下的東西。

（兩人興奮起來的部分不太對勁，去喚回這個死去的女孩、這個死去的男孩吧，好讓他們可以打炮。）

在拘留所裡，她發抖了一整夜。回家時，她母親和父親都沉著臉，不說話。

洛托離開了一星期，接著兩星期，接著一個月，然後查理發現床頭桌上的一封信，說洛托的母親已經把他送到一所外地的男子寄宿學校，可憐的笨蛋。查理告訴了關妮，但她已經不再關心了。整個派對、那些救火員，還有那個警察，全都看到關妮和洛托出的醜。全校的人都知道她是蕩婦。就這樣。賤民。麥可不知道該說什麼，就逐漸疏遠他們，去找別的朋友。關妮不再說話了。

到了春天，當她的身體狀況再度變得無法隱瞞時，雙胞胎偷了鄰居的車，誰叫車主沒拔出啟動器的鑰匙。他們駛出車道，撞上蘇鐵樹，輾過草皮，還撞到了信箱柱上頭那個小小的粉紅色信箱。查理失望地哀叫。他本來希望洛托家有錢得不得了，但看起來不是如此。他們敲了門。一個表情嚴肅的小個子女人來開門，嘴唇抿得很薄。「蘭斯洛不在這裡，」她說：「你們應該知道的。」

「我們是來找安托奈特的。」查理說。他感覺姊姊的手握著他的手臂。

「我正要出門買雜貨。唔，你們就進來吧，」她說：「我是莎莉，蘭斯洛的姑姑。」

他們坐下來，喝著冰紅茶，吃了法式酥餅乾，等了十分鐘，才終於有一扇門打開，一個女人走出來。她很高，很尊貴，很豐滿，長髮精心地堆在頭上。她身上有種羽毛般的特質，她衣服的薄紗，她雙手的動作，令人消除敵意的柔軟。「真是太好了，」她喃喃說：「沒想到有客人來。」

查理坐在椅子上冷笑，打量著她，很不喜歡自己心中的判斷。

關妮發現安托奈特在看她，於是雙手比劃了一下，讓她看自己的肚子。

安托奈特的臉上出現一種表情，像是一張紙燒了起來。然後她粲然一笑。「我想我兒子跟這個有關係吧。你果然很愛女生。哎呀。」

查理往前坐，正要開口，但一個包著尿布的小孩搖搖晃晃走出臥室，頭髮紮成兩團。於是他閉上嘴巴。安托奈特把那小孩抱在膝上哄著，「說哈囉，瑞秋！」抓著小女孩胖呼呼的手朝雙胞胎搖。瑞秋咬著拳頭，緊張的褐色眼珠看著訪客。

「所以，你找我想要什麼？」安托奈特說：「墮胎是會下地獄的，你知道。我不會付錢讓你這麼做。」

「我們要公道。」查理說。

「公道？」安托奈特柔聲說：「我們都想要公道，還有世界和平，還有跟獨角獸玩。你的意思到底是什麼，小朋友？」

「你再喊我小男生看看，死肥豬，我就他媽的打爛你的嘴。」他說。

「說這些不敬的粗話，只顯示你心靈上的貧乏，小朋友。」她說。「我兒子，上帝保佑他純潔的心，他就從來不會這麼粗俗。」

「操你的，臭老太婆。」他說。

「親愛的。」安托奈特聲音很輕柔地說，一手放在查理的手上，用觸摸阻止他繼續說下去。「你這樣為你姊姊奮戰很了不起。不過除非你要我拿剁肉刀割掉你的男性雄風，否則我建議你出去車上等，你姊姊和我會商量出辦法的。」

查理臉色發白，張開嘴，打開手，又閉上，然後走出門，坐在車上，開著車窗，聽電台裡面的六〇年代流行歌，聽了一小時。

沒了查理，安托奈特禮貌地朝瑞秋微笑，直到那小孩又搖搖晃晃走回臥室。「接下來，就這麼辦吧。」安托奈特說，身體前傾。她要關妮回家就跟弟弟和父母說她墮胎了。一星期後，她會逃家，不過事實上，她會去住進聖奧古斯丁市的公寓。安托奈特的律師們會把一切安排好。只要她住在那裡的期間，都會有人照顧她。另外也會安排好領養。在醫院生產之後，關妮就要把小孩留在醫院，回到原來的生活。她絕對不能跟任何人提起一個字，否則每個月的零用錢就會取消。

（處處是回音。令人痛苦的幕後操弄，金錢如何擊敗人心。很好，手指壓入傷口，擊敗對手。）

關妮聽著海浪，隔著窗子聲音變小了。瑞秋又跑出來，按了電視的按鈕後坐在地板上，吸著大拇指。關妮看著她，很想傷害這個散發著玫瑰和嬰兒爽身粉味的女人。最後，關妮終於抬頭看著安托奈特，沒有笑容。「你不想認你自己的孫子？」她說。

「蘭斯洛會有光明的前途，」她說：「但如果我認了這個孫子，就沒那麼光明了。做母親的責任，就是幫兒女打開所有可能的門。何況，以後會有更適當的人選幫他生孩子。」她暫停一下，露出甜美的微笑。「生出更適當的小孩。」

關妮的肚子裡有一條蛇在扭動。「好吧。」她說。

（這個故事有多少是推斷、臆測的？全部都是，全部都不是。你當時不在場，但你了解安托奈特，了解她那種慵懶甜美外表下的殘忍。這些話她後來會再說一次，但第二次她的毒鏢沒能命中靶心。啊，沒錯。你打從骨子裡知道安托奈特。）

關妮出來上了車。查理開車，看到他姊姊臉埋在手肘裡哭，他覺得好想吐。「你有沒有叫她去死一死算了？」他說。他會告死那隻老母豬，雖然他是洛托的老媽，可是管他去死。他會搶走她所有財產，住進那棟海邊小屋裡，開開心心過一輩子，當個有錢人。

關妮放下手肘說：「她要花錢買我閉嘴。別跟我吵，我在合約上簽字了。」

他試圖用無言表達，但她聽不見。「我喜歡她。」她說，但其實根本不是如此。

他們回到父母家，因為其他地方他們也不想去。他們的母親從箱子裡拿出秋葵和雞肉和玉米餅，看到他們就扔下奶油刀，張開雙臂迎上來。晚餐的甜點是奶油布丁，吃到一半，關妮宣佈她懷孕又墮胎了。這是故意說給查理聽的，免得他多事作梗。她父親前額靠在餐桌邊緣哭。她母親站起來，什麼都沒說，次日早晨飛到艾爾帕索工作。至於假裝逃家，對關妮來說很容易。她收拾了一個小旅行包，上學時搭上一輛來接她的車。住進了一房兩廳的公寓，裡頭鋪著燕麥粥般的米色地毯，放著塑膠馬克杯。有個護士每星期會來，有人會送日用品上門，她可以盡情看電視，這樣最好，因為她看不下書，但屋裡大概也沒書，她只能困在這個豪華的公寓住宅區裡，有粉藍色的噴泉，還有染紅的柏樹護根層。

懷孕很累。肚裡的寶寶一天接一天耗掉了她的力氣，也耗掉了她的青春。關妮吃得很少，成天看電視上的脫口秀節目。**親愛的洛托**，有回她試著寫信給那個放逐到北邊的悲慘男孩，但信中有一半都是撒謊，所以她又把信撕掉，放在垃圾桶裡咖啡濾渣底下。只有在浴缸泡澡時，才能讓她覺得放鬆。

她的人生暫停了，但快轉前進，小孩生下來了。關妮採用無痛分娩，像作夢似的。她的專屬護士來到醫院幫她處理一切。她把嬰兒放在關妮懷裡，但當她離開房間時，關妮又把嬰兒放回搖籃內。他們把嬰兒推走，但是後來又不斷帶他回來，雖然她叫他們不要推來給她看了。她的身體痊癒了。她的乳頭變硬了。兩天，三天。裝在杯子裡的綠色果凍和美國乳酪抹在麵包上。有一天，她簽了一份文件，嬰兒送走了。她背包裡有一個裝滿現金的信封。她出了醫院，外頭是亮烈炎熱的七月。她整個人空虛不已。

她一路走回家，超過十六公里。她進了屋，看到查理在廚房，正在喝調味果汁。他杯子掉地，滿臉發紅朝她叫嚷，說他們的父母已經報警說她失蹤了，說老爸每天晚上都在街上找一整夜，說查理自己一直夢到她被強暴。她聳聳肩，放下背包，進了娛樂室打開電視。過了一會兒，他做了炒蛋和烤吐司送進來，坐在她旁邊，看著她的臉。幾個月過去，她就像行屍走肉，腦子在另一個地方，在另一個半球。有個什麼在拖著她，像是在看不見的下頭有個錨。她要花好大的力氣才能移動。

她的父母很溫柔。他們由著她不上學，帶她去看心理諮商師。沒有用。她躺在床上。「關妮，」她弟弟說：「你得去看心理醫師。」沒有意義。她弟弟沒看她，只是握著她的手。好溫柔好體貼，因而她並不覺得尷尬。她好幾個星期都沒洗澡，累得沒有力氣吃東西。「你好臭。」查理生氣地說。你才一直都很臭呢，她心想，但是沒說出來。查理很擔心，成天守著她，只有上學時才離開。她父親只有上班時才離開。兩人都不在的時間有三小時，很短。有天她比較有力氣了，就打電話給麥可一個販毒的鄰居。他來了，看到她滿頭黏答答纏在一起的頭髮，她小女孩的睡袍，有點不願意把那紙袋遞給她。她把錢塞進他手裡，立刻摔上門。她把那袋毒品塞進床墊和床座之間。一天又一天，天天都一樣。頭頂電扇的扇葉邊緣累積了厚厚的灰塵。夠了。

查理把他私藏的快樂丸給她看，狡猾地說：「這就是我征服世界的起點。」他說他要出去一整夜，到一個銳舞派對上去賣這些，她不會有事吧？「去吧，」她說：「去賺錢吧。」他出去了。他們的父親在房間裡睡覺。然後她把安托奈特給她那個裝著現金的信封放在弟弟的枕頭下，想了一會兒，又把他臭呼呼的床單換掉，再把錢放在枕頭下。她把自己床墊下的那袋毒品拿出來，吞了一顆藥丸，等著發作，然後把整袋藥都倒進嘴裡，從冰箱拿了一盒鮮奶喝了吞下去。她肚子開始痛。

她昏昏沉沉。空氣變得黏濁。她倒在床上，朦朧間，她聽到父親出門去上班。睡眠像海浪般悄悄淹沒她。在海浪中，有種甜蜜，有種安寧。

（去喝你的葡萄酒哭泣吧，憤怒的女人，半輩子前的事情了。你希望什麼跟著你走出黑暗？晨光一如過去每一天染亮窗戶。狗在你床上從追逐花栗鼠的夢裡醒來，但世上沒有復活這種事。然而，你無論如何還是做了，把那可憐的女孩弄活過來。現在你打算怎麼辦？她在你面前，活得好好的，你的道歉一點意義也沒有。）

查理回家，發現一片靜寂，於是知道有什麼不對勁了。父親已經出門去工作，查理因為那個音樂派對而太晚回家。他站在門外，什麼都沒聽到，然後他趕緊衝進去。他發現了該發現的，五臟六腑都翻轉了。他等著救護車來，一邊等著，計畫逐漸成形，他要做的事情得花上好幾年。他把姊姊的頭扶到膝上，停在那裡。一公里之外傳來警笛的聲音。

天亮了，遠方的一線蒼白逐漸展開。瑪蒂德在發抖，但不是因為冷。她憐憫他們，懦弱的孩子。因為她也曾絕望，她也曾困在黑暗中失去方向，但是轉身離去太簡單了。那是作弊。一把藥，一杯冷水，吞下去。椅子往後翻倒，喉嚨灼痛。一分鐘的痛苦，然後就結束了。太卑鄙了，這麼沒有榮譽感。厲害的人就要體驗一切，承受漫長、緩慢的痛苦。

瑪蒂德是狠心的人，她會報仇，而且要快。（是的。）

瑪蒂德是好心的人。（是的。）

瑪蒂德想到蘭德漂亮的背部，肌肉發達且修長，一節節脊椎骨好精緻。洛托的背部也是那樣。嘴唇，顴骨，睫毛，全都一樣。鬼魂以活生生的肉身顯現。她可以給那孩子這個禮物。雖然不是父親或母親，但還是血親，那就是他的舅舅。畢竟，查理是第二了解洛托的人。他可以告訴蘭德有關洛托的事情，鮮活描繪出洛托的真實面貌，因為對蘭德來說，洛托本來只是一些細節、零星片段：訪問、劇本、跟遺孀相處的短暫片刻。而瑪蒂德知道自己有多麼疏遠他人，她能給他的只有自己的肉體，一點都不真實。但查理可以把關妮、把他母親的回憶帶給他。瑪蒂德可以留給蘭德一些活生生的東西。她可以給蘭德和他舅舅時間。

她站起來。過去幾個月讓她輕盈的東西悄悄溜走了，她覺得自己的骨頭有如花崗岩般沉重，緊繃的皮膚像是有油布蓋在上頭。她抬起腳下的紙箱，感覺著查理邪惡的所有重量，然後她把紙箱放進水槽。

她點了根火柴，看著火焰的藍色邊緣靠近水槽，一時之間，那種輕盈又回來了，吹熄火焰的那口氣就在她嘴唇後方——操他的，查理讓洛托最後幾個月心存懷疑，活該受到最惡劣的報應——但有個什麼阻止她吹出那口氣。（是她心裡的，不是我們。）就在火燒著她的手指之前，她把火柴扔進紙箱裡。她看著那些紙張焚燒，消失了，她對查理的詛咒化為飛煙升起。稍後，她會親手交給這兩個男人一封信。蘭德往後可以天天打電話給他新發現的舅舅。他會的。查理將會在他的海濱宮殿主持蘭德的婚禮。查理會參加蘭德子女的畢業典禮，他開的保時捷日後會送給他們。蘭德會有人疼愛。

「這不是沒意義的。」她說出聲來。

那狗醒了，朝煙霧狂吠。當那堆資料燒成一團灰時，瑪蒂德抬頭看，她召喚來的那個陰暗小女孩已經離開了。

23

幾十年後，那名看護會走進瑪蒂德房子裡的茶室。（牆上掛著藍色油畫，一種青春與失戀的涼爽與昏暗之感。）她會端著一大碟餅乾，因為瑪蒂德現在只肯吃這個了。這名女看護會說話，一直說一直說，因為瑪蒂德的唇邊有一抹微笑。但當她碰觸她，看護會發現瑪蒂德走了。沒有呼吸，皮膚冰冷。瑪蒂德腦袋裡的最後一星火花正拉著她朝向大海、朝向粗礪的沙灘而去，一股熾烈的愛有如黑夜中火炬，沿著海岸線輕悄飛行。

一個小時後，查理聽說了這個消息，趕忙搭上飛機。上午過了一半時，他破解了瑪蒂德在倫敦那戶住宅外的幾道門鎖，腳步蹣跚、氣喘吁吁地走進去。這兩年他又胖又老，像個大肚取暖爐。他熬過了一切磨難而存活下來，像老鼠，或水母，或蟑螂。他拿了三本瑪蒂德所寫的、缺乏好評的薄書，放進自己的袋子裡。（《大畫家》、《挖苦者》、《丑角》，她很狡猾，但是在出書上頭一點也不精明。這三本書印出來後，幾乎全被他買光了，全都成箱堆在他房子裡的一個房間裡，任由蟑螂啃食。）儘管他已年老，卻依舊敏銳如昔。他倒了杯波本威士忌，然後沒理會玻璃杯，拿了瓶子到閣樓上。他花了一整夜，在那些小心保存的檔案箱裡翻閱著珍貴的蘭斯洛．賽特懷劇作初稿，想尋找《源泉》最早那份粗糙發黃的列印稿。光是這份初稿所值的錢，就會比整棟屋子還貴。他找不到的。幾十年前，瑪蒂德所擁有的這份初稿就被偷走了。那是一個黎明，一名年輕男子在一棟陌生的屋子裡醒來，滿懷羞愧與憤怒。當時天色還是一片昏暗，他沒開燈，把狗放出去撒尿，然後自己做了水果沙拉，煮了咖啡。他拿了那份手稿，藏在襯衫底下，開車回紐約市。到頭來，一切都無所謂了。蘭德太有資格擁有這份初稿了，這是真的。他寫了封信解釋他偷走了稿子，而這封信就放在一個堆著熟透番茄的藍色大缽裡。他從骨子裡感覺自己應該擁有這份稿子，而這種感覺全世界只有另一個人才能完全明白。

守寡兩年後，瑪蒂德去新澤西州看蘭德。那是莎劇《暴風雨》的公演，他飾演裡面的醜怪奴隸卡力班。他表現得不錯，但是可惜，沒有火花。天才的子女很少是天才的，諸如此類。他最大的天生本錢，就是隱藏在乳膠面具後頭那張俊俏的臉。

謝幕之後，她走進暮色中。她沒刻意掩飾外貌，因為認為沒有必要。她不胖也不瘦，頭髮長了，沒染，保持天生的淡褐色。但結果他站在戲院前面，沒卸妝，正在抽菸，依然是劇中的駝背和一身破爛衣服。「你覺得怎麼樣，瑪蒂德？」他朝她喊道，兩人中間隔著看完戲離開的人潮，大家正趕著要去吃晚飯，或是去接小孩，或是去喝杯酒。

他看她的眼神。老天。彷彿他可以看到她黑暗的內心，因而反感到極點。

唔，沒錯，洛托也有同樣剛正不阿的道德感。要是他知道——知道她過往的一切所作所為；知道她內心有如閃電般的怒氣；知道她有時聽到他在派對上吹牛、開心地喝醉，心底恨透了他那張俊俏的嘴說出來的話；知道她有多想燒掉他到處亂扔的鞋子、他對待別人微妙感情的粗枝大葉、他比他們屋子地基裡的花崗岩更沉重的自我；知道她婚後有時多麼厭倦他的身體，厭倦他的氣味，厭倦他腰間的肥肉，厭倦他瘦下來以後難看的頭髮——他會原諒她嗎？啊，老天，他當然會了。

她停下腳步不動，告訴自己站直身子。她朝可憐的蘭德露出最大的笑容。「別氣餒。繼續加油！」她說。

她開著車子迅速駛過黑夜，趕著回到她的房子，回到她的狗身邊。一路上，他的臉一次又一次出現在她腦海。英俊的男人有時會變得好醜陋。或許蘭德是個好演員，遠遠比她認為的更好，而且當然比洛托以前要高明。唔，她很清楚洛托的演技如何。

空蕩的劇院比其他空蕩的地方更安靜。當劇院沉睡時，會夢到人聲和燈光和動作。她在戲院外頭的寒風中尋找，只找到一扇沒鎖的門，趕緊走進去。雖然此時小骨架的丹妮卡和漂亮的蘇珊娜已經寒暄完畢，揮手趕走侍者，幾乎準備要開始毒舌抱怨瑪蒂德放他們鴿子了。隨他們去吧。今天上班時，她就愈來愈焦慮，等到蘭斯洛沒回她的簡訊，又沒回家，她就出來找他了。戲院的入口遮篷上是《蓋西》的廣告。這齣刻劃邪惡的戲侵蝕了他的內心。她隱隱聽到他的聲音，循聲去後台找，她雙手往前伸，拖著腳步，在黑暗中摸索往前；她不想開燈，免得驚動他。最後，她來到舞台側翼，而他在舞台上，當然了，就在黯淡的光線中，正在說著：

可憐的主人太老實了，被自己的好心拖累，
被他的善良所害！誰想得到，
一個人最大的惡，就是做了太多善事！
這麼一來，誰還敢再像他一半仁慈呢？

慷慨原是天神的本質，凡人慷慨卻會害了自己。

一直到他把這場一演完，她才想起是哪齣戲：《雅典的泰門》。莎劇中她最不喜歡的一齣。他開始演下一場。啊。他要演完一整齣戲，獨自一人，沒有觀眾。

她在黑暗裡很安全，於是可以對著他微笑——他真是荒謬又可愛——然後微笑擴大得好嚴重，她還得深呼吸幾口，免得自己笑出聲來。因為看看他，太高的個子，在舞台上大搖大擺。用這些表演搶救他瀕臨死亡的演員夢。她以為他內心早已死滅的演員本質，竟然還偷偷存活著。但是他演得太做作、太用力了，沒有他自己以為的那麼好。

她站在黑暗的布幕縐褶中，看著他演完了，鞠躬又鞠躬。他呼吸平穩下來，又回到現實。他關掉燈，用手機上的光照著路，但她小心翼翼躲開那圈光。他經過時離她很近，她聞到他身上的氣味：汗水和咖啡和他的體味，或許還有讓他放鬆的波本威士忌。她等到門關上的聲音傳來，才在黑暗中摸索著趕緊離開戲院，來到外頭冰冷的街道上，跳上一輛計程車，設法搶在他前面趕回家。等到他進門時，只比她晚了幾分鐘，他頭靠在她脖子上，她嗅到了他頭髮上的冬天氣味。她溫柔擁著他的頭，感覺到他的祕密快樂地在他體內活動。

後來，她以筆名寫了一齣劇作《伏倫妮亞》。這齣戲在五十個座位的戲院演出，她為這齣戲全力付出。（結果沒有人來看戲，她不該覺得驚訝的。）

24

很久很久以前，那時她還好小。她所記得的事情和後來的種種結果，兩者之間有一大片黑暗，中間對不太起來。四歲的孩子還只是幼兒。因為這幼兒年紀太小、因為對這幼兒犯了一個幼兒的錯誤而懷恨，似乎太過嚴厲了。

或許事情本來就是如此，也或許這只是事後的解釋，但一直以來，她心底都懷著第二個故事，藏在第一個之下，堅定地進行一場可怕而沉默的戰爭。她必須相信自己那個比較好的故事才是真的，即使比較糟的那個故事一直頑強地堅持著。

當時她四歲，在祖母的屋子裡聽到弟弟在樓上玩的聲音，其他人都在屋外，吃她父親那天上午獵到的雉雞。她望著窗外，看到家人們聚集在樹下，桌上放著棍子麵包、豆燜肉砂鍋，還有葡萄酒。她母親紅潤的臉往後仰，陽光照遍她的皮膚。她父親拿了一小塊東西餵小親親。她祖母的嘴巴不像n，而是比較像一直線，顯示她很開心。起風了，樹葉窸窣作響。空氣中有一股糞肥的好氣味，一個美味的、溼黏的布列塔尼蛋糕放在料理台上，等著要當餐後甜點。她坐在嬰兒便盆上，想離開，但他弟弟在樓上砰砰捶地又唱歌，感覺上更有趣。他應該在睡覺的，壞小孩，他就是不睡。

小女孩爬上樓梯，指尖上沾了好多灰塵。

她打開房門。弟弟看到她，開心地歡呼。**來吧**，她說。他跌跌撞撞走出房間，她跟著他來到樓梯前，老舊的橡木樓梯板是金黃色的，每天被拖鞋踩來踩去，長年下來磨得發亮。

她弟弟站在階梯頂端，搖搖晃晃，雙手伸向她，相信她會幫他。他往上朝她撲。但她沒握住他的雙手，反而在他碰觸到她的腿時動了一下。她不是故意的，其實不是，好吧，或許心底是有點故意的。他搖搖欲墜，然後她看著那嬰兒緩緩跌下樓梯，腦袋像顆椰子，一路砰砰砰摔下去。

在樓梯底部縮成一團，靜止不動，像扔下的髒衣服。

她抬頭時，看到了十歲的表姊忽然出現在二樓的浴室門口，目瞪口呆。

這是壞版本。是後來一連串事件所告訴她的版本。這個版本跟另一個版本同樣真實。兩個版本同時播放，不斷循環。

然而瑪蒂德始終不太能相信壞的版本。那隻抽動的腿一定是後來加入的。她無法相信，但心底卻有個地方相信。這個纏繞她心頭的矛盾，成了一切的源頭。

但不變的是其他事實。在一切發生前，她本來飽受疼愛。之後，那些愛就被收回了。不管她有沒有推弟弟，反正結果都一樣。她不被原諒，但那時候她年紀那麼小，做父母的怎麼可以這樣，怎麼就不肯原諒她呢？

25

婚姻是一門數學，但不是一般人以為的加法，而是指數。

這個高瘦的男子穿著太小的西裝，緊張兮兮。這個女人穿了一件綠色蕾絲洋裝，裙子長度不到大腿的一半，耳後插了一朵白玫瑰。老天，他們好年輕。

他們面前的女人是一神論派的牧師，透入窗紗的陽光把她一頭剃得極短的灰髮照得發亮。外頭的波啟浦夕小鎮正逐漸甦醒。站在他們身後的是兩名證人：一個穿著警衛制服的男人在輕聲哭著，另一個穿著睡衣褲的男人牽著一條臘腸狗。每個人的眼睛都發著光。你可以聞到空氣中的愛，或是性，也或許當時性與愛是一樣的。

「我願意。」她說。「我願意。」他說。他們都願意，至死不渝。

我們生出來的孩子將會美麗非凡，他心想，看著她。

家，她心想，看著他。

「你可以吻新娘了。」那個牧師說。他們親吻了，至死不渝。

接著他們笑著謝了所有人，把相關文件簽了名，接受道賀，然後所有人站在那兒一會兒，不想離開這個溫柔舒適而體面的古樸起居室。新郎和新娘又再次羞澀地謝了所有人，走出門，進入涼爽的早晨。他們笑著，面色紅潤。進去時，他們是兩個整數，出來時，成了整數的平方。

她的人生。窗外的虎皮鸚鵡。在倫敦的暮色中，鸚鵡腹部的那抹藍像是正午的天空。活得最深刻的日子已經是好多年以前了。白天在崎嶇的海灘上，潮水池裡的生物。那些尋常的傍晚，傾聽著發光屋子裡傳來的腳步聲，知道燈光背後的感覺。

因為她發現，除了醒目的、光亮的事件，那些微小和日常事物，才是真實的人生。有好幾百次，她挖掘著花園裡的泥土，感覺著鏟子鑽入泥土所傳來那種滿足的震顫。這個動作中的壓力和釋放，還有濃郁的泥土氣息，代表她在那棟櫻桃園屋子內所感受到的溫暖。或者這個：每天他們在同個地方醒來，她的丈夫會拿著一杯咖啡來喚醒她，螺旋狀的鮮奶油還沒融入黑色的咖啡中，這份美好幾乎沒人注意。他離去前會先吻一下她的頭頂，然後她會感覺到體內有個什麼升起來，迎向他。構成他們婚姻的，是這些沉默的親密舉動，而不是儀式或派對或開幕夜或特殊節慶或美好的性愛。

總之，那部分已經結束了。可惜。她握著熱茶的手指看起來像是小孩髒手戴過的手套。太多年過去了，她的身體逐漸扭曲成一個巨大的抽筋狀物體。但曾經有一度，她也性感過，又或者不性感，至少古怪得很有吸引力。隔著這扇透亮的玻璃，她可以看到以往的自己有多麼美好。她沒有後悔。

（這不是事實，瑪蒂德。她耳邊傳來低語聲。）

啊，基督啊。沒錯，曾有一個。只有一個，微微發著亮光。後悔。

那就是，她這輩子，一直都在說**不**。從一開始，她就很少讓別人進入她的生命。相識的第一夜，他年輕發亮的臉龐在紫外線燈光中往上看著她，他們周圍環繞著舞動的肉體，一股不期然的鮮明知覺；啊，**這個**，一股突然的安寧之感降臨她心中，而她從好小好小開始，就從來沒有安寧過。就在這個意外的夜晚，外頭風暴中的黑暗校園裡雷電交加，室內充滿了熱度和歌曲和性愛和動物性的恐懼。他看到了她，跳下來游過人群，握住她的手，這個明亮的小夥子給了她一個休息的地方。他不光是獻出了笑容滿面的自己，以及塑造他的過去，以及俊美得讓她感動的溫暖身軀，以及她感覺到濃縮過等待著的未來，他也同時在黑暗中獻出了他擎在身前的火炬，那是他的諒解，眩目而近在眼前，源自他心中的善良。這個禮物埋下了後悔的種子，過去的瑪蒂德和他心目中的瑪蒂德，兩者之間有一道無法跨越的鴻溝。到頭來，造成一種錯誤的幻覺。

她真希望自己以往是那個善良的瑪蒂德，好的瑪蒂德。他眼中的那個她，她會微笑低頭看著他。她會聽到**嫁給我吧**後頭那個旋轉的世界。她不會暫停一下，不會猶豫。她會大笑，第一次伸手碰觸他的臉。手掌感覺著他的暖意。**好的**，她會說。**當然好**。

謝辭

首先要感謝克雷，我第一次看到他，是在一九九七年的安默斯特學院，當時他一頭黑色長髮紮成馬尾，剛從教職員休息室走出來，那一刻我震驚地轉頭跟旁邊的朋友說我要嫁給他，儘管之前我都不相信婚姻。這本書是在我參加麥道偉文藝營期間開始動筆，並獲益於安・卡森、伊文・康奈爾、珍・嘉德姆、湯瑪斯・曼、莎士比亞，以及其他太多人的作品。書稿後來經過許多人的手而大有改善，包括我的經紀人比爾・克萊格，以及我聰慧的好友傑米・亞藤堡、凱文・岡薩雷茲、艾略特・霍特、黛娜・史匹歐塔、蘿拉・凡・鄧・柏格、艾許莉・瓦莉克。河源出版社提供這本書（和我）一個溫暖的新家，非常感激出版社的每一位員工，尤其是金妮・馬汀，以及莎拉・麥葛雷斯——她的沉穩從容和切中要害的編輯技巧令我敬畏。感謝普天下所有的文字審核人員和書稿編輯。另外也要感謝本書的讀者，還有所有書的讀者。貝克特和希斯是我最純粹的喜悅，也是我對抗絕望的支撐索，另外照顧他們以讓我安心工作的那些人也是。最後，如果這本書始自於克雷，那麼也同時是以他為終：那根馬尾已經剪掉了，我們變得更老，也更遲緩了。儘管我依然對婚姻懷著矛盾情緒，但我真不敢相信自己的婚姻如此幸運。

文學森林 LF0085

完美婚姻
Fates and Furies

作者
蘿倫・葛洛芙（Lauren Groff）

一九七八年生於紐約州，主修文學創作。出道作品《坦柏頓暗影》讓史蒂芬・金大為驚豔，入選AMAZON和美國獨立書商協會當月選書，也讓葛洛芙榮獲英國柑橘獎提名為最佳新人。

《完美婚姻》為葛洛芙第三本長篇創作。因其富含寓意、挑戰文化價值的兩性議題，創新精巧的敘事結構，於二〇一五年上市首週，便空降《紐約時報》排行榜與AMAZON總榜，並征服全美眾家主流文化與時尚媒體，為當年度最多媒體喜愛的美國小說。同年十月入圍美國國家書卷獎，年底榮獲美國總統歐巴馬選書、AMAZON年度選書。由於故事兼具文學性與討論性，同時引發好萊塢名媛於社群網站上傳書影，競相分享心得。如此叫好叫座的極佳評價，堪稱該年度小說最大贏家。

葛洛芙仍在《紐約客》、《哈潑雜誌》、《大西洋月刊》撰寫專欄文章，入選《美國最佳短篇小說》選集多次。她曾贏得保羅・鮑爾斯獎虛構類獎、美國筆會歐・亨利獎、「手推車」獎，《洛杉磯時報》好書獎提名。其他著作：《阿卡笛亞》，以及短篇小說集《Delicate Edible Birds》。

譯者
尤傳莉

生於台中，東吳大學經濟系畢業。著有《台灣當代美術大系：政治・權力》，譯有《圖書館的故事》、《達文西密碼》、《天使與魔鬼》、《火車大劫案》、《依然美麗》、《當時，上帝是一隻兔子》等多種。

封面設計 朱陳毅
責任編輯 陳柏昌
行銷企劃 詹修蘋、巫芷紜
副總編輯 梁心愉
初版一刷 二〇一七年十月三十日
定價 新台幣四五〇元

ThinKingDom 新經典文化
發行人 葉美瑤
出版 新經典圖文傳播有限公司
地址 臺北市中正區重慶南路一段五七號十一樓之四
電話 02-2331-1830 傳真 02-2331-1831
讀者服務信箱 thinkingdomtw@gmail.com
FB粉絲團 新經典文化ThinKingDom

總經銷 高寶書版集團
地址 臺北市內湖區洲子街八八號三樓
電話 02-2799-2788 傳真 02-2799-0909
海外總經銷 時報文化出版企業股份有限公司
地址 桃園縣龜山鄉萬壽路二段三五一號
電話 02-2306-6842 傳真 02-2304-9301

完美婚姻 / 蘿倫・葛洛芙（Lauren Groff）著；
尤傳莉譯. -- 初版. -- 臺北市：新經典圖文傳播,
2017.10
400面；14.8×21公分. --（文學森林；YY0185）
譯自：Fates and furies
ISBN 978-986-5824-91-4（平裝）

874.57 106018532